나의 문화유산답사기

산사 순례

산사순례

나의 문화유산답사기

유홍준 지음

창비

일러두기

1. 이 책은 1994년부터 2018년까지 『나의 문화유산답사기』 국내편 10권에 실렸던 우리나라 전국의 '산사'
를 다룬 글을 가려뽑아 구성했다.
2. 원문을 그대로 싣지 않고 '산사'에 대한 부분을 다듬어 실었으며, 수록 글 원문의 출처는 권말에 따로
밝힌다.

산사의 미학

우리나라는 산사의 나라다

우리나라의 산사(山寺) 7곳이 마침내 유네스코 세계유산에 등재되었다. 지난 2018년 6월 30일 바레인에서 열린 제42차 유네스코 세계유산위원회는 법주사, 마곡사, 선암사, 대흥사, 봉정사, 부석사, 통도사 등 7곳을 '산사, 한국의 산지승원'(Sansa, Buddhist Mountain Monasteries in Korea)이라는 이름으로 세계유산에 등재하는 것을 21개 회원국 중 20개국의 지지를 얻어 결정했다. 이는 우리 문화외교의 획기적인 성과이다.

유네스코 세계유산의 등재가 모든 것을 말해주지는 않지만 이로써 우리는 '대한민국은 산사의 나라다'라는 것을 국제적으로 공인받은 셈이다. 세계유산의 심사 기준에는 10가지 항목이 있는데 그 핵심은 인류의 문화유산으로서 '뛰어난 보편적 가치'(OUV, Outstanding Universal

Value)이고 우리의 산사가 이 점을 인정받은 것이다.

우리나라에는 수없이 많은 절이 있고, 절이라고 하면 무의식중에 산에 자리하고 있다고 생각하여 산에 가면 응당 절이 있다고 여기며 살아오고 있다. 산사라는 말이 보통명사가 되어 낯설지도 않다.

그러나 유네스코가 인정하듯이 산사는 세계 어디에나 있는 것이 아니라 우리나라의 독특한 자연환경이 낳은 불교 유산이다. 같은 불교이지만 인도와 중국에서는 사암지대가 많아 석굴사원이 발달하여 인도의 아잔타 석굴, 엘로라 석굴이 세계유산으로 등재되었고, 중국의 운강 석굴, 용문 석굴, 돈황 막고굴, 천수 맥적산 석굴('실크로드'의 일부로 등재) 등이 등재되었다. 일본의 교토는 정원이 발달하여 용안사, 천룡사 등 독특한 정원을 갖고 있는 14개의 사찰이 세계유산에 등재되었다. 이에 비해 어디 가나 아름다운 산이 있고 그윽한 계곡이 있는 우리나라에서는 자연환경과 어울리는 산사라는 형식이 생겼고 그중 7곳이 등재된 것이다. 그리하여 인도와 중국엔 석굴사원이 있고, 일본엔 사찰정원이 있고, 우리나라엔 산사가 있는 것이다.

산사의 유래

4세기 말 불교가 전래되어 삼국시대에 처음 사찰을 세울 때는 도심 속에 있었다. 신라의 경주 황룡사, 백제의 부여 정림사, 고구려의 평양 청암사 등은 모두 폐사되었지만 당시 왕궁 바로 곁에 있던 절이었다. 이러한 절이 산으로 들어가 자리잡게 된 것은 불교의 확산, 신앙 형태의 변화 그리고 우리나라 자연환경의 조건이 맞물려 낳은 결과이다.

불교의 확산은 신라 통일 직후부터 대대적으로 이루어졌다. 의상대사 주도하에 전국에 '화엄 10찰'을 세운 것이 그 좋은 예이다. 이번에 세계유산에 등재된 부석사와 등재 대상에서 아깝게 제외된 화엄사, 이미 등재된 해인사가 화엄 10찰에 속한다.

8세기 들어가면 신라는 불교국가가 되어 전 국민의 90퍼센트가 이 신앙에 의지하면서 국가 주도하에 대대적인 불사가 이루어졌다. 이미 세계유산으로 등재된 불국사와 석굴암이 대표적인 예이다. 이때까지만 해도 사찰은 지금의 산사와는 다른 개념으로 불교의 대대적 확산을 의미하는 면이 강했다.

그러다 9세기 도의선사에 의해 선종이 전파되면서 전국 각지의 명산에 선종 사찰이 세워지고 '구산선문(九山禪門)'이 개창되기에 이르렀다. 이 선종 사찰은 이름 앞에 산을 내세울 정도로 산사로 뿌리내렸다. 구산선문은 하나같이 깊은 산중에 있어 조선시대의 폐불정책 때 거의 다 폐사되기에 이르렀고 간신히 명맥만 유지하다가 후대에 다시 중건되는 아픔을 겪었다. 이로 인해 구산선문의 사찰은 한 곳도 이번 세계유산에 오르지 못했다.

선종 사찰은 종래의 교종 사찰과 절집의 성격이 크게 달랐다. 참선을 행하는 수행공간으로서의 의미가 강했던 것이다. 그래서 선종 사찰은 다운타운보다 조용한 산중에 있는 것이 더 적합했다. 그때부터 우리나라는 마침내 산사의 나라가 되었다. 이번에 유네스코 세계유산으로 산사를 등재할 때 영어로 표기하면서 사찰을 템플(Temple)이라고 하지 않고 모나스트리(Monastery)라고 하여 수행공간의 의미를 나타낸 것은 산사의 이런 특성을 강조한 것이었다.

그리하여 우리가 산사를 유네스코 세계유산으로 등재 신청하면서 '뛰어난 보편적 가치'(OUV)로 제시한 것은 1천 년 전(7세기부터 9세기 사이)에 창건되어 오늘날까지 이어오는 한국 불교의 독특한 사찰 공간이자 수행전통이 유지되고 살아 있는 문화유산이라는 점이다. 그래서 산사(Sansa)

라는 우리말의 영문 표기를 포기하지 않고 오히려 앞세웠던 것이다.

산사의 자리앉음새: 봉암사의 예

우리나라 산사에 가보면 어쩌면 하나같이 이렇게 좋은 자리에 있을까 하는 감탄이 저절로 나온다. 이 자리의 선택은 그냥 나온 것이 아니었다. 우리 조상들은 궁궐이든 사찰이든 민간 건축이든 자리앉음새에 아주 민감했다. 경복궁은 북악산과 인왕산이 있다는 전제하에 지어졌고, 도산서원은 낙동강 강변 아늑한 곳에 자리잡았고, 부석사는 백두대간 산자락을 널리 조망할 수 있는 바로 그 자리에 무량수전을 앉혔다.

9세기 하대신라에 지증대사(智證大師)가 구산선문의 하나인 문경 봉암사(鳳巖寺)를 창건할 때 이야기다. 당시 덕망 높은 스님으로 세상의 존경을 한 몸에 받고 있던 지증대사에게 하루는 문경에 사는 심충이라는 사람이 찾아와 이렇게 말했다.

> "제가 농사짓고 남은 땅이 희양산 한복판 봉암용곡이라는 곳에 있는데 주위 경관이 기이하여 사람의 눈을 끄니 선찰(禪刹)을 세우시기 바랍니다."

이에 지증대사는 그를 따라 희양산으로 향했다. 희양산은 오늘날에도 일 없인 발길이 닿지 않는 오지 중의 오지로 문경새재에서 속리산 쪽으로 흐르는 백두대간 줄기에 우뚝 솟은 기이하고 신령스러운 화강암 골산이다. 최치원은 지증대사 비문에서 "갑옷을 입은 무사가 말을 타고 앞으로 나오는 형상"이라고 했다.

지증대사는 심충을 따라 희양산으로 가서 나무꾼이 다니는 길을 지팡이를 짚고 들어가 지세를 살피고는 탄식하며 이렇게 말했다.

"여기가 절이 되지 않으면 도적의 소굴이 될 것이다."

이리하여 879년, 지증대사는 불사를 일으켜 봉암사를 세우게 되었다. 그런데 절이 완성되어갈수록 지증대사에게 고민이 생겼다. 아무리 법당을 장하게 지어도 희양산 산세에 눌려 절대자를 모신 법당으로서의 위용이 드러나지 않는 것이었다.

고민 끝에 지증대사는 건물 기와추녀를 날카로운 사각뿔 모양으로 추켜올리고, 불상도 석불이나 목불이 아니라 철불 두 분을 주조하여 앉힘으로써 비로소 그 지세를 눌렀다고 한다. 최치원은 지증대사의 비문을 쓰면서 이 일이 대사께서 생전에 하신 여섯 가지 현명한 일 중 세번째에 해당한다고 했다.

산사의 건물 배치: 인각사 무무당의 예

새삼스러운 얘기 같지만 건축의 중요한 요소를 순서대로 꼽자면 첫째는 자리앉음새(location), 둘째는 기능에 맞는 규모(scale), 셋째는 모양새(design)이다. 건축을 보면서 규모와 모양새만 생각한다면 그것은 건물(building)만 보고 건축(architecture)은 보지 않은 셈이다. 흔히 우리 건축을 두고 스케일이 작다고 하는데 이는 스케일의 문제가 아니라 자연과의 어울림에 신경을 기울였기 때문이다.

전통 건축에서는 건축의 자리앉음새, 즉 건물을 어떻게 앉히느냐를 두고 좌향(坐向)이라고 했는데 전통적으로 풍수(風水)의 자연 원리에 입각했다. 우리나라 풍수의 기본 골격을 마련한 분은 9세기의 전설적인 스님 도선국사이다. 도선국사의 가르침은 참으로 위대하여 고려, 조선 그리고 오늘에 이르기까지 지대한 영향을 주고 있다. 그 좋은 예로 『고려사』 충렬왕 3년(1277) 조의 다음과 같은 기사를 들 수 있다.

삼가 도선 스님의 가르침을 자세히 살피건대 '산이 드물면 높은 누각을 짓고 산이 많으면 낮은 집을 지으라' 했습니다. 산이 많은 것은 양(陽)이 되고 산이 적으면 음(陰)이 되며 높은 누각은 양이 되고 낮은 집은 음이 됩니다. 우리나라에는 산이 많으니 만약 집을 높게 짓는다면 반드시 땅의 기운을 손상시킬 것입니다. (…) 하늘은 강(剛)하고 땅은 유(柔)한 덕이 갖추어지지 못하면 (…) 장차 불의의 재앙이 있을 것이니 삼가야 하지 않겠습니까.

건축에서 자연과의 어울림 다음으로 중요한 것은 건물의 유기적인 배치이다. 산사의 배치 또한 건축적 사고에서 이루어졌고 이것이 일그러졌을 때는 반드시 고쳐 바로잡았다. 구체적인 예로 목은 이색이 군위 인각사(麟角寺)의 무무당(無無堂)에 부친 글을 들 수 있다. 목은이 인각사 스님의 청탁을 받아 무무당의 낙성을 축하하면서 지은 기문에는 다음과 같은 건축 비평이 있다.

인각사의 가람 배치를 볼 때 대체로 불전(佛殿)은 높은 곳에 있고 마당 가운데 탑이 있으며 왼쪽에 강당이 있고 오른쪽에 살림채가 있는데 왼쪽 건물은 가깝고 오른쪽 건물은 멀어 건물 배치가 대칭을 이루지 못했는데 이제 무무당을 선방 옆에 세워 좌우 균형을 맞추게 되었다. (…) 그러나 여전히 기존의 선방이 치우쳐 있다는 점을 면키 어려우니 역시 조금 옆으로 옮겨야 절의 모양과 제도가 완벽해지겠다.

지금 못하더라도 뒷사람들이 바로잡을 수 있기를 바란다.

애초에 내가 이 글을 주목한 것은 그 이름의 속뜻이 궁금해서였다. 없을 '무' 자 두 개를 겹쳐 쓰면 '없고 없다'는 뜻도 되지만 '없는 게 없다'는 뜻도 된다. 어느 것일까? 정작 목은은 그 뜻에 대해서는 따로 언급하지 않고 "무무당의 뜻은 거기 사는 분들이 더 잘 알 것이기에 나는 말하지 않는다"라고 했다. 나는 이것이 항시 의문이었기에 돌아가신 전 조계종 총무원장 지관 스님께 여쭤보니 이렇게 답하셨다.

"없고 없는 것이 없는 게 없는 겁니다."

이 오묘한 대답 속에는 우리나라 선종이 갖고 있는 인식세계의 차원 높은 논리, '논리를 넘어선 논리'가 담겨 있다.

산사의 구조: 일주문과 진입로

모든 종교 건축에는 기본 룰이 있다. 기독교의 경우 교회당 건축은 기본적으로 평면을 십자가에 두고 있다. 상하좌우가 같은 그리스형 십자가 평면에 지은 것이 이스탄불의 하기야 소피아 사원이고, 로마네스크, 고딕 성당은 상하가 좌우보다 긴 라틴형 십자가를 평면으로 삼고 있다.

우리나라 사찰의 경우 삼국시대 도심에 지은 평지 사찰은 남북일직선을 중심축으로 하여 남문, 중문, 탑, 금당, 강당, 승방을 반듯하게 배치하고 회랑으로 공간을 구획했다. 이를 칠전(七殿) 가람이라고 한다.

산사의 경우는 산비탈에 건물을 배치하기 때문에 이 중심축이 무너지지 않을 수 없었다. 이것은 하나의 룰이었기 때문에 초기의 산사들은 축대를 쌓아 평지로 바꿔 그 룰을 따르려고 노력했다. 불국사, 보림사, 거돈사 같은 사찰에 그 자취가 역력히 보인다.

세월이 지나면서 신앙의 형태가 바뀌고, 또 다양해지면서 산사는 그곳의 지형에 따라 나름의 규칙을 갖게 되었다. 이때도 지형에 따라 융통성이 있었지만 기본은 명확했다.

어떤 산사든 입구에서는 먼저 일주문이 나온다. 그리고 일주문에는 '가야산 해인사' '가지산 보림사' '만수산 무량사'라는 식으로 무슨 산, 무슨 절이라고 산사임을 밝히며 여기부터는 성역임을 알려준다.

그리고 일주문부터 사찰의 수호신인 천왕문이 나올 때까지는 긴 진입로가 전개된다. 산사의 진입로. 이는 그냥 걸어가는 길이 아니라 성역에 이르는 공간적 시간적 거리를 의미한다. 대개는 계곡을 따라가다가 개울건너 천왕문에 다다른다. 그 다리는 보통 극락교, 해탈교 등 불교 용어로 이름지었다.

우리나라 산사의 진입로는 대단히 아름답다. 해인사, 송광사, 선암사, 내소사, 법흥사 등은 그 진입로로 인하여 더더욱 산사의 아름다움을 자랑하고 있다. 일본 교토의 사찰들에서는 이런 자연스러운 진입로가 없기 때문에 인공적인 조경으로 대신하고 있다. 지리산 화엄사가 이번 등재에서 제외된 것은 일주문 안에 템플스테이 건물이 있다는 점 때문이었다.

산사의 구조: 가람배치

천왕문 이후에는 절의 규모에 따라 건물의 수가 다르고 배치도 다양해진다. 그러나 기본 룰은 있다. 규모가 큰 경우에는 만세루라는 이층 누각 건물이 한 번 더 나오고 만세루 아래층 계단을 통해 오르면 넓은 마당 한가운데 탑이 있고 그 뒤에 법당이 있다. 그리고 법당 양옆으로는 법당

보다 키가 낮은 건물을 배치하여 법당을 기준으로 하여 네모난 절마당이 형성된다. 그래서 우리 산사를 산지중정형(山地中庭型)이라고도 일컫는다.

법당은 그 절에서 모시고 있는 불상이 석가모니불, 아미타불, 비로자나불이냐에 따라 대웅전이냐 극락전이냐 비로전이냐가 정해진다. 만세루는 옥외 법회가 이루어지는 오픈 스페이스다. 법당 좌우의 낮은 건물은 대개 적묵당(寂默堂), 심검당(尋劍堂)이라는 이름으로 선방(禪房)과 부엌이 배치된다. 적묵은 고요히 묵상하는 집이고, 심검은 법을 구하는 것을 칼을 찾아가는 것에 비유한 데서 나왔다. 물론 이 배치는 절의 지형과 규모에 따라 달라지지만 산사 어디에든 있어야 하는 건물이다.

불교 신앙이 널리 확산되면서 법당 뒤쪽, 또는 좌우로는 작은 전각들이 더 전개된다. 자비의 화신인 관세음보살에게 소원을 기도하는 관음전(또는 원통전), 명부를 주재하는 지장보살에게 죽음의 문제에서 구원을 구하는 명부전(또는 지장전), 석가모니와 나한에게 참을 구하는 응진전과 나한전, 그리고 임진왜란 이후에는 민간신앙을 받아들여 산사 가장 깊은 곳에 산신전(또는 삼신전, 칠성각)이 있다. 요사채가 얼마나 크고, 선방이 얼마나 더 있느냐는 그다음 이야기이다. 이것이 우리나라 산사의 기본 가람배치이다.

산사의 서정

불교신도가 아니어도, 법당 안에 들어가 부처님께 절을 올리지 않아도 '오는 사람 막지 않고 가는 사람 잡지 않는' 절집은 우리 산천에 있는 문화유산으로서 누구에게나 마음을 다스리고 서정을 키워주는 열린 공간으로 기능해왔다. 그것은 예나 지금이나 마찬가지이다. 『신증동국여지승람』에는 고려시대 백문절(白文節)이라는 문인이 완주 화암사(花巖寺)를 읊은 시가 다음과 같이 실려 있다.

어지러운 산 틈 사이로 여울은 급히 달리기에
우연히 몇 리 찾아가니 점점 깊고 기이하다
소나무 회나무는 하늘에 닿아 있고 넝쿨들이 늘어졌는데
백 겹 이끼 긴 돌다리는 미끄러워 발붙이기 어렵구나
드물게 울려오는 종소리는 골 안에 가득하고
구름 끝에 절집 지붕 끝이 희미하게 다가오네
(…)
조용히 와서 하룻밤 자고 나니 문득 세상 생각 잊어버려
10년 홍진(紅塵)에 일만사(一萬事)가 틀린 것을 알겠구나
(…)
산사의 스님은 산을 사랑해 세상에 나올 기약이 없고
세속의 선비는 다시 찾아올 수 있을지를 알지 못한다
차마 바로 헤어지지 못해 서성이고 있는데
소나무 위로 지는 해가 다 기울어간다.

이처럼 산사에 오면 누구나 자신의 일상을 되돌아보면서 혹은 위로를 얻고 혹은 깨달음을 얻는다. 세파에 시달림이 심할수록 산사의 서정이 사무치게 다가온다. 추사 김정희의 「산사」라는 시는 더욱 아련하다.

이리 기울고 저리 비껴가는 산을 보니 여기가 참된 곳인데
열 길 모진 속세에 잘못 들어가 길을 헤매었구나
감실(龕室) 안 부처님은 사람을 보며 얘기하자는 듯한데

산새는 새끼를 끼고 와 이미 가까이 지내는구나

굳이 어느 절이라 말하지 않아도 우리나라 산사에 가면 누구나 느끼는 감정이고 조용히 일어나는 사색이다.

세계유산 등재 후의 과제

우리나라의 산사가 유네스코 세계유산으로 등재되어 무엇이 달라지느냐는 물음이 있다. 오히려 규제만 심해지는 것이 아니냐는 걱정도 있다. 실제로 이로 인해 규제가 강화되는 부분도 많다. 세계유산 등재시 세계유산위원회가 우리에 보낸 권고 사항은 다음과 같다.

   1. '문화유산이 아닌 요소'에 대한 공간 계획, 신규 건설 및 리노베이션 지침 마련, 승인 절차 명확화, 문화재 관리 계획 수립
   2. 사찰 내 적절한 분위기 유지를 위해 (성수기) 방문객 압력을 낮추기 위한 조치
   3. 문화유산의 OUV에 영향을 줄 수 있는 경내 신규 사업에 대해 세계유산센터와의 협의

우리는 이 권고 사항을 이행해야 한다. 이는 규제 강화라기보다 문화유산의 진정성을 손상하지 말라는 것이다. 진작 이렇게 했어야 할 일을 개개 사찰의 차원, 나라의 차원이 아니라 인류의 문화유산이라는 차원에서 가꾸고 지켜야 하는 계기가 마련된 것이다.

산사의 세계유산 등재가 주는 의의에 대해 나는 이렇게 말한다. 이로 인해 '우리나라는 산사의 나라다'라는 명제를 세계에 대놓고 내세울 수

있게 되었다. 그러니 또 하나의 강력한 '한국의 이미지'(Image of Korea) 를 얻게 된 것이다.

일본의 교토는 14개의 사찰과 3개의 신사를 묶어 등재함으로써 '정원 과 사찰의 도시'라는 각인을 심어주었고, 중국의 소주(蘇州)는 9개의 정 원을 묶어 등재함으로써 '정원의 도시'임을 세계에 알렸다. 우리는 그 이 상으로 나라의 이미지를 고양할 수 있게 된 것이다.

이보다 더 중요한 의미는 우리 국민들이 산사의 문화유산적 가치를 더 높이 인식하게 되고 민족적 자부심과 함께 이를 일상 속에 끌어안고 살아갈 수 있는 좋은 계기가 되리라는 데에 있다.

답사기에서 「산사 순례」를 엮어내며

이처럼 유네스코 세계유산 등재로 우리나라 산사에 대한 관심이 새삼 일깨워진 것을 보면서 산사를 찾아가는 분들의 길라잡이가 되기를 희망 하며 기왕에 쓴 『나의 문화유산답사기』에서 소개한 산사 20여 곳을 한 권으로 엮어 펴내게 되었다.

여기에는 세계유산에 등재된 대흥사, 부석사, 선암사, 봉정사 답사기 가 들어 있고 등재되지 않았지만 산사의 미학을 보여주는 명찰들로 가 득하다. 사실 어느 지역을 가든 그곳에 산사가 있으면 내 발길이 그냥 지 나친 적이 없다. 어쩌면 산사가 있기에 『나의 문화유산답사기』가 가능했 는지도 모른다. 이번에 등재된 통도사, 법주사, 마곡사는 아직 답사기가 그곳에 미치지 않아 쓰지 않았을 뿐 답사기가 계속되어 그쪽으로 향하 면 자연히 소개하게 될 것이다.

북한의 산사는 내 발이 닿은 묘향산 보현사와 금강산 표훈사밖에 싣 지 못했는데 다시 방북할 기회가 있으면 이성계의 건국신화가 깃든 강원도 설봉산의 석왕사와 분단 전에는 32본사 중 하나였던 황해도 정방산의 성불사를 꼭 답사해서 북한에도 산사의 전통이 있음을 보여주고 싶다.

기왕에 발표한 글들을 다시 엮는다는 것이 한편으로는 마음에 걸렸지만 책이란 목적에 따라 달리 펴낼 수 있다는 생각에 산사 답사기만을 묶은 것이고 그 대신 '산사의 미학'에 대한 글을 새로 써서 독자들의 이해를 돕고자 했다.

『나의 문화유산답사기』의 별권이고 부제는 「산사 순례」라고 했다. 부디 이 책이 산사를 순례하는 답사객의 좋은 안내서가 되기를 희망한다.

2018년 8월
유홍준

차례

사무치는 마음으로 가고 또 가고

이미지와 오브제

미술품은 하나의 물체다. 그러나 우리는 그것을 물(物) 자체로 보는 것이 아니라 그 물체를 통해 나타나는 상(像)을 갖고 이야기한다. 유식하게 말해서 오브제(objet)가 아니라 이미지(image)로 대하는 것이다.

따라서 미술품에 대한 해설은 필연적으로 시각적 이미지를 언어로 전환시켜야 한다는 조건에서 시작된다. 이 때문에 예로부터 미술을 말하는 사람들은 어떻게 하면 그 이미지를 극명하게 부각할 수 있는가를 고민해왔다.

그런 중에 옛사람들이 곧잘 채택했던 방법의 하나는 시각적 이미지를 시적(詩的) 영상으로 대치해보는 것이었다. 오늘날에는 제아무리 뛰어난 문장가라도 엄두를 못 내는 이 방법을 조선시대에는 웬만한 선비라면 제화시(題畵詩) 정도는 우리가 유행가 한가락 부르는 흥취로 해치웠다.

그렇게 함으로써 이미지는 선명하게 부각되고, 확대되고, 심화되어 침묵의 물체를 생동하는 영상으로 다가오게 하였다. 그것은 곧 보이는 것과 보이지 않는 것의 만남이며, 말하지 않는 것과의 대화인 것이다.

조선왕조 철종 때 영의정을 지낸 경산(經山) 정원용(鄭元容)은 비록 그 자신이 문장가이기는 했지만 글씨에 대하여 특별한 전문성을 갖고 있었던 것 같지도 않은데 네 사람의 명필을 논한 「논제필가(論諸筆家, 여러 서예가를 논함)」에서는 미술과 문학의 행복한 만남을 보여주고 있다.

한석봉(韓石峯)의 글씨는 여름비가 바야흐로 흠뻑 내리는데 늙은 농부가 소를 꾸짖으며 가는 듯하다.

서무수(徐懋修)의 글씨는 반쯤 갠 봄날 은일자가 채소밭을 가꾸는 듯하다.

윤백하(尹白下)의 글씨는 가을달이 창에 비치는데 근심에 서린 사람이 비단을 짜는 듯하다.

이원교(李圓嶠)의 글씨는 겨울눈이 쏟아져내리는데 사냥꾼이 말을 타고 치달리는 듯하다.

남한 땅의 5대 명찰

이런 옛글을 읽을 때면 나는 이미지의 고양과 풍성한 확대라는 것이 인간의 정서를 얼마나 풍요롭게 해주는가를 절감하게 된다. 이것은 꼭 문잣속 깊은 지식인층의 지적 유희만은 아닐 것이다. 정도의 차이는 있을지언정 일자무식의 민초에게도 마찬가지다. 나는 그 좋은 예를 하나 갖고 있다.

우리 어머니는 경기도 포천군 청산면 금동리 왕방산 서쪽 기슭 깊은 산골에서 태어나 소학교도 제대로 다니지 못했다. 열일곱 살 때 갑자기 위안부라는 몹쓸 일이 시작되자 부랴사랴 우리 아버지에게 시집오게 되었다. 내가 중학교 일학년 때 어머니는 나를 외가댁 가서 실컷 놀다 오라고 데리고 가면서 끔찍이도 험하고 높은 칠오리고개를 넘으면서 절절매는 나를 달래기 위해 얘기를 하나 해주셨다.

외가댁 건너편 왕방마을에 양지바른 툇마루에 앉아 아이들을 모아놓고 재미있는 얘기를 하도 잘해서 '양달대포'라는 별명을 갖고 있는 아저씨가 있었는데, 우리 어머니가 갑자기 시집간다니까 시집가서 잘살게 되나 점 봐준다면서 다섯 가지 그림 같은 정경을 말하고서는 순서대로 늘어놔보라고 했다는 것이다. 나는 지금 어느 것이 부자가 되고 어느 것이 가난하게 되는 것인지 그 서열을 다는 기억하지 못하지만 우리 어머닌 꼴찌서 둘째였는데 나는 첫째로 부자가 되는 것을 골라서 우리 모자는 함께 좋아하며 지루한 고개를 단숨에 넘어갔다. 이후 나는 한동안 이 문제를 동무들에게도 써먹었고 작문 시간에 슬쩍 도용도 하면서 그 이미지를 잊어버리지 않게 되었는데, 지금 그것을 다시 도용하여 남한 땅의 5대 명찰을 논하는 「논제명찰(論諸名刹)」을 읊어보련다.

춘삼월 양지바른 댓돌 위에서 서당개가 턱을 앞발에 묻고 한가로이 낮잠 자는 듯한 절은 서산 개심사(開心寺)이다.

한여름 온 식구가 김매러 간 사이 대청에서 낮잠 자던 어린애가 잠이 깨어 엄마를 찾으려고 두리번거리는 듯한 절은 강진 무위사(無爲寺)이다.

늦가을 해 질 녘 할머니가 툇마루에 앉아 반가운 손님이 올 리도 없건만 산마루 넘어오는 장꾼들을 물끄러미 바라보고 있는 듯한 절은 부안 내소사(來蘇寺)이다.

| 산사의 여러 모습 | 우리나라 사찰은 주어진 자연환경에 따라 자연과 어울리는 방식이 다양하게 나타났다.
1. 내소사 2. 무위사 3. 개심사 4. 운문사

　　한겨울 폭설이 내린 산골 한 아낙네가 솔밭에서 바람이 부는 대로 굴러가는 솔방울을 줍고 있는 듯한 절은 청도 운문사(雲門寺)이다.

　　몇 날 며칠을 두고 비만 내리는 지루한 장마 끝에 홀연히 먹구름이 가시면서 밝은 햇살이 쨍쨍 내리쬐는 듯한 절은 영주 부석사(浮石寺)이다.

　　우리 어머니가 택한 것은 운문사 전경이었고 나는 부석사를 꼽았었다.

질서의 미덕과 정서적 해방의 기쁨

　　영주 부석사는 우리나라에서 가장 아름다운 절집이다. 그러나 아름답

다는 형용사로는 부석사의 장쾌함을 담아내지 못하며, 장쾌하다는 표현으로는 정연한 자태를 나타내지 못한다. 부석사는 오직 한마디, 위대한 건축이라고 부를 때만 그 온당한 가치를 받아낼 수 있다.

건축 잡지 『플러스』에서 1994년 2월에 건축가 200여 명을 상대로 한 설문 조사를 발표한 적이 있는데, "가장 잘 지은 고건축"이라는 항목에서 압도적인 표를 얻어 당당 1위를 한 것이 부석사였다. 그 "가장 잘 지었다"는 말에는 건축적 사고가 풍부하고 건축적 짜임새가 충실하다는 뜻이 들어 있으리라. 그런 전문적 안목이 아니라 한낱 여행객, 답사객의 눈이라도 풍요로운 자연의 서정과 빈틈없는 인공의 질서를 실수 없이 읽어내고, 무량수전 안양루에 올라 멀어져가는 태백산맥을 바라보면 소스라치는 기쁨과 놀라운 감동을 온몸으로 느끼게 될 것이니, 부석사는 정녕 위대한 건축이요, 지루한 장마 끝에 활짝 갠 밝은 햇살 같을 뿐이다.

부석사의 가장 큰 자랑거리는 무량수전에 있다. 그것이 우리나라에서 가장 오래된 목조건축이라서가 아니며, 그것이 국보 제18호라서도 아니다. 부석사의 아름다움은 모든 길과 집과 자연이 이 무량수전을 위해 제자리에서 제 몫을 하고 있는 절묘한 구조와 장대한 스케일에 있는 것이다. 부석사를 창건한 의상대사가 「법성게(法性偈)」에서 말한바 "모든 것이 원만하게 조화하여 두 모습으로 나뉨이 없고, 하나가 곧 모두요 모두가 곧 하나 됨"이라는 원융(圓融)의 경지를 보여주는 가람배치가 부석사인 것이다. 그러니까 부석사는 곧 저 오묘하고 장엄한 화엄세계의 이미지를 건축이라는 시각 매체로 구현한 것이다. 이 또한 이미지와 이미지의 만남이며, 말하는 것과 말하지 않는 것의 대화일 것이다.

부석사는 백두대간(태백산맥)이 두 줄기로 나뉘어 각각 제 갈 길로 떠나가는 양백지간(兩白之間)에 자리잡고 있다. 태백산과 소백산 사이 봉황산(鳳凰山) 중턱이 된다. 이 자리가 지닌 지리적·풍수적 의미는 그것으로

| **무량수전** | 목조건축으로 우리나라 팔작지붕집의 시원 양식이다. 늠름한 기품과 조용한 멋이 함께 살아 있다.

암시되며, 옛날이나 지금이나 사람의 발길이 닿기 쉽지 않은 국토의 오지라는 사실에서 사상사적·역사적 의미도 간취된다.

부석사 아랫마을 북지리에서 이제 절집의 일주문을 들어가 천왕문, 요사채, 범종루, 안양루를 거쳐 무량수전에 이르고 여기서 다시 조사당과 응진전까지 순례하는 길을 걷게 되면 순례자는 필연적으로 서로 성격을 달리하는 세 종류의 길을 걷게끔 되어 있다.

절 입구에서 일주문을 거쳐 천왕문에 이르는 돌 반, 흙 반의 비탈길은 자연과 인공의 행복한 조화로움을 보여준다.

천왕문에서 요사채를 거쳐 무량수전에 이르는 부석사의 본채는 정연한 돌축대와 돌계단이라는 인공의 길이다. 그것은 엄격한 체계와 가지런한 질서를 담고 있으며 그 정상에 무량수전이 모셔져 있다.

| **무량수전 내부** | 고려시대 불상을 중심으로 시원스럽게 뻗어올라간 기둥들이 외관 못지않은 아름다움을 보여준다.

　무량수전에 이르면 자연의 장대한 경관이 펼쳐진다. 남쪽으로 치달리는 소백산맥의 줄기가 한눈에 들어오며 그것은 곧 극락세계로 들어가는 서막을 보여주는 듯하다. 이제 우리는 상처받지 않은 위대한 자연으로 돌아온 것이다.

　무량수전에서 한 호흡 가다듬고 조사당, 웅진전으로 오르는 길은 떡갈나무와 산죽이 싱그러운 흙길이다. 그것은 자연으로 돌아온 우리를 포근히 감싸주는 여운인 것이다.

　인공과 자연의 만남에서 인공의 세계로, 거기에서 다시 자연과 그 여운에로 이르는 부석사 순렛길은 장장 15리이건만 이 조화로움 덕분에 어느 순례자도 힘겨움 없이, 지루함 없이 오를 수 있게 된다.

　지금 나는 저 극락세계에 오르는 행복한 순렛길을 여러분과 함께 가고 있는 것이다.

비탈길의 미학과 사과나무의 조형성

부석사 매표소에서 표를 끊고 절집을 향하면 느릿한 경사면의 비탈길이 곧바로 일주문까지 닿아 있다. 길 양옆엔 은행나무 가로수, 가로수 건너편은 사과밭이다. 여기서 천왕문까지는 1킬로미터가 넘으니 결코 짧은 거리가 아니지만 급한 경사가 아닌지라 힘겨울 바가 없으며 일주문이 눈앞에 들어오니 거리를 가늠할 수 있기에 느긋한 걸음으로 사위를 살피며 마음의 가닥을 잡을 수 있다.

별스러운 수식이 있을 리 없는 이 부석사 진입로야말로 현대인에게 침묵의 충언과 준엄한 꾸짖음 그리고 포근한 애무의 손길을 던져주는 조선 땅 최고의 명상로라고 나는 생각하고 있다.

비탈길은 사람의 발길을 느긋하게 잡아놓는다. 제아무리 잰걸음의 성급한 현대인이라도 이 비탈길에 와서는 발목이 잡힌다. 사람은 걸어다닐 때 머릿속이 가장 맑다고 한다. 여러분 생각해보라. 직장에서 집까지, 학교에서 집까지 가는 한 시간 남짓한 시간에 머릿속에서 무엇을 했나. 돌아오는 길은 어떠했나. 최소 하루 두 시간 자기만의 명상 시간을 갖고 있는 셈인데 대부분은 그 시간을 소비해버리고 있다.

그러나 비탈길은 그런 경박과 멍청함을 용서하지 않는다. 아무리 완만해도 비탈인지라 하체는 긴장하고 있다. 꾹꾹 누르는 발걸음의 무게가 순례자의 마음속에 기여하는 바는 결코 적은 것이 아니다. 그래서 사람의 생각은 걷는 발뒤꿈치에서 시작한다는 말도 있는 것이다.

만약 저 일주문이 없어 길의 끝이 어딘지 가늠치 못할 경우와 비교해보자. 루돌프 아른하임(Rudolf Arnheim)의 『미술과 시지각』이라는 책에는 공간에 반응하는 인간의 감성적 습성에 대한 아주 섬세한 분석이 들어 있는데, 그의 명제 중에는 '모든 물체는 공간을 창출한다'는 것이 있

| **부석사로 오르는 은행나무 가로수길** | 적당한 경사면의 쾌적한 순롓길로 멀리 일주문이 있어 거리를 가늠케 한다.

다. 한 폭 풍경화 속에 그려져 있는 길에 사람이 하나 들어 있느냐 없느
냐의 차이가 그 명제에 정당성을 부여해주고 있다.

더욱이 일주문을 향한 우리의 발걸음은 움직이고 있다. 앞으로 나아
갈수록 일주문은 선명하게 보이고 크게 보인다. 그것을 통해 움직이고
있는 자신의 위치를 명확히 감지할 수 있는 것이다.

부석사 진입로의 이 비탈길은 사철 중 늦가을이 가장 아름답다. 가로
수 은행나무잎이 떨어져 샛노란 낙엽이 일주문 너머 저쪽까지 펼쳐질
때 그 길은 순례자를 맞이하는 부처님의 자비로운 배려라는 생각이 들
기도 한다.

내가 늦가을 부석사를 좋아하는 이유는 은행잎 카펫길보다도 사과나
무밭 때문이었다. 나는 언제나 내 인생을 사과나무처럼 가꾸고 싶어한
다. 어차피 나는 세한삼우(歲寒三友)의 송죽매(松竹梅)는 될 수가 없다.

| **부석사 입구의 사과나무밭** | 사과나무의 굵은 가지에서는 역도 선수의 용틀임 같은 힘의 조형미가 느껴진다.

그런 고고함, 그런 기품, 그런 청순함이 태어나면서부터 없었고 살아가면서 더 잃어버렸다. 그러나 사과나무는 될 수가 있을 것도 같다. 사람에 따라서는 사과나무를 사오월 꽃이 필 때가 좋다고 하고, 시월에 과실이 주렁주렁 열릴 때가 좋다고도 할 것이다. 그러나 나는 잎도 열매도 없는 마른 가지의 사과나무를 무한대로 사랑하고 그런 이미지의 인간이 되기를 동경한다.

사과나무의 줄기는 직선으로 뻗고 직선으로 올라간다. 그렇게 되도록 가지치기를 해야 사과가 잘 열린다. 한 줄기에 수십 개씩 달리는 열매의 하중을 견디려면 줄기는 굵고 곧지 않으면 안 된다. 그리하여 모든 사과나무는 운동선수의 팔뚝처럼 굳세고 힘 있어 보인다. 곧게 뻗어오른 사과나무의 줄기와 가지를 보면 대지에 굳게 뿌리를 내린 채 하늘을 향해 역기를 드는 역도 선수의 용틀임을 느끼게 된다. 그러한 사과나무의 힘은 꽃이 필 때도 열매를 맺을 때도 아닌 마른 줄기의 늦가을이 제격이다.

내 사랑하는 사과나무의 생김새는 그것 자체가 위대한 조형성을 보여준다. 묵은 줄기는 은회색이고 새 가지는 자색을 띠는 색감은 유연한 느낌을 주지만 형체는 어느 모로 보아도 불균형을 이루면서 전체는 완벽한 힘의 미학을 견지하고 있다. 그 힘은 어디에서 나오는가? 뿌리에서 나온다. 나는 그 사실을 나중에 알고 나서 더욱더 사과나무를 동경하게 되었다.

"세상엔 느티나무 뽑을 장사는 있어도 사과나무 뽑을 장사는 없다."

9품 만다라의 가람배치

일주문을 지나 천왕문으로 오르는 길 중턱 왼편에는 이 절집의 당(幢), 즉 깃발을 게양하던 당간의 버팀돌이 우뚝 서 있다. 높이 4.3미터의 이 훤칠한 당간지주는 우리나라에 있는 수많은 당간지주 중 가장 늘씬한 몸매의 세련미를 보여주는 명작 중의 명작이다. 강릉 굴산사터의 그것이 자연석의 느낌을 살린 헤비급 챔피언이라면, 익산 미륵사터의 그것이 옹골차면서도 유연한 미들급의 챔피언이 될 것이고, 부석사의 당간지주는 라이트급이라도 헤비급을 능가할 수 있는 멋과 힘의 고양이 있음을 보여준다. 아래쪽에서 위로 올라갈수록 약간씩 좁혀간 체감률, 끝마무리를 꽃잎처럼 공글린 섬세성, 몸체에 돋을새김의 띠를 설정하여 수직의 상승감을 유도한 조형적 계산. 그 모두가 석공의 공력이 극진하게 나타난 장인정신의 소산인 것이다. 바로 그 투철한 장인정신이 이 한 쌍의 돌 속에 서려 있기에 우리는 주저 없이 이와 같은 아름다움을 창출해낸 이름 모를 그분에게 감사와 경의를 표하게 된다.

비탈길이 끝나고 낮은 돌계단을 올라 천왕문에 이르면 여기부터가 부석사 경내가 된다. 사천왕이 지키고 있으니 이 안쪽은 도솔천이 되는 것이다. 여기에서 요사채를 거쳐 범종루, 안양루를 지나 무량수전에 다다르기까지 우리는 아홉 단의 석축 돌계단을 넘어야 한다. 그것은 곧 극락세계 9품(品) 만다라의 이미지를 건축적 구조로 구현한 것이다.

정토삼부경(淨土三部經)의 하나인『관무량수경(觀無量壽經)』을 보면 극락세계에 이를 수 있는 16가지 방법이 설명되어 있는데 그중 마지막 세 방법은 3품3배관(三品三輩觀)으로 상품상생(上品上生)에서 중품중생(中品中生)을 거쳐 하품하생(下品下生)에 이르기까지 저마다의 행실과 공력으로 극락세계에 환생할 수 있다는 것이다. 그것이 곧 9품 만다라다.

부석사 경내의 돌축대가 세번째 단을 넓게 하여 차별을 둔 것은 9품을 또 다시 상·중·하 3품으로 나눈 것이니 비탈을 깎아 평지로 고르면서 돌계단, 돌축대에도 이런 상징성을 부여할 수 있는 정성과 아이디어는 결코 가벼이 생각할 수는 없는 일이다.

더욱이 부석사의 돌축대들은 불국사처럼 지주가 있는 것도 아니고 해인사 경판고처럼 장대석을 사용한 것도 아니다. 제멋대로 생긴 크고 작은 자연석의 갖가지 형태들을 다치지 않고 자연스럽게 이를 맞추어 쌓은 것이다. 다시 말하여 낱낱의 개성을 죽이지 않으면서 무질서를 질서로 환원시킨 이 석축들은 자연스러운 아름다움이라기보다도 의상대사가 말한바 "하나가 곧 모두요 모두가 곧 하나 됨"을 입증하는 상징적 이미지까지 서려 있다. 불국사의 돌축대가 인공과 자연의 조화를 극명하게 보여준 최고의 명작이라면, 부석사 돌축대는 자연과 인공을 하나로 융화시킨 더 높은 원융의 경지라고 말할 수 있을 것이다.

천왕문에서 세 계단을 오른 넓은 마당은 3품3배의 하품단(下品壇) 끝이 되며 여기에는 요사채가 조용한 자태로 자리잡고 있다. 여기서 다시 세 계단을 오르는 중품단(中品壇)은 범종이 걸린 범종루가 끝이 되며 양

| 부석사 당간지주 | 곧게 뻗어오르면서 위쪽이 약간 좁아져 선의 긴장과 멋이 함께 살아난다.

옆으로 강원(講院)인 응향각(凝香閣)과 취현암(醉玄庵)이 자리잡고 있다. 이 두 건물은 일제시대와 1980년도의 보수공사 때 이쪽으로 옮겨진 것이지만 부석사 가람배치의 구조를 거스르는 바는 없다.

범종루에서 다시 세 계단을 오르면 그것이 상품단(上品壇)이 되며 마지막 계단은 안양루(安養樓) 누각 밑을 거쳐 무량수전 앞마당에 당도하게 되어 있다. 마지막 돌계단을 오르면 우리는 아름다운 자태에 정교한 조각 솜씨를 보여주는 아담한 석등과 마주하게 된다. 이 석등의 구조와 조각은 국보 제17호로 지정된 명작 중의 명작이다. 아마도 우리나라에 현존하는 석등 중에서 가장 화려한 조각 솜씨를 자랑할 것이다. 섬세하고 화려하다는 감정은 단아한 기품과는 거리가 멀 수 있다. 그러나 이

| **무량수전 앞 석등** | 받침대에 싱큼하게 올라앉은 이 석등엔 조각이 아주 정교하게 새겨져 있다.

석등의 조각은 완벽한 기법이라는 형식의 힘이 받쳐주고 있기 때문에 화려하면서도 단아하다. 마치 불국사 다보탑의 화려함이 석가탑의 단아함과 상충하지 않음과 같으니 아마도 저 아래 있는 당간지주를 깎은 석공의 솜씨이리라. 그리고 우리는 이제 부석사의 절정 무량수전과 마주하게 된다.

극락세계를 주재하는 아미타여래의 상주처인 무량수전 건물은 1016년, 고려 현종 7년, 원융국사가 부석사를 중창할 때 지은 집으로 창건 연대가 확인된 목조건축 중 가장 오랜 것이다. 정면 5칸에 측면 3칸 팔작지붕으로 주심포집인데 공포장치는 아주 간결하고 견실하게 짜여 있다. 그것은 수덕사 대웅전에서 보았던 필요미(必要美)의 극치다. 기둥에는 현저한 배흘림이 있어 규모에 비해 훤칠한 느낌을 주고 있는데 기둥머리 지름은 34센티미터, 기둥밑은 44센티미터, 가운데 배흘림 부분은 49센티미터이니 그 곡선의 탄력을 수치만으로도 짐작할 수 있을 것이다.

무량수전 건축의 아름다움은 외관보다도 내관에 더 잘 드러나 있다. 건물 안의 천장을 막지 않고 모든 부재들을 노출시킴으로써 기둥, 들보, 서까래 등의 얼기설기 엮임이 리듬을 연출하며 공간을 확대시켜주는 효과는 우리 목조건축의 큰 특징이다. 그래서 외관상으로는 별로 크지 않은 듯한 집도 내부로 들어서면 탁 트인 공간 속에 압도되는 스케일의 위용을 느끼게 되는 것이다. 무량수전은 특히나 예의 배흘림기둥들이 훤칠하게 뻗어 있어 눈맛이 사뭇 시원한데 결구 방식은 아주 간결하여 강약의 리듬이 한눈에 들어온다. 그래서 건축사가 신영훈 선생은 이런 표현을 쓴 적이 있다.

"길고 굵은 나무와 짧고 아기자기한 부재들이 중첩하면서 이루는 변화 있는 조화로운 구성에서 눈 밝은 사람들은 선율을 읽는다. 장(長)과 단(短)의 율동이 거기에 있다."

무량수전에 모셔져 있는 불상 또한 명품이다. 이 아미타불상은 흙으로 빚은 소조불(塑造佛)에 도금을 하였는데 전형적인 고려시대 불상으로 개성이 강하고 육체가 건장하게 표현되어 있다.

안양루에 올라

부석사의 절정인 무량수전은 그 건축의 아름다움보다도 무량수전이 내려다보고 있는 경관이 장관이다. 바로 이 장쾌한 경관이 한눈에 들어오기에 무량수전을 여기에 건립한 것이며, 앞마당 끝에 안양루를 세운 것도 이 경관을 바라보기 위함이다. 안양루에 오르면 발아래로는 부석사 당우들이 낮게 내려앉아 마치도 저마다 독경을 하고 있는 듯한 자세인데, 저 멀리 산은 멀어지면서 소백산맥 연봉들이 남쪽으로 치달리는 산세가 일망무제로 펼쳐진다. 이 웅대한 스케일, 소백산맥 전체를 무량수전의 앞마당인 것처럼 끌어안은 것이다. 이것은 현세에서 감지할 수 있는 극락의 장엄인지도 모른다. 9품 계단의 정연한 질서를 관통하여 오른

| **무량수전에서 내려다본 경치** | 무량수전 배흘림기둥에 기대 서서 바라보면 멀리 소백산맥의 줄기가 부석사의 장대한 정원인 양 아스라이 펼쳐진다.

때문일까. 안양루의 전망은 홀연히 심신 모두가 해방의 기쁨을 느끼게 한다. 지루한 장마 끝의 햇살인들 이처럼 밝고 맑을 수 있겠는가.

안양루에 걸려 있는 중수기(重修記)를 읽어보니 이렇게 적혀 있다.

몸을 바람난간에 의지하니 무한강산(無限江山)이 발아래 다투어 달리고, 눈을 들어 하늘을 우러르니 넓고 넓은 건곤(乾坤)이 가슴속으로 거두어들어오니 가람의 승경(勝景)이 이와 같음은 없더라.

천하의 방랑시인 김삿갓도 부석사 안양루에 올라서는 저 예리한 풍자와 호방한 기개가 한풀 꺾여 낮은 목소리의 자탄(自歎)만 하고 말았다.

평생에 여가 없어 이름난 곳 못 왔더니　　　　　　　平生未暇踏名區
백발이 다 된 오늘에야 안양루에 올랐구나　　　　　白首今登安養樓
그림 같은 강산은 동남으로 벌어 있고　　　　　　　江山似畵東南列
천지는 부평같이 밤낮으로 떠 있구나　　　　　　　天地如萍日夜浮
지나간 모든 일이 말 타고 달려오듯　　　　　　　　風塵萬事忽忽馬
우주 간에 내 한 몸이 오리마냥 헤엄치네　　　　　宇宙一身泛泛鳧
인간 백 세에 몇 번이나 이런 경관 보겠는가　　　　百年幾得看勝景
세월이 무정하네 나는 벌써 늙어 있네　　　　　　　歲月無情老丈夫

　무량수전 앞 안양루에서 내려다보는 그 경관에 취해 시인은 저마다 시를 읊고 문사는 저마다 글을 지어 그 자취가 누대에 가득한데, 권력의 상좌에 있던 이들은 또 다른 기념 방식이 있었다. 그것은 현판 글씨를 써서 다는 일이다. 무량수전의 현판은 고려 공민왕이 홍건적 침입 때 안동으로 피란 온 적이 있는데 몇 달 뒤 귀경길에 들러 무량수전이라 휘호한 것을 새긴 것이라 하며, 안양루 앞에 걸린 부석사라는 현판은 1956년 이승만 대통령이 이곳을 방문했을 때 쓴 것이다. 우리 같은 민초들은 일없이 빈 바람을 가슴에 품으며 눈길은 산자락이 닿는 데까지 달리게 하여 벅찬 감동의 심호흡을 들이켤 뿐이건만 한 터럭 아쉬움도 남지 않는다.

부석과 선묘각

　무량수전 좌우로는 이 위대한 절집의 창건설화를 간직한 부석(浮石)과 선묘 아가씨의 사당인 선묘각(善妙閣)이 있다. 부석과 선묘에 대하여는 민영규 선생이 일찍이 연구발표한 것이 있고 그 내용은 『한국의 인간상』 '의상'편에 자세하다.

부석사를 고려시대에는 선달사(善達寺)라고도 하였는데 선달이란 '선돌'의 음역으로, 부석의 향음(鄕音)이란다. 거대한 자연 반석인 이 부석을 이중환(李重煥, 1690~1752)은 『택리지(擇里志)』에서 1723년 가을 어느날 답사했던 기록으로 이렇게 남겼다.

불전 뒤에 한 큰 바위가 가로질러 서 있고 그 위에 또 하나의 큰 돌이 내려덮여 있다. 언뜻 보아 위아래가 서로 이어붙은 것 같으나 자세히 살펴보면 두 돌 사이가 서로 붙어 있지 않고 약간의 틈이 있다. 노끈을 넣어보면 거침없이 드나들어 비로소 그것이 뜬 돌인 줄 알 수 있다. 절은 이것으로써 이름을 얻었는데 그 이치는 전혀 이해할 수가 없다.

절만이 부석이 아니었다. 세상 사람들은 의상을 부석존자라고 부른다. 부석의 전설은 후대에 신비화시킨 것이 분명하지만 우리는 반드시 알고 지나가야 한다. 부석에 얽힌 선묘의 이야기는 송나라 찬녕이 지은 『송고승전』에 나온다. 그것을 여기에 요약하여 옮겨본다.

의상과 원효가 유학길에 올랐다가 원효는 깨친 바 있어 되돌아오고 의상은 당주(唐州, 지금의 남양·아산)에서 배를 타고 바다를 건너 등주(登州)에 닿았다. 의상은 한 신도 집에 머물렀는데 그 집의 선묘라는 딸이 의상에게 반했으나 의상의 마음을 일으킬 수 없자 "세세생생(世世生生)에 스님께 귀명(歸命)하여 스님이 필요로 하는 모든 것을 바치겠다"는 소원을 말했다.
의상이 종남산의 지엄에게 화엄학을 배우고 돌아오는 길에 그 신도 집에 들러 사의를 표했다. 이때 선묘는 밖에 있다가 의상을 선창가

| **선묘각** | 무량수전 뒤편에 산신각처럼 아주 소박하게 세워졌다.

에서 보았다는 말을 듣고는 의상에게 주려고 준비했던 옷과 집기들을 들고 나왔으나 의상의 배는 이미 떠났다. 선묘는 옷상자를 바다에 던지고 내 몸이 용이 되어 저 배를 무사히 귀국케 해달라며 바다에 몸을 던졌다.

귀국 후 의상은 산천을 섭렵하며 "고구려의 먼지나 백제의 바람이 미치지 못하고, 말이나 소도 접근할 수 없는 곳"을 찾아 여기야말로 법륜의 수레바퀴를 굴릴 만한 곳이라고 생각했다. 그러나 사교(邪敎·權宗異部, 잘못된 주장을 하는 종파)의 무리 500명이 자리잡고 있었다. 항상 의상을 따라다니던 선묘는 의상의 뜻을 알아채고 허공중에 사방 1리나 되는 큰 바위가 되어 사교 무리들의 가람 위로 떨어질까 말까 하는 모양으로 떠 있었다. 사교 무리들은 이에 놀라 사방으로 흩어지고 의상은 이 절에 들어가 화엄경을 강의했다.

| 일본의 국보 「화엄종조사회전」 중 의상과 선묘 부분 | 12세기 일본에서 의상과
원효의 일대기를 그린 장권(長卷)의 명화가 제작됐다는 사실 자체에서 각별한 뜻을
새기게 된다.

　지금 부석사 왼쪽에는 조그마한 맞배지붕의 납도리집 한 채가 있어서
선묘의 초상화가 봉안되어 있고, 조사당 벽화 원본을 모셔놓은 보호각
뒤로는 철문이 닫혀 있는 옛 우물 자리가 있는데 이를 선묘정이라고 부
른다.

선묘 아씨를 찾아서

　1993년 2월, 나는 일본에 있는 한국문화재 조사를 위하여 한 달간 도
쿄, 오사카, 나라의 박물관들을 둘러볼 기회가 있었다. 그때 나에게 이틀

간의 자유 시간이 있었다. 나는 일행과 헤어져 교토로 떠났다. 꼭 한번 만나고 싶었던 한 여인, 선묘 아가씨의 조각을 보기 위하여.

교토의 명찰 고잔지(고산사高山寺)에는 많은 유물이 전해지고 있다. 그중 대표작은 일본 국보로 지정되어 있고, 일본 특유의 두루마리 그림인 에마키(繪卷)의 3대 걸작 중 하나인 「화엄종조사회전(華嚴宗祖師繪傳)」이 있다. 12세기 가마쿠라(鎌倉)시대 묘에(明惠, 1173~1232) 쇼닌(上人, 큰스님)이 제작케 한 것인데, 정식으로 이름을 붙이자면 의상전(傳)·원효전(傳)의 도해(圖解)이다.

묘에 스님은 고잔지 아래에 젠묘니지(선묘니사善妙尼寺)를 세우고 거기에 선묘상을 봉안했는데 그것이 있다는 소식만 들었을 뿐 우리에게 제대로 알려진 바가 없었다. 나는 그것을 보러 간 것이다.

교토박물관 관계자를 만나 나는 선묘니사는 오래전에 폐사되었고 그 조각과 그림은 모두 교토박물관에 위탁되어 있다는 사실을 알게 되었다. 그래서 쉽게 모두 볼 수 있었지만 선묘니사터는 가지 못했다.

아담한 상자 안에 보관된 빼어난 솜씨의 선묘 목조상을 보는 순간 나는 그 예술적 아름다움보다도 그녀의 마음씨에 감사하고 대한민국 국민 모두를 대신해서 사과드리는 합장의 예를 올렸다.

묘에 스님이 선묘니사를 세우고 조각을 만든 것은 당시 내전으로 생긴 전쟁 미망인들을 위해서 그들이 불교에 공헌할 수 있는 한 범본으로 선묘를 기리게 했다는 것이다. 12세기 일본인은 의상과 원효의 일대기를 그림과 행장으로 쓰고 그려 장장 80미터의 장축 6권으로 만들며, 선묘의 조각을 만들고 선묘니사를 세웠다. 그러나 우리나라에는 역대로 그런 일이 없었다.

선묘는 중국 아가씨였다. 선창가 홍등의 여인이었는지도 모른다. 그 아가씨가 의상을 위해 자기희생을 한 것만은 기록으로 분명하다. 그렇다

| **선묘 조각상** | 12세기 일본에서 선묘 아씨를 기려 만든 아름다운 조각상이 지금도 전해지고 있다.

면 우리는 당연히 그런 희생을 높이 기려야 한다.

우리나라 사람은 애국심, 애향심이 남달리 강하다. 그것은 아름다운 면이지만 그로 인하여 외국과 이민족에 대하여는 대단히 배타적이라는 큰 결함도 갖고 있다. 심하게 말하여 지독스러운 폐쇄성을 갖고 있다고 비난받을 만도 하다.

선묘는 한국인인 의상을 위해 희생한 중국인이었다. 그럼에도 그분의 상을 만들어 그 희생의 뜻이 역사 속에 살아남게 한 것은 800년 전 일본인이었다. 나는 그 점을 사과드리고 싶었던 것이다.

조사당과 답사의 여운

이제 우리는 이 위대한 절집의 창건주 의상대사를 모신 조사당(祖師堂)으로 오를 차례다. 무량수전에서 조사당을 향하면 언덕 위의 삼층석탑을 지나게 된다.

삼층석탑이 이 위쪽에 있다는 위치 설정에는 알 만한 순례객들은 모두 아리송해한다. 아마도 무량수전의 아미타여래상은 남향이 아닌 동향을 하고 있으니 지금 부처님이 바라보고 있는 방향과 같다는 사실로써 그 실마리를 찾을 수 있을 법도 한데, 그것은 내 전공이 아닌지라 그 이상은 나도 모른다고 할 수밖에 없다.

삼층석탑 옆쪽으로 나 있는 오솔길은 부드러운 흙길이다. 돌비탈길, 돌계단길로 무량수전에 오른 순례자들이 오랜만에 밟게 되는 자연 그대로의 길이다. 그래서 나는 이것에 자연으로 돌아온 여운이라는 표현을 썼던 것이다.

오솔길 양옆으로는 언제나 산죽이 푸르름을 자랑하고 고목이 된 떡갈나무, 단풍나무들이 오색으로 물들 때면 자연은 그저 아름다운 것이 아니라 정겹게 다가온다. 오솔길의 끝은 조사당이다. 이 건물 또한 고려시대의 건축물로 단칸 맞배지붕 주심포집의 단아한 아름다움을 모범적으로 보여준다. 처마의 서까래가 길게 내려뻗어 지붕의 무게가 조금은 부담스럽다. 그러나 그로 인하여 이 집은 작은 집이지만 조금도 왜소해 보이질 않는다. 특히 취현암터의 비석이 있는 쪽에서 측면을 바라보는 눈맛은 여간 즐거운 비례감이 아니다. 밑에서 처마를 올려다보면 공포 구성의 간결한 필요미에 쏠려 얼른 시선을 떼지 못한다.

| **조사당 측면** | 조사당 건물은 고려시대 맞배지붕의 단아한 아름다움의 표본이다.

　그러나 조사당 안을 들여다보면 그 순간 밖으로 나오고 싶어진다. 내
벽에 20세기 특유의 번쩍거리는 채색으로 생경한 모습의 제석천, 범천,
사천왕이 그려져 있다. 딴에는 잘 그린다고 한 것인데 이 시대의 역량은
그것밖에 안 된다.

　조사당을 순례하면 여러분과 나를 슬프게 하는 또 하나의 20세기 구
조물을 만난다. 그것은 조사당 정면 반쪽을 닭장 치듯 철조망으로 둘러
친 것이다. 내력인즉, 의상대사가 꽂은 지팡이에서 잎이 나오며 자랐다
는 골담초를 보호하기 위함이란다. 이 골담초는 선비화(禪扉花)라는 것
으로 그늘에서 저절로 자란 것이겠지만 그것을 의상대사의 전설로 끌어
붙인 것이다. 그 잎을 달여먹으면 아기를 갖는다고 한 것이나, 그 수난을
막겠다고 닭장을 친 것이나 모두 같은 과(科)에 속하는 무리들의 작태일
뿐이다. 이 조사당 건물의 난데없는 수난 때문에 우리는 건물의 정면을

제대로 음미할 수 없는 피해만 보게 되었다.

조사당 건너편, 무량수전 위쪽에는 나한상을 모신 단하각(丹霞閣)과 응진전이 있고 자인당(慈忍堂)에는 부석사 동쪽 5리 밖에 있던 동방사(東方寺)라는 폐사지에서 옮겨온 석불 2기가 모셔져 있는데, 그 모두가 당당한 일세의 석불들이다. 부석사 본편의 여운으로 삼기에 미안할 정도의 미술사적 근수를 갖고 있다. 그래서 나는 이곳을 부석사 순렛길에서 뺀 적이 없다.

부석사 답사에서는 보호각 쪽 언덕 너머로 외롭게 서 있는 고려시대 원융(圓融)국사의 비를 보는 것도 답사 끝의 작은 후식(後食)은 된다. 지금 우리가 끝없는 예찬을 보내는 부석사의 아름다움은 1980년의 보수공사 때 문화재위원들이 내린 아주 현명하고 위대한 판단 덕분이었다. 그당시 보수공사 보고서를 보면 한결같이 부석사의 구조를 조금도 건드리지 않는 범위에서만 해야 한다는 의견이었고 그렇게 시행되었다. 문자 그대로 고색창연한 절을 유지하게끔 한 것이다.

이제 우리는 오솔길의 산죽을 헤치며 흙길을 돌고 돌아 다시 무량수전 앞마당으로 내려간다. 답사를 마치고 돌아가려니 무한강산의 부석사 정원이 다시 보고 싶어진다. 부석사의 경관은 아침보다도 저녁이 아름답다. 석양이 동남쪽의 소백산맥 준령들을 비출 때 그 겹겹의 능선이 살아 움직이니 아침 햇살의 역광과는 비교할 수 없는 차이를 보여준다. 그래서 나는 모든 절집의 답사는 새벽을 취하면서 부석사만은 석양을 택한다. 이것으로 여러분과 순렛길에 오른 나의 부석사 안내는 끝난다.

그렇다고 내가 부석사를 낱낱이 다 소개한 것은 아니다. 요사채 안쪽에는 『신증동국여지승람』에서 가뭄에 기도드리면 감응이 있다는 식사용정(食沙龍井)이 있고, 승당 자리에 있는 석조(石槽)와 맷돌 또한 아무데서나 볼 수 있는 것이 아니다. 그리고 나의 부석사 이야기가 여기서 끝

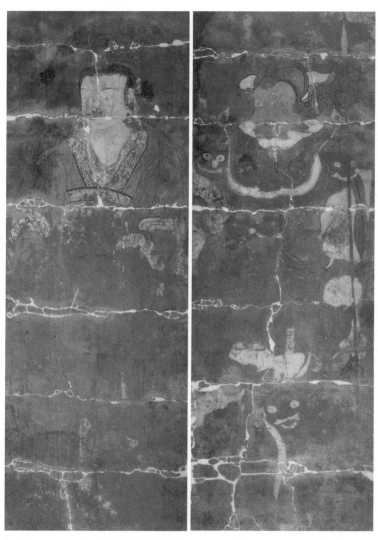

| **부석사 조사당 벽화** | 부석사 조사당에는 제석천, 범천, 사천왕을 그린 고려시대 벽화가 남아 있었다. 지금은 벽면 전체를 그대로 떼어 유리 상자에 담아 무량수전에 보관하고 있다.

나는 것도 아니다.

부석사의 수수께끼

부석사에는 나로서는 풀 수 없는 수수께끼가 둘 있다. 하나는 석룡(石
龍)이다. 절 스님들이 대대로 전하기로 무량수전 아미타여래상 대좌 아
래는 용의 머리가 받치고 그 몸체는 ㄹ자로 꿈틀거리며 법당 앞 석등까
지 뻗친 석룡이 있다는 것이다. 이것은 사찰 자산대장에도 나와 있고 일
제시대에 보수할 때 법당 앞마당을 파면서 용의 비늘 같은 조각까지 확
인했다는 것이다. 그때 용의 허리 부분이 절단된 것을 확인하여 일본인
기술자에게 보수를 요구했으나 그는 완강히 거부했다는 것이다. 나는 이
이야기의 진실성을 의심치 않는다. 다만 그것이 선묘화룡의 전설과 연결
되는 것인지 지맥에 의한 건물 배치의 뜻이 과장된 것인지, 그것은 모르
겠다.

두번째 의문은 이 큰 절집에 상주하는 스님이 1991년에는 겨우 두 분
뿐이었고 지금도 여느 절에 비해 많지 않을 듯싶다는 점이다. 이 위대한
절, 이 아름다운 절, 소백산맥 전체를 정원으로 안고 있는 이 방대한 절에.

나는 이 사실이 혹시 의상 이후 부석사에서 큰스님이 나오지 않았다
는 점과 연관 있지 않을까 생각해본다. 하대신라의 대표적인 큰스님인
봉암사의 지증대사, 태안사의 혜철스님, 성주사의 무염화상 등은 모두가
부석사 출신으로 나중에 구산선문의 개창주가 된 스님들이다. 그러나 그
들은 부석사에서 공부하고 떠났지 머물지는 않았다. 결국 부석사는 일시
의 수도처는 될망정 상주처로는 적당치 않다는 뜻이다.

하기야 이렇게 호방한 기상의 주거 공간 속에서는 깊고 그윽한 진리
의 탐색이 거추장스럽고 쩨쩨하게 느껴질지도 모를 일이다. 집이란 언제

나 거기에 알맞은 사용자가 있는 법이니 의상 같은 스케일이 아니고서는 감당키 어려웠을 것이다. 그 대신 큰스님들은 간간이 이곳을 거쳐가며 호방한 기상을 담아갔던 것은 아닐까. 이 점은 금강산의 사찰도 마찬가지다. 절집도 사람 집과 마찬가지로 살기 편한 집과 놀러 간 사람이 편한 집은 다른가보다.

최순우의 무량수전

부석사에 대한 나의 이야기는 여기서 끝맺을 수도 있다. 그러나 내게는 개인사적으로 잊을 수 없는 또 하나의 이야기가 남아 있다.

1992년 7월 15일 오후 6시, 국립중앙박물관 중앙홀에서는 『최순우(崔淳雨) 전집』(전5권) 출간기념회가 열렸다. 도서출판 학고재가 제작비 전액을 부담해준 미담이 남아 있는 이 전집의 출간은 당시 학예연구실장인 소불 정양모 선생이 맡으셨고 편집 전체는 내게 떨어진 일이었다. 행사가 시작되기 바로 직전에 소불 선생이 급히 나에게 달려와 하시는 말씀이 "식순에 선생의 글 하나를 낭독하여 고인의 정을 새기는 것이 좋겠으니 자네는 편집책임자로서 아무거나 하나 골라 읽게" 하시는 것이었다. 나는 거침없이 "그러죠"라고 대답했다. 그러자 소불 선생은 너무도 쉽게 대답하는 나에게 "무얼 읽을 건가?"라며 되물었다. 나는 또 거침없이 "그야 「무량수전」이죠"라고 대답했다.

나는 항시 부석사의 아름다움은 고 최순우 관장의 「무량수전」 한 편으로 족하다고 생각해왔다. 혹자는 이 글을 일러 너무 감상적이라고, 혹자는 아카데믹하지 못하다고 한다. 그럴 때면 나는 감상적이면 뭐가 나쁘고 아카데믹하지 못하면 뭐가 부족하다는 것이냐고 되받아쳤다. 나는 그날 낭랑한 나의 목소리를 버리고 스산하게 해지는 목소리에 여운을 넣어가며 부석사 비탈길을 오르듯 느긋하게 읽어갔다. 박물관 인생이라는 외길을 걸으며 우리에게 한국미의 파수꾼 역할을 했던 고인의 공력을 추모하면서.

　소백산 기슭 부석사의 한낮, 스님도 마을 사람도 인기척도 끊어진 마당에는 오색 낙엽이 그림처럼 깔려 초겨울 안개비에 촉촉이 젖고 있다. 무량수전, 안양루, 조사당, 응향각들이 마치도 그리움에 지친 듯 해쓱한 얼굴로 나를 반기고, 호젓하고도 스산스러운 희한한 아름다움은 말로 표현하기가 어렵다. 나는 무량수전 배흘림기둥에 기대 서서 사무치는 고마움으로 이 아름다움의 뜻을 몇 번이고 자문자답했다.

　(…) 눈길이 가는 데까지 그림보다 더 곱게 겹쳐진 능선들이 모두 이 무량수전을 향해 마련된 듯싶어진다. 이 대자연 속에 이렇게 아늑하고도 눈맛이 시원한 시야를 터줄 줄 아는 한국인, 높지도 얕지도 않은 이 자리를 점지해서 자연의 아름다움을 한층 그윽하게 빛내주고 부처님의 믿음을 더욱 숭엄한 아름다움으로 이끌어줄 수 있었던 뛰어난 안목의 소유자, 그 한국인, 지금 우리의 머릿속에 빙빙 도는 그 큰 이름은 부석사의 창건주 의상대사이다.

　나는 이 글을 통해 '사무치는'이라는 단어의 참맛을 배웠다. 그렇다! 내가 해마다 거르는 일 없이 부석사를 가고 또 간 것은 사무치는 마음이 있었기 때문이다.

양반의 고장에서 고찰의 품격을 말한다

팔도 성주의 본향, 제비원

안동 지역의 답사는 동서남북으로 넓게 열려 있어서 이 모두를 한 번에 연결하는 순회 코스를 짠다는 것은 불가능하다. 최소한 2박 3일은 가져야 북부 경북을 순례할 수 있는데 하회 지역, 도산서원 지역, 임하 임동 지역 등으로 권역을 나누어 살피는 것이 경제적이고 효율적이다. 그런 중 안동의 역사와 답사의 리듬을 고려할 때 우리가 가장 먼저 찾아가야 하는 코스는 제비원 석불을 보고 서후(西後)로 가서 봉정사(鳳停寺)를 답사하는 것이다.

안동 시내에서 영주로 가는 5번 국도를 타고 북쪽으로 15리쯤 가면 느릿한 고갯마루 너머 오른쪽 산기슭 암벽에 새겨진 커다란 마애불을 길에서도 훤하게 바라볼 수 있다. 이 불상은 '안동 이천동(泥川洞) 석불상'

(보물 제115호)이라는 공식 명칭을 갖고 있지만, 조선시대에 제비원이라는 역원(驛院, 오늘날의 여관)이 있던 자리여서 흔히 제비원 석불로 통한다. 요즘엔 그 독한 안동 제비원 소주로 이름이 낯설지 않게 되었지만 원래 제비원의 이미지는 소주보다는 단연코 이 석불에 있다고 해야 할 것이다.

멀리서 바라보면 큰 바위에 몸체를 표현하고 그 위에 얼굴을 조각하여 얹어놓은 것으로 보이지만, 예불드리는 바로 앞으로 다가가면 이 불상은 두 개의 큰 바위 사이에 기도드리는 공간을 설정해놓고 있음을 알게 된다. 이는 신령스러운 바위를 신령스러운 부처님으로 전환시킨 것이리라. 그래서 그런지 이 불상에는 자비롭고, 원만하고, 근엄한 절대자가 아니라 주술성조차 느껴지는 샤먼의 전통이 살아 있다. 어떤 때 보면 옛 제비원 주막에 계셨을 주모의 얼굴 같기도 하고, 어떤 때 보면 산신 사당을 지키는 무녀 같기도 하다. 이를 미술사적으로 풀이하면 파격적이고 도전적이며 지방적 성격을 강조한 전형적인 고려 불상인 것이다. 그런데 문화재 안내판에는 이렇게 설명되어 있다.

긴 눈과 두터운 입술 등의 얼굴에는 잔잔한 미소가 흐르고 있어 고려시대에 조성된 괴체화(塊體化)된 불상에서 느껴지던 미련스러움이 보이지 않는다.

한동안 안내문에는 느낌은 적지 않고 복잡한 구조만 설명해놓더니 요즘에는 글 쓰는 사람의 주관적 인상을 서슴없이 표현하면서 '미련스럽다'는 과격한 단어까지 공식적으로 사용하고 있다. 혹자는 이런 것이 유

| **제비원 석불** | 제비원 고갯마루 겹겹의 바위를 이용해 조성한 고려시대 석불이다. 파격적이고 개성적인 고려 불상의 좋은 본보기인데 「성주풀이」에서 무당의 본향을 여기로 지목한 것이 아주 흥미롭다.

아무개 '답사기'의 악영향이라고도 한다. 요컨대 제비원 석불은 고려시대의 여타 매너리즘 경향의 불상과는 달리 파격적이라 할 정도로 확실한 자기 이미지를 갖고 있는 것이다.

바로 이 점 때문에 제비원 석불은 많고 많은 전설을 갖게 됐다. 임재해(林在海) 교수가 「성주의 본향, 제비원의 노래와 전설」(『한국 민속과 전통의 세계』, 지식산업사 1991)에서 조사·발표한 것을 보면, 불심 많은 착한 연이(燕伊) 아가씨의 화신이라는 설화에서 이 석불을 모신 절 이름이 연미사(燕尾寺)가 되었다는 얘기, 임진왜란 때 이여송이 우리 산천의 지맥을 끊고 다닐 때 이 불상의 목을 잘랐다는 설 등등이 주저리주저리 얽혀 있다. 그중 가장 중요한 사실 하나는 우리나라 무가(巫歌) 중 「성주풀이」라고 해서 성주님께 치성드리는 성주굿 노래에서 어느 지역이든 성주의 본향(本鄕)을 따지는 대목에서는 모두가 이 제비원 석불을 지목하고 있다는 사실이다.

성주님 본향이 어디메냐/경상도 안동 땅/제비원이 본일러라/제비원의 솔씨 받아……

그래서 안동은 불교 문화, 양반 문화의 본향인 동시에 민속 문화의 본향이라고도 말하고 있는 것이다.

안동 언어생활의 전통성

제비원에서 조금 더 내리막길을 타고 내려가다보면 우리는 이내 봉정사로 들어가는 저전동(苧田洞)에 닿게 된다. 저전동은 지금도 할머니·할아버지들은 '모시밭'이라고 짧고 빠르게 발음하는 예쁜 이름의 옛 마을이다. 말이 나왔으니 말인데, 안동은 언어생활에서도 전통 고수의 집념을 보여준다. 저전(苧田)을 모시밭이라고 하듯 천전(川前)보다 내앞, 수곡(水谷)·박곡(朴谷)보다 무실·박실, 온혜(溫惠)보다 더운골 등이 입에 익숙하다. 언젠가 와룡면 일대를 누비고 다니는데 윗골, 고누골, 음지마, 양지마, 가장실, 가느실, 밤실, 짓실, 대밭골, 택골, 도장골, 잣골, 오리실, 건너나별, 고불고개 등 듣기만 하여도 향토적 서정이 물씬 일어나는 동네 이름을 보면서 얼마나 기뻤는지 모른다. 얼핏 생각하기에 안동 양반들은 한자어를 많이 썼을 것 같은데 이처럼 한글 이름을 많이 보유하고 있는 것은 한글이고 한자고 한번 접수한 것은 무조건 끝까지 지키고 보는 전통 고수의 저력 때문인 것이다. 그래서 안동 사람들은 일상 속에서는 순한글을 많이 쓰다가 품위와 권위를 찾을 때는 한자어를 많이 쓰는 독특함이 있는 것이다. 예를 들어 평소에는 '더운골 할배' '건네 아재' 하고 친숙하게 말하다가도 저전 장질(長姪), 춘양 삼종숙(三從叔, 9촌 아저씨) 하면서 힘주어 말하기도 한다.

안동에는 요즘도 손자를 교육시키면서 "니 그라믄 인(人) 안 된다"며 '사람 안 된다'는 말을 끝까지 안 쓰는 할배가 있다. 또 한번은 어느 종갓집에 가서 이 구석 저 구석 사진 좀 찍을 요량으로 연줄을 대서 종손을 찾아뵙고 인사를 드릴 때 큰절까지 하여 소기의 목적을 달성한 적이 있었다. 그뒤 소개해준 분께 답사 잘했노라고 감사의 전화를 드렸더니 오히려 그쪽에서 내 덕에 종손에게 좋은 인사를 받았다고 고마워했다. 그래서 종손이 뭐라고 칭찬하더냐고 했더니 "그 유교수 작인이더구먼" 하더라는 것이다. 사람 됨〔作人〕을 그렇게 한자어로 굳이 만들어 쓰는 것이다. 경상도 사투리로 혼났다를 '씨껍했다'고 하는데 이 말의 유래가 식겁(食怯), 즉 겁먹었다는 말이니 분명 안동에서 만들어 퍼뜨린 것 같다.

모시밭에서 봉정사 가는 길

모시밭마을 입구에는 안동 어디서나 볼 수 있듯이 네모난 돌기둥에 빨간 글씨로 '김태사묘(金太師廟) 입구'라고 쓰여 있는 푯말과 함께 '천등산(天燈山) 봉정사(鳳停寺)'라는 안내판도 보인다.

여기에서 봉정사로 가는 길은 1980년대에는 비포장 농로였어서, 이 길로 버스가 들어가자면 퍽이나 고생스러웠다. 그때 관광버스 기사에게 나는 엄청스레 욕을 먹었다. 그래서 답사는 완전히 망쳐버렸고 다시는 낯모르는 기사의 버스는 빌리는 일이 없게 됐으며 나의 답사를 깊이 이해해주시는 기사님과만 다니게 됐다.

봉정사로 들어가는 그 흉악한 흙길이 이제는 아스팔트로 깔끔히 포장되어 있지만 그래도 농로는 여전히 농로인지라 낮은 산비탈 아랫자락을 알뜰히 살려낸 논과 밭을 양옆에 끼고 구불구불 넘어가니 말하지 않아도 봉정사가 예사롭지 않은 깊은 산사임을 절로 알게 된다. 80년대까지만 해도 봉정사 입구 주차장 주위에는 아무것도 없었다. 그저 저 건너 솔밭 아래 주인 떠난 폐가들이 드문드문 보일 뿐이었다. 그러다 90년대에 컨테이너하우스 구멍가게가 생겨 그런대로 귀엽고 편했는데 이후엔 드디어 번듯한 식당이 들어섰으니 이 조용한 명소에 일어날 불길한 변화가 불안하기만 했다.

주차장에서 강파른 언덕, 잔솔밭을 가볍게 두어 굽이 넘어가자면 왼쪽 계곡 안쪽으로는 퇴계가 여기서 공부한 것을 기념하여 지은 창암정사(蒼巖精舍)와 명옥대(鳴玉臺)라는 그럴듯한 정자가 있지만 지금은 봉정사가 목표인지라 거기에 발길이 닿을 여유가 없다. 여기서 다시 한 굽이 넘어서면 안쪽 주차장과 함께 새로 세운 일주문이 봉정사에 다 왔음을 알려준다.

| 봉정사 가는 길 | 절집의 분위기는 편안하면서도 엄정함이 있고 규율이 있으면서도 자연스러움이 있어 더욱 매력을 느끼게 된다.

　일주문을 넘어서면 산길 좌우로는 해묵은 고목들이 높이 치솟아 하늘을 가리는데 그 나무가 굴참나무라는 사실이 차라리 놀랍다. 우리는 보통 야산에 즐비한 작은 참나무만 보아와서 참나무가 이렇게 크게 자랄 수 있다는 생각을 좀처럼 하지 못한다. 그러나 숲 중에는 참나무숲이 최고이고, 철도 침목처럼 강하면서도 탄력이 있어야 하는 것에는 참나무를 썼던 것을 생각하면 참나무가 왜 수많은 나무 중에서 '진목(眞木)'이란 뜻의 참나무라는 이름을 차지했는지 알 수 있게 된다. '숲과문화' 동인들을 따라 서울 종묘를 답사했을 때 종묘 숲의 70퍼센트가 참나무인 것을 알았고 참나무의 참모습과 참가치도 그때 들어 배워서 알았다. 그러고 나서 봉정사에 다시 왔을 때 나는 여기도 참나무 숲길이 있음을 비로소 알게 됐으니 사람이 알고 보는 것과 모르고 지나치는 것이 얼마나 큰 차이인가를 새삼 깨닫게 됐다.

참나무 숲길을 벗어나면 갑자기 하늘이 넓게 열리며 산속의 분지가 나타나고 저 앞쪽 멀리로는 돌축대, 돌담을 끼고 늠름히 서 있는 봉정사 만세루가 아련히 들어온다. 어찌 보면 만세루가 오히려 은행나무, 감나무 사이로 어리어리 비치는 우리를 물끄러미 쳐다보고 있는 듯한 착각이 일어나고 우리는 그 만세루 눈길에 이끌리어 거기를 향해 한 걸음 한 걸음 옮기게 된다.

만추의 안동, 참나무 갈색 낙엽이 단색조로 차분히 누렇게 물들고 있을 때면 노랗게 물든 은행잎에 햇살이 부서지며 밝은 광채를 발하고 누구라 따갈 이 없는 늙은 감나무에 홍시가 빠알갛게 익어 그 가을빛은 더할 수 없는 아름다움을 자랑한다. 그것은 비췻빛 고려청자 매병에 백학이 상감되어 있는 것만도 황홀한데 그 학 머리에 붉은빛 진사(辰砂)로 점을 찍어 단정학(丹頂鶴)을 새겨놓은 것만큼이나 눈과 마음을 상큼하게 열어준다.

지금은 진입로의 잡목을 많이 쳐내어 옛날처럼 보일 듯 보이지 않으면서 우리를 그쪽으로 신비롭게 유도하는 감칠맛이 적어졌지만 그래도 봉정사의 저력은 여전히 살아 있다.

최고(最古)의 건물, 봉정사 극락전

봉정사가 세상에 이름 높은 것은 현존하는 목조건물 중 가장 오래된 집인 극락전(국보 제15호)이 있기 때문이다. 이로 인하여 안동은 절집에 있어서도 목조건축의 보고(寶庫)라고 당당히 말하는 바이니 차제에 어찌해서 최고의 건물인가 그 논증을 정밀히 살펴보고자 한다.

현재 창건 연대를 확실히 알고 있는 가장 나이 많은 집은 예산의 수덕사 대웅전이다. 수덕사 대웅전에서는 1934년 해체공사 때 1308년에 창

| 봉정사 전경 | 봉황이 머무는 듯한 자리앉음새라고 하더니 봉정사의 가람배치는 아주 결이 곱다.

건되었다는 기록을 발견했다. 그렇다고 이 집이 가장 오랜 건축이라고는 말할 수 없다. 부석사 무량수전은 1916년 해체 중수 때 묵서명(墨書銘)이 발견되었는데 이에 따르면 1376년에 중건한 것으로 되어 있다. 그러니 창건은 이보다 100년 이상 앞선 것으로 추정된다. 그래서 한동안 부석사 무량수전이 최고의 목조건물로 지목되기도 했다.

그런데 1972년 9월, 봉정사 극락전을 중수하기 위해 완전 해체했을 때 중도리에 홈을 파고 '기록이 들어 있는 곳'이라는 뜻으로 '기문장처(記文藏處)'라고 표시한 게 있어서 열어보았더니 정말로 상량문이 거기에 들어 있었다. 이 상량문은 이렇게 시작된다.

안동부 서쪽 30리쯤 천등산 산기슭에 절이 있어 봉정사라 일컬으니, 절이 앉은 지세가 마치 봉황이 머물고 있는 듯하여 이와 같은 이름으로 부르게 됐다. 이 절은 옛날 능인대덕(能仁大德)이 신라 때 창건하고 (…) 이후 원감(圓鑑), 안충(安忠) 등 여러 스님들에 의해 여섯 차례나 중수되었으나 지붕이 새고 초석이 허물어져 1363년(공민왕 12년, 至正 23)에 용수사(龍壽寺)의 대선사 축담(竺曇)이 와서 중수했는데 다시 지붕이 허술해져서 수리하였다.

이 상량문은 1625년에 기와 수리공사를 하면서 써둔 것인데 여기서도 창건 시기는 밝히지 않고 있지만 부석사 무량수전보다 13년 앞선 1363년에 중수한 사실만은 명확히 알려주고 있다. 그러나 봉정사 극락전이 부석사 무량수전보다 13년 앞서 중수했다는 사실만으로 지금 최고(最古)의 건물로 지목되고 있는 것은 아니다. 여기서 13년이라는 수치는 거의 무의미한 것이며, 그 주된 논거는 건축양식상 고식(古式)으로 판단되는 점이 많기 때문이다.

봉정사 극락전은 흔히 고구려식 건축으로 통한다. 고구려 고분벽화에는 기둥과 공포(拱包) 그림이 나오는데 그것과 합치되는 결구 방식을 보여주고 있으며, 또 기둥과 기둥 사이에서 옆으로 가로지른 창방 위에 올라앉은 나무받침이 역시 고구려 벽화에서 보이는 복화반(覆花盤, 즉 꽃잎을 엎어놓은 모양)을 하고 있고, 사용한 자(尺)가 고구려자였으며 무엇보다도 간결하면서도 강건한 인상을 주는 건물의 느낌이 그러하다는 것이다. 그리고 미술사가들은 고려 초에 삼국시대 문화에 대한 일종의 복고 풍조가 석탑, 불상 등 각 장르에 넓게 퍼져 있었음을 상기하면서 그런 시대적 분위기에서 나온 고식으로 이해하고 있다.

| **봉정사 극락전** | 현존하는 목조건축 중 가장 나이가 많은 건물로 단순하면서 힘 있는 것이 고식의 요체라 한다.

봉정사 극락전의 아름다움

봉정사 극락전의 이 간결하면서도 강한 아름다움은 내부에서 더 잘 보여준다. 곱게 다듬은 기둥들이 모두 유려한 곡선의 배흘림을 하고 있는데 낱낱 부재와 연등천장이 남김없이 다 드러나면서 뻗고 걸치고 얽힌 결구들이 이 집의 견고성을 과시하듯 단단히 엮여 있다. 그리고 곳곳에 화려한 복화반 받침이 끼여 있어 가벼운 리듬과 변화를 일으킨다.

이 집의 또 다른 매력은 지붕이 높지 않고 낮게 내려앉아 안정감을 줄 뿐만 아니라 아주 야무진 맛을 풍긴다는 점이다. 그것은 이 건물의 측면관에도 잘 나타나 있지만 무엇보다도 내부에서 정확히 관찰된다. 이 집은 9량집으로 되어 있으면서도 9량집 건물이라면 가운데에 들어앉아야 할 네 개의 높은 기둥(高柱) 중 앞쪽 두 개를 생략했다. 그래서 내부 공간이 아주 넓고 시원해 보인다. 그러나 앞쪽 고주가 생략된 만큼 대들보는 뒤쪽 고주로 직접 연결하지 않으면 안 된다. 그 높이에 차이가 있으므로 이것을 어떤 식으로든 처리하지 않으면 안 되는 가구(架構)상의 문제가 생기는데 그것을 아주 슬기롭고 멋있게 해결했다.

앞의 평주에서 고주로 대들보가 걸리는데 이 대들보를 다듬은 방식이 흔히 보는 살림집 것과는 다르다. 청자의 매병처럼 보의 어깨를 넓게 잡고 차츰 내려오면서 훌쳐서 홀쭉하게 하고 굽에 이르러서는 직선으로 다듬었다. 그래서 항량(缸樑)이라고도 부르는데 이 항아리 보는 주심포계(柱心包系)의 구성에서만 볼 수 있는 특색이며, 이것은 12세기의 보 형태로 여겨진다. (신영훈 감수 『한국의 미 13: 사원건축』, 계간미술 1983, 217면)

봉정사의 정연한 가람배치

봉정사에는 극락전 말고도 국가지정문화재로 대웅전(국보 제311호), 화엄강당(보물 제448호), 고금당(古今堂, 보물 제449호)이 있으니 낱낱 건물의 가치와 중요성은 강조하지 않아도 알 수 있을 것이다. 그러나 봉정사가 봉정사일 수 있는 것은 낱낱 건물 자체보다도 그 건물을 유기적으로 포치한 가람배치의 슬기로움에 있다.

봉정사는 결코 큰 절이 아니다. 그러나 정연한 건물 배치로 우리나라에서 가장 단정하고 고풍스러운 아름다움을 보여주는 산사가 되었다. 봉정사는 불국사처럼 대웅전과 극락전이라는 두 개의 주전(主殿)을 갖고 있고 각각의 전각이 독자적인 분위기를 장악하고 있어서 이 두 공간의 병렬적 배치가 다양성과 활기를 부여한다.

| 봉정사 내부 | 고려시대 목조건축은 내부의 결구들이 아주 간명하게 드러나 청신한 멋을 느끼게 한다.

봉정사의 절집 진입로는 만세루인 덕휘루(德輝樓) 아래로 난 돌계단으로 되어 있다. 정성을 다해 가지런히 쌓았으면서도 천연의 멋을 다치지 않았다. 돌계단을 밟고 만세루를 향하면 품에 안을 듯 압도하는 누각에 몸을 맡기고 싶어진다. 그리고 우리는 반드시 누마루 아래로 난 돌계단을 따라 고개를 숙이고서야 안마당으로 들어서게 되니 성역에 들어가는 겸손을 저절로 보이게 되는 것이다.

봉정사 대웅전 앞마당은 전형적인 산지중정형(山地中庭形)으로 남북으로는 대웅전과 만세루, 동서로는 선방인 화엄강당과 승방인 무량해회(無量海會)가 포치하고 있다. 그런데 이 앞마당에는 석탑이나 석등 같은 일체의 장식물이 없고 반듯한 축대에 반듯한 돌계단이라는 정면성이 강조되어 있다. 수평면에서도 대웅전을 슬쩍 올렸다는 기분이 들 뿐 평면감이 강하게 느껴진다. 그 단순성과 표정의 절제로 우리는 어디에서도 볼 수 없는 말간 느낌의 절마당을 맛보게 된다.

이에 반하여 바로 곁에 있는 극락전의 앞마당은 중정에 귀여운 삼층
석탑이 자리잡고 극락전 돌계단 양옆으로는 화단이 있어서 정겨운 공간
이 연출되고 그 앞으로는 거칠 것 없이 시원한 전망이 열려 있어서 대웅
전 앞마당 같은 엄숙과 위압이 없다. 이 대조적인 두 공간의 병존이 우
리로 하여금 봉정사의 가람배치에 경탄을 금하지 못하게 하며 우리나라
산사의 대표적인 아름다움을 보여준다는 찬사를 보내게 하는 것이다.

마당을 알아야 한옥이 보인다

봉정사 답사는 요사채 뒤쪽 산자락에 자리잡은 영산암(靈山庵)까지
다녀와야 제맛을 알게 된다. 영산암은 영화 「달마가 동쪽으로 간 까닭
은」을 촬영한 곳으로 유명한 암자인데 거기가 참선방인지라 누가 일러
주는 일도 없어 그냥 지나쳐버리는 이들이 많아 안타깝다. 영산암은 안
에 들어가지 않고 낮은 돌담 너머로 안마당을 구경하는 것만으로도 즐
겁고 뜻깊은 답사가 될 수 있다.

영산암은 낡고 낡은 누마루인 우화루(雨花樓) 밑으로 대문이 나 있고
안에 들어서면 서너 채의 승방이 분방하게 배치되어 있다. 안마당은 굴
곡과 표정이 많아서 우리가 본 봉정사 대웅전이나 극락전과는 전혀 다
른 느낌을 준다. 일부러 가산(假山)을 만들고 거기에 괴석(怪石)과 굽은
소나무를 심고 여름꽃도 갖가지, 관상수도 갖가지다. 툇마루도 있고 누
마루도 있고 넓은 정자마루도 있으며 뒤뜰로 이어지는 숨은 공간도 많
다. 뭔가 부산스럽고 분주하면서 그런 가운데 질서와 묘미를 찾으려고
한 흔적이 역연하다.

나는 이렇게 감정의 표정을 많이 담은 마당은 본 적이 없다. 그렇다고

| **영산암** | 봉정사 큰절 바로 위에 있는 이 암자는 그 마당이 복잡하면서 다양한 분위기를 갖고 있어 건축학적으로 주목받고 있다.

이것이 요사스럽거나 번잡스럽게 느껴지지 않으니 그것이 참으로 신기할 뿐이다. 봉정사에서 기도처인 대웅전, 극락전의 앞마당은 정연한데, 수도처인 영산암 앞마당은 일상의 편안함이 깃들어 있는 것이다.

그러고 보니 봉정사에 와서 우리는 서로 성격이 다른 세 개의 마당을 보았다. 대웅전 앞의 엄숙한 마당, 극락전 앞의 정겨운 마당, 영산암의 감정 표현이 강하게 나타난 복잡한 마당. 마당을 눈여겨볼 줄 알 때 비로소 한옥을 제대로 보았다고 말할 수 있을 정도로 우리 건축의 에센스는 마당에 있다. 이 점에 대해서는 건축가 승효상(承孝相)이 「내 마음속의 문화유산 셋」이라는 글(『중앙일보』 1997. 2. 16)에서 아주 핵심을 잡아 논한 부분이 있다.

　우리의 전통 음악에서는 음과 음의 사이, 전통 회화에서는 여백을 더욱 소중하게 여겼던 것처럼 전통 건축에서는 건물 자체가 아니라 방과 방 사이, 건물과 건물 사이가 더욱 중요한 공간이었다. 즉 단일 건물보다는 집합으로서의 건축적 조화가 우선이었던 까닭에 그 집합의 중심에 놓이는 비워진 공간인 마당은 우리 건축의 가장 기본적 요소이며 개념이 된다. 이 마당은, 서양인들이 집과 대립적 요소로 사용한 정원과도 다르며 관상의 대상으로 이용되는 일본의 정원과는 차원을 달리한다.

　서양인의 눈에는 그냥 남겨진 이 비움의 공간은 집의 생명을 길게 하여 가족공동체를 확인시키고 사회공동체를 공고히 하여 우리의 주체를 이루게 하는 우리의 고유한 건축 언어이며 귀중한 정신적 문화유산인 것이다.

　마당은 이처럼 건물들을 유기적으로 연결하면서 또 유기적으로 분할하고 건물의 성격과 표정에 결정적 역할을 한다.

산사의 미학, 혹은 깊은 산중의 깊은 절

산사의 모범 답안

1997년은 '문화유산의 해'로, 나라에서는 대대적으로 행사를 벌였다. 당시 『중앙일보』에서는 각계 인사들에게 「내 마음속의 문화유산 셋」이라는 릴레이 특집을 기획했다. 그때 내가 꼽은 것은 한글과 백자, 그리고 산사(山寺)였으며, 산사의 대표적 예로 든 것이 선암사(仙巖寺)였다.

선암사는 내 마음속의 문화유산일 뿐 아니라 내가 답사를 다니기 시작한 지 30년이 되도록 한 해도 거르지 않고 다녀온 남도답사의 필수처다. 그러나 선암사의 매력이 어디에 있는지 구체적으로 딱 집어 말하기는 참으로 힘들다. 따지고 보면 미술사적 유적으로 뛰어난 것이 있는 것도 아니고 경관이 빼어난 것도 아니지만, 가고 싶은 마음이 절로 일어나고, 가면 마음이 마냥 편해지는 절집이다.

| 선암사 전경 | 1929년 조선불교중앙교무원에서 출간한 「조선사찰 31본사 사진첩」에 실린 선암사 전경. 절집 앞 산에 올라 부감법으로 찍었기 때문에 진경산수화를 보는 듯하다. 당시는 건물이 50여 채였으나 지금은 23채만 남 아 있다.

  굳이 말하자면 선암사는 우리나라 산사의 전형이라고 대답할 수밖에 없는데, 본래 전형이라는 것은 평범하다는 뜻이기도 하여 그 특징을 잡아내지 못하는 것은 당연한 일인지도 모른다. 이럴 때는 오히려 외국인, 특히 안목 있는 외국인의 눈을 통해 그 구체적 내용을 알게 되는 경우가 있다.

  1995년 개막한 제1회 광주비엔날레 때 나는 커미셔너 중 한 명으로 참여했다. 그중 외국인 커미셔너가 네 명이었는데 뉴욕 현대미술관(MoMA) 부관장을 지낸 캐서린 할브라이시(Catherin Halbreich)가 미주 지역을 맡아 참여했다. 캐서린은 당시 미니애폴리스에 있는 워커아트센터 관장으로 있었다. 나는 캐서린을 포함한 커미셔너들과 선암사를 다녀온 후 그 매력의 정체를 명확히 알게 되었다. 이들과 선암사를 가게 된 것은 그들이 보름간 머물며 일하면서 한국의 이미지를 좋지 않게 보는 일들이 생겨 내가 우리 문화의 저력을 보여주고 싶은 마음에서 여행을 제안했기 때문이었다.

가을 들판의 논

많은 우려 끝에 광주비엔날레의 개막식이 제날짜에 무사히 치러졌고, 다음 날 아침 9시 나는 외국인 커미셔너 넷을 인솔하여 선암사로 떠났다. 비좁은 내 포니 승용차에 네 명을 태우고 출발하니 그들은 마침내 무거운 일에서 해방되어 바캉스라도 가듯 재잘거렸다. 차가 광주 시내를 벗어나자 들판에는 벼가 누렇게 익어가고 있었다. 갑자기 시끄럽던 뒷자리가 조용해졌다.

백미러로 살짝 보니 모두 말없이 창밖을 바라보고 있었다. 옆자리에 앉은 캐서린은 아예 고개를 창 쪽으로 돌리고 있었다. 그리고 한참 있다 "저게 뭐예요?"(What's that?)라고 물어왔다. 나는 그녀가 무엇을 묻는지 몰랐다. 그래서 "못 알아들었는데요?"(Excuse me?)라고 되묻자, 논을 가리키며 "누런 풀"(Yellow grass)이라고 했다.

"벼예요"(Rice plants)라고 대답하자 그녀는 "아, 알겠습니다"(Oh, I see)라고 하고는 다시 하염없이 창밖을 바라보았다. 가만히 생각해보니 이들 이방인은 벼가 익어가는 들판을 보기는 힘들었을 것 같았다. 캐서린은 또 내게 항상 저렇게 누렇느냐, 논둑이 왜 평평하지 않고 계단식으로 되었느냐는 등 계속 물었다. 논에는 물이 차 있다고 알려주자 정말이냐고 놀란다.

사정없이 들어오는 질문에 짧은 영어로 대답하려니 정말 힘들었다.

이럴 때면 내가 쓰는 술책이 있다. 그것은 내가 질문해서 그쪽이 계속 말하게 하는 것이다. 내가 캐서린에게 "어때요?"(How do you like it?)라고 묻자 그녀는 기다렸다는 듯 아름다운 풍광이라면서 동양의 색감이 서양과 다를 수밖에 없다는 것을 알게 되었다고 했다.

그녀는 그동안 여러 나라를 다녔어도 현대 도시의 현대미술만 상대했는데, 이런 시골 풍경까지 접할 기회를 갖게 되어 기쁘다고 했다. 내로라하는 미술평론가들이기 때문에 보는 눈이 여러모로 달랐다. 미술 평론하는 사람들은 새로운 시각적 경험에 매우 민감하게 반응한다.

일종의 직업병적·즉발적 반사작용이어서 그것은 편견일 수는 있어도 거짓은 아니다. 이들 이국의 미술평론가들이 논을 보면서 느끼는 반응은 마치 시베리아 스텝에 핀 들꽃을 보는 듯한 감동인 것이다. 그때 이후 나는 더욱 자신 있게 하는 말이 있다.

"우리나라에서 가장 아름다운 정원은 논이다."

깊은 산

이제는 광주에서 순천으로 가는 27번 국도가 반듯한 길로 바뀌었지만, 그때만 해도 산굽이 따라 강물 따라 느리지만 운치 있게 돌아갔다.

우리의 차가 곡성 태안사를 저만치 두고 보성강변을 따라가는데 캐서린이 사진을 찍고 싶다고 해서 허름한 휴게소에 차를 세웠다. 모두 잠시 차에서 내려 유유히 흐르는 보성강과 강 건너 논, 발아래 작은 마을, 그리고 먼 산을 무슨 큰 구경거리인 양 바라보았다. 다시 차에 올라 운전하면서 캐서린에게 물었다.

| 캐서린과 함께 찍은 보성강변 | 캐서린은 이 강마을 풍경을 보면서 산과 들과 강과 마을을 한 컷의 사진에 담을 수 있는 매우 정겨운 장면이라며 한국 산하의 일상적 풍광에 감탄했다.

"사진 잘 찍었습니까?"

"물론이죠. 참 아름답습니다. 나는 여러 나라를 여행해보았지만 지금처럼 산과 들과 마을과 강이 한 프레임 안에 들어오는 풍광이 있으리라고는 상상하지 못했습니다. 당신네 나라 사람들은 자연을 대하는 방식이 다른 나라 사람들과 많이 다를 것 같습니다."

그녀가 이 평화로운 풍광 앞에서 목소리마저 나긋나긋해지는 것이 반갑고도 고마워 추임새를 넣듯 대화를 이어갔다.

"특히 산이 그렇습니다. 당신네 나라 사람들에게 등산이라고 하면 전문 산악인이나 하는 일이지요? 그러나 한국인에게 산은 곁에 두고 살면서 언제 어느 때나 어린애부터 노인까지 누구나 오르는 대상입니다. 한국인에게 산은 일상의 공간인 셈입니다."

"그렇군요. 산이 높이 솟은 것이 아니라 여러 겹으로 겹쳐 있는 것이 특이합니다. 이 산을 보니 동양화에서 산을 왜 그렇게 표현했는지 알 수 있겠네요."

그녀는 미국의 시카고 지방에 살고 있었으니 우리의 산등성을 보고 그런 이국적 감정을 느낄 만하다고 생각했다. 반대로 나는 미국에서 해발 4,000미터가 넘는다는 파이크스 피크(Pikes Peak)를 자동차로 올라보면서 세상에 이렇게 싱거운 산이 다 있는가 허망했던 기억이 났다. 그 산은 몸뚱이 하나가 달랑 산이었다. 그래서 캐서린에게 다시 설명해주었다.

"우리나라 사람들은 저렇게 생긴 산을 높은 산이 아니라 깊은 산 (deep mountain)이라고 합니다. 내가 뉴욕에서 만난 동양미술 큐레이터에게 한국의 사찰은 깊은 산속에 있다고 했더니, 그는 평소 내 영어가 서툰 것을 알고 산은 깊은 것이 아니라 높은 것이라고 교정해주면서 깊은 강(deep river)은 있어도 깊은 산은 없다고 하더군요. 그래서 나는 할 말을 잃은 적이 있습니다. 당신이 생각하기에 내 영어가 틀렸습니까?"

"깊은 산이라…… 그것 재미있는 표현이네요. 완전히 한국화한 영어 (Koreanized English)입니다. 그러나 한국의 풍광에 맞는 말입니다."

그러면서 캐서린은 미소를 지으며 작은 목소리로 '딥 마운틴'(deep mountain)을 몇 번인가 되뇌었다.

선암사 진입로

선암사 주차장에 차를 세워두고 나는 이들과 함께 매표소를 지나 진입로를 따라 천천히 걸어갔다. 이들에게 절까지는 25분 정도는 걸어야 한다고 알려주었는데 모두들 아무 문제 없다고 했다. 귀한 손님을 모시고 왔다고 절 종무소에 연락해 편의를 제공받을 수도 있었지만, 나는 어떤 경우에도 절집 안까지 차를 타고 들어간 일도 없고 그래서는 안 된다고 생각한다.

우리나라 산사 건축은 진입로로부터 시작된다. 산사의 진입로는 그 자체가 건축적·조경적 의미를 지닌 산사의 얼굴이다. 약 반 시간 걸리는 이 5릿길 진입로는 공간적으로 시간적으로 속세와 성역을 가르는 분할 공간이자 완충 지역이다. 그래서 우리나라 산사에는 반드시 저마다의 특징을 가진 진입로가 있다.

그 진입로는 산의 형상에 따라, 그 지방의 식생(植生) 환경에 따라 다르다. 오대산 월정사의 전나무숲길, 하동 쌍계사의 10리 벚꽃길, 합천 해인사의 홍류동계곡길, 장성 백양사의 굴참나무길, 영월 법흥사의 준수한 소나무숲길, 부안 내소사의 곧게 뻗은 전나무 가로수길, 영주 부석사의 은행나무 비탈길, 조계산 송광사의 활엽수와 침엽수가 어우러진 길……

어느 절의 진입로가 더 아름다운지 따지는 것은 불가능하다. 그중에서도 선암사 진입로는 평범하고 친숙한 우리 야산의 전형으로, 줄곧 계곡을 곁에 두고 물소리를 들으며 걷게 된다. 그러나 어느만큼 가다보면 만나게 되는 그때그때의 인공 설치물이 이 길의 단조로움을 날려준다.

해묵은 굴참나무가 여러 그루 늘어선 넓은 공터를 지나면 키 큰 측백나무를 배경으로 한 승탑밭이 나온다. 승탑밭을 지나면 장승과 산문(山門) 역할을 하는 석주(石柱) 한 쌍이 길 양편에 서 있고, 여기서 산모서리

| **선암사 진입로 옛 모습** | 선암사의 옛 진입로는 이처럼 호젓한 산길이었다.

를 돌아서면 아름다운 승선교(昇仙橋)가 드라마틱하게 나타난다.

승선교를 지나면 강선루(降仙樓)가 나오고, 강선루 정자 밑을 지나면 삼인당(三印塘)이라는 타원형의 연못에 이른다. 여기서 야생 차나무가 성글게 자라는 산모서리를 가볍게 돌면 비로소 '조계산 선암사'라는 현판이 걸린 절문 계단 앞에 다다르게 된다.

그리하여 지금 당신이 행복하게 걷는 이 산책길은 절대자를 만나러 가는 길임을 은연중에 알려준다. 느긋이 따라오는 캐서린에게 지나가는 말로 물었다.

"많이 걸어도 괜찮아요?"

"문제없어요. 매우 좋아요. 길이 아름답고 인간적인 크기(human scale)입니다. 특히 계곡을 따라 돌아가도록 멋있게 디자인되어 있네요."

| 선암사 진입로 현재 모습 | 선암사 진입로는 널찍한 찻길로 변하여 산사로 들어가는 옛 정취를 잃어버렸다.

그녀가 디자인이라는 단어를 사용한 것이 신기했다. 나는 평소 이 길은 그냥 계곡을 따라 밟고 다녀서 난 길이고, 승선교 이후에 가서야 디자인 개념이 나타난다고 생각했다. 그러나 그녀에게는 아무런 인공이 가해지지 않은 산길을 인간적 크기로 낸 것 그 자체에 디자인 개념이 들어 있다고 여겨진 것이다.

그러나 지금 이 길은 그녀가 감탄한 인간적 크기를 상실했다. 우리가 다녀온 뒤 얼마 안 되어 이 진입로는 자동차 두 대가 비켜갈 수 있는 너비로 확장되어버렸기 때문이다.

1926년 육당 최남선이 『심춘순례(尋春巡禮)』라는 제목을 걸고 남도기행문을 쓸 때, 순천에서 선암사로 들어오는 길이 넓혀진다는 계획을 듣고 큰 걱정을 하면서 떠났는데, 그때 이미 본래 산사 진입로의 디자인 효과는 무너져버린 것이었다. 더구나 그나마 인간적 체취를 느낄 수 있던 좁은 길이 이제는 완전히 자동차 두 대가 비켜갈 수 있는 대로가 되었다. 이를 피할 수 없는 변화로 받아들여야 할 것인가? 아닐 것이다. 우리 시대는 이렇게 몰(沒)디자인하게 망가뜨려놓았지만 훗날 안목 있는 후손들은 이 길을 다시 인간적 크기로 환원하기를 진심으로 바란다. 건축가 김수근 선생의 건축 수상집이 생각난다. 그 책의 제목은 이렇다.

좋은 길은 좁을수록 좋고, 나쁜 길은 넓을수록 좋다.

승선교와 강선루

계곡물 소리를 들으며 야산의 정취를 만끽하며 걷던 길이 승선교 가까이 접어들었을 때 이들은 일제히 "멋있다"(wonderful)는 감탄사를 큰 소리로 내었다. 승선교는 선암사 진입로의 하이라이트다.

평범한 산길이 여기 와서 드라마틱하게 변한다. 승선교 무지개다리 아래로는 아무렇게나 굴러 있는 바윗덩이 사이로 맑은 계곡물이 흐르는데, 멀리 계곡 돌아가는 길목에는 강선루 이층 정자가 우뚝 서 있어 우리에게 여기서 쉬어가라는 무언의 신호를 보낸다.

냇물이 잔잔히 흐를 때는 무지개다리가 물속의 그림자와 합쳐 둥근 원을 그린다. 그럴 때 계곡 아래로 내려가보면 그 동그라미 속에 강선루가 들어앉은 듯 보인다. 모든 선암사 안내책과 글에는 계곡 아래에서 승선교 무지개다리 너머로 보이는 강선루 사진이 실려 있을 정도로, 여기는 다른 절에서는 볼 수 없는 선암사의 제1경이라고 할 만하다.

보물 제400호로 지정된 승선교는 우리나라 돌다리 중 명작으로 손꼽힌다. 무지개다리를 놓으면서 기단부를 계곡 양쪽의 자연 암반을 그대로 이용해 무너질 일 없게 하고 홍예석을 돌린 다음 잡석을 이 맞추어 쌓아

| 승선교 | 선암사 승선교는 우리나라 산사 진입로 중에서 가장 환상적인 분위기를 연출해 보인다.

올린 뒤 그 위는 흙을 덮어 양쪽 길로 연결하였다.

그리고 포물선 꼭짓점에 해당하는 홍예 정가운데는 멋지게 조각한 용머리가 있어 마치 냇물을 내려다보는 것처럼 고개를 내밀고 있다. 그것이 중심추 역할을 해서 다리의 균형이 매우 잘 맞는다. 이 승선교는 숙종 24년(1698)의 대화재 이후 선암사를 중축한 호암(護巖)선사가 축조했고, 순조 24년(1824) 해붕(海鵬)대사가 중수한 것으로 기록에 남아 있다.

선암사 스님들은 이 무지개다리를 놓은 경험 덕분에 인근 보성 벌교의 무지개다리(보물 제304호, 1729년 축조)도 놓았다고 한다. 그러나 유감스럽게도 승선교 디자인의 원래 취지는 새로 난 찻길로 인해 제맛을 상실했다. 승선교는 아래쪽의 작은 다리와 위쪽의 큰 다리 두 개로 구성되어 있다. 본래 선암사 진입로는 이 작은 다리 건너 계곡 건너편 길을 통해 다시 큰 다리를 건너오게 되어 있었다. 그래서 동선이 ㄷ자로 이루어진 그 길과 다리의 구조가 더욱 드라마틱한 것이었다. 그러나 지금은 오른쪽 산자락에 붙여 새 길을 내서 사람들이 그쪽으로 다니니, 승선교 두 다리는 그저 장식으로 남아 있는 셈이 되었다.

그래서 나는 일부러 작은 승선교 넘어 큰 승선교를 건너다닌다. 그것은 본래 진입로의 디자인 취지를 맛보려는 뜻도 있지만 승선교의 건강을 위해서다. 특히 해동기인 봄철에는 사람들이 다리를 밟아주어야 돌틈 사이로 흙이 메워져 장마철에 빗물이 스며드는 것을 막아준다.

옛 풍속에 3월 3일 삼짇날 아낙네가 머리에 돌을 이고 108번 왕래하면 복이 온다며 놋다리밟기, 성곽밟기를 한 것은 중노동을 놀이 형식으로 바꾼 민속놀이였다. 그러나 요즘은 기껏 만들어놓은 다리를 사용하지 않다보니 지난 30년간 보수에 보수를 거듭하여 제 모습을 보여준 기간과 공사 기간이 비슷할 정도다.

집이든 다리든 사람이 사용하지 않으면 망가진다. 그것은 기계 제품도 마찬가지다. 그래서 문화재 보호는 그것을 사용하면서 보존하는 것이 최상책인 것이다. 나는 이들을 이끌고 작은 승선교를 건너가 한참 동안 이 장관의 풍광을 이모저모로 살펴보게 하고 다시 큰 승선교를 건너 강선루로 향했다.

강선루를 지날 때도 옆으로 난 찻길이 아니라 누마루 밑으로 지나갔다. 강선루 옆기둥 하나가 계곡에 빠져 있는 것을 보여주기 위해서였다. 우리나라의 정자는 연못이나 계곡가에 지을 때 위험스러울 정도로 최대한 물 가까이로 내밀어 짓는다. 그 이유는 정자에서 풍광을 내려다볼 때 시선이 땅을 거치지 않고 곧바로 물로 떨어지게 하려는 의도에 있다. 그러나 지금 강선루는 그 많은 관람객을 감당할 수 없어 항시 자물쇠로 굳게 잠겨 있어 안타까운 마음이 일어난다.

삼인당이라는 연못

강선루 지나 삼인당이라는 못에 이르러서는 잠시 이들을 이끌고 못 위쪽으로 올라가 너럭바위에 걸터앉아 쉬게 했다. 이제 저 모서리만 돌면 절문이 나오니 여기서 잠시 쉬었다 가자고 했다. 본래 학생들과 함께 오면 꼭 이 자리에서 이 못이 갖는 토목공학적·종교적·미학적 의미를 설명해주고는 한다.

삼인당 연못은 산비탈 한쪽에 일부러 조성한 것이다. 굳이 이 자리에 못을 만든 것은 여름 장마철에 큰물이 오면 일단 여기에 가두었다 계곡으로 흘려보내는 기능을 하기 위해서다. 이 못이 없으면 이 산자락에는 홍수 때 지나간 물길 자국만 남아 토사가 빈번히 일어났을 것이다.

삼인당 물은 선암사 동쪽 기슭에서 내려오는 작은 개울물을 모아 채우는데, 발굴조사에 의하면 땅에 묻힌 암거(暗渠, 속도랑) 자취가 발견되었다고 한다. 선암사는 산자락을 타고 집들이 펼쳐져 있기 때문에 경내에는 비탈진 곳마다 이런 못이 여섯 개나 있다. 삼성각과 천불전 계단 아래에는 네모난 방지(方池)가 있고, 심검당과 종무소 곁에는 쌍둥이못 쌍지(雙池)가 있고, 범종각과 대변소 사이의 석축 아래로는 자연스러운 형태의 지원(池苑)이 있는데 모두 조경적 기능과 토목적 기능을 같이하는 것이다.

이 못의 이름을 삼인당이라고 지은 것은 제행무상(諸行無常), 제법무아(諸法無我), 열반적정(涅槃寂靜) 등 세 가지 새김[印]을 말하는 것인데, 요지인즉 마음속에 불법의 기본 원리를 각인한다는 뜻이다. 왜 그런 마음의 새김을 다른 곳 아닌 못에서 상기시키는 것일까?

그것은 판유리가 나오기 이전에 사람이 자신의 전체 모습을 볼 수 있는 것은 못에 비친 그림자가 전부였기 때문이다. 삼인당의 구조가 타원형으로 생긴 것은 그 지형 탓도 있지만 경내의 네모난 방지와 석축 밑의 자연스러운 못과는 다른 다양성을 위한 것일 수 있다. 그런데 타원형의 못 한쪽으로 치우친 달걀 모양의 섬은 왜 만들었을까?

거기에는 아마도 두 가지 의도가 있었던 것 같다. 삼인당으로 흘러드는 물길은 위쪽 가운데로 들어와 아래쪽 옆으로 빠져나가게 되어 있어, 이 섬이 없으면 못 왼쪽은 물의 흐름이 생기지 않아 고인 물이 썩게 된다. 그런데 섬이 있음으로 해서 유입된 물이 못 전체를 돌아 나가는 회로가 생기는 것이다.

또 하나는 미학적 배려다. 인간의 시각적 습관에는 일정한 법칙이 있다. 예를 들어 우리가 극장 객석에 앉으면 무대 오른쪽보다 왼쪽으로 눈이 먼저 가고 또 많이 간다. 그래서 연극에서 무대장치의 기본 원칙을 말해주는 '무대 지도'(stage geography)를 보면 오른쪽을 무겁게 하고 왼

| **삼인당** | 선암사 입구에 있는 삼인당이라는 연못은 종교적·토목공학적·미학적 뜻이 모두 담겨 있다. 못 가운데 섬이 있어 더욱 정취 있고 섬에는 배롱나무가 있어 여름철에 더욱 아름답다.

쪽을 비워두라고 한다.

　이런 연구에 능했던 예술심리학자 루돌프 아른하임의『미술과 시지각』을 보면 "하나의 공간에 나타난 물체는 또 다른 공간을 창출해낸다"고 했다. 즉, 수평선이 바라보이는 빈 바다에 오징어잡이배가 떠 있으면 그로 인해 바다는 더 넓고 다양한 공간감을 갖게 된다는 것이다.

　이상하게 들릴지 모르지만 삼인당에 섬이 있어 못이 더 커 보이고 깊은 공간감을 갖게 된 것이다. 삼인당 섬에는 전나무 한 그루와 배롱나무 한 그루가 심어져 있다. 그래서 겨울이면 늘 푸른 전나무가 삭막한 계절의 쓸쓸함을 달래주고, 여름이면 배롱나무 빨간 꽃이 석 달 열흘간 해맑은 빛으로 피어난다. 내가 캐서린 일행과 왔을 때는 배롱나무의 철 지난 마지막 꽃대 서너 송이가 부끄럼을 빛내듯 홍채를 발하고 있었다.

| **선암사 조계문** | 선암사 일주문은 마주 보이는 것이 아니라 S자로 휘어진 길을 돌아서면 나타나게 되어 있다. 긴 진입로의 끝과 절집의 시작을 그렇게 은근히 알려준다.

묵은 동네 같은 절

선암사 경내에 들어와서는 대웅전 앞마당부터 시작해 경내를 두루 산보하듯 걸어다녔다. 학생들과 답사할 때면 선암사의 내력에서부터 여기가 조계종이 아니라 태고종 사찰이라는 것, 그리고 그 차이가 왜 생겼는지까지도 설명해준다. 그러나 이들 이방인에게는 그런 설명이 필요하지 않을 것 같아 건물만 둘러보고 즐기는 방식으로 안내하였다.

대웅전 뒤로 돌아 돌축대를 올라 정원처럼 가꾼 빈터에서 매화나무·벚나무·철쭉나무 노목 사이를 지나 팔상전(八相殿)과 불조전(佛祖殿)을 둘러보고, 처마밑 길을 통해 다시 돌계단을 올라 원통전(圓通殿)과 노전(爐殿) 앞을 지나갔다.

스님의 허락을 받아 달마전 안채로 들어가 4단 석조(石槽)를 보고 돌아내려오면서 무우전(無憂殿) 툇마루에 이들을 앉혀놓으니, 이제는 건물을 구경하는 것이 아니라 이 절집에 사는 사람의 입장이 되어 느긋이 사방을 둘러보고 있었다. 한 건축의 기능과 아름다움은 이처럼 관객이 아니라 사용자 입장이 되어야 그 참맛을 제대로 알 수 있다고 말해주었다.

누구나 이 자리에 와본 사람은 알겠지만 무우전 툇마루에서 무덤덤한 산등성이 느리게 뻗어나가는 조계산의 모습을 보면 그렇게 듬직하고 차분한 맛을 느낄 수가 없다. 조계산의 이런 모습을 육당(六堂)은 "천지변화를 통으로 잡아 수제빗국으로 끓여내는 것 같은 장관"이라고 했다.

무우전에서 나와 팔상전 앞 큰길을 따라 천불전 방지로 가서 길게 누운 소나무의 기묘한 자태에 웃음을 한 번 주고, 길 아래로 내려와 쌍지에 머리채를 담근 버드나무 곁을 지나 샘물에서 모두 물 한 모금씩 마셨다. 원래 나의 답사 코스는 여기서 대변소(화장실)를 들러 해천당(海川堂) 돌담길을 끼고 돌아 대각암(大覺庵)으로 올라가는 것이 상례지만, 시간도 시간이거니와 이만하여도 이방인들의 산사 구경은 넘쳤다는 생각에 만세루 아랫길로 접어들었다.

선암사는 절집의 배치가 매우 독특한 경우다. 우리나라의 산사는 그 위치와 건물 구조에 따라 대략 네 가지로 나누어볼 수 있다. 첫째는 강진 무위사처럼 소박한 절집이다. 둘째는 부안 내소사처럼 규모를 갖춘 화려한 절이다. 셋째는 구례 화엄사처럼 궁궐 같은 장엄한 절이다. 넷째는 영주 부석사처럼 장대한 파노라마의 전망을 가진 절이다. 그러나 선암사는 이도 저도 아니고 크고 작은 당우들이 길 따라 옹기종기 모여 있어 마치 묵은 동네 같은 절이다. 그래서 선암사는 어느 절보다 친숙한 느낌, 편안한 기분이 드는 것이다. 실제로 선암사는 어느 한 시점의 마스터플랜에 의해 지은 절이 아니다.

몇 차례 대화재로 전소되고 17세기 호암선사의 중창 때부터 처음에는

| 선암사 절집의 풍경 | 선암사의 가람배치는 마스터플랜에 의한 것이 아니라 지형에 따라 증축되어 마치 연륜 있는 마을의 구성 같은 다양함이 정겹게 드러난다.

대웅전과 삼층석탑의 쌍탑이 있는 앞마당을 둘러싼 요사채의 심검당, 선방인 설선당, 야외 법당인 만세루만 있었을 것이다. 그후 필요에 따라 크고 작은 건물을 하나씩 증축한 것이 오늘날에는 25채에 이르고, 한국전쟁 전에는 50채나 되었던 것이다.

그래서 건물의 규모도 일정하지 않고, 건물이 앉은 레벨도 일정하지 않아 올라가는 계단도 각기 다른 모습인데, 곳곳에 돌담을 둘러 공간을 감싸고 있기 때문에 연륜 있는 양반 마을에 온 것 같은 기분이 드는 것이다. 전문적으로 말해 선암사의 평면에는 중심축이 보이지 않는다.

선암사가 우리를 더욱 매료시키는 것은 지금 이루 다 말하지 못하는 저 다양한 꽃나무 덕분인데, 이들 나무도 일정한 질서를 갖는 정원 개념으로 심은 것이 아니라 그때마다 빈칸을 메우듯 심어 지금처럼 어우러진 것이다. 혹자는 이것을 선암사 정원의 부족함으로 말하기도 하지만, 나는 오히려 그것을 뛰어난 점으로 본다.

서양 정원이나 일본·중국 정원에 익숙한 사람에게는 그럴지 모른다. 그러나 의도적으로 조성한 정원은 어떤 식으로든 우리를 긴장시키지만, 선암사의 정원에는 그런 경직됨이 없다. 선암사 진입로가 디자인한 태를 보이지 않으면서 사실은 더 디자인적인 배려가 있는 것과 마찬가지다.

선암사 경내를 두루 둘러보고 막 절문 쪽을 향할 때는 정오가 조금 못 되었다. 그때 홀연히 설선당 안에서 스님들의 범패 소리가 합창으로 은은히 흘러나왔다. 이방인들은 모두 주춤 멈추고 그쪽으로 가만히 귀를 기울였다. 긴 음으로 연이어지는 육중한 저음의 범패 소리를 들으며 느린 걸음으로 발길을 옮겼다.

범패 소리는 점점 더 크고 높게 올라갔다. 지나가던 탐방객들도 우리처럼 그쪽으로 향해 서서히 발을 옮겼다. 산사에 가장 잘 어울리는 음악은 역시 범패라는 것을 그때 새삼 깨달았다. 우리가 절문을 나설 때 범패는 끝났다. 캐서린은 나에게 눈길을 주더니 엄지손가락을 치켜올리며 "기막히다"(incredible)고 했다.

같은 길이라도 나가는 길은 들어가는 길보다 짧게 느껴진다. 절문을 나서 삼인당 아랫길로 돌아 강선루를 지나 승선교를 넘어 장승과 승탑 밭을 지나니 다시 굴참나무 늘어선 빈터로 나오게 되었다.

선암사의 사계절

선암사는 1년 365일 꽃이 없는 날이 없다. 춘삼월 생강나무, 산수유의 노란 꽃이 새봄을 알리기 시작하면 매화 살구 개나리 진달래 복숭아 자두 배 사과 영산홍 자산홍 철쭉이 시차를 두고 연이어 피어난다. 그것도 여느 곳에서는 볼 수 없는 늠름한 고목에서 피어나는 것이기 때문에 감히 예쁘다는 말도 나오지 않는다.

그때가 되면 선암사는 열흘마다 몸단장을 달리한 것처럼 우리를 새롭게 맞이한다. 봄의 빛깔이란 어제와 오늘은 비슷해도 열흘을 두고 보면 확연히 다르다. 옛사람들은 화무십일홍(花無十日紅)이라고 했지만, 선암사는 열흘마다 다른 꽃을 선보이며 꽃이 지지 않는 절이 되었다.

신록의 계절에는 온 산이 파스텔톤의 연둣빛으로 물드는 것이 꽃보다 아름다운데, 백당나무 불두화는 주먹만 한 하얀 꽃을 불쑥 내민다. 이때 계곡 한쪽에서는 산딸나무 층층나무의 새하얀 꽃이 청순한 자태를 조용히 드러낸다. 절마당에서는 태산목이 연꽃봉오리 같은 탐스러운 하얀 꽃을 오늘은 이 가지, 내일은 저 가지에서 한 달 내내 피웠다 떨어뜨린다.

이처럼 신록의 계절에는 나무꽃이 하얗게 피어난다. 그러다 여름으로 들어서기 무섭게 오동나무는 보랏빛 꽃대를 높이 세우고, 자귀나무 빨간 꽃은 뺨을 재듯 가지마다 옆에서 뻗어나온다.

여름이 깊어지면 배롱나무꽃이 피기 시작해 장장 석 달 열흘을 위부터 아래까지 온몸을 붉게 물들인다. 그때가 되면 선암사 한쪽 구석에는 모감주나무의 노란 꽃, 치자나무의 하얀 꽃, 석류나무의 빨간 꽃이 부끄럼을 빛내며 우리에게 눈길을 보낸다.

봄이 나무꽃의 계절이라면 여름은 풀꽃의 세상이다. 선암사 뒤안길 돌담 밑에는 봉숭아·채송화·달리아가 돌보는 이 없이도 해마다 그 자리

| **선암사의 사계절** | 사계절이 아름다운 선암사의 풍광. 겨울 풍광은 썰렁해 보일 것 같지만 선암사는 조계산의 촉감 부드러운 겨울나무숲과 늘푸른나무들로 수묵화의 그윽함 같은 것을 지니고 있다.

에서 그 모습으로 잘도 피고 진다. 그러나 절집의 꽃으로는 역시 가녀린 꽃대에 분홍빛으로 청순하게 피어나는 상사화가 제격이고, 여름이 짙어가면 삼인당 섬동산은 빨간 꽃술의 꽃무릇으로 환상적으로 뒤덮인다.

가을은 은행잎이 떨어져 절마당을 노란 카펫으로 장식하고 청단풍이 새빨갛게 물들어갈 때가 절정이다. 가을이 깊어가면 밤나무 상수리나무 굴참나무 떡갈나무가 온 산을 마치 캔버스에 바탕색 칠하듯 차분한 갈색으로 뒤덮으며, 들국화 구절초 쑥부쟁이 코스모스 감국이 여름꽃의 바

통을 이어받아 선암사 화단을 장식하면서 호젓하고 스산한 정취를 자아
낸다. 가을을 심하게 타는 사람이 아니라 할지라도 이 계절 선암사에 오
면 누구나 여린 감상에 물들게 된다.

사람들은 곧잘 겨울은 삭막하다고 말한다. 겨울나무는 앙상한 나뭇가
지만 남아 있다며 꽃 피고 잎 돋던 그때와 비교하며 깊은 정을 주지 않는
다. 그러나 선암사의 겨울은 그렇지 않다.

소나무 전나무 같은 늘푸른바늘잎나무야 우리 산천 어디서나 볼 수
있는 것이지만, 선암사는 한반도의 남쪽 끝자락 남해 가까이 있어 늘푸
른넓은잎나무의 난대성 식물이 잘 자란다. 동백나무 후박나무 녹나무 태
산목 팔손이나무 붉가시나무 종가시나무 호랑가시나무가 여전히 절마
당 곳곳에서 초록을 빛내고 있다.

남들이 요란을 떨며 꽃을 피우고 열매를 맺고 화려한 단풍으로 자태
를 뽐낼 때는 아무 일 없다는 듯 묵묵히 자기를 키워온 이들 늘푸른넓은
잎나무가 윤기 나고 두꺼운 사철 푸른 잎을 자랑하며 나무 전체가 꽃이
라는 듯 우리의 시선과 마음을 사로잡는다.

아직도 남아 있는 산수유나무 마가목 먼나무 호랑가시나무의 빨갛고
탐스러운 열매가 빛바랜 계절의 꽃처럼 행세하고 있을 때 벌써 한 송이
두 송이 피어나기 시작하는 빠알간 동백꽃이 겨울은 결코 무채색의 계
절만이 아님을 말해준다. 이때 풀꽃이 사라진 쓸쓸한 화단 곳곳에서는
키 작은 남천의 빨간 잎, 빨간 열매가 빛의 조건에 따라 짙고 옅음을 달
리하며 가녀린 맵시를 다소곳이 내보인다.

남쪽이어서 눈이 드물 것 같지만 선암사에는 눈도 많이 내린다. 눈 덮
인 선암사 진입로 산자락을 뒤덮은 산죽밭의 모습은 환상의 겨울 나라
에서만 볼 수 있는 초록과 흰색의 향연이다. 내가 선암사에서 다른 것보
다 이들 나무의 이름을 학생들에게 가르쳐주려고 애쓰는 것에는 나름대

로 생각이 있어서다. 그것은 나무의 이름을 알고 보는 것과 모르고 보는 것에는 너무도 차이가 많기 때문이다.

학교 선생이라는 직업에서 가장 어려운 것의 하나가 학생들 이름을 외우는 것이다. 나이가 들수록 이름 외우기가 힘들어지는데, 그래도 애써 외우고 아이들 이름을 불러주는 까닭은 학생들 이름을 알고 가르치는 것과 그러지 않는 것은 교육의 내용과 효과가 매우 다르게 나타나기 때문이다.

그래서 나는 학생들에게 열심히 나무마다 이름을 말해주지만, 나의 학생들은 그것을 별로 귀담아듣는 것 같지 않았다. 그러나 나는 장담한다. 두고 봐라, 너희도 나이가 들면 반드시 나무를 좋아하게 될 때가 있을 것이니, 그때 가서는 반드시 나를 이해하게 될 것이라고……

선암사 승탑밭

선암사로 들어서면서 제일 먼저 만나는 문화재는 진입로 길가 언덕에 널찍이 자리잡은 승탑밭이다. 열댓 개의 승탑과 비석이 무질서한 가운데 제법 위세 있게 늘어서 있어 이 절의 만만치 않은 연륜을 여기서부터 알 수 있다. 승탑이란 고승의 사리탑이다. 이 절에 주석했던 스님이 열반에 들면 다비를 하고 수습한 사리를 모신 것으로, 승탑은 신라 말부터 유행하기 시작했다. 나말여초의 승탑은 대부분 팔각당 형식으로 경내 뒤쪽에 사당처럼 모셔져 있다.

선암사에도 고려시대에 제작된 팔각당 승탑으로 무우전 승탑, 대각암 승탑, 선조암터 승탑 등 모두 3기가 있다(한때는 이 승탑을 '부도'라고 해서 애매한 이름으로 불렀고 문화재 명칭에 그대로 남아 있기도 하지만 승탑이라고 해야 그 의미가 확실하고 학계에서도 이렇게 용어를 통일해가고 있다).

| **선암사 승탑밭** | 선암사 승탑밭에는 조선 후기부터 현대에 이르는 사리탑과 비석이 늘어서 있어 이 절집의 만만치 않은 연륜과 사세를 자랑하고 있다.

고려 때까지만 해도 고승들에 국한해 승탑에 모셨던 것 같다. 그러나 임진왜란 후 조선 불교가 다시 일어나면서 승탑이 크게 유행해 절집마다 내세우는 스님은 거의 모두 승탑으로 모시면서 형식도 팔각당에서 종(鐘)·연꽃봉오리·달걀 모양 등 여러 형태로 간소화되고 변형됐다.

이것은 분명 조형성의 쇠퇴라고 말할 수 있는 것인데, 그 대신 승탑들을 한곳에 모심으로써 집체적 조형성, 요즘 현대미술로 말하자면 설치미술 같은 조형 효과를 갖게 되었다. 승탑밭을 혹은 승탑전이라고 해서 밭 전(田) 자를 쓰기도 하고 전각 전(殿) 자를 쓰기도 하지만 나는 승탑밭이라는 이름에서 오히려 선적(禪的) 여운을 느낀다.

승탑밭에는 조선 숙종 때의 침굉당(枕肱堂, 1616~84), 영조 때의 상월당(霜月堂, 1687~1767), 순조 때의 해붕당(海鵬堂, ?~1826)과 눌암당(訥庵堂, 1752~1830)을 비롯해 19세기와 20세기 초의 승탑 13기가 모셔져 있

| **선암사 승탑밭 디테일** | 승탑밭의 비석받침과 지붕돌의 조각들은 갖가지 도상들로 구성되어 있어 민화를 보는 듯한 재미가 있다. 1. 운룡도 2. 쌍사자 3. 귀면 4. 추상무늬.

다. 그런데 참으로 이상한 것은 오래된 것일수록 조형성이 우수하다는 점이다. 네 마리 사자가 석탑을 받치는 복잡한 구성을 보여주는 20세기 초 승탑이 얼핏 화려해 보이지만 조형적 밀도가 떨어져 아담한 침굉당이나 환허당 승탑의 짜임새를 따라가지 못한다. 진입로 승탑밭에는 모두 8기의 승탑비가 있는데, 이중 상월당 승탑비만 정조 때(1782) 것이고, 나머지는 모두 20세기에 세운 것이다.

본래 승탑비는 돌거북받침〔龜趺〕에 용머리지붕〔螭首〕으로 장식하는 것이 전통이다. 그러나 여기 있는 승탑비 중 이 전통을 따른 것은 오직 하나뿐이고 나머지는 저마다 다른 모습을 하고 있어 그것이 큰 볼거리이고 연구감이다. 전통 비석 형식을 맥없이 답습해 일종의 매너리즘에 빠진 근래의 승탑비에서는 별 감동이 없다. 그러나 제작 당시의 정서와 취미를 순진하게 반영한 비석받침과 지붕돌의 조각을 보면 명지대 이태호 교수의 말대로 조선 후기의 민화를 보는 듯한 재미가 일어난다. 지붕돌의 조각으로는 용머리가 아니라 도깨비 형상을 새긴 것도 있고, 흉배에 나오는 학을 새긴 것도 있고, 아예 민화 형식의 연꽃을 무늬로 넣은 것도 있다.

네모난 비석받침에 귀여운 강아지—아마도 쌍사자—두 마리를 돌출시킨 것도 있고, 비석 측면에 팔괴(八怪)를 새겨넣은 것도 있다. 그중에는 자연석 받침을 이용하면서 엉성하게 네모 속에 동그라미를 그린 추상적 표현도 있는데, 마치 수화(樹話) 김환기(金煥基, 1913~74)의 추상화를 연상케 하는 근대적 멋이 있다. 어느 것을 보아도 조형상에 거짓된 정서를 부린 것이 없다. 이것이 바로 민화에서 느끼는 그 매력이다. 그래서 나는 이 승탑밭에서 근대의 문턱에 있던 어지러운 사회적 상황에서 흔들리던 미적 기준과 그 혼란의 틈 속에서 일어난 서민들의 조형적 해방을 동시에 읽으며 많은 시간을 보낸다.

선암사에는 이 진입로의 승탑밭 말고 '서부도전(西浮屠田)'이 따로 있다. 강선루를 지나면 삼인당으로 꺾이는 지점에 왼쪽으로 대각암으로 곧장 올라가는 길이 있는데, 이 길을 따라 100미터쯤 가면 조선시대 승탑 12기가 안치된 매우 조순한 승탑밭이 나온다. 환허당(幻虛堂, 1690~1742), 호암당(護巖堂, 1664~1738) 등 18세기 조선 영조 연간에 선암사에 주석했던 고승들의 사리탑이다.

태고종 사찰 선암사

선암사에 오면 누구나 한 번쯤은 묻는 질문이 있다.

"태고종이 뭐예요?"

이런 질문을 받을 때 "뭐라고 알고 있습니까?"라고 되물으면 으레 나오는 대답이 "대처승은 태고종이고 비구승은 조계종 아닌가요?" 한다.

나도 한때는 그렇게 알았지만, 태고종은 승려의 결혼을 허용해 자율에 맡길 뿐이지 대처승이 곧 태고종의 스님을 말하는 것은 아니다. 실제로 태고종 스님 중 3분의 1 이상이 비구라고 한다.

똑같은 절대자를 모시면서도 교리 해석과 신앙의 형태를 달리하는 분파가 있다. 이슬람교에서 시아파와 수니파가 때로는 적대적 모습까지 보이는 것은 그 극단적 예다. 기독교에 감리교, 장로교, 순복음교, 안식교, 여호와의증인교, 통일교 등 100여 종파가 있는 것과 마찬가지로, 우리나라 불교계에도 조계종, 태고종, 천태종 등 이른바 27개 종단이 있고, 문화체육부의 종무실에서 파악하기로는 그 수가 100여 개에 이르지만, 어떤 종단은 사찰 한두 곳에 스님 서너 명으로 되어 있으니 그 숫자에는 허수가 있다.

그중 가장 큰 종단이 조계종이고 그다음이 태고종으로, 2008년에 나온 한 조사보고서에 따르면 조계종은 2,501개 사찰에 승려가 1만 3,860명이고 신도 수는 2,000만 명으로 되어 있으며, 태고종은 승려가 8,378명이고 신도는 480만 명이라고 한다. 태고종은 사찰의 개인 소유를 인정하고, 재가교역자(在家敎役者) 제도인 교임제도를 두어 출가하지 않더라도 사찰을 운영할 수 있어 사찰의 개념이 좀 다르다. 전통 태고종 사찰로는 선암사 외에 서울 신촌의 봉원사, 완주 봉서사 등이 있다.

100여 종단에서 유독 조계종과 태고종 사이에 분규가 있고, 그 분규의 상징이 선암사인 것은 한국불교사의 엄청난 사건이었던 1954년의 법난(法難) 때문이다. 조계종의 근본사찰이 서울의 조계사이듯 태고종의 근본사찰은 선암사인데, 이 선암사의 소유권을 놓고 벌인 물리적 다툼이 법정으로 옮겨진 이후 30여 년이 되도록 아직 결말이 나지 않고 대법원

에 계류되어 있다(2018년 현재에도 분쟁 중). 선암사가 근래에 그 흔한 중창
불사 한 번 없이 옛 모습을 지니고 있게 된 데에는 이런 사정이 있었으니
이를 아이러니라고 해야 할까, 불행 중 다행이라고 해야 할까, 전화위복
이라고 해야 할까.

대한불교조계종과 한국불교태고종

통일신라의 불교는 교종(敎宗) 5교였다. 그러다 하대신라에 도의(道
義)선사가 선종(禪宗)을 들여오면서 구산선문(九山禪門)이 성립됐다. 그
리하여 고려시대 불교는 5교 9산으로 나뉘어 있었다. 11세기에 대각국
사 의천(義天, 1055~1101)이 나서서 천태종으로 선종과 교종의 통합을 시
도했으나 실패하고 또 하나의 종파만 낳는 결과를 가져왔다.

12세기에 보조국사 지눌(知訥, 1158~1210)이 쇠퇴하는 승풍을 바로 세
우기 위해 송광산 길상사에서 정혜결사(定慧結社)를 일으키며 선종과 교
종의 통합을 부르짖자 고려 희종은 이를 지지하며 송광산의 이름을 조
계산으로 고치도록 명하고, 길상사에는 수선사(修禪寺, 오늘날의 송광사)라
는 이름을 내려주었다. 그리고 고려 말의 고승인 태고(太古) 보우(普愚,
1301~82)스님이 당시 원나라에 가서 임제종(臨濟宗)의 법맥을 이어받아
5교 9산을 단일 종단으로 통합할 것을 주장했다(태고 보우국사를 조선 중종
때의 보우普雨스님과 혼동해서는 안 된다). 이후 우리 불교는 임제종을 맥으로
하며 태고스님을 종조로 받들어왔다.

조선시대로 들어오면 국초부터 시작된 불교 탄압 속에서 선교(禪敎)
양종 체제로 정리되면서 종단 활동을 펼치지 못하고 불교의 명맥만을
잇고 있었다. 임란 이후 불교가 다시 일어날 때도 이 무종무파(無宗無派)
는 하나의 전통처럼 되어 있었다. 그러다 1908년 일제의 한일 불교 통합

에 호응한 승려들이 원종(圓宗)을 발족하고 종무원을 두면서 이회광(李晦光)을 대종정으로 추대하는 일이 벌어졌다. 이에 1911년 영·호남 승려들이 송광사에 모여 임제종을 세울 것을 결의하고 선암사의 경운(擎雲) 스님을 종정으로 모셨으나 연로하시어 범어사의 청년 승려 한용운(韓龍雲)이 종정대리를 맡으며 서울의 원종과 맞섰다. 이때 임제종이라는 이름이 일본에도 있어 이와 혼동을 피하기 위해 '조선불교조계종'으로 명칭을 바꾸며 한국불교의 법통을 고수했다.

일제는 1911년 사찰령을 내려 선교 양종 30본산 체제로(나중에는 31본산으로) 불교계를 정리했다. 1945년 해방을 맞은 한국불교는 9월 서울 태고사(오늘날의 조계사)에서 조선불교 전국승려대표자회의를 열고 교헌을 제정하고 중앙총무원을 탄생시켰다. 이때의 명칭은 '조선불교'였다. 초대 교정(敎正)은 박한영, 2대는 방한암, 3대는 송만암이었고, 중앙총무원장은 김법린이었으니, 불교계 원로들이 조선불교를 이끌어갔음을 알 수 있다. 그러나 1954년 이승만 대통령이 불교계를 정화하겠다며 7차에 걸쳐 대통령 유시를 내리면서 조계종과 태고종의 분규가 일어났다.

모든 분야가 그러했듯 일제강점기를 거치면서 불교계에도 정화가 필요했고, 그 근본 처방을 위해서는 절집이 청정도량이 되어야 한다는 판단에서 "대처승은 사찰을 떠나라"고 했던 것이다. 이후 불교계는 말할 수 없는 법난에 휘말렸다. 대통령 유시에 따라 선암사의 대처승들은 공권력(경찰)에 의해 절에서 쫓겨나고 비구 스님들이 들어왔다. 그러나 쫓겨난 선암사 스님들이 다시 절에 들어와 서로 주인이라고 싸우며 대치했다. 절을 빼앗으려는 스님과 이를 지키려는 스님들 사이에 각목 대결이 벌어지기도 했다. 양쪽 입장에 동조하는 스님들이 원정을 와 합세하기도 했다. 이런 분규가 몇 해를 두고 선암사에서 일어났다. 그런 상황에서 5·16군사쿠데타가 일어나고 1962년 2월 '비구·대처 통합 불교재건

비상총회'가 열렸으나 좀처럼 통합은 이루어지지 않았다. 그해 4월 자정 (自淨)과 쇄신을 내세운 비구 측 스님들은 기존의 대처 측과는 함께 종단을 이끌 수 없다고 판단하고 단독으로 대한불교조계종을 발족했다. 이때 조계종은 기존 불교와 차별되는 새 종헌을 채택하면서 보조국사 지눌을 종조(宗祖)로 삼았다. 한편 대처 측 스님들은 1970년 태고 보우스님을 종조로 하는 한국불교태고종을 세웠던 것이다. 이것이 오늘날의 조계종과 태고종이다.

종조의 문제

이리하여 조계종은 수행납자(修行衲子)의 승풍을 일으키며 한국불교의 최대 종단으로 성장했다. 그러나 조계종은 아무리 세가 커도 정치적으로 말하면 일종의 탈당인 셈이어서 종조의 문제가 끊임없이 대두하게 됐다. 원래 불교 종단의 차이는 소의경전(所依經典)이 무엇이고, 법맥이 어떻게 다르고, 종조를 누구로 삼느냐에 있다. 그런데 조계종이든 태고종이든 소의경전으로는 『금강경』과 『화엄경』을 삼고 있으니 차이가 없다. 법맥도 모두 임제종의 선을 맥으로 한다. 다만 종조의 문제에서는 혁신적 비구 스님들이 기존 불교와 차별을 두기 위해 보조국사 지눌을 종조로 모셨지만, 조계종의 상당수 스님은 혁신적 종단 발족에는 동의하면서도 자신의 뿌리인 종조는 바꿀 수 없다며 여전히 태고스님이 종조라고 생각한다.

비구·대처의 분규에서 보조종조설이 나오자 비구 측 종정이던 송만암 스님은 '환부역조(換父逆祖)' 한다며 정화운동에서 손을 뗀 일도 있었다. 또 조계종 종정이던 성철(性徹)스님도 열반하기 전 어느 제자가 "우리의 종조는 과연 누구입니까"라고 묻자 "두말 할 것 없이 태고스님"이라고 분명히 하셨다는 것이다.

스님의 세계에서 종조의 문제가 왜 중요하냐 하면, 법맥이란 스님들의 호적과 마찬가지기 때문이다. 생각이 아무리 바뀌어도 김해 김씨는 김해 김씨고 전주 이씨는 전주 이씨인 것과 마찬가지로 법맥은 바꿀 수 없는 일이라는 것이다. 그래서 조계종 스님들은 불교계의 정화와 종조 문제는 다른 것이라고 말한다.

결국 조계종은 1994년 9월 29일자로 종헌을 개정 공포하면서 제1조에 "본 종은 신라 도의국사가 창수(創樹)한 가지산문에서 기원하여 고려 보조국사의 중천(重闡)을 거쳐, 태고 보우국사의 제종포섭(諸宗包攝)으로 조계종이라 공칭하여 이후 그 종맥이 면면부절(綿綿不絶)한 것이다"라고 하였다. 이리하여 현재 조계종은 종조를 도의, 중천조(重闡祖)를 보조 지눌, 중흥조(中興祖)를 태고 보우스님으로 하여 한국불교를 일으킨 큰스님들을 모두 모시게 되었다. 이것이 조계종의 종조 시비에 관한 시말서(始末書)다.

선암사 석주

선암사 진입로 중간쯤에는 나무장승도 있고 돌무지에 우뚝 세워놓은 한 쌍의 돌기둥(石柱)도 있다. 나무장승은 생긴 것도 씩씩하고 크기도 여느 마을 장승하고는 다른 사찰장승으로서 규모가 당당하다. 그러나 유감스럽게도 원래의 장승은 더 이상 길가에 둘 수 없을 정도로 부식이 심해져서 박물관으로 옮기고 그 복제품을 세워놓았다. 복제품이라도 원본에 충실하여 그 기상이 살아 있지만 왠지 눈길이 덜 가고 정도 잘 붙지 않는다.

돌기둥에는 8·15해방 후 조선불교의 초대 교정(종정)을 지낸 대단한 학승인 박한영 스님이 지은 게송 대구가 붉은 글씨로 새겨져 있다. 글씨도

| 선암사 석주 | 길 양쪽에 세워진 돌기둥 앞면에는 조계산 선암사라는 사찰의 이름이 새겨 있고 뒷면에는 선종 사찰을 예찬한 대구가 새겨져 있다.

좋지만 내용이 이 절집에 딱 맞아 지날 때마다 소리 내어 읽어보게 된다.

放出曹磎一派淸 (방출조계일파청)
劈開南岳千峰秀 (벽개남악천봉수)

번역해보면 "조계(육조 혜능)스님이 나타나자 온 물결이 맑게 되었고, 남악(회양懷讓)스님이 등장하자 일천 봉우리가 빼어나게 되었네"라는 뜻이다.

요즘 학생들은 한문은 고사하고 한자도 못 읽어 큰 문제인데 어느 해인가 제법 한문에 관심이 많아 한문 강습소도 다니는 기특한 녀석이 여기에 이르자 먼저 달려가 읽어보고는 내게 자랑삼아 해석해 보이는 것

98

이었다. "선생님, 조계 일파를 방출하자, 데모 구호를 써놓은 건가요?"라고 하는 것이었다.

하도 기가 막혀 제대로 해석해주려고 원문을 읽어보니 마지막 한 글자가 돌무더기에 파묻혀 '방출조계일파(放出曹磎一派)'라고만 되어 있는 것이었다. 학생의 번역이 틀렸다고 말할 수가 없다. 세상에! 이럴 수가 있는가? 불교의 선맥(禪脈)을 말한 이 멋진 법구(法句)가 '맑을 청(淸)' 자가 빠져버리니 태고종의 데모 구호로 바뀌고 말다니. '맑을 청' 자 하나.

석등 없는 사찰

선암사를 유심히 둘러본 분들은 이미 알고 있겠지만 선암사 경내에는 석등이 없다. 그 이유는 선암사에 화재가 잦아 아예 불을 상징하는 것은 두지 않은 때문이다. 실제로 선암사에는 큰불이 자주 일어났다. 1597년 정유재란 때에는 거의 전소돼 석탑과 승탑 외에 목조건물로는 문수전 하나만 남았다. 그외에 남은 건물은 일주문과 대변소뿐이었다고 한다. 전란 후 선암사는 당우를 하나씩 복원하면서 교학(教學)의 명찰이 되었다. 그래서 같은 조계산에 있으면서 송광사가 16국사를 배출할 때 선암사는 무엇을 했느냐고 물어오면 "우리는 불교의 뿌리를 튼실히 길러갔다"고 대답한다고 한다.

그러나 선암사는 영조 35년(1759)에 또 화재를 만나 큰 피해를 보게 되었다. 이에 상월당스님이 중창불사를 일으키는데 그것이 선암사 5차 중창이었다고 한다. 이때 상월당은 선암사가 산은 강하고 물은 약한 산강수약(山強水弱)의 지형이어서 화재가 빈번히 일어난다며, 조계산을 청량산(清涼山)이라고 겸하여 부르게 하고 절 이름도 해천사(海川寺)라고 바꾸었다. 그래서 지금 선암사 일주문 '조계산 선암사'라는 현판 안쪽에

| **석등 없는 선암사 대웅전** | 선암사는 불조심을 위해 절마당에 석등을 세우지 않았다. 한때는 마당에 쌍등이 있었는데 지금은 다시 석등을 없애 옛 모습으로 돌아왔다.

는 전서체로 쓴 '고(古) 청량산 해천사'라는 현판이 걸려 있다. 그래도 선암사는 화재를 비켜갈 수 없었다. 순조 23년(1823) 대화재가 일어나 대웅전을 비롯한 10동의 건물을 모두 태우고 말았다. 이에 해붕대사가 나서서 선암사 제6차 중수를 한 것이 오늘날 선암사의 기본이 되었는데, 이때 이름을 다시 조계산 선암사로 되돌렸다.

이런 연유로 선암사의 불조심은 각별했고 석등을 두지 않았다. 간간이 대시주들이 석등을 시주해도 경내에는 들이지 않았다고 한다. 오히려 선암사 부엌인 심검당의 연기 구멍에는 풍수로 치면 비보(裨補)에 해당하고, 무속으로 치면 액막이하는 셈으로 '바다 해(海)' 자와 '물 수(水)' 자를 조각해넣어 '자나 깨나 불조심표' 환기통을 만들었다.

이렇게 조심하며 불기운의 접근을 막았던 선암사인데, 1990년대에는 대웅전 앞마당에 2기의 석등이 있었고 경내 여기저기에 모두 6기의 석

| **심검당 환기 구멍** | 대웅전 옆 심검당은 본래 요사채의 부엌으로 쓰인 건물이다. 이 부엌 위쪽에 설치된 환기 구멍에는 물 수(水) 자와 바다 해(海) 자를 새겨 불조심을 강조하고 있다.

등이 있었다. 나는 이것이 못마땅해 갈 때마다 주지스님께 석등을 치워달라고 항의성 부탁을 했다. 내 항의를 가장 많이 받은 스님은 선암사 주지를 세 번이나 맡았던 지허스님이었다.

내가 해마다 반복적으로 잔소리하듯 항의하자 지허스님은 어느 해인가 내게 이렇게 말하는 것이었다. "유교수님, 나도 잘 알고 있어요. 그러나 저 석등을 갖다놓으신 분들이 우리 절의 대시주이신데 우리는 어떻게 절을 운영하라고 자꾸 치우라고만 하십니까"라고 속내를 털어놓는 것이었다.

그뒤로 나는 지허스님을 만나도 석등을 치우라는 항의를 하지 않았다. 그런데 어느 해인가, 선암사에 갔더니 경내의 석등이 말끔히 없어졌다. 너무도 기뻐 고맙다는 인사를 드리려고 지허스님이 계신 무우전으로 달려갔다. 그러자 지허스님은 웃으며 들어와 차나 한잔 들고 가라고 했다. 아는 분은 알겠지만 지허스님은 칠전선원(七殿禪院) 다원(茶園)의 맥을 이어온 분으로, 당신의 차가 하도 좋아 『뿌리깊은나무』의 고(故) 한창기 사장이 '징광차'를 만들게 하여 보급한 다도의 대가이다. 나는 지허스님께서 솜씨 좋게 달인 차를 들면서 물었다.

"스님, 석등을 치우긴 잘 치우셨습니다마는 대시주님들께는 무어라고 하셨습니까?"

"뭐, 간단히 말씀드렸죠. '본래 석등이란 어두운 곳에서 밝혀주어야 하는 것이니 절집 진입로 산죽밭에 숨은 듯이 있으면 더 효험이 있겠습니다'라고 말하고 다 밖으로 내다 세웠죠. 왜, 절에 들어오면서 못 보았수?"

지허스님은 지금은 순천 금둔사에서 금화산 잎차를 만들고 계시며, 선암사 진입로 산죽밭 곳곳에서는 20세기의 석등들이 우리의 발길을 비추고 있다.

만세루의 '육조고사' 현판

선암사 일주문은 돌계단 위에 높직이 서 있다. 그리고 일주문 너머 팔손이나뭇잎을 양옆에 끼고 있는 종각 기둥 사잇길이 한눈에 들어온다. 양파를 벗기듯 차례로 전각이 들어오며 장면마다 색다른 표정을 짓는 선암사는 입구부터 그 인상이 남다르다.

돌계단을 올라 만세루 앞에 서면 좌우로 넓은 길이 화단을 끼고 시원하게 뻗어 있다. 이 길이 선암사의 가람배치에서 가로로 지르는 주 동선으로, 어느 쪽으로 돌아가든 다시 이 자리에 서게 된다. 여기는 만세루

| **육조고사 현판** | 만세루에 걸려 있는 '육조고사'라는 현판은 선종의 육조인 혜능스님을 모신 오래된 절이라는 뜻으로 글씨가 아주 멋스럽고 힘찬 필치로 쓰여 있다.

뒤편으로, 위쪽에 장중한 예서체로 '육조고사(六朝古寺)'라고 쓴 현판이 걸려 있다.

달마대사가 살았던 육조시대부터 내려오는 오래된 절이라는 뜻인데, 서포(西浦) 김만중(金萬重, 1637~92)의 부친으로 병자호란 때 강화도에서 순절한 김익겸(金益兼, 1615~37)의 글씨로 전한다. 그의 글씨를 따로 본 것이 없어 서가(書家)로서 김익겸을 말할 수는 없지만 이 글씨만은 굳셈과 멋을 한껏 발휘한 명작이라고 할 만하다. 특히 육(六) 자를 쓰면서 세로획을 치켜올린 것에서 자칫 딱딱해 보일 글씨에 숨통을 열어주었다는 느낌이다.

어느 때인가 등산복 차림의 중년 신사가 호기 있게 일행을 이끌고 이 만세루 앞에 서서는 지팡이로 현판을 가리키며 "그 글씨 한번 잘 썼다"고 큰 소리로 말하여 귀를 그쪽으로 두고 다음에 해설을 어떻게 하나 귀동냥하고 있으려니, 이 신사가 현판 글자를 큰 소리로 읽는데 "견조고사라"

라고 하여 속으로 얼마나 웃었는지 모른다. 육(六) 자의 가로획 끝을 멋으로 꼬부린 것을 점으로 보아 개 견(犬) 자로 읽었던 것이다.

선암사 경내 순례

대웅전에서 무우전까지 대웅전 앞마당은 좁은 편이다. 그러나 대웅전 오른편과 설선당 사이가 널찍이 트여 돌계단 너머 원통전까지 시선이 멀리 닿고, 대웅전 왼편과 심검당 사이는 지장전 너머 무우전까지 아기자기하게 길이 나 있어 좁다는 인상도, 답답한 느낌도 들지 않는다.

그리고 잘생긴 삼층석탑 한 쌍이 이 마당의 무게중심을 잡아주기 때문에 '육조고사'다운 기품이 살아난다. 사찰을 꼼꼼히 살피는 편이라면 대웅전 오른편으로 올라 불조전과 원통전으로 가서 두 전각의 내력과 창살무늬를 살필 만하고, 그저 나처럼 공원에 온 듯이 느긋이 즐길 양이면 지장전을 스쳐지나 곧장 무우전으로 향하면 된다.

선암사 공간 구조에서 무우전은 가장 좋은 자리에 위치해 있다. 화재로 여러 차례 중수하면서 달라졌지만 본래는 여기가 대웅전 자리였다고 한다. 무우전은 문이 닫혀 있어 일반인 출입이 금지되기도 하지만, 스님의 허락을 얻어 무우전 툇마루에 가만히 앉아 선암사를 감싸고 있는 조계산의 느릿한 능선을 넋 놓고 바라볼 때 우리는 비로소 선암사를 보았다고 말할 수 있을 것이다.

봄날 무우전의 담장 너머에서 천연기념물로 지정된 노매(老梅)들이 피어날 때는 매운맛까지 나는 매화 향기에 취해 차마 자리에서 일어나지 못한다. 겨울날 무우전에서 조계산 자락을 보면 산은 분명 잎 떨군 겨울 산이지만 나뭇가지들이 둥글게 부풀어오르며 뭉실뭉실하게 연이어져 만지면 보드라울 것만 같고, 올라앉으면 쿠션이 있을 것만 같다.

법정스님이 산 너머 송광사 불일암에 계실 때『산방한담』에서 겨울 조계산을 어떻게 그리도 아련하게 묘사할 수 있었는지 바로 알아차릴 수 있을 것이다. 메마르고 표정이 없을 것 같은 겨울산이 이처럼 포근하게 느껴지다니…… 선암사는 정녕 우리의 마음을 편하게 해주는 산사 중의 산사다.

칠전선원 돌아 해천당까지

무우전 뒤편으로 돌아 오른쪽 운수암으로 가는 길가에는 크고 당당하게 잘생긴 비석 2기가 있다. 하나는 숙종 33년(1707) 당대의 문장가인 채팽윤(蔡彭胤, 1669~1731)이 짓고 당대의 명필인 이진휴(李震休,

| 달마전의 4단 석조 | 달마전 뒤편에는 석함 네 개를 연이어 놓은 4단 석조가 있다. 커다란 석조가 아니라 네 개를 연이은 물확의 멋스러움이 선암사의 자연미를 더욱 돋보이게 한다.

1657~1710)가 글씨를 쓴 선암사 중수비고, 또 하나는 이를 본떠 1929년 세운 선암사 사적비다.

무우전 오른편 산자락으로는 칠전선원이 있고, 그 뒤편에는 1,000평(3,306제곱미터)이 넘는 야생차밭이 있다. 그 차밭 맨 위쪽에는 고려 때 세운 이른바 무우전 승탑밭이 있어 한차례 순렛길이 되는데, 여기 또한 일반인 출입을 금해 선암사의 뒤가 이렇게 두텁다는 사실만 알아두면 될 것 같다.

칠전선원 안의 달마전은 원래 조실스님이 기거하는 곳으로 부엌에 가면 조왕(竈王)이라는 부엌신을 사당처럼 모신 것이 있고, 뒤켠으로는 유명한 4단 석조가 있어 그 넉넉한 조형정신에 경의를 표하게 된다. 칠전선원에서 나와 오른쪽으로 돌면 장경각·삼성각·천불전을 지나 종무소와 설선당 사이의 쌍지라는 못을 만나게 된다.

쌍지 아래 물확에는 쉬지 않고 샘물이 흐른다. 샘물 아래쪽으로는 다 허물어져가는 돌담에 둘러싸인 납작한 살림집이 보인다. 이 집은 해천당이라는 객관(客館)으로 한때 송기숙 선생이 머물며 장편『녹두장군』을 집필했던 곳이다. 해천당에서 돌담길을 따라 경내를 벗어나면 바로 대각국사 의천의 사적이 어려 있는 대각암으로 오르는 길이 나온다.

| **선암사 뒷간** | 선암사의 뒷간은 우리나라에서 가장 잘생긴 화장실 건물로 꼽힌다. 정(丁) 자형 건물로 가운데 넓은 공간을 경계로 하여 남녀 화장실이 좌우로 나뉘어 있다.

선암사 뒤깐

해천당 바로 옆에는 우리나라 사찰 뒷간 중 압권인 선암사 대변소가 있다. 영월 보덕사 해우소와 함께 문화재로 지정된 뒷간이다. 정(丁) 자형 건물의 선암사 뒷간은 그냥 눈으로 보는 것이 아니라 안에 들어가 볼일을 보아야 제맛을 알 수 있다. 앞으로 돌출한 캐노피(canopy)를 따라 들어가면 왼쪽은 남자, 오른쪽은 여자, 각각 8칸씩 나뉜 공동변소인데, 뚫려 있는 창살 사이로 경내가 다 보인다. 그러나 밖에서는 안쪽이 보이지 않는다. 여기서 우리는 오픈 스페이스의 매력을 만끽할 수 있다.

선암사 뒷간 현판이 매우 재미있다. 네모판에 위에는 '대변소(大便所)'라고 오른쪽에서 왼쪽으로 쓰고, 그 아래 '뒤깐'이라고 한글 고어로 써놓은 바람에 한자를 모르는 요즘 학생들은 이를 '깐뒤'라고 읽고는 제풀에

| 선암사 뒷간 현판 | 선암사 뒷간에는 한자로 대변소(大便所), 한글로 '뒤깐'을 오른쪽에서 왼쪽으로 써넣었다. 뒷간 안쪽에는 칸마다 창살이 있어 밖이 은은히 내다보인다.

깔깔거리곤 한다. 그러나 선암사 '깐뒤'의 제멋은 사용자로서 그 속에 들어가 큰 거든 작은 거든 일을 볼 때다. 눈앞에 마주하는 뚫린 창살로 밖을 내다보며 내 몸의 배설물이 저 아래 허공으로 떨어지는 소리를 들으면 뒷간이 이럴 수도 있구나 하는 생각이 든다. 시인 정호승은 「선암사」라는 시에서 이렇게 읊었다(『눈물이 나면 기차를 타라』, 창비 1999).

눈물이 나면 기차를 타고 선암사로 가라
선암사 해우소에 가서 실컷 울어라
해우소에 쭈그리고 앉아 울고 있으면
죽은 소나무 뿌리가 기어다니고
목어가 푸른 하늘을 날아다닌다
풀잎들이 손수건을 꺼내 눈물을 닦아주고
새들이 가슴속으로 날아와 종소리를 울린다
눈물이 나면 걸어서라도 선암사로 가라
선암사 해우소 앞
등 굽은 소나무에 기대어 통곡하라

선암사 무우전매

선암사 최고의 볼거리는 역시 꽃이다. 그중에서도 선암사를 대표하는 꽃은 매화이며, 선암사 매화 중에서도 제일가는 것은 노매 20여 그루가 줄지어 있는 무우전과 팔상전 담장길의 매화다. 한쪽은 백매, 한쪽은 홍매가 만개할 때면 오직 그것만을 보기 위해서라도 선암사를 찾아갈 일이다. 고려시대 대각국사가 사찰을 중창할 무렵, 삼성각 앞의 와룡송(臥龍松)과 함께 매화를 처음 심었다고 상량문에 전해지고 있으니 매화는 고려시대 이후 선암사의 역사와 함께했음을 알 수 있다. 내가 선암사에 간 것이 수십 차례인데 그중 절반이 춘삼월 매화꽃 필 때였다.

육당 최남선의 『심춘순례』는 송광사에서 송광굴목재 너머 선암사로 넘어오는 산길이었다. 나도 두어 차례 이 산길을 넘어가며 굴목재의 아름다운 돌배나무꽃도 보고 장군봉에 흐드러지게 핀 철쭉꽃도 원 없이 즐겼지만 역시 매화가 주는 감동은 따라오지 못했다.

그런데 육당은 그날 다섯 시간 이상 걸리는 산길을 넘어오느라 몹시 피곤하여 선암사에 당도하여 바로 곯아떨어졌던 모양이다. 그리고 이튿날 아침에 매화를 보고는 이렇게 억울해했다.

이럭저럭 '굴묵이' 넘어온 피곤을 잊어버리고, 무엇인지 코가 에어져나가는 듯한 향기를 맡으면서 청량(淸凉)한 꿈을 찾아들었다.

이튿날(십팔일). 일뜨며 창을 밀치니 맑고도 진한 향기가 와짝을 들이밀어 코로부터 온몸, 온 방 안을 둘러싸버린다. 새빨간 꽃을 퍼다 부은 춘매(春梅)가 바로 지대(地臺) 밑에 있는 것을 몰랐었다. (…) 이러한 미인이 창전(窓前)에 대령한 줄을 모르고 아무 맛 없이 곱송그려 새우잠을 자고 났거니 하매, 아침나절에 입맛이 쩍쩍 다시어진다.

선암사를 드나들면서 나는 이런 것이 천연기념물로 지정되지 않으면 무엇이 천연기념물인가 생각하곤 했다. 문화재청장으로 있을 때 나는 박

| **선암사 무우전 매화** | 무우전 담장의 매화는 수령이 오래되어 천연기념물로 지정되었다. 홍매와 백매가 어울려 더욱 장관을 이룬다.

상진(농학박사, 경북대 명예교수), 이은복(이학박사, 한서대), 안형재(매화연구원장) 전문가 세 분께 전국에 있는 노매를 조사하여 천연기념물로 지정하는 용역을 의뢰하였다. 그 결과 네 그루의 매화가 지정 대상이 되었다. 나는 이 분들에게 매화마다 고유 이름을 지어달라고 부탁하였다. 그리하여 강릉 오죽헌의 율곡매, 장성 백양사의 고불매, 구례 화엄사 백매, 그리고 선암사 무우전매가 천연기념물로 지정되었다. 무우전매란 정확히 말하면 원통전 담장 뒤편의 백매와 각황전 담길의 홍매 두 그루로, 천연기념물 제488호다.

매화는 마니아가 많다. 역대로 매화를 좋아한 명사는 수를 헤아릴 수 없고 매화를 읊은 시를 모으면 수십 권의 책이 됨 직하고 또 지금도 거기에 심취하여 매화를 찾는 분도 적지 않다. 매화를 좋아함은 무엇보다도 고고한 기품과 짙은 향기 때문이다. 그 높은 품격 때문에 거기에서 감히 색태(色態)를 느꼈다는 말을 못한다. 그러나 육당은 대담하게도 이렇게 솔직히 털어놓았다.

청수(淸瘦)하여 고사(高士)에 비할 것이 매화의 호품(好品)일지는 모르되, 화사하면서도 농염한 것이 탐스러운 부잣집 새색시가 곱게 차려입은 화려한 복장(靚粧華服)에 고급 향수(蘭麝名香)를 기구껏 차린 듯한 매화도 결코 못쓸 것이 아님을 알았다. 매화다운 매화도 좋지마는, 도화(桃花) 같은 매화도 또한 일종의 정취가 있는 것이다. 하물며 도화일 성불러도 매화의 기품이 있을 것이 다 있음에랴. 매화인 체를 아니하는 매화, 매화티를 벗어난 매화가 어느 의미로 말하면 진짜 매화라 할 매화일지도 모를 것이다.

아마도 말은 안 해도 내남이 매화에서 그런 모습을 보았을 것이다. 특히나 무우전의 홍매를 보면 육당의 말이 무슨 말인지 알 수 있을 것이다.

아늑함과 호방함이 한데 어우러질 때

아는 만큼 느낀다

방학 때 어딜 다녀오면 좋겠느냐고 물어온 학생에게 남도답사 일번지 코스를 일러주었더니 다녀와서 내게 하는 말이 정말로 잊지 못할 환상적인 답사였다고 감사에 감사를 거듭하고 선물까지 사왔는데, 단서가 하나 붙어 있었다.

"샌님예, 근데 대흥사는 뭐가 좋웅교?"
"왜? 절집 분위기가 좋지 않디?"
"분위기가 좋은 겁니껴. 내는 뭐 특출한 게 있는가 싶어 집이고 탑이고 유물관이고 빠싹허니 안 봤능교. 봐도 봐도 심심해 영 실망했는데, 낭구(나무) 하나는 괜찮습디더."

학생의 말대로 대흥사는 큰 볼거리가 있는 절이 아니다. 비록 나라에서 국보로 지정한 유물이 셋이나 있고 보물도 여섯이나 있으나 그것은 역사적 가치일 뿐 예술적 감동을 주는 것은 아니기 때문이다. 그렇다고 해서 대흥사의 답사적 가치가 낮은 것은 물론 아니다. 인간이 간직할 수 있는 아름다움의 범주는 거의 무한대로 넓혀져 있다. 그 아름다움은 시각적 즐거움에서 비롯되는 자연미·예술미뿐만 아니라 자못 이지적인 사색을 동반하는 문화미이기도 하다.

　자연의 아름다움이란 우리가 늘상 시각적으로 경험하고 있는 대상이기에 별다른 설명 없이도 이 학생처럼 '나무 하나는 괜찮다'라고 실수 없이 간취할 수 있다. 그러나 예술미라는 인공적 아름다움과 문화미라는 정신적 가치는 그 나름의 훈련과 지식 없이 쉽게 잡아낼 수 있는 것이 아니다. 그런 의미에서 사람은 "아는 만큼 느낀다"고 할 수 있다.

　만약에 그 학생이 나와 함께 대흥사에 가서 내가 천불전 분합문짝의 창살무늬를 잘 보라고 했으면 그는 아마도 수많은 사진을 찍었을 것이고, 대웅보전으로 오르는 돌계단 양쪽 머릿돌의 야무지게 생긴 도깨비상을 눈여겨보라고 했으면 그냥 예사롭게 지나쳐버렸을 리가 없다.

　대흥사 여러 당우(堂宇)들에 걸려 있는 현판 글씨는 대단한 명품으로 조선 후기 서예의 집약이기도 하다. 대웅보전, 천불전, 침계루(枕溪樓)는 원교 이광사의 글씨이며, 표충사는 정조대왕의 친필이고, 가허루(駕虛樓)는 창암 이삼만, 무량수각은 추사 김정희의 글씨인 것이다. 그러나 서예에 대한 예비지식과 안목 없이는 느껴질 그 무엇이 없을 것이다.

　더욱이 유형의 예술미가 아닌 무형의 문화미에 이르면 "아는 만큼 느낀다"는 말이 더더욱 실감난다. 대흥사 입구 피안교를 건너 '두륜산 대흥사'라는 편액이 걸려 있는 천왕문을 지나면 길 오른쪽으로 고승의 사리

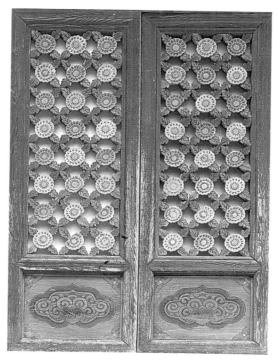

| **천불전 창살무늬** | 사방연속무늬의 아름다움을 자랑하는 이 창살은 내소사 창살과 함께 손꼽히는 아름다운 꽃창살이다.

탑과 비석이 즐비하게 늘어선 승탑밭이 나오는데 여기에는 서산대사 이래 13대종사(大宗師)와 13대강사(大講師)의 납골이 모셔져 있다. 지금 나는 별로 아는 것이 없어서 이 한 시대의 고승 스물여섯 분의 삶과 사상을 더듬으면서 느낄 수 있는 문화미를 잡아내지 못한다. 다만 오직 한 분, 초의(草衣)스님에 대해서는 들은 바가 있어서 '초의탑' 앞에서 잠시 걸음을 멈추고 추사의 제자였던 위당(威堂) 신관호(申觀浩)가 쓴 그 비문을 살펴보고 나중에는 당신의 말년 거처였던 일지암에도 오를 것이니,

내가 아는 만큼만 느낄 뿐이다.

두륜산 대흥사의 숲

국토의 최남단에 우뚝 선 두륜산(해발 706미터)의 여러 봉우리에서 흘러내린 골짜기들이 한줄기로 어우러져 제법 큰 계곡을 이루어 '너부내'라는 이름을 얻은 펑퍼짐한 자리에 대흥사는 자리잡고 있다. 이곳은 행정구역상 해남군 삼산면 구림리(九林里) 장춘동(長春洞)에 속하는데, '아홉 숲'에 '긴 봄'이라는 이름이 아무렇게나 붙여진 것은 아닐 것이다.(도로명 주소는 삼산면 대흥사길 400)

너부내 계곡을 타고 대흥사로 들어가는 10리 숲길은 해묵은 노목들이 하늘을 가리는 나무 터널로 이어진다. 소나무 벚나무 단풍나무가 저마다 제멋으로 자라 연륜을 자랑하고 있으니 봄·여름·가을·겨울이 모두 계절의 제빛을 놓치지 않는다. 이 나무숲이 대흥사 경내의 연못 무염지(無染池)까지 뻗어 여기에서 다시 왕벚꽃나무 동백나무 배롱나무가 어울리게 되었으니 그 학생의 말대로 '낭구 하나는 장관'이 아닐 수 없다.

구림리 나무숲은 가을이 장관이다. 온갖 수목이 오색으로 물들고 특히나 단풍나무의 붉은빛이 햇살에 빛날 때, 왜 단풍의 상징성을 단풍나무가 가져갔는지 알게 된다. 그러나 나는 가을보다도 겨울날의 대흥사를 더 좋아한다. 벌거벗은 나뭇가지가 보드라운 질감으로 산의 두께를 느끼게 해주고 비탈길에는 파란 산죽들이 눈 속에서 싱싱함을 보여줄 때, 그때는 왕후장상만이 인생의 주인공이 아님을 말해준다. 그래서 구림리 윗동네가 장춘동이라 하여 긴 봄날의 화사함을 자랑한다 하더라도 나는 겨울날의 대흥사가 더 좋다는 내 생각을 바꿀 수 없다.

| 천불전에서 내다본 침계루 | 대흥사는 넓고 호방한 규모이지만 돌담과 당우가 적절히 배치되어 공간의 흐트러짐이 없다.

대흥사의 내력

대흥사(大興寺)라는 명칭이 어떻게 생겼는가를 알아보면 모든 사물에 붙여진 이름의 세월 속 탈바꿈이 얼마나 우스운가를 생각해보게 된다.

두륜산의 원래 이름은 '한듬'이었다. 국토 남단에 불쑥 솟은 그 형상에서 나온 말일 것이다. 이것을 한자어와 섞어서 '대듬'이라고 부르더니 나중엔 대둔산(大芚山)이라 불리게 됐고 '한듬절'은 '대듬절'에서 '대둔사'로 바뀌게 되었다. 그런 중 또 유식한 자가 나타나서 대둔산은 중국 곤륜산(崑崙山) 줄기가 동쪽으로 흘러 백두산을 이루고 여기서 다시 뻗은 태백산 줄기의 끝이라는 뜻에서 백두산과 곤륜산에서 한 자씩 따서 두륜산(頭崙山)이라고 이름 지었는데, 일제 때 전국 지명을 새로 표기하면서

| 대흥사 대웅보전 | 대흥사의 중심 건물인 대웅전 경내는 큰 절집이면서도 아늑한 분위기를 유지하고 있다.

'륜' 자를 바꾸어 두륜산(頭輪山)이라고 하고 대둔사는 대흥사로 바꾸어 놓았으니 이제 와서 두륜산 대흥사라는 명칭 속에서 '한듬절'의 이미지는 되살릴 길이 없어지고 만 것이다. 세월의 흐름 속에 내용은 저버리고 형식만 바꾸어가다가 나중엔 그 본뜻을 잃어버리고 마는 사례가 여기에도 있는 것이다.

대흥사 내력은 아도화상이 세웠다는 등 도선국사가 세웠다는 등 그 창건설화가 구구했던 모양이다. 그런데 대흥사의 12대강사로 강진 백련사에서 다산 정약용과 가깝게 지냈던 혜장스님은 『만일암고기(挽日菴古記)』에서 이 모든 설화가 터무니없음을 증명하고 나섰다. 아마도 실사구시의 정신에서 그렇게 변증한 것이리라.

혜장스님의 이런 실증은 초의스님에게 이어져 초의는 『대둔사지』를 쓰면서 종래의 기록은 "실록(實錄)이 아닐까 두렵고", 누각 당우가 번성함을 기록하고 있으나 "옛 초석과 섬돌이 하나의 자취도 없으니 어찌 이치에 맞겠는가"라면서 설화를 부정했다. 그것 또한 스님 세계에서 받아들인 실학정신의 일단인 것이다.

그리하여 한듬절의 유래는 나말여초의 어느 때로 짐작되고 있으며 지금 확실한 물증으로 제시할 수 있는 것도 나말여초의 유물들이다. 대흥사 응진전 앞의 삼층석탑(보물 제320호), 두륜산 정상 바로 못미처에 있는 북미륵암의 마애불(국보 제308호)과 삼층석탑(보물

| 대웅보전 돌계단의 돌사자 | 돌계단 머릿돌에 이처럼 호신수를 새기는 것은 범어사에서도 볼 수 있는데 이 돌사자는 아주 매섭게 생겼다.

제301호) 등의 유물이 모두 나말여초의 시대 양식을 지니고 있다.

그럼에도 불구하고 오늘날 대흥사를 소개하는 수많은 안내 책자와 대흥사의 안내판은 버젓이 아도화상과 도선국사의 창건을 말하고 있다. 초의스님이 일껏 진실을 찾아 논증해놓은 것을 버리고 허장성세를 위해 다시 허구를 말하는 세상으로 돌아왔으니 세월이 흘러간다고 발전하는 것이 아님을 여기서도 보게 된다.

서산대사의 유언과 표충사

국토의 남단, '지방 중에서도 지방'의 절집으로 창건되어 그 이상도 이하도 아니던 '한듬절'이 대흥사로 일약 변신하게 된 것은 임진왜란 이후

서산대사(西山大師, 1520~1604)의 유언 때문이었다.

1604년 1월, 어느 날 서산대사는 묘향산 원적암에서 마지막 설법을 마치고는 제자 사명당(泗溟堂, 1544~1610)과 처영(處英)스님에게 당신의 의발(衣鉢)을 두륜산에 둘 것을 유언하였다.

두륜산은 해변 한구석에 있어 명산은 아니지만 거기에는 세 가지 중요한 뜻이 있느니라.

첫째는 기화이초(奇花異草)가 항상 아름답고 옷과 먹을 것이 끊이지를 않는다. 내가 보건대 두륜산은 모든 것이 잘될 만한 곳이다. 북으로는 월출산이 있어서 하늘을 괴는 기둥이 되고 남에는 달마산이 있어 지축에 튼튼히 연결되어 있다. (…) 바다와 산이 둘러싸 지키고 골짜기는 깊고 그윽하니 이곳은 만세토록 훼손되지 않을 땅이다.

둘째는 (…) 나의 공덕을 누가 말할 만하다 않겠는가? (나로 인한 국가에 대한 충성이) 이 때문에 보여지고 느껴진다면 후세에 저 무표정한 나무 사이를 스치는 바람 소린들 어찌 우매한 세속을 경고하지 않겠는가.

셋째는 처영과 여러 제자들이 모두 남쪽에 있고 내가 출가하여 머리 깎고 법을 들은 곳이 두류산(頭流山, 지리산)이니 여기는 종통(宗統)의 소귀처(所歸處)이다.

그러고 나서 서산대사는 자신의 영정을 꺼내어 그 뒷면에 마지막 법어를 적었다.

80년 전에는 네가 나이더니, 80년 후에는 내가 너로구나.

붓을 놓은 서산대사는 결가부좌한 채로 입멸하였다. 향년 85세, 법랍

67년이었다.

그리하여 사명당은 서산대사의 시신을 다비하여 사리는 묘향산 보현사에 안치하고 영골(靈骨)은 수습하여 금강산 유점사 북쪽 바위에 봉안하고, 스님의 금란가사(金襴袈裟)와 발우는 대흥사에 봉안하였다.

서산대사의 의발이 전해진 이후 대흥사는 문자 그대로 크게 일어났다. 임란 이후 민간신앙으로서 불교가 중흥했던 그 시대적 추세에 힘입어 수많은 당우가 세워졌다. 현재 남아 있는 대웅보전은 1667년에 심수(心粹)스님이 3년에 걸쳐 중창한 조선 후기의 전형적인 팔작지붕 다포집이다.

또 절집의 기록에 의하면 1669년에 정면 3칸 맞배지붕으로 표충사를 지어서 여기에 서산대사, 사명당, 처영스님 등 세 분의 영정을 모셨다고 한다. 그러고는 100년이 좀 넘었을 때 일이다. 호조판서를 지내던 서유린의 진언에 따라 정조대왕은 표충사라는 어필사액(御筆賜額)을 내려 해마다 예조에서 관리를 내려보내 제사를 지내게 하니, 지금 표충사 정면에 있는 정면 5칸 측면 2칸의 의중당(義重堂)은 제사 때 제물을 차리던 집이다.

1811년에 대흥사에 큰불이 나서 극락전·지장전·천불전 등 여러 당우가 소실되었으나 2년 후 완호(玩虎)스님이 다시 복원하였으니 현재의 대흥사는 그때의 모습이 전해지는 것이다.

대흥사의 가람배치는 아주 뛰어난 마스터플랜을 보여준다. 양쪽에서 흘러드는 계곡을 끌어안아 절집 전체를 4구역으로 나누고는 크게 남원(南院)과 북원(北院)으로 갈라놓았다.

대웅보전을 중심으로 한 북원에는 법당과 승방이 있고, 천불전을 중심으로 한 남원에는 강원(講院)이 있으며 그 위로 표충사와 부속 건물, 대광명전과 부속 건물로 절집의 두께를 더하여갔다.

그리하여 각 당우를 낮은 돌담으로 둘러치고 그 사이사이 공간에는 해묵은 노목과 밝은 계곡 그리고 무염지가 자리잡게 하여 산사의 아늑함을 유지하면서도 대찰이 지니는 위용을 잃지 않았으니 그 공간의 경영이 자연을 거스름이 없으며 공간을 낭비한 것도 없다. 대흥사의 호방함과 안온함은 이렇게 이룩된 것이었다.

그런 대흥사의 이 멋진 가람배치가 무너져버린 것은 1970년대 박정희 대통령의 성역화 작업 때문이었다. 기회만 있으면 군사 문화를 심으려고 아산 현충사 같은 황당한 일을 벌이던 시절 대흥사에는 서산대사 성역화 작업으로 장대한 유물관을 설치하게 했던 것이다. 그것 자체야 내가 크게 나무랄 이유가 있으리요마는 그 유물관이란 예의 콘크리트 한옥으로, 이미 있던 대흥사 당우의 몇 배 큰 건물로 들어앉아 이 절집의 조화로운 배치는 사라져버린 것이다. 마치 조순한 비구니 스님들이 계곡 곳곳에서 도란도란 얘기하는 정겨운 풍경 속에 고래고래 괴성을 지르는 남정네가 들어선 모습 같다.

그 때문이었을까? 서산대사 이후 13대종사와 13대강사를 배출하는 조선의 명찰이 되어 한국전쟁 중에도 피해가 없던 대흥사에 좋지 못한 일들이 꼬리를 물었다. 그 좋던 탱화는 도적맞았는지 팔아먹었는지 알 수도 없고, 1988년에는 신구 주지의 싸움으로 집달리 차압 문서 경고문이 당우마다 붙여졌다. 모든 것이 그 조화로움을 잃은 뒤의 얘기들이다.

초의스님

이제 나는 내 전공에 따라 초의스님 살아생전의 상주처로서 대흥사의 문화미를 엮어간다.

초의스님의 속세 성은 장(張)이었고 법명은 의순(意恂)이었으며,

| **초의스님** | 다선일치를 실현하고 추사 김정희, 유산 정학연 등 문인과 교유한 당대의 학승다운 모습을 보여준다.

1786년 나주 삼향면에서 태어나 5세 때 물에 빠진 것을 어느 스님이 살려준 것이 인연이 되어 16세에 남평 운흥사(雲興寺)에 들어가 중이 되었다.

초의는 월출산·금강산·지리산·한라산 등 명산을 유람하며 선지식을 찾아다니고 불법을 구하다가 대흥사 조실 완호스님의 법맥을 이어받았다. 그는 종교로서 불교의 굴레를 벗어 학문으로서 선교(禪敎)를 연구하고 유학과 도교에까지 지식을 넓혀갔다. 자하 신위, 추사 김정희, 위당 신

| **일지암** | 초의선사가 칩거하던 일지암은 다선(茶禪)의 전통을 지키기 위하여 차를 아는 스님만을 주인으로 모신다.

관호 같은 당대의 대학자·문인들과 교유하여 유림에서도 큰 이름을 얻었다.

그런가 하면 맥이 끊어져가던 차(茶) 문화를 일으켜 『동다송』 같은 명저를 남기었고, 선운사 백파스님이 『선문수경』을 지어 오직 수선(修禪)에 전념할 것을 갈파했을 때 초의는 『선문사변만어』로써 선(禪)과 교(敎) 어느 한 가지만 고집할 일이 아님을 주장했다. 백파가 초의의 이런 논지를 반박하여 "교·선을 둘이 아님〔不二〕이라고 한 것은 잘못된 곳〔誤處〕"이라고 지적하자 초의는 "당신이 오처(誤處)라고 한 것은 바로 내가 깨달은 바의 오처(悟處)"라고 당당하게 맞받아쳤다.

그것은 불가 나름의 실학정신이었다. 초의는 모든 것을 '있는 것'에서 생각하고 풀어나가고 생활하였다. 범패와 원예와 장 담그기에까지 일가를 이루었던 초의의 모습이나 시(詩), 차(茶), 선(禪)을 모두 하나의 경지로 통합하는 자세 등도 그러한 것이었다.

초의는 자신의 명성이 차츰 세상에 알려지자 은거에 뜻을 두고 대흥
사에서 두륜봉 쪽으로 걸어서 족히 40분은 걸리는 산중턱에 일지암(一
枝庵)을 짓고 거기서 두문불출하며 40여 년 지관(止觀)에 전력하니 스님
께 사미계를 받은 스님이 40명, 보살계를 받은 스님이 70명, 선교와 잡공
(雜工)을 배운 사람은 수백 명이었다고 한다. 향년 81세, 법랍 66년에 입
적하였다.

초의와 추사와 차

초의스님은 당대의 명사, 시인, 묵객, 초야에 묻힌 어진 사람에 이르기
까지 그 교유 범위가 넓었지만 무어라 해도 그의 평생지기는 추사 김정
희였다. 초의와 동갑내기인 추사 김정희는 초의에게 차를 배웠다. 또 초
의가 보내주는 차 마시기를 제일 좋아하였다. 그리하여 추사는 초의에게
차를 구하는 편지를 자주 보냈는데 그중 한 통에 다음과 같은 애절한 사
연이 들어 있다.

편지를 보냈는데 한 번도 답은 보지 못했습니다. 아마도 산중엔 반
드시 바쁜 일은 없을 줄로 생각되는데 그렇다면 나 같은 세속 사람과
는 어울리고 싶지 않아서 나처럼 간절한 처지도 외면하는 것입니까.
(…)
나는 스님을 보고 싶지도 않고 또한 스님의 편지도 보고 싶지 않으
나 다만 차와의 인연만은 차마 끊어버리지도 못하고 쉽사리 부수어버
리지도 못하여 또 차를 재촉하니 편지도 필요 없고 다만 두 해의 쌓인
빚을 한꺼번에 챙겨 보내되 다시는 지체하거나 빗나감이 없도록 하는
게 좋을 거요.

| **추사의 「명선」** | 초의가 보내준 차를 받고 그 답례로 보낸 추사의 작품으로 병거사(病居士)라 낙관한 추사 말년의 대표작이다.

어린애들의 장난기 어린 투정까지 부리면서 이처럼 막역한 우정을 나누고 있는 것은 그것 자체가 미담이고, 선망의 대상이 된다.

이러한 우정이 추사의 지극정성스러운 예술과 만났을 때 그 결과는 어떠했을까. 그것이 추사의 예술 중에서 백미로 꼽히는 희대의 명작 「명선(茗禪, 차를 마시며 참선에 든다)」 같은 작품을 낳은 것이었다. 한나라 때 비문인 백석신군비(白石神君碑) 글씨에서 그 본을 구하여 웅혼한 힘과 엄정한 구성을 유지하면서도 필획의 변화가 미묘하게 살아 움직이는 추사 예서체의 진수가 들어 있다. 더욱이 잔글씨로 이 작품을 쓰게 된 내력을 말하고 있는 것이 그 내용과 형식 모든 면에서 예술적 깊이를 더해준다.

초의가 스스로 만든 차를 보내왔는데, (중국의 유명한 차인) 몽정과 노아보다 덜하지 않다. 이 글씨를 써서 보답하는바, (한나라 때 비석인) 백석신군비의 필의로 쓴다. 병거사의 예서.

草衣寄來自製茗 不減蒙頂露芽 書此爲報 用白石神君碑意 病居士隸

추사 김정희와 원교 이광사

추사 김정희가 주창한 금석학과 고증학은 무너져가는 조선왕조의 이데올로기인 성리학을 뿌리부터 검증하는 일이었다. 병자호란 이후 청나라의 강희·건륭 연간에 일어난 이 신학문을 더 이상 오랑캐 학문이라고 외면해서는 안 된다는 그의 스승 박제가의 훈도를 받고, 24세 때 아버지 따라 북경에 가서 그 학문과 예술의 번성함을 보고는 더욱 확신을 얻어 여기에 매진하게 된다.

글씨에 있어서도 그동안 조선의 서체는 원교 이광사의 동국진체라는 개성적이며 향색(鄕色), 즉 민족적 색채가 짙은 것이 크게 유행하고 있었는데 추사는 이를 글씨의 고전, 한나라 때 비문 글씨체의 준경한 법도에 근거한 것으로 바꿔야 한다고 주장하였다.

추사는 신학문과 신예술의 기수가 되어 기고만장하게 30대와 40대를 보내고 54세에는 정치적으로도 출세하여 병조참판이 되어 청나라에 동짓날 가는 외교사절단 부단장(동지부사冬至副使)으로 30년 만에 다시 꿈에도 잊지 못할 북경으로 떠나게 되었다. 그러나 잠깐 사이에 정변이 일어

| **대웅보전 현판** | 신지도에 귀양 살고 있던 원교 이광사가 쓴 글씨이다. 획이 바싹 마르고 기교가 많이 들어갔지만 화강암의 골기가 느껴진다.

나 추사는 급기야 사형선고를 받게 된다. 다행히 벗인 영의정 조인영의 도움으로 죽음을 면하고 절해고도인 제주도 귀양길에 오르니 그 인생의 허망은 여기서 절정에 달했다.

제주도 귀양길에 추사는 전주·남원을 거쳐 완도로 가던 길에 해남 대흥사에 들러 초의를 만났다. 귀양살이 가는 처지이면서도 추사는 그 기개가 살아 있어 대흥사의 현판 글씨들을 비판하며 초의에게 하는 말이 "조선의 글씨를 다 망쳐놓은 것이 원교 이광사인데, 어떻게 안다는 사람이 그가 쓴 대웅보전 현판을 버젓이 걸어놓을 수 있는가"라며 있는 대로 호통을 치며 신경질을 부렸다. 초의는 그 극성에 못 이겨 원교의 현판을 떼어내고 추사의 글씨를 달았다고 한다.

제주도에서의 귀양살이 7년 3개월, 햇수로 9년. 추사는 유배 중 부인의 상을 당하고, 유배 중 회갑을 맞았으나 축복해주는 이 없는 외로움을 맛보았다. 처음엔 찾아주던 제자들의 방문도 뜸해졌다. 그런 중에 변치 않고 책을 구해다주는 이상적의 마음에 감동해 "날이 차가운 후(歲寒然後)에 소나무·잣나무의 푸르름을 안다"고 「세한도」를 그려주기도 하였

| **무량수각 현판** | 추사 김정희가 귀양살이 가면서 쓴 글씨로 획이 기름지게 살지고 구성의 임의로운 변화가 두드러진다.

다. 귀양살이를 하면서 그 외로움, 억울함, 쓸쓸함을 달래기 위하여 추사는 글씨를 쓰고 또 썼다. 한나라 비문체뿐만 아니라 각체를 익혔던 그가 여기에서 자신의 감정을 듬뿍 실은 개성적인 글씨를 만들어내게 되니 그것이 추사체의 완성이었던 것이다.

연암 박지원의 손자로 셔먼호 사건 때 평양감사를 지낸 박규수가 "추사는 바다를 건너간 후 남에게 구속받거나 본뜨는 일 없이 스스로 일가를 이루었다"고 평한 것은 이를 말하는 것이었다.

1848년 12월, 추사는 63세의 노령으로 귀양지에서 풀려나게 되었다. 햇수로 9년 만에 맞는 해방이었다. 서울로 올라가는 길에 다시 대흥사에 들른 추사는 초의를 만나 회포를 풀던 자리에서 이렇게 말했다고 한다.

"옛날 내가 귀양길에 떼어내라고 했던 원교의 대웅보전 현판이 지금 어디 있나? 있거든 내 글씨를 떼고 그것을 다시 달아주게. 그때는 내가 잘못 보았어."

| 미황사 대웅보전 | 달마산의 준봉들을 배경으로 한 멋진 건물로 빛바랜 단청이 고찰의 맛을 더욱 자아내고 있다.

추사 인생의 반전(反轉)은 그렇게 이루어졌다. 법도를 넘어선 개성의 가치가 무엇인지를 그는 외로운 귀양살이 9년에 체득한 것이었다. 추사 김정희, 그는 분명 영광의 북경이 아니라 아픔의 제주도로 갔기에 오늘의 추사가 될 수 있었다.

지금 대흥사 대웅보전에는 이리하여 다시 원교 이광사의 현판이 걸리게 되었고, 그 왼쪽에 있는 승방에는 추사가 귀양 가며 썼다는 '무량수각' 현판이 하나 걸려 있으니 나는 여기서 조선의 두 명필이 보여준 예술의 정수를 다시금 새겨보곤 한다. 원교의 글씨체는 획이 가늘고 빳빳하여 화강암의 골기(骨氣)를 느끼게 하는데, 추사의 글씨는 획이 살지고 윤기가 나는 상반된 미감을 보여준다. 쉽게 말해서 원교체는 손칼국수의 국숫발 같고, 추사체는 탕수육이나 난자완스를 연상케 하는 그런 맛과

| **'토말'비** | 해남군 송지면 갈두마을 땅끝에 세워져 있는 비석으로 멀리 노화도가 보인다.

멋이 있다. 그러나 귀양살이 이후의 글씨인 「명선」에 와서는 불필요한 기름기를 제거하고 자신의 기(氣)와 운(韻)을 세우게 되니 그런 경지란 원교는 꿈에도 생각지 못했을 높은 차원이었던 것이다.

'땅끝'에 서서

대흥사를 답사한 다음에는 반드시 '땅끝'에 가야 한다. 대흥사에서 차로 불과 40분이면 당도할 이 국토의 '끝'에 서서 인생과 역사를 추슬러볼 기회를 갖는다는 것은 여간 뜻깊은 일이 아닐 수 없다.

사람은 누구나 계기만 있으면 감상적 상념을 일으킨다. 봄비가 내리고 낙엽이 떨어져도 여린 상처를 받는 게 인간의 감정인데 하물며 '땅끝'에 서서 아무런 감상이 없을 것인가.

땅끝으로 가는 길은 오갈 데 없는 절망의 벼랑으로 상상하기 십상이지만 실제로는 우리나라에서 '둘째로' 아름다운 산경(山景) 야경(野景) 해경(海景)을 보여준다.

두륜산의 여맥이 주체하지 못하여 날카로운 톱니처럼 산등성이를 그어가다가 문득 멈추어 선 곳이 땅끝이다. 땅끝으로 가는 들판을 가로지르다보면 마치 공룡의 등뼈 같은 달마산 줄기가 한눈에 들어오는데 그 정상 가까이에는 고색창연한 미황사(美黃寺)라는 아름다운 절이 있다. 만약 일정이 허락되어 여기에 잠시 머물며 미황사 대웅전 높은 축대 한쪽에 걸터앉아 멀리 어란포에서 불어오는 서풍을 마주하고 장엄한 낙조를 바라볼 수 있다면 여러분은 답사의 행복을 만끽할 수 있을 것이다.

동백꽃과 백파스님, 그리고 낙조대의 일몰

선운사 동백꽃

4월 말·5월 초에 누가 나에게 답사처를 상의해오면, 나는 서슴없이 고창 선운사에 가보라고 권한다. 그때쯤 한창 만개해 있을 동백꽃의 아름다움 때문이다.

나 같은 서울 토박이, 농촌에서 살아본 경험이 없고, 더욱이 따뜻한 남쪽 지방의 사계절에 익숙지 않은 사람들은 탱자나무 울타리, 동구 밖의 대밭, 초봄의 유채꽃, 여름날의 목백일홍 같은 꽃나무만 보아도 신선한 감동을 받게 된다. 그중에서도 동백꽃은 그 윤기 나는 진초록 잎에 복스럽기 그지없는 진홍빛 꽃송이로 우리를 충분히 매료시킨다. 거기에는 저마다의 소망이 성취된 듯한 축제의 분위기가 있다.

동백꽃이 유명하기로는 제주도와 울릉도 그리고 여수 앞바다의 동백섬으로 불리는 오동도가 이름 높다. 그러나 나는 이들보다도 보길도 부용동의 윤고산 별장, 강진 백련사 입구의 동백나무 가로수, 그리고 고창 선운사 뒷산의 동백나무숲을 더 높이 친다. 왜냐하면 거기에는 동백꽃의 아름다움뿐만 아니라 땅의 연륜과 인간의 체취가 함께하기 때문이다. 게다가 이 절집의 동백숲은 천연기념물 제184호로 지정되어 있을 정도로 노목의 기품을 자랑하고 있으며, 그 수령은 대략 500년으로 잡고 있다.

보길도와 강진의 동백꽃은 3월 말이면 다 질 정도로 일찍 피지만, 선운사 동백꽃은 동백나무 자생지의 북방한계선상 가까이에 있기 때문에 4월 말이 되어야 절정을 이루며 고창군에서 주관하는 선운사 동백연(冬栢燕)도 이 무렵에 열린다. 동백꽃은 반쯤 져갈 때가 보기 좋다. 떨어진 동백꽃이 검붉게 빛바랜 채 깔려 있는데 밝은 햇살을 받아 반짝거리는 이파리 사이사이로 아직도 붉고 싱싱한 동백꽃송이들이 얼굴을 내밀고 있는 모습은 마치 그림 속에 점점이 붉은 악센트를 가한 한 폭의 명화를 연상케 한다. 그날따라 하늘이 유난히 맑다면 가히 환상적이다.

그러나 동백꽃이 지는 모습 자체는 차라리 잔인스럽다. 꽃잎이 흩날리며 시들어가는 것이 꽃들의 생리겠건만 동백꽃은 송이째 부러지며 쓰러진다. 마치 비정한 칼끝에 목이 베여나가는 것만 같다. 1978년 처음으로 동백꽃 지는 것을 보았을 때 나는 이 세상의 허망이 거기 있다고 생각하며 유신독재의 비호 속에 영화를 누리는 자들의 초상이 바로 저것이라고 생각했다. 그러나 1981년, 광주의 아픔을 어떻게 새겨야 할지 가늠하기 힘들던 시절, 선운사 뒷산에 버려진 듯 뒹구는 동백꽃송이들은 마치도 덧없이 쓰러져간 민중의 넋이 거기 누워 있다는 느낌을 주었다. 자연은 우리에게 이처럼 상황에 따라, 사람에 따라 다르게 다가온다는 것을 나는 그때 알았다.

이런 동백꽃의 아름다움을 때맞추어 본다는 것은 여간한 행운이 아니고는 힘들다. 그것도 평일이 아닌 휴일을 택하자면 1년에 꼭 한 번밖에 없는 것이다. 그래서 이 고장 출신 시인 서정주가 말(末)당이 아니라 미당(未堂)이었던 시절에 쓴 「선운사 동구」라는 명시가 나왔다.

선운사 골째기로 / 선운사 동백꽃을 / 보러 갔더니 / 동백꽃은 아직 일러 / 피지 안했고 / 막걸릿집 여자의 / 육자배기 가락에 / 작년 것만 상기도 남었습니다. / 그것도 목이 쉬어 남었습니다.

선운사 동구 길가의 밭 한모퉁이에는 서정주가 쓴 이 시의 육필 원고를 그대로 새긴 '미당 시비'가 세워져 있다.

도솔산 낙조대

선운사로 들어가는 길로 꺾어들면 낮은 구릉을 달리던 찻길이 갑자기 우람한 산자락을 바짝 옆으로 끼고서 그 사이를 헤집고 돌아간다. 바다에 가까운 내륙의 풍경이 대부분 그렇듯 지맥이 바다로 빠지기 전에 마지막 용틀임을 하면서 생긴 형상 같다. 그래서 바다와 마주한 산은 때로는 절묘하고 때로는 괴이하다. 선운사의 뒷산 도솔산, 일명 선운산은 그렇게 절묘하고 괴이하다. 산의 높이는 해발 335미터밖에 안 되지만 지표가 거의 해면과 같기 때문에 산 정상까지 올라야 할 거리는 만만치 않다.

도솔산에 오르는 사람들은 대개 국사봉 정상보다도 낙조대를 택한다. 거대한 암반들이 이국적인 정취를 자아내기도 하는데 그 호방한 풍광이 가슴 벅차게 다가온다. 칠산 앞바다와 줄포만, 위도가 장관으로 펼쳐지는 낙조대에서의 석양과 노을은 우리나라에서 첫째는 아닐지 몰라도 둘째가라면 서러울 아름다운 일몰을 연출한다. 칠산바다에는 언제나 법성

포와 위도의 조기잡이배가 떠 있다. 영광굴비로 알려진 조기는 모두 여기서 잡은 것이다.

낙조대에서 고개를 돌려 북쪽을 바라보면 거기는 줄포만 곰소바다가 되는데 염전으로 유명하고 지금도 변함없이 소금을 쪄내고 있다. 선운사를 창건하고 유지해준 것은 이와 같은 고창의 농업, 칠산바다의 어업, 곰소의 소금이었다.

선운사 창건설화

선운사의 창건설화는 아주 독특하다. 지역적으로 보아서는 백제의 고찰이라고 해야 할 것 같은데 『선운사 사적기』에 의하면 백제 27대 위덕왕 24년(577)에 검단(黔丹)선사가 자기와 친분이 두터웠던 신라의 의운(義雲)조사와 합력하여 신라 진흥왕의 시주를 얻어 개창했다고 한다.

또 설화에 의하면 죽도포(竹島浦)에 돌배가 떠와서 사람들이 끌어오려고 했으나 그때마다 배가 바다 쪽으로 떠내려가곤 했다 한다. 소문을 듣고 검단선사가 달려가보니 배가 저절로 다가와 올라가본즉, 배 안에는 삼존불상과 탱화, 나한, 옥돌부처, 금옷 입은 사람이 있더라는 것이다. 그 금옷 입은 사람의 품 안에서 "이 배는 인도에서 왔으며 배 안의 부처님을 인연 있는 곳에 봉안하면 길이 중생을 제도 이익케 하리라"는 편지가 있으므로 본래 연못이었던 지금의 절터를 메워서 절을 짓게 되었는데, 이때 진흥왕이 재물을 내리고 장정 100명을 보내 뒷산의 무성한 소나무를 베어 숯을 구워 자금에 보태게 함으로써 역사(役事)를 도왔다는 것이다. 그리고 절집의 기둥들은 목재를 바닷물에 담갔다가 사용한 것이라 한다.

이 창건설화는 물론 후대에 만들어진 신비화된 내용이다. 검단을 선사(禪師)라고 했는데 선종이 우리나라에 들어온 것은 통일신라 후기인

| 선운사 경내 | 선운사는 화려하지도 작지도 않은 조용한 절집의 아늑한 정취가 살아 있었으나 절마당을 무작정 넓혀놓아 그런 멋은 이제 줄어들었다.

9세기 이후의 일이고 보면 그것부터 말이 안 된다. 또 인도에서 온 배 이야기는 경주 황룡사의 창건설화를 흉내 낸 것임이 분명하다.

그러나 무릇 설화 속에는 그 설화를 가능케 한 한 가닥의 근거는 있는 법이다. 본래 이 지방에는 도적이 많았으나 검단이 와서 해안에 사는 사람들에게 소금 만드는 법을 가르쳐 생업을 삼게 했다는 얘기가 사적기에 나오는데 이것은 사실일 가능성이 크다. 불교를 포교하던 초기 스님들은 이처럼 구체적이고 현실적인 이익을 중생들에게 베풀면서 포교를 시작했었다. 흔히는 병 고쳐주는 의술을 썼는데 검단의 경우 이 지역의 특수성상 염전법으로 된 것이다. 그것은 소금 만드는 이 고장을 검단리라고 하고, 또 8·15해방 때까지만 해도 이곳 염전마을 사람들이 보은염(報恩鹽)이라고 해서 선운사에 소금을 시납했다는 사실로도 뒷받침된다. 그런고로 선운사는 검단이 세운 백제의 고찰이다.

검단스님에 대한 기록은 어디에서도 찾아낼 수가 없다. 『동사열전(東師列傳)』의 저자인 각안(覺岸)스님이 이 책의 자서(自序)에서 "선운사 도솔암에서 검단선사의 비결을 봉독하였다"고 했으니 그가 큰스님이었던 것만은 확실히 알겠고, 아직도 우리나라 옛 동리 이름에 '검단리'가 적지 않고 울산 검단리, 김포 검단리, 그리고 팔당댐 뒷산 이름이 검단산인 것도 분명 이 스님과 관련된 어떤 내력을 지닌 것이겠건만 정작 그분이 어떤 분이었는지는 알려진 것이 없다.

진흥왕의 설화는 선운사에서 도솔암으로 가는 길가에 있는 진흥굴과 연결된다. 진흥왕은 왕위를 버리고 왕비 도솔과 공주 중애(重愛)를 데리고 이 천연 동굴에서 수도하였는데 어느 날 그의 꿈에 미륵삼존이 바위를 가르고 나타났다고 해서 이 굴을 열석굴(裂石窟)이라 이름 지었다는 것이다. 선운사 창건설화는 바로 이것을 검단스님 얘기와 연결시켜 만든 것이다. 경주나 개성이 아니라 지방에 세워진 절들은 그 창건설화의 주인공이 의상·원효·자장·진표 등 신라의 스님이며, 9세기 이후가 되면 흔히는 도선국사를 창건자로 삼는다. 그러나 백제의 스님을 내세운 예는 호남 땅에서도 드물다. 그 이유는 통일신라시대는 말할 것도 없고 고려시대에조차 백제의 전통을 잇는다는 것 자체를 불가능하게 했던 시대적 분위기가 있었던 탓이다. 다시 말해서 백제의 고찰이고 검단선사가 창건했다고 해도 좋을 것을 굳이 진흥왕과 연결시켜야 권위를 세울 수 있고 보호를 받을 수 있었던 것이다. 호남 사람들이 그때도 그렇게 당했던 상흔이 여기에 이렇게 남아 있는 것이다.

칠송대의 암각여래상

선운산 중턱, 도솔암이 있는 칠송대라는 암봉의 남쪽 벼랑에는 거대한 여래상이 새겨져 있다. 40미터가 넘는 깎아지른 암벽에 새겨져 있는 이 암각여래상은 그 위용이 장대하기 그지없다. 양식으로 보아 고려시대 불상이 틀림없다. 사적기에 의하면 고려 충숙왕 때 효정(孝正)선사에 의해 선운사가 크게 중수됐다고 하는데 바로 그때 제작된 것이 아닌가 생각된다.

이 석각여래상은 결코 원만한 인상이거나 부드러운 미소를 띤 이상적인 인간상을 반영하고 있지 않다. 반대로 우람하고 도발적인 인상에다 젊고 능력 있는 개성을 보여준다. 이 점은 하대신라 이래로 지방의 호족들이 발원한 부처님상에 공통적으로 나타나는 특징이다. 곧 호족들의 자화상적 이미지가 거기에 반영되어 있는 것이다.

이 불상을 새기는 작업은 아마도 대역사였을 것이다. 여기에 동원된 인원과 장비는 엄청난 것이었음에 틀림없고 제작 기간도 상당히 길었을 것이다. 더욱이 여래상 머리 위에는 닫집(누각 모양의 보호각)까지 지었었다. 지금 여래상 위쪽에는 군데군데 구멍이 나 있고 두 군데 바위구멍에는 부러진 나무가 박혀 있는 것을 볼 수 있는데 이것은 닫집이 무너진 흔적이다. 기록에는 인조 26년(1648)에 붕괴되었다고 한다.

복장 감실과 동학군의 비결

이 암각여래상의 배꼽(정확히는 명치) 부위에는 네모난 서랍이 파여 있다. 이것은 부처님을 봉안할 때 복장(腹藏)하는 감실(龕室)이다. 여기에는 불경이나 결명주사로 찍은 다라니, 사리 대용구인 구슬 그리고 시주자의 이름 등 조성 내력이 기록된 문서가 들어가는 것이 보통이다. 그러고는 세월이 많이 흘러갔다. 불교가 배척받는 긴 세월 동안 복장을 한 감실의 내력을 기억하는 사람이 없어지고 기괴한 전설이 하나 생겼다. 이 부처님의 배꼽 속에는 신기한 비결이 들어 있어서 그 비결이 나오는 날 한양이 망한다는 유언비어가 널리 퍼지게 된 것이다. 이른바 갑오농민전쟁의 '석불비결'로 알려진 이 이야기는 송기숙의 소설『녹두장군』에도 나오는데, 그 원전은 이 사건 관련자의 한 사람인 오지영의『동학사』에 실려 있다.

1820년, 이서구(李書九)가 전라도관찰사로 도임한 후 며칠 안 되어 무슨 조짐(望氣)을 보고 남쪽으로 내려가 무장현(茂長縣) 선운사에 이르러 도솔암에 있는 석불의 배꼽을 떼고 그 비결을 내어 보려는데, 그때 마침 뇌성벽력이 일어나므로 그 비결책을 못다 보고 도로 봉해두었다고 한다. 그 비결의 첫머리에 쓰여 있으되 "전라감사 이서구가 열어본다"라고 한 글자만 보고 말았다는 것이다. 그후에도 어느 사람이 열어보고자 하였으나 벼락이 무서워서 못했다는 것이다.

그런데 1892년 8월 어느 날, 손화중(孫華仲) 접중(接中)에서는 석불비결 이야기가 나왔다. 그 비결책을 내어 보았으면 좋기는 하겠으나 벼락이 또 일어날까 걱정이라고 하였다. 그 좌중에 오하영이라는 도인이 말하되 그 비결을 꼭 보아야 할 것 같으면 벼락은 걱정할 것이 없다는 것이다. "나는 듣건대 그런 중대한 것을 봉할 때에는 벼락살(霹靂殺)이라는 것을 넣어 택일하여 봉하면 훗날 사람들이 함부로 열어보

| 도솔암 석각여래상 | 배꼽의 비결로 더 유명해진 고려시대 마애불이다. 칠송대 양옆에는 멋들어진 소나무 한 쌍이 마치 협시보살처럼 자리하고 있어서 더욱 멋지다.

지 못하게 된다는 말을 들었다. (그러나) 내 생각엔 지금 열어보아도 아무 일이 없으리라 본다. (왜냐하면) 이서구가 열어볼 때 이미 벼락이 일어나 벼락살이 없어졌는데 무슨 벼락이 또 있겠는가. 또 때가 되면 열어보게 되는 법이니 여러분은 걱정 말고 그 책임은 내가 맡아 하리라.”

이리하여 청죽 수백 개와 새끼줄 수천 다발을 구하여 부계(浮械)를 만들어 석불의 전면에 안치하고 석불 배꼽을 도끼로 부수고 그 속에 있는 것을 꺼내었다. 그것을 꺼내기 전에 절 중들의 방해를 막기 위해 미리 수십 명의 중을 결박하여두었는데, 일이 끝나자 중들이 관청에 이 사실을 고발하였다. 그날로 무장현감은 각지의 동학군을 모조리 잡아들여 수백 명이 잡히었다. 그 괴수로는 강경중, 오지영, 고영숙이 지목되었다. 무장원님은 여러 날을 두고 취조를 하는데 첫 문제가 비결책을 들이라는 것이고, 손화중과 기타 주모자 두령이 있는 곳을 대라는 것이었다. 갖은 악형을 다하면서 묻는다. 태장(笞杖)질이며, 곤장(棍杖)질이며, 형장(刑杖)질이며, 주뢰(周牢)질이며, 볼기가 다 해지고 앞 정강이가 다 부러졌었다. 그러나 소위 비결이라고 하는 것은 손화중이 어디론가 가지고 가고 말았으며 여러 두령들도 다 어디로 도망갔는지 알 수 없다 하여 10여 일 동안 형벌을 받다가 전라감사에게 보고되어 주모자 3인은 모두 강도 및 역적죄로 사형에 처하고 남은 100여 명은 엄장(嚴杖)을 때리어 방송하였다.

갑오농민전쟁이 일어나기 1년 반 전의 일이다. 망해가는 나라의 쇠운과 일어서는 민중의 힘과 의지가 서려 있는 얘기다. 그 비결책은 무엇이었을까? 있었다면 불경이 고작일 것인데 왜 이렇게 역적죄에까지 연루되는 사건으로 확대되었을까?

비결책은 분명 석불의 배꼽에서는 나오지 않았을 것이다. 그 배꼽을

연 것은 비결책보다도 그렇게 하면 한양이 망한다는 전설의 예언 때문이었을 것이다. 한양을 망하게 해야겠다는 동학군의 의지까지는 아니라 하더라도 바람이 있었던 것이 당시의 상황이었다는 증거가 여기 있다.

세월이 또 다시 흘러 이 비결책에는 또 다른 증명할 길 없는 전설이 붙었다. 그 비결책이란 다름 아닌 다산 정약용의 『목민심서』와 『경세유표』였다는 것이다. 그리하여 선운사 암각여래상의 배꼽은 1894년 갑오농민전쟁의 서막을 장식할 위대한 전설을 갖게 되었으니 우리는 헛된 수고로움으로 그것을 논증할 필요는 없을 것이다.

추사의 백파선사 비문

아무런 예비지식 없이 선운사를 찾는다면 그냥 지나쳐버리기 십상인 이 절집의 최대 명물, 그래서 나 같은 사람으로 하여금 몇 번이고 여기를 찾게 하는 것은 추사 김정희가 쓴 백파선사의 비문이다. 매표소 오른쪽 전나무숲 안쪽의 승탑밭 한가운데 남포오석(藍浦烏石)으로 된 백파선사의 비가 서 있다.

하도 많은 사람들이 탁본을 하고 싶어하는 바람에 절에서 콩기름을 매끈매끈하게 발라놓아 멀리서 보아도 반짝이는 것이 조금은 눈에 거슬렸는데 한참 뒤에 가보니 그 콩기름들이 다 떨어져나가 다시 제 모습을 찾았다.

비석의 앞면에는 엄격한 규율을 느끼게 하는 방정한 해서체의 힘찬 필치로 "화엄종주 백파대율사 대기대용지비(華嚴宗主白坡大律師大機大用之碑)"라 쓰여 있는데, 나는 세상 사람들이 추사체를 일러 '웅혼한 힘'을 보여준다고 표현한 것을 여기서 처음으로 실감하였다. 또 혹자가 말하기를 추사가 글씨를 쓸 때는 마치 "송곳으로 강판을 뚫는 힘"으로 붓끝

| 선운사 승탑밭 | 선운사 입구 울창한 전나무숲 속에 있다. 가운데 새까만 비석이 백파선사비다. 지금은 선운사박물관으로 옮겨졌다.

을 강하게 내리꽂았다고 한 것도 거짓이 아님을 알 수 있었다.

뒷면에는 추사가 이 비문을 지으면서 왜 백파를 화엄종주라고 했고, 대율사라고 불렀으며 대기대용이라는 말을 꼭 써야 했는가를 풀이한 비문과 그분의 삶을 기리는 명(銘)이 잔글씨로 새겨져 있다. 울림이 강하고 변화가 많은 추사체의 전형을 보여주는 이 행서 글씨는 추사 말년의 최고 명작으로 평가되는 금석문이다. 최완수 씨는 추사가 타계하기 1년 전인 1855년에 쓴 것으로 고증하고 있는데, 이 비가 세워진 것은 추사가 세상을 떠난 2년 뒤인 1858년이었다. 따라서 비문의 글씨 중 "숭정기원후 4무오 5월 일입(崇禎紀元後四戊午五月日立)"이라는 글씨는 추사의 글씨가 아닌 것이 분명하고, 완당학사 김정희라는 글씨도 누군가에 의해 새로 쓰인 것이 분명한데 이 글씨 또한 추사체 비슷하게 되어 있다. 그러니까 자세히 보면 추사의 글씨와 추사체를 모방한 글씨 사이의 미묘한 차이를 엿볼 수 있으니 그 비교의 시각적 훈련은 우리가 글씨의 안목을 키우는 데 적지 않은 도움을 줄 것이다.

그런 백파비문이기에 나는 그것의 탁본을 여러 벌 구하여 귀한 선물할 데가 있으면 족자로 만들어 보내고, 지금 내 연구실에도 앞뒷면 탁본 족자가 걸려 있어 항시 보고 즐기며 배우는 바가 되었다. 그런데 언젠가 지곡서당(芝谷書堂)의 청명 임창순 선생을 찾아뵙고 밤늦게까지 바둑 서너 판을 둔 다음 이런저런 담소 끝에 백파비문 얘기가 나왔는데 선생은 내게 이렇게 묻는 것이었다.

"자네 그 비문 중에 추사 글씨 아닌 곳이 있는데 아는가?"
"그럼요. 완당학사 김정희와 건립 일자요."
"그것 말고 또 있네."
"그래요? 전혀 몰랐는데요. 무슨 글씬가요?"
"가서 잘 보게. 자네면 알 수 있을 걸세."
"탁본을 매일 보면서도 몰랐는데요. 무슨 글씬가요?"
"지금 생각이 잘 안 나는데, 그건 찢어지거나 무슨 사정이 있어서 우봉(又峯) 조희룡(趙熙龍) 같은 이가 대필한 것이 분명해."

이튿날 지곡서당을 떠나 나는 곧바로 내 연구실에 와서 탁본을 다시 훑어보았다. 아뿔싸! 비문의 마지막 줄에 쓰인 비명의 글씨들은 추사의 글씨가 아니었다. 추사체로 쓰인 듯싶지만 획의 구성과 붓의 놀림이 과장되고 어지러운 구석이 있다. 행간의 구사도 전혀 아니올시다이고 아닐 '불(不)' 자를 본문과 비교해보니 더욱 그렇다. 10년을 보면서도 모른 것을 선생의 가르침 한마디로 알 수 있게 된 것이 부끄러운 것인가, 기쁜 것인가? 세상에 안다는 것, 본다는 것이 이렇게 힘든 줄은 몰랐다. 그래서 미술품에 대한 안목을 높이는 것은 "좋은 작품을 좋은 선생과 함께 보는 것"이라는 말을 더더욱 실감할 수 있었다.

백파와 초의의 선 논쟁

백파(白坡, 1767~1852)스님은 전북 고창에서 태어나 18세 때 선운사의 중이 되었다. 출가의 동기는 "한 자식이 출가하면 구족(九族)이 모두 천상에 난다"는 말을 듣고, 효심 때문이었다고 한다. 백파는 23세 때 지리산 영원사의 설파(雪坡, 1707~91)스님을 찾아가 스승에게 구족계를 받아 율종(律宗)의 계맥을 이어가며, 50세 때 『선문수경(禪文手鏡)』을 지어 당시 불교계에 일대 논쟁을 일으키게 된다.

백파의 선 사상은 선종의 제8대조인 마조(馬祖, 709~788)에서 본격적으로 제창되어 제11대조 임제(臨濟, ?~867)에 이르러 크게 일어난 조사선(祖師禪) 우위 사상에 입각한 정통성의 확립이었다. 백파는 임제선사가 확실한 개념 규정 없이 제시한 이른바 임제삼구(臨濟三句)에 모든 교(敎)·선(禪)의 요지가 포함되었다고 보면서 이 임제삼구의 내용에 따라 선을 의리선(義理禪), 여래선(如來禪), 조사선(祖師禪)으로 구분하였다.

그리고 백파는 마음의 청정함[佛]을 대기(大機), 마음의 광명[法]을 대용(大用)이라 하고, 그 청정과 광명이 함께 베풀어짐[道]을 기용제시(機用齊施)라 생각했으니, 이 역시 임제선사의 사상에 기초한 것이었다. 그러면서 백파스님은 조사선에서는 대기대용이 베풀어지면서 세상의 실상과 허상, 드러남과 감추어짐이 함께 작용하는 살활자재(殺活自在)의 경지에 이르게 된다는 것이었다.

백파가 『선문수경』을 세상에 내놓자 이에 맞서 반박 논리를 편 것은 해남 대흥사 일지암의 초의선사였다. 초의는 실학(實學)의 불교적 수용

자라고 지칭되는바, 그는 교와 선은 다른 것이 아니라며, 조사선이 여래선보다 우위에 있는 것이 아니라 입각처가 선이면 조사선이고, 교면 여래선으로 된다면서 "깨달으면 교가 선이 되고, 미혹하면 선이 교가 된다"는 유명한 명제를 내세웠다.

백파스님은 『선문수경』 이후에도 수많은 저술을 남기고 쇠잔한 불교계에 활력을 넣어주며 지리산 화엄사에서 1852년 세수 86세, 법랍 68년으로 세상을 떠났다.

백파와 초의의 논쟁은 그 제자들에게도 이어졌다. 초의의 『선문사변만어』는 제자인 우담(優曇)스님의 『선문증정록(禪門證正錄)』으로 나왔고, 백파의 제자인 설두(雪竇)스님은 『선원소류(禪源溯流)』를 내어 백파의 설을 보완하니 또 다시 초의 쪽에서는 축원(竺源)스님이 『선문재정록(禪門再正錄)』을 펴내었다. 돌이켜보건대 우리 한국사상사에서 이처럼 빛나는 논쟁이 있었다는 사실 자체가 얼마나 행복한 일인가?

석전스님 박한영

백파 이후 선운사에 큰스님이 몇이나 배출되었는지 나는 잘 모른다. 다만 서정주가 쓴 「추사와 백파와 석전」이라는 시를 통하여 정호(鼎鎬, 1870~1948)스님의 아호가 석전(石顚, 돌이마)이 된 기막힌 사연만은 알 수 있다.

질마재마을의 절간 선운사의 중 백파한테 그의 친구 추사 김정희가 만년(晩年)의 어느 날 찾아들었습니다.
종이쪽지에 적어온 '돌이마〔石顚〕'란 아호(雅號) 하나를 백파에게 주면서,

"누구 주고 싶은 사람 있거든 주라"고 했습니다.

그러나, 백파는 그의 생전 그것을 아무에게도 주지 않고 아껴 혼자 지니고 있다가 이승을 뜰 때, "이것은 추사가 내게 맡겨 전하는 것이니 후세가 임자를 찾아서 주라"는 유언으로 감싸서 남겨놓았습니다.

그것이 이조(李朝)가 끝나도록 절간 설합 속에서 묵어오다가, (…) 박한영이라는 중을 만나 비로소 전해졌는데

정호스님은 본명이 박한영(朴漢永)으로 19세에 전주 태조암에서 중이 된 이후 구한말·일제시대의 시대적 비운 속에 그래도 자신을 지킨 몇 안 되는 스님 중 한 분이었다.

1911년, 한일병합 이듬해에 이회광(李晦光)이 일본 조동종(曹洞宗)과 연합하려 하자 한용운, 오성월(吳惺月) 스님 등과 임제종(臨濟宗)의 정통론을 내걸고 이를 저지한 분이었다. 한때는 조선불교월보 사장, 불교전문학교 교장을 지내고 1929년부터 1946년까지 조선불교 교정(敎正)을 맡은 정호스님은 만년을 정읍 내장사에서 보낸 것으로 알려져 있다.

유명한 최치원의 「사산비명(四山碑銘)」에 근세에 각주를 단 것에 석전 노인주(注)라는 것이 있는데 그것이 곧 한영스님이었으니 그분 역시 백파의 제자다운 학승이었다.

선운사의 보물들

사적기에 의하면 선운사는 조선 성종 3년(1472)에 행호(幸浩)선사가 쑥대밭이 된 폐사지에 구층탑이 외롭게 서 있는 것을 보고 분발하여 다시 일으켰다고 한다. 성종의 작은아버지인 덕원군의 후원으로 대대적으로 중창했다는 것이다. 보물 제279, 제280호로 지정된 금동지장보살좌

| **도솔암 내원궁 지장보살좌상** | 조선 초기의 금동지장보살상으로 얼굴에 선비의 풍이 어려 있다.

상과 지장보살좌상은 이때 제작된 것으로 추정된다. 특히 도솔암 내원궁에 모셔놓은 지장보살좌상은 통일신라, 고려가 아닌 조선시대 불상의 진면목을 보여준다. 경주 석굴암 석가여래상이 통일국가의 이상을 반영하는 근엄과 권위의 화신으로 묘사되고, 도솔암 암각여래상이 지방 호족의 자화상적 이미지라면 이 지장보살은 사대부적 이상미를 반영하듯 학자풍이고 똑똑하게 생겼다. 그래서 나는 이 지장보살을 가리켜 "꼭 경기고등학교 나온 보살님" 같다는 표현을 쓰기도 한다.

| 정와 | '조용한 작은 집'이라는 뜻에 걸맞은 사랑스럽고 조촐한 건물이었으나 지금은 관음전으로 개수되었다.

　행호가 보았다는 구층석탑은 지금 대웅전 앞에 남아 있는 고려풍의
육층석탑일 텐데, 이것이 본래 구층이었던 것인지 아니면 행호가 미술
사에 약해 탑의 기단부와 상륜부까지 층수로 세어 구층탑이라 했는지는
확실치 않다.

　선운사는 1597년 정유재란 때 박살이 났다. 본당을 제외한 당우가 모
두 불탔다. 성종 17년(1486)에 임금의 명으로 새긴 『석씨원류(釋氏源流)』
가 깡그리 소실됐다. 광해군 5년(1613)에 이곳 현감으로 온 송석조(宋碩
祚)는 원준(元俊)이라는 후원자를 만나 다시 선운사를 재건하여 3년간
의 역사 끝에 오늘의 모습을 세웠다. 대웅전·만세루·영산전·명부전 등
이 그때 지어진 건물이다. 불타버린 『석씨원류』도 사명대사가 일본에 건
너가 한 질 갖고 귀국한 것이 있어 최서룡(崔瑞龍), 해운법사(海雲法師)
가 복간하였다. 총 409판으로 된 이 목판 『석씨원류』는 조선시대 삽화의

| **정와 현판** | 원교 이광사의 기교가 많이 들어간 글씨이다. 새로 지은 큰 건물 창방 사이에 매미처럼 매달려 있다가 성보박물관으로 옮겨졌다.

걸작 중 걸작이다.

　그런 『석씨원류』 목판 원판이 한때 세상으로 흘러나와 인사동 골동점에서 볼 수 있었다. 당국에서 급기야 회수하느라 멋모르고 구입한 수장가들이 졸지에 문화재법 위반 현행범이 되고 말았는데, 지금은 다 찾았는지 아닌지는 알 수가 없다.

　그런 선운사에서 내 눈길을 끄는 당우는 대웅전 왼쪽에 있는 세 칸짜리 스님방이었다. 그 조촐하고 조용한 아름다움이란 요즘같이 들뜬 세상 사람들에게 진짜 아름다운 것이 무엇인가를 무언으로 말해주는 듯하다. 게다가 당호는 원교 이광사가 힘과 기교를 다해 쓴 '정와(靜窩, 조용한 작은 집)'이다.

　그러나 불행하게도 1992년 어느 날 선운사는 거찰로의 위용을 갖춘다고 아기자기하게 나뉘어 있던 절마당을 반듯하게 펼쳐 꼭 연병장처럼 되었고 이 아담한 집은 관음전으로 개수되고 저쪽 요사채에 대방(大房)이 건립되었다. 나는 그 현판 '정와'가 어디로 갔는가 궁금하여 찾아보았더니 맙소사! 우람한 대방의 창방 사이에 빠끔히 끼여 있는 것이 아닌가. 그렇게 해놓고도 '조용한 집'이라는 문패를 달 생각은 어떻게 했던고. 최근에는 성보박물관으로 옮겨졌다 한다.

풍천장어와 선운리 당산제

선운사 앞마을의 명물은 뭐니뭐니 해도 풍천(風川)장어다. 풍천장어
는 판소리 사설 중에서도 천하일품 요리로 꼽고 있으니 그 유래가 자못
긴 것 같다. 본래 장어는 바다와 이어진 강줄기에서 서식하는데, 선운산
계곡이 흘러 바다로 빠지는 풍천이 최적지가 되었다. 그래서 풍천장어는
여느 장어보다 싱싱하고 힘이 좋아 기허(氣虛)한 사람은 기허한 대로, 스
태미너 넘치는 사람은 그것을 유지하기 위한 영양식으로 이름 높다. 풍
천장어는 복분자술이 제짝이라고 한다. 산딸기를 복분자(覆盆子)라고
부르는 것은 산딸기의 모양새가 요강을 엎어놓은 것 같기 때문인데, 속
설에는 산딸기술을 먹고 오줌을 누면 요강이 엎어진다고 해서 글자 모
양이 그렇게 되었다는 말도 있다. 그러니 풍천장어의 짝이 됐나보다.

선운사를 찾을 때는 으레 동백여관에 머물렀다. 다 허물어져가는 이
층 양옥이지만 그 운치는 그만이었고 주인아줌마와 일하는 총각 맘씨가
아주 따뜻했다. 그 동백여관이 동백호텔로 면모를 일신했다. 시설은 편
해졌지만 옛날 여관 시절 인심은 없어졌다.

* 본문에서 나는 글이 길어지는 바람에 꼭 한 번 눈여겨보아둘 유물을 그냥 지나쳐버린 것
이 있다. 선운사에서 도솔암으로 오르는 길에는 천연기념물로 지정된 멋진 소나무 '장사
송'이 있음은 답사객 누구나 놓치지 않을 것이지만, 냇가를 끼고 가다가 산길로 들어서는
길가에 서 있는 민불(民佛) 한 분이 대단한 명품으로 생각되는 것이다. 달덩이 같은 얼굴
에 고개를 갸우뚱하며 두 손을 가슴에 얹은 모습은 소박하고 안온하며 건강한 아름다움을
한몸에 지니고 있다. 이것은 불상, 장승, 석인상의 여러 요소들이 만나 이루어진 형상이다.
이런 불상은 민속신앙으로 변한 불상이라는 뜻에서 사찰 불상과 구별하여 흔히 민불이라
고 부른다. 조선 후기에 많이 제작된 민불 중에서 이 선운사 민불은 화순 운주사 가는 길
에 볼 수 있는 벽나리 민불과 함께 가히 쌍벽을 이룬다고 할 명품이다.

소중한 아름다움들 끝끝내 지켜온 절집들

강진·부안 비교론

이제 와서 이런 얘기를 한다는 것이 부질없는 일인지도 모르지만 『나의 문화유산답사기』를 쓰면서 나는 그 일번지를 놓고 강진과 부안을 여러 번 저울질하였다. 조용하고 조촐한 가운데 우리에게 무한한 마음의 평온을 안겨다주는 저 소중한 아름다움을 끝끝내 지켜준 그 고마움의 뜻을 담은 일번지의 영광을 그럴 수만 있다면 강진과 부안 모두에게 부여하고 싶었다.

실제로 강진과 부안의 자연과 인문은 신기할 정도로 비슷하며, 어디가 더 우위를 점하는지 가늠하기 힘든 깊이와 무게를 지니고 있다. 강진에 월출산이 있듯이 부안에 변산이 있다. 강진에 강진만 구강포가 있듯이 부안에는 줄포만 곰소바다가 있다. 강진에 다산 정약용이 유배 와서

『목민심서』를 지었듯이 부안에는 반계 유형원이 낙향하여 『반계수록』을 남겼다. 강진이 김영랑을 낳았다고 말하면 부안은 신석정을 말할 수 있다. 강진에 무위사와 백련사가 있음을 자랑한다면 부안은 내소사와 개암사로 답할 수 있다. 강진이 사당리의 고려청자를 말한다면 부안은 유천리의 상감청자를 말할 것이고, 강진이 칠량의 옹기가마를 말한다면 부안은 우동리의 분청사기를 말할 수 있다. 강진이 동백꽃과 남도의 봄을 내세운다면 부안 역시 동백꽃과 겨울날의 호랑가시나무, 꽝꽝나무의 푸르름을 자랑할 것이다. 강진이 해남 대흥사와 가까이 있음을 말한다면 부안은 고창 선운사와 연계됨을 말할 수 있고, 강진이 반남의 고분군을 내세우면 부안은 고인돌까지 말할 것이며, 강진이 귀여운 석인상을 말한다면 부안은 의젓한 돌장승으로 응수할 것이다.

강진이 아름다운 곳이면 부안 역시 아름다운 곳이며, 강진이 일번지라면 부안 또한 일번지인 것이다.

월간 『사회평론』에 연재를 시작하면서 내가 제일 먼저 쓴 글은 고창 선운사였다. 그 글은 곧장 부안 변산으로 이어질 예정이었다. 그러나 당시 편집자가 여러 지역을 고루 써달라는 주문을 해오는 바람에 내포 땅, 경주 등을 두루 답사하고 강진·해남편에 와서는 편집자 요구를 무시하고 '남도답사 일번지'라는 제목으로 내 맘껏 쓰게 되었다. 그것이 책으로 엮어지면서 제1장 제1절을 차지하게 되었고 고창 선운사는 '미완의 여로'를 남겨둔 채 뒤쪽에 실리게 되었다.

수성당 개양할미의 뜻

부안을 답사할 때면 나는 변산면에 들러 남들이 곧잘 놓치는 수성당 (水城堂)에 꼭 오른다. 거기에서 위도를 바라보는 전망이 상큼하기 때문

| **수성당 사당** | 철거된 군부대 초소와 함께 자리하고 있는 수성당은 폐허의 상처로 남아 있었지만, 1996년에 비로소 새 사당을 지어 복원하였다.

이다. 본래 전망이 좋은 곳이란 정자의 위치로도 좋지만 군부대 초소로도 그만이다. 그래서 1970년대와 80년대를 보내면서는 해안 경비를 맡은 군부대의 감읍스러운 허락을 얻고서야 오를 수 있었다. 그 해안 초소가 이제 철수하여 수성당 사당은 우람한 시멘트 벙커들과 등을 맞대고 있다.

격포 사람들은 해마다 정월 초사흗날이면 수성당 할머니에게 제사를 지낸다. 언제부터 그랬는지는 알 수 없으나 수성당 들보에 1804년에 건립했다고 했으니 역시 동제복합 문화의 한 소산 같다. 그 기원을 더 거슬러 올라가면, 1992년 전주박물관이 주관한 이곳 죽막동(竹幕洞) 1차 발굴 때 삼국시대 이래의 제사터인 것을 확인했으니 그 발굴의 진행에 따라 수성당의 역사는 더 오를 수도 있게 된다.

수성당 할머니는 '개양할미'라고 해서 서해바다의 수호신이다. 딸이 아홉 있는데 여덟을 팔도에 시집보냈다고도 하고 칠산바다 각 섬에 파견 보냈다고도 하며 막내딸만 데리고 수성당을 지킨단다. 그 수성당 할머니는 키가 몹시 커서 나막신을 신고 서해안 수심을 재어 어부에게 알려주며 풍랑을 막아주는 고맙고도 소중한 분이다.

그런 할머니가 있는데, 1993년엔 서해페리호가 격포를 떠나 위도에 갔다 오는 길에 근 300명의 목숨을 앗아가는 대형 참변이 생겼다. 사고 원인은 정원 초과에 있다고 한다. 그러나 무시 못 할 사항 하나는 이 수성당 할머니를 잘못 모신 데도 있다고 나는 생각하고 있다.

서해의 수심을 재어주는 할머니를 우습게 알아 올바른 사당 하나 지어주지 못하고 시멘트 벽돌집에 폐군대지의 벙커가 둘러싼 것에 대한 할머니의 분노였다는 주장이 아니다. 지금 서해안 간척사업으로 인해 가뜩이나 낮은 서해안 수심이 더욱 낮아지고 옛날 수성당 할머니가 재어준 치수는 다 바뀌게 되었는데 그 수심의 변화가 지금도 시시각각으로 달라지니 그것을 가늠치 못하는 항해사와 어부는 물살의 방향과 속도를 모르게 되는 것이다.

수성당 할머니는 자연과 함께 살아가면서 생긴 수호신이다. 옛날에는 그 신을 믿는 겸손이 있었는데, 오늘날에는 과학과 개발만 믿는 만용으로 그런 참사를 당했던 것이다.

후박나무, 꽝꽝나무, 호랑가시나무

수성당으로 오르는 길에는 해양배양장 담장과 마주한 개울 건너편에 후박나무 군락지(천연기념물 제123호)가 있다. 제주도와 남해안 섬에 많은 후박나무의 자생지는 여기가 북방한계선이란다. 10여 그루의 후박나무가 무리 지어 있는 모습은 그것 자체가 장관인데 안타깝게도 예의 철망

| 1. 후박나무 2. 꽝꽝나무 3. 호랑가시나무 | 부안 지방이 아니면 한꺼번에 만나기 힘든 늘푸른나무들로 윤기 나는 잎에 아름다운 열매들이 달린다.

때문에 가까이 가지 못한다. 이 토종 후박나무는 오동나무 비슷한 일본산 후박나무와 다르다. 이파리는 가죽처럼 두꺼운데 광택이 있고 야무지며 키는 작지만 늠름하다. 아마도 그 옛날엔 이 복스러운 나무들이 이 마을의 방풍림이었을 것이다.

부안에는 천연기념물이 많다. 변산면 중계리 쪽에는 이름도 재미있는 꽝꽝나무 군락지(제124호)가 있다. 꽝꽝나무는 얼핏 보기에 회양목 비슷하지만 그 기품이 다르다. 이파리를 난로 위에 올려놓으면 꽝꽝 소리가 난다고 해서 얻은 이름인데 우리나라 동식물 이름에는 이렇게 순수한 우리말이 살아 있어서 여간 고마운 것이 아니다.

또 변산면 도청리에는 호랑가시나무 군락지(제122호)가 있다. 호랑가시나무는 잎 가장자리의 각점 끝에 딱딱한 가시바늘이 있어서 찔리면 제법 아픈데, 호랑이가 등이 가려우면 이 나뭇잎으로 긁었다는 데서 그 이름이 나왔으며 호랑이등긁이나무라고도 한다. 서양에선 크리스마스트리에 잘 쓰이는 나무로, 가을이면 작은 포도송이처럼 엉킨 열매가 빨갛게 익어 두껍고 윤기 나는 이파리 속에 숨어 부끄러움을 감춘다. 그 모습 또한 여간 복스럽고 사랑스러운 것이 아니다.

후박나무, 꽝꽝나무, 호랑가시나무는 모두 난대성 늘푸른나무다. 키가 크지 않고 잎은 모두 가죽질의 광택이 있다. 그래서 눈 내린 겨울에 이 나무들이 무리 지어 있는 것을 보면 남쪽 땅의 아름다움과 마음까지 읽어보게 된다. 부안 변산의 자연은 이렇게 아름답고 복스럽다. 동백나무는 얘기조차 하지 않았는데도 말이다.

내소사의 일주문과 전나무 숲길

내소사 입구까지 길이 포장된 것은 몇 해 되지 않는다. 내소사 입구 주차장이 마련된 것도 얼마 되지 않는다. 그러니까 내소사가 관광지로 알려진 것도 근래의 일이다. 절 입구에 여관 한 채 없고, 허름한 가게 몇 채와 민박집 식당이 두엇 있을 따름이니 우리 같은 도회인으로는 그런 한적함이 여간 맘에 드는 일이 아닐 수 없다. 주차장에 내려 가겟집 너머로 내소사 쪽을 향하면 화려한 원색으로 단청한 일주문이 우리를 반갑게 맞아주는데 그 안쪽은 한 치도 시선에 들어오지 않는다. 그것을 대수롭지 않게 보고 지나칠 수도 있지만 공간 내부를 신비롭게 또는 호기심이 나게 유도하는 건축적 사고의 한 반영이었음은 일주문을 들어서는 순간에는 알게 된다. 도대체 그 안이 어떻게 생겼기에 대문의 각도를 비틀었는가?

매표소를 지나 일주문을 들어서는 순간 답사객은 저마다 가벼운 탄성을 지르지 않을 수 없다. 하늘을 찌를 듯 치솟은 전나무 숲길이 반듯하게 뻗어 멀리 앞서가는 사람이 꼬마의 키가 된다. 늘씬하게 뻗어오른 전나무 옆으로는 산죽과 잡목들이 뒤엉키어 숲길은 더욱 호젓하고 한 걸음 내딛고는 심호흡 한 번, 한 번 고개 들어 하늘을 올려보고 또 한 걸음 내딛고…… 전나무가 터널을 이룬 내소사 입구는 내소사 자체보다도 답사

| 내소사 **일주문** | 내소사 일주문은 진입로를 약간 감춘 방향으로 세워 그 안쪽을 신비롭게 감싸안는다.

객의 마음을 감동시킨다.

　나는 이 전나무숲이 꽤나 오랜 연륜을 지닌 줄로만 알았다. 숲길이 장
대해서 그렇게 생각했고 그 조림의 발상이 현대인의 아이디어라고 상상
키 어려웠던 탓이다. 그러나 이 전나무 숲길은 불과 50년 전, 해방 직후
에 조림된 것이란다. 그때만 해도 이런 안목이 있었다니 고맙다. 50년만
내다보아도 이런 장관을 만들어낼 수 있는데, 우리 시대에 50년 뒤 후손
을 위해 조림해놓은 것이 과연 어디에 무엇이 있을까 궁금해진다.

　600미터에 이르는 전나무 숲길이 끝나면 능가산의 아리따운 바위들
이 고개를 내밀고 길은 다시 벗나무 가로수를 양옆에 끼고 천왕문까지
뻗으며 우리를 그쪽으로 안내한다. 천왕문 양쪽으로 낮은 기와담이 길게
뻗어 있는 것이 조금도 부담스럽지 않다. 내소사는 근래에 들어와 손을
많이 본 절집이다. 그러나 손을 대면서도 여느 절집처럼 화려함이나 요

사스러움을 드러내지 않고 내소사의 원형을 다치지 않게끔 단정한 가운데 소탈한 분위기를 살려내고 있다. 그것 또한 끝끝내 지켜오는 소중한 아름다움의 실천인 것이다.

천왕문으로 들어서서 내소사 대웅보전에 이르기까지는 서너 단의 낮은 돌축대로 경사면이 다듬어져 있다. 근래의 보수로 이 돌축대의 포치에 다소 변경이 생겼지만 한 단을 오르면 수령 950년을 자랑하는 느티나무가 중심을 잡고, 또 한 단을 오르면 단풍나무, 매화나무, 배롱나무, 벗나무들이 곳곳에 포치되어 절집 앞마당으로 이르는 길을 적당히 열어주고 적당히 막아준다.

또 한 단을 올라서면 오른쪽으로는 축대 위에 요사채 대문과 사랑채 툇마루가 한눈에 들어오는데 대웅보전 앞마당에 이르는 면은 봉래루(蓬萊樓) 이층 누각이 앞을 막은 채 그 옆으로 빠끔히 공간을 열어 우리를 그쪽으로 유도한다.

그리고 요사채 앞을 지나 봉래루 옆으로 돌아서면 그제야 돌축대 위에 석탑을 모신 앞마당과 학이 날개를 편 듯한 시원스러운 모습의 대웅보전이 능가산의 연봉들을 뒤로하고 우리를 맞아준다.

일주문에서 대웅보전에 이르기까지 우리는 숲과 나무와 건물과 돌계단을 거닐면서 어느덧 세속의 잡사를 홀연히 떨쳐버리게 되니 이 공간배치의 오묘함과 슬기로움에서 잊혀가는 공간적 사고를 다시금 새겨보게 된다. 자연을 이용하고 자연을 경영하는 그 깊고 높은 안목을.

| 내소사의 **전나무 숲길** | 600미터에 달하는 내소사의 전나무 숲길은 답사객마다 절로 심호흡을 하게끔 하는 장관을 보여준다.

| 내소사 대웅전 | 높은 축대 위에서 팔작지붕이 한껏 나래를 편 모습인지라 능가산의 호기 있는 봉우리에 결코 지지 않는 기세로 버티고 있다는 호쾌한 인상까지 자아낸다.

대웅보전의 꽃창살무늬

능가산(楞伽山)이란 '그곳에 이르기 어렵다'는 범어에서 나온 이름이다. 그리고 내소사(來蘇寺)의 원래 이름은 소래사였다. '다시 태어나 찾아온다'는 뜻이다. 백제 무왕 34년(633)에 혜구(惠丘)스님이 창건한 이래 고려시대를 거쳐 조선 성종 때 간행된 『신증동국여지승람』에 기록되기까지도 소래사였다. 그러던 것이 조선 인조 11년(1633)에 청민선사가 중건할 때쯤에 내소사로 바뀐 것 같은데 그 이유는 확실치 않다. 속전에 나당연합군 합동작전 때 당나라 소정방이 와서 시주하면서 '소정방이 왔다'는 뜻으로 이름이 바뀌었다는 얘기가 있으나 근거가 없다. 이는 개암사의 울금바위가 우금암(遇金岩)이라고 해서 소정방과 김유신이 만났다는 속전이 있는 것과 함께 당시 백제의 마지막 상황이 어떠했는가를 말해주는 아픔의 이야기로만 의미 있을 뿐이다.

내소사의 전설이라면 변산에서 두번째로 높은 쌍선봉 기슭에 자리잡고 있는 월명암(月明庵)에 얽힌 부설(浮雪)선사의 일화가 재미있다. 또 내소사의 참맛은 월명암까지 등반을 할 때라고 다녀온 사람마다 찬사가 자자하지만 나의 발길은 아직껏 거기에 닿지 못했다.

나의 내소사 답사는 항시 멀찍이서 대웅보전의 시원스러운 자태를 엿보다가 돌계단에 올라 아름다운 꽃창살의 묘미를 읽는 것으로 끝난다. 그러고도 나는 내소사 답사에서 한 오라기 부족함을 느낀 때가 없다. 어쩌다 긴 바람에 풍경 소리가 자지러질 듯 딸랑거리면 그곳을 차마 떠나지 못했다.

강진의 무위사는 한적하고 소담한 만큼 스산하고 처연한 분위기가 서려 있다. 거기에 부슬비라도 내리면 음울한 심사를 주체하기 힘들어진다. 그러나 부안의 내소사에는 그런 처량기가 조금도 없다. 능가산의 준

| **내소사 대웅보전의 꽃창살무늬** | 화려하면서도 소탈한 멋을 동시에 풍기는 이 꽃창살 사방연속무늬는 조선적 멋의 최고봉을 보여준다.

수한 연봉들이 병풍처럼 받쳐주어 그 의지하는 바가 미덥고, 높직한 돌축대 위에 추녀를 바짝 치켜올린 다포집의 다복한 생김새로 차라리 평화로운 복됨을 느끼게 된다. 게다가 꽃창살의 사방연속무늬는 우리나라

장식문양 중에서 최고 수준을 보여주는 한국적인 아름다움의 극치이다. 그 모든 것이 오색단청이 아니라 나뭇빛깔과 나뭇결[木理]을 그대로 드러내는 소지(素地)단청인지라 살아난 것이다.

승탑밭 해안스님의 비

떠나기 싫은 발걸음을 억지로 옮기면서 가다가 뒤돌아보고, 가다가는 맴돌아 서성이다 이윽고 천왕문을 나서게 되면 나는 내소사 답사의 여운을 위하여 단풍나무 가로수길 오른쪽으로 나 있는 승탑밭에 오른다. 가파른 비탈 양지바른 곳에 안치한 승탑밭으로 오르려면 배수로로 낸 실개천에 걸쳐놓은 돌다리를 밟아야 한다. 그 돌다리 생김새는 자연석 두 짝을 궁둥이처럼 맞대놓았는데 그 천연스러운 조형미가 예사롭지 않다. 그것도 내 눈에는 요새 사람 솜씨 같지가 않다.

한 쌍의 배롱나무가 자태조차 요염하게 서 있는 승탑밭의 여러 비 중에서 내 눈에 들어오는 것은 맨 왼쪽 탄허스님의 호쾌한 흘림체로 새겨진 '해안범부지비(海眼凡夫之碑)'이다.

해안스님은 1974년에 74세로 입적한 내소사의 조실 스님이었다. 생전에 인간애가 넘쳐 제자와 신도들에게 더없이 자상했고 편지도 잘 썼다고 한다. 해안은 이곳 격포 출생으로 어려서 내소사에 와서 한학을 공부하던 중 목탁 소리와 종소리가 좋아서 머리 깎고 중이 되었다고 한다. 한창 공부하던 시절 백양사의 조실 학명(鶴鳴)스님에게서 "은산철벽(銀山鐵壁)을 뚫어라"라는 화두를 받고 용맹정진한 끝에 "철벽은 뚫을 수 없으니 날아서 넘는다"는 깨달음을 얻었다고 한다. 그 해안스님의 비를 쓰면서 선사, 대사라는 호칭을 버리고 범부라고 한 탄허의 안목이 돋보이는데 뒷면을 보니 그 오묘한 반어법이 역시 대선사들의 차지였다.

| 내소사 경내 | 내소사는 근래에 들어 손을 많이 본 절집이나 여느 절집처럼 화려함이나 요사스러움을 드러내지 않고 원형을 다치지 않게끔 단정한 가운데 소탈한 분위기를 살려내고 있다.

생사가 여기에 있는데 여기엔 생사가 없다.　　生死於是 是無生死

우동리의 반계마을

　내소사에서 곰소 쪽으로 조금 가다보면 길가에 "유형원 선생 유적지"라는 안내판을 실수 없이 볼 수 있다. 표지판에 따라 시멘트 농로를 따라 가다보면 두 갈래, 여기서 오른쪽으로 들어가면 큰 당산나무 너머 우동리마을이 보이고 왼쪽으로 꺾어들면 반계마을로 이어진다.

　반계마을로 들어서면 앞산 중턱에 머리만 내민 기와집이 보인다. 거기가 유형원(柳馨遠, 1622~73) 선생이 만년에 칩거하면서 글 쓰고 공부하는 틈틈이 아이들 글 가르치던 서당 자리다. 저 멀리 우반동에 있던 반계(磻溪) 선생의 고택은 밭이 되어 흔적도 없고 반계 선생이 파놓은 우물은 시멘트로 발라진 채 사용도 못 하니 우리는 선생을 기리기 위해 서당까지 올라야 한다.

　외딴집 앞에 차를 세우고 오솔길을 걸으면 길가엔 고추밭, 고추밭 지나 감나무·대추나무 그리고 솔밭이 나오면 그 길을 따라 사뭇 오르면 된다. 한여름 이 길을 걸으면 비탈을 따라 그물을 쳐놓은 것이 보인다. 그것은 뱀그물로, 뱀은 타고 오르는 습성이 있어서 그물에 부닥치면 위로 오르다가 구덩이로 빠지게끔 되어 있다. 작년 여름엔 길가에 초롱꽃 같은 야생초가 즐비하게 피어난 것이 하도 예뻐서 내려오는 길에 한 송이 꺾어 촌로에게 여쭈었더니 "못써, 이건 아무짝에도 쓰잘데없는 풀이여, 풀, 잡초랑 거 몰라"라고 자세하게 알려주셨다 .

　서당에 당도하면 낮은 돌담이 안채를 꼭 껴안듯 정답고 솟을대문도 거드름이 없다. 조촐한 문을 열고 집 안을 둘러보니 방 두 칸에 부엌, 그

| 반계 선생 유허지 | 반계 유형원 선생이 『반계수록』을 저술한 곳이다. 조선후기 실학의 토대를 쌓은 유적이라 생각하니 역사적 감회가 일어난다.

리고 넓은 툇마루가 제법 짜임새 있게 잘생겼다.

주인 없는 집인지라 주인 행세하고 툇마루에 올라앉아 앞을 내다보니 돌담 너머로 우동리 안마을이 한눈에 들어오고, 시선을 멀리 뻗으니 고부 쪽이 훤하게 내려다보인다. 그 시원스러운 조망감이란 곧 이 서당이 자리잡은 뜻이 된다. 툇마루 한쪽을 불쑥 높여 난간까지 둘러놓은 뜻은 거기를 아늑한 누마루로 설정한 뜻이다. 그런 뜻을 읽고 새길 때 한옥의 공간 배치와 구조의 참 멋이 들어온다.

우동리의 당산나무와 유천리 도요지

반계 선생 서당 툇마루에서는 돌담 너머로 저 건넛마을 우동리의 의젓한 당산나무가 한눈에 들어온다. 우동리 당산은 이 느티나무에 입석

| **우동리 대보름 축제** | 대보름이면 이렇게 한판 줄다리기를 벌이며 공동체 두레 의식을 다지던 이 마을 축제도 이제는 볼 수 없는 옛 풍물로 사라져가고 있다.

(立石)과 솟대를 세워 더욱 신령스럽게 장식되어 있다. 우리나라 마을 곳곳에는 잘생긴 당산나무가 자리잡고 있어서 어느 것이 제일이라는 말조차 꺼내기 힘들다. 그런 중에도 강진과 부안에는 자랑스러운 당산나무가 있다. 강진의 청자 도요지가 있는 사당리의 당산나무는 해묵은 가지의 뻗침에 귀기(鬼氣)까지 서려 있는데, 부안 우동리의 저 당산나무는 한 마을의 모든 희망을 끌어안기에 족할 만큼 넉넉한 기품이 서려 있다.

정월대보름이면 우동리 마을 전체가 잔치굿으로 벌이는 줄다리기와 솟대세우기가 행해진다. 이제는 떠난 사람이 많아 격년으로 올려지는데 우리 답사회가 갔던 어느 해인가는 줄을 꼬아놓고도 줄을 잡을 사람이 없어 40명의 회원들이 우동리 사람들과 한바탕 어울리고 돌아오는 행복하고도 씁쓸한 대보름 답사를 보낸 일도 있었다.

우동리 안마을 저수지 너머로는 조선시대 분청자 가마터가 있다. 세계 도자사상 유례가 없는 질박한 아름다움, 서민적 체취의 건강미, 무심(無心)과 무기교(無技巧)의 경지를 보여준 분청자의 한 원산지가 거기다. 15세기 박지분청·조화분청의 듬직한 기형, 튼실한 질감, 대담한 디자인의 물고기 그림들은 여기 우동리에서 제작, 생산된 것이다.

우동리를 나와 개암사로 향할 때 우리는 유천리(柳川里) 황토언덕을 지나게 된다. 그 언덕마루 솔밭에는 작은 기념비, 고려청자 도요지 비석이 세워져 있다. 고려시대의 난숙한 문화를 상징하는 고려청자의 원산지는 강진의 용운리, 사당리와 이곳 부안의 유천리뿐이었다. 그런 중에도 상감청자에 이르러서는 강진보다도 부안이 한 수 위였다는 것이 도자사를 전공하는 이들의 평가다.

개암사의 진입로

우동리에서 유천리로 가는 길에 곰소마을을 지날 때 우리는 차창 밖으로 염전을 볼 수 있다. 값싼 중국 소금이 밀려들어오고 있어 이 염전의 생명이 얼마만큼 더할 것인지 마냥 안타까워지지만 신토불이의 정신이 살아 있는 한 지켜지리라는 희망의 안간힘으로 수차를 힘껏 밟는 염전의 아저씨에게 손을 흔들어본다. 곰소마을의 갯가 정취는 안온한 어촌 풍경으로 일찍부터 알려졌다.

곰소를 지나 유천리 언덕을 넘으면 보안면사무소가 나오는데 여기서 오른쪽으로 꺾어 남쪽으로 내려가면 줄포와 홍덕을 거쳐 선운사로 들어가게 되고, 왼쪽으로 꺾어 부안 쪽으로 오르는 북쪽 길을 잡으면 이내 개암사 입구에 당도하게 된다. 개암죽염으로 더 유명해진 곳이다.

개암사(開岩寺)로 들어가는 길에는 개암저수지 가장자리를 맴돌아가야 하는데 들판을 눈앞에 둔 산속의 호수란 사람의 마음을 더없이 안온

| **개암사 입구 돌길** | 개암사로 들어가는 돌길과 단풍나무 터널은 눈앞의 성벽을 따라 오르는 길이라 더욱 상쾌한 느낌을 준다.

하게 다독여준다. 개암사는 찾는 사람이 비교적 많지 않아 주차장이 비좁다. 그 덕에 개암사는 아직 사람의 손때를 덜 탄 절이다. 새로 터닦기를 시작하면서 예의 20세기 흉물스러운 사자석등이 놓이기도 했으나 아직은 개암사의 저력이 살아 있다.

개암사의 매력은 내소사와 마찬가지로 절 입구의 치경(治景)과 대웅보전(보물 제292호)의 늠름한 자태에 있다. 개암사 진입로는 내소사의 일직선상 전나무숲과는 정반대로 느티나무, 단풍나무가 자연스럽게 포치된 가운데 넓적한 냇돌이 박혀 있는 비탈길이다. 눈앞에는 높직한 돌축대가 시야를 가로막고 우리는 축대 저쪽으로 돌아 대웅보전으로 오르게끔 되어 있다. 돌축대 아래쪽으로는 억새풀과 텃밭이 자리잡고 한쪽 켠은 대밭이 그 속의 깊이를 감춘다.

돌길을 걸으며 개암사로 오르자면 시선이 머무르는 순간순간이 그림이고 사진 작품 같다. 실제로 개암사는 사진작가들이 즐겨 찾던 곳이다.

개암사의 넉넉함

돌길을 걸어 돌축대에 오르면 저 위쪽 돌축대 위로 대웅보전이 울금바위의 준수한 봉우리를 병풍으로 삼아 늘씬하게 날개를 편 모습과 마주하게 된다. 대웅보전의 추녀에는 긴 받침목, 활주(活柱)가 바지랑대처럼 받쳐 있어 그 비상하는 자태가 더욱 시원스럽다. 사방을 둘러보면 하늘이 동그랗게 원을 그리며 주변의 산세는 개암사를 멀리서 호위한다. 그 아늑함과 넉넉함이란!

나는 전에 한 답사객에게 물었다. "개암사가 더 좋은가요, 내소사가 더 좋은가요?" 대답이 없었다. 마치 엄마가 더 좋으냐 아빠가 더 좋으냐는 짓궂은 질문이라는 표정이다. "둘 중 한 군데서 살라고 하면 개암사에서 살래요, 내소사에서 살래요?" 답사객은 잠깐 생각하더니 이렇게 대답했다.

"저는 개암사에 살면서 내소사에 놀러 다닐래요."

『개암사지』에 의하면 개암사는 변한(弁韓)의 왕궁터였다고 한다. 그러다 백제 때 묘련(妙蓮)왕사가 궁전을 고쳐 개암사를 지었다는 것이다. 작은 나라의 궁터가 절터로 바뀌었다는 얘기다.

이것이 또 뒤바뀌어 절터가 궁터로 바뀐다. 백제가 멸망한 뒤 백제 부흥운동이 일어날 때 일본에 가 있던 부여풍(扶餘豊)을 받들어 최후의 항쟁을 벌였다는 주류성(周留城)이 어디인가에 대하여는 충남 한산(韓山)설과 이곳 부안설로 나뉜다. 울금산성을 놓고 위금(位金), 우금(遇金), 우

| 개암사 대웅보전 | 울금바위를 배경으로 의연한 자태를 보여주는 대웅전 때문에 개암사의 분위기는 더욱 밝고 힘차게 느껴진다.

금(禹金), 우진(禹陳) 등 표기가 다양하고, 울금바위의 큰 굴이 백제 부흥운동의 스님 복신의 굴이라고도 하고 원효방이라고도 한다. 어느 말을 믿어야 할지 나도 모른다. 다만 폐망하는 나라의 어지러운 모습만은 역력하다.

　내가 확실하게 알고 있는 것은 개암사의 저 아늑함과 넉넉함뿐이다. 그것은 끝끝내 지켜온 소중한 아름다움의 한 현장이라는 사실과 함께.

그리움에 지친 듯한 대웅전과
아담한 거울못

천혜의 땅 '내포'와 가야산

오대산에서부터 뻗어내려온 차령산맥 줄기가 서해바다에 다가오면서 그 맥을 주춤거리다 방향을 아래쪽으로 틀면서 마지막 용틀임을 하듯 북쪽을 향해 치솟은 땅이 가야산(伽倻山, 해발 678미터)이다. 이리하여 차령산맥 위쪽 가야산을 둘러싼 예산·서산·홍성·태안, 나아가 당진·아산에는 비산비야의 넓은 들판이 생겼다. 옛날에는 여기를 '내포(內浦)'라 했고 지금도 이 일대를 내포평야라고 부른다. 그래서 이 고장 사람들은 사는 행정구역이 서로 달라도 마치 옆마을 사람처럼 느끼는 친근한 동향 의식을 갖고 있으니 내포 사람들이라고 불러도 무방할 성싶다.

내포는 농사와 과일이 잘될 뿐만 아니라 안면도·황도의 조기잡이, 간월도의 어리굴젓이 상징하는 바다의 풍요가 있다. 그래서 조선 후기의 실학자이자 지리학자였던 이중환(李重煥, 1690~1756)은 『택리지(擇里志)』의 팔도총론에서 이 지역을 다음과 같이 설명하였다.

산천은 평평하고 아름답고 서울의 남쪽에 위치하여 서울의 세력 있는 집안치고 여기(충청도)에 농토와 집을 두고 근거지로 삼지 않는 사람이 없다. (…) 충청도는 내포를 제일 좋은 곳으로 친다. 가야산을 중심으로 하여 서쪽은 큰 바다요, 북쪽은 큰 만(灣)이고, 동쪽은 큰 평야, 남쪽은 그 지맥이 이어지는바, 가야산 둘레 열 개 고을을 총칭하여 내포라 한다. 내포는 지세가 한쪽으로 막히어 끊기었고 큰 길목에 해당하지 않으므로 임진·병자 두 난리의 피해도 이곳에는 미치지 않았다. 토지는 비옥하고 평평하고 넓다. 물고기, 소금이 넉넉하여 부자가 많고 또 대를 이어 사는 사대부도 많다. (…) 다만 바다 가까운 곳은 학질과 부스럼병이 많다.

이런 내포 땅인지라 기암절벽이 이루는 절경은 없어도 낮은 구릉이 굽이치는 평화로운 전경은 일상과 평범 속의 아름다움이라 할 만하다. 만경평야의 드넓은 벌판을 즐겨 그리는 화가 임옥상도 애정 어린 농촌의 전형을 그리려면 내포 땅이 좋다고 한다.

이 평온 속에 살아온 사람들의 정서와 마음씨는 굳이 따지지 않아도 알 만한 일이다. 부드럽고, 여유 있고, 친근하고…… 그러나 무슨 연유에서일까, 내포 땅이 배출한 인재들은 온화한 성품의 소유자가 아니라 기골이 강해서 시쳇말로 '깡'이 센 사람들이다. 최영 장군부터 시작해서 사육신의 성삼문, 임진왜란의 이순신, 9년 유배객 추사 김정희, 자결한 구한말의 의병장 면암 최익현, 김대건 신부, 윤봉길 의사, 김좌진 장군, 개화당의 김옥균, 『상록수』의 심훈, 남로당의 박헌영, 만해 한용운, 문제의 화가 고암 이응로…… 모두 쉽지 않은 분들이고, 제명을 못다 할망정 의를 다한 분들이다. 세상에 이런 역설이 있을까 싶다. 이것은 필시 내포 땅의 '논두렁 정기'가 아니라 가야산 정기와 관련 있을 것이다.

슬프다 수덕사여!

내포 땅 가야산의 가장 이름 높은 명승지는 수덕사이다. 가야산 남쪽 덕숭산(德崇山, 해발 580미터) 중턱에 널찍이 자리잡은 수덕사는 백제 때부터 내려오는 유서 깊은 고찰이다. 고려 때 지은 대웅전이 건재하고 근세에 들어와서는 경허와 만공 같은 큰스님이 있었다. 그래서 오늘날에도 불교계의 덕숭문중은 큰 일파를 이루어 종정 선출이 난항을 거듭할 때면 으레 덕숭문중의 의향이 관심의 초점이 되곤 하는 것이다.

그런 중에 수덕사는 『청춘을 불사르고』의 시인 김일엽 스님이 있던 곳으로 유명해졌다. 또 여승들의 큰 선방이 여기에 있어 청도 운문사와 같은 청순한 이미지를 갖게 되었다. 가수 송춘희가 부른 「수덕사의 여승」 "인적 없는 수덕사에 밤은 깊은데, 흐느끼는 여승의 외로운 그림자……" 같은 유행가까지 나왔다.

그러나 수덕사는 더 이상 그런 수덕사가 아니다. 그 옛날의 수덕사는 몇 년간에 걸친 엄청난, 아니 어마어마한 중창불사로 으리으리한 사찰이 되었다. 일주문을 지나면 둥근 원을 그리면서 돌아가던 그 넓고 한적한 길은 없어지고, 마치 중국 무술영화에서나 본 적이 있을 듯한 다듬어진 돌길에다 돌계단으로 화려의 극을 달린다. 한참 전에 수덕사에 갔다가 문화재 전문위원을 지낸 건축사가 신영훈 선생과 이 돌계단을 같이 오르게 되었다. 신선생은 나의 그 어이없어하는 표정, 불쾌한 심사를 알아차리고는 "미안합니다. 이런 짓을 막지 못한 것, 정말 미안합니다" 하

| 수덕사의 돌계단길 | 자연스러운 흙길을 버리고 값비싼 돌바닥과 돌계단을 깐 결과 중국 무술영화 세트 같은 괴이한 형상이 되고 말았다.

며 먼 데로 눈을 돌렸다.

파란 하늘 아래로 바짝 붙어선 덕숭산 산자락에는 예나 지금이나 변함없이 소나무·떡갈나무가 복스럽게 자라 마치 백제시대 산경문전 전돌에 나오는 산수무늬인 듯 곱고 우아한 자태를 보여준다. 아! 슬프다. 오늘의 수덕사여, 그 옛날의 수덕사여.

대웅전, 간결한 것의 힘과 멋

수덕사가 아무리 망가졌어도 거기에 대웅전 건물이 건재하는 한 나는 수덕사를 무한대로 사랑한다. 이 대웅전 하나만을 보기 위하여 수덕사를 열 번 찾아온다 해도 그 수고로움이 아깝지 않다. 수덕사 대웅전은 고려 충렬왕 34년(1308)에 건립된 것으로, 현재까지 정확한 창건 연대를 알고

| **정혜사에서 내려다본 수덕사** | 소나무·떡갈나무 숲의 널찍한 터에 자리잡은 수덕사는 호방함과 아늑함을 두루 갖추고 있다.

있는 가장 오래된 목조건축이다. 이를 기준으로 하여 건축사가들은 부석사 무량수전, 안동 봉정사 극락전, 강릉 객사문 등 고려시대 건축의 양식과 편년을 고찰한다.

　고려시대에 세운 목조건축이라! 말이 그렇지 나무로 만든 집이 700년 넘게 그대로 사용되고 있다는 사실에 차라리 숙연한 마음이 일어난다. 철근을 사용하면서도 길어봤자 100년도 못 가서 헐어버릴 집을 짓고 있는 이 시대의 짧은 눈과 경박한 시대 정서에 대한 무언의 꾸짖음이 여기 있다.

　수덕사 대웅전 건축은 그 구조와 외형이 아주 단순하다. 화려하고 장식이 많아야 눈이 휘둥그레지는 현대인에게 이 단순성이 보여주는 간결한 것의 아름다움, 꼭 필요한 것 이외에는 아무런 수식이 가해지지 않은 필요미(必要美)는 얼른 다가오지 않는다. 그러나 안정된 정서를 갖고 있는 사람이라면 수덕사 대웅전의 저 간결미와 필요미가 연출한 정숙한 아름다움에 깊은 마음의 감동을 받게 될 것이다. 그것은 마치도 가벼운 밑화장만 한 중년의 미인을 만났을 때 느끼는 감정 같은 것이다.

주심포집의 맞배지붕

대웅전 안내문에 따르면, "고려시대에 유행된 주심포 양식이고 (…) 맞배지붕"이라고 나오는데 이를 해설하자면 자연히 수덕사 대웅전의 구조가 보여주는 아름다움이 드러나게 된다.

전통 한옥의 지붕 모양에는 맞배지붕, 우진각지붕, 팔작지붕 세 가지의 기본형이 있다. 맞배지붕은 지붕의 앞면과 뒷면을 사람 인(人) 자 모양으로 배를 맞댄 모양이고, 우진각지붕은 맞배지붕의 양측면을 다시 삼각형 모양으로 끌어내려 추녀가 4면에 고르게 만들어져 흔히 우리가 함석지붕에서 보는 바의 형식이다. 이에 반해 팔작지붕은 우진각지붕의 세모꼴 측면에 다시 여덟 팔(八) 자의 모양을 덧붙여 마치 부챗살이 퍼지는 듯한 형상이 되었다고 해서 합각지붕이라고도 한다. 경복궁 근정전을 비롯한 조선시대 대부분의 건축과 부잣집 기와지붕은 이 팔작지붕으로 되었다. 그러니까 지붕의 형식 중에서 가장 간단한 기본형이 맞배지붕인 것이다.

삼국시대 이래로 우리 목조건축의 대종은 맞배지붕이었다. 여기에 새로운 스타일인 팔작지붕이 중국에서 건너온 것은 고려 중기로 생각되는데 부석사 무량수전이 가장 오랜 유물이다. 팔작지붕이 유행한 이후 이 단조로운 맞배지붕은 어찌 보면 가난한 형식으로 취급되어 발전할 수 없게 된 것처럼 생각되기도 하지만 실제는 전혀 그렇지 않았다. 화려한 집을 지을 때면 팔작지붕이 어울리지만 거기에는 경건한 기품이 없다.

| 수덕사 대웅전 | 창건 연대가 확실한, 최고(最古)의 목조건축 중 하나로 고려시대 맞배지붕집의 장중하고 엄숙한 멋을 유감없이 보여준다.

단순한 것 같지만 맞배지붕에는 엄숙한 분위기가 살아난다. 그래서 팔작지붕이 한창 유행한 조선시대에도 종실의 제사장인 종묘, 공자님 사당인 대성전, 강진 무위사 극락보전처럼 고려풍이 남아 있는 초기 사찰 등은 모두 맞배지붕으로 되어 있다.

수덕사 대웅전은 이른바 주심포(柱心包)집이다. 다포(多包)집이 아니라는 말이다. 집을 지으려면 기둥을 세운 다음 이것을 연결시켜 고정해야 한다. 기둥과 기둥을 옆으로 잇는 것을 창방이라고 하고, 앞뒤로 가로지르는 나무를 들보라고 한다. 이 기둥과 창방과 들보를 매듭으로 연결하는 장치, 즉 공포(栱包)를 어떻게 역학적으로 효과 있게, 그리고 외형적으로 멋있게 짜느냐가 목조건축에서는 아주 중요한 과제가 된다. 이것만 면밀히 관찰해도 목조건축의 편년까지 가능해진다.

옛날에는 이 공포를 기둥 위에만 설치했다. 그것이 주심포집이다. 그런데 건물을 보다 크고 화려하게 하기 위하여 기둥과 기둥 사이에도 공포를 만들어서 끼워넣었다. 이것이 다포집이다. 그러니까 맞배지붕에는 주심포가 어울리고, 팔작지붕에는 다포집이 어울린다. 다포집이 유행한 이후에도 주심포집이 세워진 것은 단순히 고식(古式)이거나 조촐한 집이기 때문만은 아니었다. 수덕사 대웅전은 그런 맞배지붕의 주심포집인 것이다.

이와 더불어 우리가 빼놓을 수 없는 수덕사 대웅전 건축의 중요한 특징은 배흘림기둥이다. 기둥이 아래에서 위로 곧바로 뻗어올라간 것이 아니라 가운데가 슬쩍 부풀어 탱탱한 팽창감을 느끼게 해주고 윗부분을 좁게 마무리한 기둥을 배흘림이라고 한다. 배흘림기둥은 삼국시대 이래로 우리 목조건축의 중요한 특징이며, 그리스 신전에서도 이 형식이 나타나 이른바 엔타시스(entasis)라고 말하는 것이다. 그러면 왜 기둥에 배흘림을 가하게 되었을까? 곰브리치는 이것을 아주 명쾌하게 설명한 바 있다.

(엔타시스 형식을 취한) 기둥들은 탄력성 있게 보이며, 기둥 모양이 짓눌린 것 같은 인상을 주지 않은 채 지붕 무게가 기둥을 가볍게 누르고 있는 것처럼 보이게 한다. 마치 살아 있는 물체가 힘 안 들이고 짐을 지고 있는 것처럼 보이게 한다.

수덕사 대웅전을 앞마당 아래쪽에서 정면정관(正面正觀)으로 올려다보면 지붕골이 아주 길고 높아서 지붕의 하중이 대단히 위압적이라는 인상을 받는다. 더욱이 이 지역 백제계 건축들은 기둥과 기둥 사이의 간격이 넓은 것이 특징인바, 그로 인하여 위압적이라는 느낌이 강하게 드는 것이다. 그러나 저 팽팽한 팽창감의 배흘림기둥이 탄력 있게, 어찌 보

| 대웅전의 측면관 | 둥근 기둥과 각이 진 들보를 노출시키면서 절묘한 면분할로 집의 모양새를 더욱 아름답게 장식하고 있다.

면 상큼하게 지붕을 떠받치고 있어서 우리에게 하등의 시각적 불편이나 무리를 느끼게 하지 않는다.

그리고 건축물의 외형은 각 부재들이 이루어내는 면분할의 조화 여부에 성패가 걸린다. 수덕사 대웅전의 면분할은 무엇보다도 건물의 측면관에 멋지게 구현되었다. 우리 시대 건축에서는 도저히 찾아볼 수 없는 간결성의 멋과 힘이 거기 있다. 기둥과 들보가 속으로 감추어지지 않고 겉으로 드러난 것이 현대건축·서구건축에 익숙한 사람들에게는 기술상의 미완성, 마감의 불성실로 비칠지 모를 일이다. 그러나 튼튼한 부재의 정직한 드러냄이야말로 이 집이 천년이 가도 끄떡없음을 자랑하는 견실성의 핵심 요소라고 나는 생각하고 있다. 더욱이 가로세로의 면분할이 가지런한 가운데 넓고 좁은 리듬이 들어가 있고, 둥근 나무와 편편하게 다듬은 나무가 엇갈리면서 이루어낸 변주는 우리의 눈맛을 더없이 즐겁게 해준다. 그리하여 수덕사를 답사했을 때 내가 가장 오랜 시간 머무는 장소는 저 대웅전의 측면이 한눈에 들어오는 오른쪽 꽃밭 한 귀퉁이였다.

이처럼 단순하고 간결한 구조 속에서 정숙하고 단아한 아름다움을 대웅전 내벽의 조형적 이상으로 삼은 수덕사 대웅전이니, 벽면과 문짝의 처리 또한 이러한 미적 목표에서 벗어났을 리 있겠는가. 대웅전 벽면은 아무런 수식 없이 흰색과 노란색 단장으로 저 조용한 아름다움이 돋보인다. 그것은 그림을 그리지 않음으로써 그린 것보다 더 큰 그림 효과를 얻어낸 것이다.

정면과 측면의 문짝 창살무늬를 볼 것 같으면 마름모꼴의 사방연속 무늬라는 역시 단순한 구조이지만 거기에 공들인 목공의 치밀한 손끝을 감탄 없이 바라볼 수 없을 것이니, 부안 내소사의 창살무늬가 화려한 아름다움의 극치라는 찬사를 받고 있지만 그것을 수덕사 대웅전에 비교한다면 바둑으로 쳐서 9단과 5단의 차이는 된다.

내부로 들어가면 모든 건축 부재들이 시원스럽게 노출되어 서로가 유기적으로 연계되어 있는 것이 한눈에 들어온다. 복잡한 결구의 공교로운 재주 부림 같은 것이 없다. 모든 들보와 창방이 쭉쭉 뻗어 있을 따름이다. 그래서 최완수 선생은 수덕사 탐방기를 쓰면서 "마치 왕대밭에 들어선 듯 청신한 기운이 전 내에 가득하다"는 탁견을 말하였다.

지금 안벽에는 아무 그림도 그려져 있지 않으나 원래는 아름다운 야생화 꽃꽂이와 비천상들이 그려져 있었다. 그것은 고려 불화 중에서 괘불이 아니라 벽화의 모습을 추정하는 유효한 자료일 뿐만 아니라 고려시대 회화의 정수를 보여준다. 이 야생화 벽화는 우리가 조선시대 사찰 벽화에서 볼 수 있는 화려함이나 복잡한 구성이 아니라 항아리에 꽃꽂이를 소담하게 해놓은 일종의 정물화로 되어 있다. 여백의 처리도 여유 있고 색조도 담백하여 그것 역시 이 집의 모양새와 조금도 어긋나지 않는다.

1934년 수덕사 대웅전 해체공사가 대대적으로 시행되었다. 이를 위해 곁에 있는 단청과 벽화를 고(故) 임천(林泉) 선생이 모사하던 중 1528년의 개채기(改彩記)를 찾아내고 또 벽화 속에서 원래의 그림을 찾아내었다. 이것은 건립 당초의 벽화로 판명되어 분리작업을 하던 중 1308년에 건립됐다는 기록도 찾게 된 것이다. 이 벽화는 건물 해체에 따라 모두 제자리에서 떨어져나갔고 일부는 모사되었다. 모사화 중 일부는 일본인들이 가져갔고, 원래 벽체는 분리된 상태로 남아 있다가 해방 때 혼란기에 흙더미로 바뀌어 폐기되었다고 신영훈 선생은 증언하고 있다. 지금 국립중앙박물관 창고에는 그중 임천 선생이 그린 야생화 모사도가 한 폭 보관되어 있다.

이런 수덕사 대웅전이다. 만약에 이 건물에 붙일 간결한 안내문 하나를 내게 원고 청탁하여 온다면 나는 기꺼운 마음으로 이렇게 쓸 수 있을 것 같다.

국보 제49호. 덕숭산 남쪽에 자리잡은 수덕사의 중심부에 해당하는 건물. 현존하는 다섯 채의 고려시대 목조건축 중 하나로 충렬왕 34년(1308)에 건립된 것이다. 정면 3칸, 측면 4칸의 주심포 맞배지붕으로 조용한 가운데 단정한 아름다움이 돋보이며 불당으로서 근엄함을 잃지 않고 있다. 건물의 모든 결구는 필요한 것만으로 최소화하고 여타의 장식을 배제하였으며 기둥과 창방의 연결고리인 공포장치는 단순한 가운데 힘이 넘치며, 마름모꼴 사방연속무늬의 창살은 이 집의 정숙한 기품을 더욱 살려준다. 특히 이 건물의 측면관의 면분할은 안정과 상승의 조화를 절묘하게 보여주며 거의 직선으로 뻗은 맞배지붕의 사선은 마치 학이 내려앉으면서 날갯짓하는 듯한 긴장이 살아 있다. 배흘림기둥에 기둥과 기둥 사이가 비교적 넓게 설정된 것은 백제계 건축의 특징으로 생각되는 것이며 그로 인하여 지붕골이 조금 높고 길다는 인상을 주고 있다. 건물 외벽에 별도의 단청을 가하지 않은 것이 오히려 그림보다 더 큰 조형 효과를 자아낸다. 내벽에서는 1934년 대대적인 해체수리공사 때 아름다운 야생화를 담백한 채색으로 그린 것이 발견되었다.

만공스님

수덕사는 결코 볼거리가 많은 절은 아니다. 문화재를 찾는다면 대웅전 하나로 끝이다. 그 밖에 오층석탑이니 뭐니 있지만 대수로운 것이 못된다. 그러나 덕숭산의 사계절과 그 자연 속에 살았던 인간의 이야기와

| 만공스님의 미륵상 | 일제강점기에 만공스님이 세운 미륵석상으로 조형미를 떠나 스님의 족적을 느낄 수 있어서 그 의미를 새기게 된다.

전설이 있기에 우리의 가슴속에 젖어오는 감성의 환기가 있고 이성의 일깨움이 있다. 중국의 곽말약(郭沫若)이 그 유명한 동정호수에 갔다가 오물만 둥둥 떠다니는 것을 보고 실망하면서도, "그래도 여기엔 동정추월 평사낙안을 읊은 옛 시인의 글귀가 서려 있고 뭇 인재들의 영욕이 있어 내 심금을 울린다"고 했다.

수덕사 경내에서 서쪽 계곡을 끼고 덕숭산으로 올라가는 등산길이 있는데, 본사에서 1,200개의 돌계단을 오르면 정혜사(定慧寺)의 능인선원이 나온다. 그 중턱에는 일제시대 때 조선불교의 법통을 지킨 송만공(宋滿空, 1871~1946) 스님의 사리탑과 만공스님이 세운 25척의 미륵불이 있다.

사리탑이건 미륵불이건 그 모습에서 어떤 예술적 감동을 주는 바는 없다. 다만 이것이 숱한 일화를 남긴 만공스님이 여기 계셨던 자취임을 분명히 알려주며, 나는 그것으로 족하게 생각한다. 만공스님은 정읍 태인 사람이다. 13세 때 부친이 돌아가시자 어머니가 여승이 됨에 따라 중이 되었다. 소년 시절부터 참선에 정진한 만공은 30세에 정혜사 선원 조실이 되어 수많은 납자(衲子)를 배출했다. 만공스님이 속세에 살았다면 대단한 기인이었을 것이다.

만공은 젊은 여자의 벗은 허벅지를 베지 않으면 잠이 안 온다고 하였다. 그래서 일곱 여자의 허벅다리를 베고 잤다고 해서 '칠선녀와선(七仙女臥禪)'이라는 말이 생겼다. 스님의 이런 파격적인 행위는 그의 은사 스님인 경허스님으로부터 이어받은 것이었다.

어느 날 험한 산길을 한 스님과 가는데, 이 동행승이 힘들어서 더는 못 가겠다고 했다. 그때 마침 밭에서 화전을 일구는 부부가 있었는데 경허스님은 무슨 생각에서인지 냅다 달려가 여자를 덥석 안고 입맞춤을 했다. 놀란 남편은 쇠스랑을 들고 저 중놈들 죽여버리겠다며 쫓아왔다. 엉겁결에 동행승도 걸음아 날 살려라 달아났다. 숨을 헉헉대며 고갯마루에 올라 이제 화전 부부가 보이지 않게 되자 동행승은 경허스님에게 그게 무슨 짓이냐고 꾸짖었다. 그러자 경허스님은 "이 사람아, 그게 다 자네 탓이라고. 그 바람에 고갯마루까지 한숨에 왔지 않나. 이젠 괜찮은가?" 하였다.

경허스님이나 만공스님은 흔연히 법도를 넘어섰다는 호기 때문에 존경받았다. 진정한 도란 법도에 구속받지 않으면서 또한 법도를 떠나지 않는 데 있다고 하였으니 그 파격이라는 것도 일정한 법도를 지키는 가운데 일어난 일이어서 들어볼 만한 이야기로 전하는 것이다. 그 많은 일화 가운데 여색과 관계되는 것만 인용하면 오해가 있을까 걱정된다. 이런 얘기도 전한다. 일제시대 조선총독이 31본산 주지회의에서 일본불교와 조선불교를 합쳐야 한다고 말하자 만공은 자리를 박차고 "청정본연(淸淨本然)하거늘 어찌 문득 산하대지(山河大地)가 나왔는가!"라고 호령하여 총독이 만공의 기세에 눌렸단다. 그분의 거룩한 초상이다. 1946년 어느 날 76세의 노스님 만공은 저녁공양을 맛있게 들고는 거울을 앞에 두고 독백하기를 "이 사람 만공! 자네와 나는 70여 년 동안 동고동락해왔지만 오늘이 마지막일세. 그동안 수고했네" 하고는 요를 펴고 누워 열반에 들었다. 만공스님다운 최후다.

두 여인의 화려하고 슬픈 이야기

수덕사에 사연을 심은 사람이 어디 하나둘이겠는가마는 나는 수덕사에 올 때마다 언제나 두 여인을 생각하게 된다. 한 분은 그 유명한 김일엽 스님이다.

일엽스님은 1896년생으로 본명은 김원주(金元周). 목사의 딸이었던 일엽은 조실부모한 후 23세에 이화여전을 졸업하고 3·1운동 후 일본에 건너가 도쿄에이와(東京英和)학교에 다니다 이내 귀국하여 잡지『신여자(新女子)』를 창간하고 시인으로서 신문화운동, 신여성운동에 적극 참여하였다. 신여성 일엽은 당시 사회적 도덕률에 도전하는 대담한 글과 처신으로 숱한 화제에 올라 신여성 화가 나혜석만큼이나 소문난 여자였다. 여기서 한창 정열이 넘쳐흐를 때 일엽이 쓴 「그대여 웃어주소서」라는 시를 옮겨본다.

으셔져라 껴안기던 그대의 몸
숨가쁘게 느껴지던 그대의 입술
이 영역은 이 좁은 내 가슴이
아니었나요?
그런데 그런데
나도 모르게
그 고운 모습들을 싸안은 세월이
뒷담을 넘는 것을 창공은 보았다잖아요.

뜨거운 정열을 소진하고 난 다음에 찾아오는 허망을 이렇게 노래한
38세의 일엽은 수덕사 만공스님을 만나 발심(發心)하여 견성암(見性庵)
에서 머리를 깎았다. 지금 수덕사 대웅전 아래쪽에는 환희대(歡喜臺)라
는 작은 건물이 있는데 여기가 곧 그 옛날의 견성암이다. 누가 어떤 사유
로 당호를 이렇게 바꾸었는지 내 자세한 내력을 알지 못하나 "모험적인
연애 끝에" 훗날 자신이 쓴 인생 회고록의 책 제목처럼 "청춘을 불사르
고" 기거하다 열반한 곳이니 그 개명이 잘못되었다고 할 수는 없겠다.

일엽스님은 1971년 세수 76세, 법랍 38년으로 생을 마쳤다. 열반 후
당신이 기거하던 조촐한 한옥이던 견성암은 1981년에 큰 불당으로 면모
를 일신하였다. 그 옛날의 견성암 현판은 수덕사 왼쪽에 있는 덕숭총림
의 비구니 선방에 옮겨져 걸려 있는데, 덕숭총림은 장판지 240장이 깔린
엄청나게 큰 방에 항시 100명의 여승이 수도하고 있으니 당신이 뿌린 씨
가 결코 헛되지 않았음을 말해주는 듯하다. 게다가 지금 환희대 앞에는
어느 누군가가 석탑을 하나 세워놓고 "일엽스님의 영전에 이 탑을 올립
니다"라고 새겨놓았으니 일엽스님 당신이야 어떻게 생각하든 그분의 삶
은 축복받은 여인의 삶이었다는 생각이 든다.

그러나 수덕사와 인연 있는 또 한 여인은 그런 축복이나 영광, 명성과는 너무도 거리가 먼 쓸쓸하고 조용한 분이다. 수덕사 입구의 수덕여관 주인 아주머니. 이분은 우리 현대미술사의 걸출한 화가라 할 고암(顧菴) 이응로(李應魯, 1904~89)의 본부인이시다. 고암은 작가적 열정이 대단한 화가였다. 이제까지 우리 현대미술사에서 고암만큼 다양한 작품세계를 섭렵한 화가도 없고, 고암만큼 방대한 작업량을 보여준 화가도 없으며, 고암만큼 국제적으로 인정받은 화가도 없다. 그리고 고암만큼 정치적 파란을 겪은 화가도 없다.

1957년, 고암이 자신의 예술을 국제 무대에서 펼쳐볼 의욕으로 독일을 거쳐 파리로 건너갈 때 그는 이화여대 제자였던 박인경 여사와 함께 갔다. 들리기엔 오래전부터 본부인을 버리고 그렇게 살았단다. 그렇게 버림받은 고암의 본부인은 초가집 수덕여관을 지어 운영하면서 조용히 수절하다 2001년 작고하셨다. 그러나 남편에 대한 원망이나 섭섭함이 조금도 얼굴에 비치지 않으셨단다. 1968년 이른바 '동백림공작단사건' 으로 고암이 중앙정보부원에게 납치되어 1년여를 옥살이할 때 대전교도소, 전주교도소로 옥바라지한 분은 이 버림받은 본부인이었다. 그리고 그는 이내 파리로 돌아갔다.

이것을 아름다운 얘기라고 해야 할 것인가, 슬픈 얘기라 할 것인가. 어쩌면 조선 여인의 체념 어린 순종을 그분이 마지막으로 보여주는 것인지도 모른다. 그리고 이 쓸쓸한 얘기를 만들어낸 고암의 행태는 예술가적 기질이라는 명목으로 면책되는 것일까.

나는 고암을 무척 좋아하고 또 미워한다. 그의 삶을 미워하고, 그의 예술을 좋아한다. 내가 고암을 좋아하는 이유는 누가 뭐래도 고암은 우리 전통회화를 현대적으로 계승한 가장 탁월하고 기량 있는 화가라고 생각하기 때문이다. 고암의 예술세계는 전통적인 것과 현대적인 것의 만남,

| **수덕여관의 이응로 암각화** | 고암 이응로의 부인이 경영하던 수덕여관 뒤뜰에는 고암이 문자추상화를 새겨놓은 너럭바위가 두 개 있다. 수덕여관은 수덕사기념관으로 바뀌었다.

동양적인 것과 서양적인 것의 조화라는 조형적 과제를 풀어나가며 전개
되었다. 그것은 유화에서 수화(樹話) 김환기(金煥基)가 추구한 조형 목
표와 아주 비슷한 것이었다. 그분이 파리로 가기 전에 그린 사군자와 산
수, 인물은 동양적인 것, 전통적인 것을 뼈대로 하면서 현대적·서구적으
로 변용시킨, 말하자면 동도서기(東道西器)의 한 모범이 되고, 파리로 간
이후 그린 파피에콜레와 문자추상은 서도동기(西道東器)의 한 예라 나는
생각하고 있다.

수덕여관 뒤뜰은 수덕사에서 내려오는 계곡과 맞닿아 있다. 뒤뜰 우
물가 양옆에는 서넛이 올라앉을 만한 평평하고 두툼한 암반이 둘 있는
데 그 암반 옆면에는 고암의 문자추상화가 새겨져 있고 "1969년 이응로
그리다"라는 낙관까지 들어 있다. 나는 이것을 고암의 서도동기식 그림
중 최고작으로 꼽고 있다.

| 개심사 입구의 연못 | 거울못(鏡池)에는 외나무다리가 걸쳐 있어 조심스럽게 경내로 들어가게 한다.

개심사의 사계절

나더러 가장 사랑스러운 절집을 꼽으라고 한다면 나는 무조건 영주 부석사(浮石寺), 청도 운문사(雲門寺) 그리고 서산 개심사(開心寺)부터 생각할 것 같다. 우리는 이제 그런 개심사로 가는 길이다.

개심사 입구 주차장에서 내리면 울창한 솔밭이 앞을 막는다. 그것도 줄기가 붉은빛을 발하는 아름다운 조선 소나무이다. 솔바람 소리에 송진 내음이 우리 같은 도시인에게 절로 탄성을 지르게 한다. 봄이면 새소리가 정말로 청량하다.

주차장 왼쪽으로는 소나무 사이로 곧장 난 흙길 비탈이 가파르게 올라 있고, 마주 보는 곳으로는 돌계단길이 잘 깔려 있다. 나는 항시 돌계단으로 올라가서 흙비탈길로 내려온다.

돌계단을 만들어도 개심사 입구처럼 온 정성을 다해서, 그러나 자연스러운 맛을 살리며 태(態)를 부리지 않은 곳은 없을 성싶다. 군데군데 시멘트로 보수하긴 했어도 기본은 돌과 흙으로만 되어 있다. 자그마치 800미터의 길을.

숨 가쁠 것 없이 머리를 식히고 천천히 오르면 열지 말라고 해도 마음이 열린다. 그래서 열 개(開) 자, 마음 심(心) 자 개심사라고 했나?

경내로 들어서려면 길게 뻗어 있는 연못이 앞을 막는다. 그 한가운데 걸쳐져 있는 나무다리를 건너서 대웅보전으로 오르게 된다. 만약 한여름에 여기를 찾는다면 희고 붉은 수련이 한창일 것이다. 또 무궁화를 배게 심고 잘 다듬어놓은 해우소로 가는 길은 무궁화꽃도 가꾸면 이렇게 아름답다는 모범을 보여준다. 이 개심사의 뒷간은 비록 승주 선암사의 그것만은 못하다 할지라도 뒷간으로서 높은 격조와 단아함을 보여준다.

봄철이라면 벚꽃이 대단하다. 그것도 겹벚꽃이다. 그러나 벚꽃이 제아무리 맵시를 자랑해도 개심사 종루(鐘樓) 한쪽에 서 있는 늠름한 늙은 매화의 기품을 벚꽃은 감히 넘보지 못한다. 가을날의 단풍, 눈 내린 겨울날은 굳이 말하지 않겠다.

개심사는 가야산의 한 줄기가 내려온 상왕산(象王山) 중턱 가파른 비탈을 깎아 터를 잡았기 때문에 수덕사나 가야사(남연군 묘) 같은 호방함은 없다. 그러나 저 멀리 내다보는 시야는 서해로 뻗어가는 시원스러움이 있고 양쪽 산자락이 꼭 껴안아주는 포근함이 있다.

대웅보전(보물 제143호)은 수덕사 대웅전을 축소해 길게 뽑은 모양으로 이른바 '주심포계 다포집'의 맞배지붕이다. 주심포에서 다포집으로 넘어가는 과정의 집인 것이다. 1484년에 중건되었다는 기록이 있으니 이것이 우리 건축양식 변화의 한 기준이 된다.

그러나 아무런 예비지식이 없어도 보는 사람을 놀라게 하는 집은 심검당(尋劍堂)이다. 대웅보전과 같은 시기에 지었고 다만 부엌채만 증축

| **개심사 대웅보전** | 개심사 절마당은 아주 단아하다. 대웅보전은 단정한 품위가 돋보이는 조선 맞배지붕집이다.

한 것으로 생각되는 이 집은 그 기둥이 얼마나 크고 힘차게 휘었는지 모른다. 이 절집 종루의 기둥 또한 기상천외의 모습이다. 그 모두가 자연스러움을 거역하지 않고 오히려 즐기고 순종한 마음의 소산이다.

개심사에 간 사람들은 흔히 경내의 고요와 자연의 아름다움에 취해 산신각에까지 오르지 않는다. 바로 눈앞에 있는데도. 거기서 경내를 굽어보는 맛이 개심사 답사의 절정이다.

산신각으로 가는 길목에는 허름한 스님방이 한 채 있다. 얼마나 깔끔한지 간혹 넋을 잃고 그 앞에 서 있게 되고 간혹은 슬쩍 가까이 가서 분위기를 몸에 대어보게도 된다. 댓돌엔 가지런히 고무신 한 켤레가 놓여 있는데 문 앞에는 얌전한 글씨로 이렇게 쓰여 있다. "이제 그만. →" 화살표 방향은 저쪽으로 멀리 가라는 뜻이다. 이 집이 그 유명한 경허스님이 거처하던 곳이란다.

어느 여름에는 여기에서 우연히 주지스님을 만났다. 어떻게 알고 왔느냐고 먼저 묻기에 그저 좋아서 자주 다녀간다고 답했다. 그러자 주지스님이 조용히 부탁하는 말이 있었다.

"어디 가서 좋다고 소문 내지 말아요. 사람들 몰려들면 개심사도 끝이에요. 사람떼가 얼마나 무서운지 알죠?"

"예."

문화유산답사기를 쓰다보니 나는 그 약속을 못 지키게 됐다.

바람도 돌도 나무도 산수문전 같단다

무량사의 자리앉음새

무량사는 부여가 내세우는 가장 아름다운 명찰이며, 대한의 고찰이다. 보물이 무려 여섯 개나 된다. 무량사는 초입부터 답사객에게 고즈넉한 산사에 이르는 기분을 연출해준다. 외산면소재지에서 무량사로 접어들면 이내 은행나무 가로수가 5릿길로 뻗어 있다. 사하촌 입구에 다다르면 길 가운데 느티나무가 가로막고 그 옆으로는 나무장승이 한쪽으로 도열하듯 늘어서 있다. 100년은 족히 된 해묵은 것부터 요즘 것까지 대여섯 분이 함께 있는데 그 형태의 요약은 브랑쿠시(C. Brancusi)의 인체 조각도 못 따라올 정도로 단순미가 넘쳐흐른다. 거기다 세월의 풍우 속에서 그 표정은 더욱 깊고 그윽하다.

무량사는 무엇보다 자리앉음새가 그렇게 넉넉할 수 없다. 무량사 입

| **무량사 입구 목장승** | 무량사 목장승은 왼쪽에서 오른쪽으로 시선을 돌릴 때 형체가 더욱 선명한데, 해마다 새로 깎은 분을 맨 오른쪽에 모시기 때문이다.

구에 당도해 차에서 내리는 답사객은 이렇게 넓은 산중 분지가 있나 싶어 너나없이 앞산, 뒷산, 먼 산을 바라보면서 가벼운 탄성을 던진다. 문경봉암사, 청도 운문사처럼 사방이 산등성이로 둘러싸인 산중 분지에 자리한 열두 판 연꽃 같은 편안한 절이다. 그런데 그 분지가 사뭇 넓어 시원한 맛이 있다.

산사의 '인프라'는 산일 수밖에 없는데 만수산은 일 년 열두 달이 무량사보다 더 아름답다. 꽃 피는 봄철, 단풍이 불타는 가을, 눈 덮인 겨울날의 무량사야 말 안 해도 알겠지만 아직 잎도 꽃도 없고 눈마저 없어 을씨년스러운 2월에도 만수산은 수묵화 같은 깊은 맛이 있다. 나무에 봄물이 오르기 시작하면서 마른 가지 끝마다 가벼운 윤기가 돌 때면 산자락이 그렇게 부드러울 수 없다. 마치 보드라운 천으로 뒤덮인 듯한 착각조차 일어난다.

| **무량사 일주문** | 원목을 그대로 세워 듬직한 모습을 보이는 무량사 일주문.

　무량사는 일주문부터 색다르다. 원목을 생긴 그대로 세운 두 기둥이 아주 듬직해 보이면서 지금 우리가 검박한 절집으로 들어가고 있음을 묵언으로 말해준다. 여기에서 천왕문까지의 진입로는 기껏해야 다리 건너 저쪽 편으로 돌아가는 짧은 길이지만 그 운치와 정겨움은 어떤 정원 설계사도 해내지 못할 산사의 매력적인 동선을 연출한다.

　천왕문 돌계단에 다다르면 열린 공간으로 위풍도 당당하게 잘생긴 극락전 이층집이 한눈에 들어온다. 천왕문은 마치 극락전을 한 폭의 그림으로 만드는 액틀 같다. 적당한 거리에서 우리를 맞이하는 극락전의 넉넉한 자태에는 장중한 아름다움이 넘쳐흐르지만 조금도 부담스럽지 않고 오히려 미더움이 있다.

　극락전은 무량사 건축의 핵심이며 이를 기준으로 해서 앞뒤 좌우로 부속 건물과 축조물 그리고 나무가 포치(布置)해 있는데 그것들이 아주 조화롭다. 법당 앞엔 오층석탑, 석탑 앞에는 석등이 천왕문까지 일직선으로 반듯하게 금을 긋는데 오른쪽으로는 해묵은 느티나무 두 그루가 한쪽으로 비켜 있어 인공의 건조물들이 빚어낸 차가운 기하학적인 선을 편하게 풀어준다.

극락전 왼쪽으로는 요사채와 작은 법당이 낮게 쌓아올린 축대에 올라앉아 있고, 그 앞으로는 향나무 배롱나무 다복솔 같은 정원수가 건물이 통째로 드러나는 것을 막아준다. 그래서 극락전 앞마당은 넓고 편안하고 아늑한 공간이 된다. 무량사는 공간 배치가 탁월해 아름다운 절집이 되었지만 사실 그 아름다움의 반 이상은 낱낱의 유물 자체가 명품이고 역사의 연륜이 있기 때문이다.

무량사의 역사와 유물

무량사는 '신라 문성왕 때 범일(梵日)국사가 창건한 절'이라고 하지만 낭혜화상 무염(無染)이 창건했을 개연성이 더 큰데, 무염은 가까이 있는 성주사를 창건한 스님이다. 태조암 쪽으로 가다보면 통일신라시대 절터가 있다. 여기가 원래 무량사 자리로 거기에 서면 만수산 산자락 품이 더 넓고 편안하다.

그런 무량사가 불에 타 고려 고종(재위 1213~59) 때 중창됐다고 한다. 아마도 원나라 침공 때 불에 탄 것인지도 모른다. 그때 불탄 자리를 버리고 지금의 위치로 옮긴 듯하다. 그것은 오층석탑(보물 제185호)과 석등(보물 제233호)이 말해준다.

오층석탑은 한눈에 정림사터 탑을 빼닮았다는 인상을 주는 동시에 늘씬한 것이 아니라 매우 장중하다는 느낌을 더한다. 적당한 체감률로 불안하지 않은 상승감을 갖추고 있고 완만한 기울기의 지붕돌은 처마 끝

| **무량사 전경** | 석등, 석탑, 극락전이 일직선으로 배치된 무량사의 가람배치는 정연하면서도 아늑한 분위기를 동시에 보여준다. 석등 앞 느티나무 아래에서 볼 때가 가장 아름답다.

을 살짝 반전시켜 경박하지 않은 경쾌함이 있다. 지붕돌 아랫면에는 빗물이 탑 속으로 들어가지 않도록 홈을 파놓은 절수구(切水溝)가 있다. 옛사람들은 멋뿐 아니라 기능에도 그렇게 충실했다는 징표다.

　석등은 얼핏 보면 탑에 비해 작다는 인상을 주지만 그게 작아서 오히려 공간 배치에 걸맞은 면도 있다. 무량사에 오면 나는 항시 느티나무 아래 큰 돌 위에 걸터앉아 석등과 석탑 너머 있는 극락전과 나무 사이로 고개를 내민 작은 당우들, 산신각으로 빠지는 오솔길을 바라보곤 한다. 그런 시각에서 보면 작은 석등이 더욱 알맞은 크기라는 생각을 갖게 된다.

　극락전(보물 제356호)으로 말할 것 같으면 그렇게 너그럽고 준수하게 잘생길 수가 없다. 사실 절집에서 목조건물 자체가 잘생겼다는 감동을 주는 곳은 그리 많지 않은데 이 극락전만은 따질 것도 살필 것도 없이 예스

| 우화궁 현판 | 부처님이 설법할 때 꽃비가 내렸다는 데서 따온 이름이다. 글씨
도 참하고 액틀도 예쁘다.

러운 기품에 그저 바라보기만 해도 눈과 마음이 기쁘게 열린다. 특히 느
티나무 그늘 아래서 바라보면 그윽한 맛이 가득 다가오는데 바로 그 자
리에는 군에서 세운 '사진 잘 나오는 곳'이라는 포토포인트가 있다. 그리
고 친절하게도 '배경: 탑을 감싸안은 만수산 + 극락전(일부), 인물: 탑 주
변 또는 탑과 극락전 사이'라며 구도까지 잡아주고 있어 사람마다 웃으
면서 그대로 따라해본다.

진묵대사의 시

임진왜란 때 무량사는 병화를 입었다. 이것을 인조 때 진묵대사(震默
大師, 1562~1633)가 중창했다고 한다. 무량사 극락전은 그때 중창된 것으
로 보인다. 극락전 안에 있는 소조아미타삼존불(보물 제1565호)의 복장에
서 나온 발원문에 1633년에 만들었다고 분명히 적혀 있고, 따로 보관된
괘불(掛佛, 보물 제1265호)에는 1627년에 그렸다는 기년과 함께 혜윤, 인
학, 희상이라는 화승들의 이름도 적혀 있으니 무량사는 이때 대대적으로
불사를 일으켜 오늘의 모습을 갖춘 것이다.

진묵대사가 이 모든 불사를 다 감당했는지는 확실치 않지만 무량사

선방인 우화궁(雨花宮) 건물 주련에는 진묵대사의 시 한 수가 걸려 있다. 우화궁은 집보다 현판 글씨와 액틀이 정말로 예쁘고 사랑스러워, 보는 이마다 감탄하며 사진에 담아간다. 우화(雨花)는 꽃비라고 풀이한다. 불교에서 전하기를 석가모니가 영산회(靈山會)에서 설법할 때 하늘에서 천년에 한 번 핀다는 만다라꽃이 비 오듯 내리고 천녀가 주악을 연주하며 공양했다고 한다. 그러니까 우화궁은 설법을 하는 곳이다. 완주 화암사와 장성 백양사에는 우화루라는 건물이 있어 법회가 열린다. 이 우화궁의 기둥마다 달려 있는 주련 중에 진묵대사의 시는 그 시적 이미지가 모르긴 몰라도 세상에서 가장 스케일이 클 것이다.

하늘은 이불, 땅은 요, 산은 베개	天衾地褥山爲枕
달은 촛불, 구름은 병풍, 바다는 술독	月燭雲屏海作樽
크게 취해 거연히 춤을 추고 싶어지는데	大醉遽然仍起舞
장삼자락이 곤륜산(히말라야)에 걸릴까 걱정이 되네	却嫌長袖掛崑崙

김시습 영정과 청한당

우화궁을 지나 절 안쪽으로 들어가면 노목 사이로 저 멀리 작은 당우 두 채가 보인다. 개울 건너 양지바른 쪽에 조촐히 앉아 있는 두 건물이 너무도 사랑스러워 답사객들은 발길을 그쪽으로 옮긴다.

하나는 산신각이고 또 하나는 청한당(淸閒堂)이라는 선방 겸 손님방이다. 청한당은 몇 해 전에 지은 새 집이지만 아주 예쁜 3칸짜리 집으로 제법 고풍이 있고 돌축대 위에 산뜻이 올라앉은 자태가 정겨워 툇마루에 한번 앉아보고 싶게 한다.

청한당 툇마루에 앉아 고개를 들어 현판을 보면 한(閒) 자를 뒤집어

| **무량사 청한당** | 극락전 뒤편 개울가에 위치한 청한당은 선방으로도 쓰고 손님방으로도 사용하고 있다. 3칸짜리 작은 집으로 아주 아담하다.

써놓아 좀처럼 읽기 힘들다. 김시습의 호가 본래 청한자(淸寒子)인 것을 슬쩍 바꾸어놓고 또 글자를 뒤집어 써서 한가한 경지를 넘어 드러누운 형상으로 쓴 것이니 서예가의 유머가 넘쳐난다. 이 현판의 내력을 얘기해달라고 하면 자연히 나는 답사객들을 툇마루와 돌축대에 편안히 앉게 하고 내가 알고 있는 김시습 얘기로 들어가게 된다.

  "1천 년의 연륜을 갖고 있는 고찰에는 반드시 그 절집의 간판스타가 있게 마련인데 무량사의 주인공은 단연코 매월당(梅月堂) 김시습(金時習, 1435~93)입니다. 저 앞쪽 우화궁 위로 보이는 건물이 김시습의 영정(보물 제1497호)을 모신 영산전입니다. 생육신의 한 분인 김시습은 방랑 끝에 말년을 여기서 보내고 59세의 나이로 세상을 마쳤습니다. 절집 밖으로 나가서 주차장 아래편 비구니 수도처인 무진암(無盡

| **청한당 현판** | 새로 지은 선방 겸 손님방인 청한당은 현판 글씨에서 한가할 한(閑) 자를 뒤집어 쓰는 유머를 보여준다.

庵)으로 가는 길목에 승탑밭이 있는데, 그곳에 김시습의 사리탑이 있습니다. 이 사리탑에는 '오세(五歲) 김시습'이라는 비석이 있습니다. 왜 오세라고 했는지 아는 분 계세요?"

대개는 모른다. 김시습이 생육신의 한 분이고 최초의 한문소설『금오신화』의 저자라는 사실은 학생 시절에 배우고 시험에도 잘 나오는 것이어서 알고 있지만 그의 일대기나 인간상에 대해서는 거의 들어본 일이 없다. 그것이 우리 교육의 맹점이다. 서양에서는 여행책과 전기(傳記)가 출판의 가장 인기 있는 장르인데 우리나라에선 이런 전통이 아주 약하다.

김시습의 일대기는 율곡 이이가 선조대왕의 명을 받아 쓴『김시습전』이 있고, 이문구의 소설『매월당 김시습』과 심경호 교수의『김시습 평전』이라는 명저가 있어 찾아 읽으면 알 수 있지만 그런 독서 분위기는 아직 일어나지 않고 있다. 전기문학(biography)의 상실은 우리 인문학이 대중으로부터 멀어지게 된 중요한 원인의 하나이다. 사실 인간의 관심 중 가장 큰 것은 인간일 수밖에 없다. 그 인간을 탐구하는 학문은 삶의 여러 모습에서 구하게 되니 전기문학은 인문학의 유효한 전달 방식이 되는 것이다.

| **매월당 김시습 영정** | 김시습의 자화상으로 전하는데 명확지는 않고 16세기 반신상으로 드물게 문기가 있어 보물 제1497호로 지정되었다.

김시습의 일생

김시습의 본관은 강릉이다. 세종 17년(1435)에 태어난 그는 놀라운 천재였다. 세 살 때부터 시를 지었다고 한다. 세종대왕이 이 얘기를 듣고 승지에게 과연 신동인지 알아보라고 했다. 승지는 다섯 살 김시습을 무릎에 앉히고 "네 이름을 넣어 시구를 지을 수 있겠느냐?"고 물었다. 이에 시습은 이렇게 지었다.

"올 때는 강보에 싸인 김시습이지요(來時襁褓金時習)."

| 매월당 김시습 사리탑 | 김시습 사리탑은 무진암으로 가는 길목의 승탑밭에 조용히 서 있다.

세종대왕은 이 보고를 듣고는 역시 천재라며 직접 보고 싶으나 군주가 어린아이를 직접 시험한 예가 없다며 "재주를 함부로 드러나게 하지 말고 정성껏 키우라. 성장한 뒤 크게 쓰리라"라며 비단도포를 선물했다고 한다. 이때부터 그는 오세(五歲)라는 별호를 얻었다.

21세 때 그는 삼각산 중흥사에서 글을 읽다가 단종이 양위한 사실을 전해듣고는 방성통곡한 다음 몸부림쳤다. 책을 불사르고 급기야는 광기를 일으켜 뒷간에 빠지기도 했다. 22세 때 사육신이 마침내 처형되자 성삼문, 유응부 등의 시신을 수습해 노량진에 묻어주고 작은 돌로 묘표를 삼았다. 그리고 24세에는 중이 되어 방랑을 시작했다. 6, 7년간 관서·관동·호서 지방을 두루 유람하고 31세엔 경주 남산(금오산) 용장사에 서실(書室)을 짓고 정착했다. 이때『금오신화』를 지었다. 승명은 설잠(雪岑)이었다. 그는 세상을 버렸으나 김시습의 명성은 지식인 사회에서 자자했다. 효령대군의 청을 받아 서울 원각사 낙성회에 참석해 찬시를 짓고 돌아간 일도 있다.

세조가 죽자 그는 경주를 떠나 서울 근교로 올라왔다. 성종 3년(1472), 38세의 김시습은 도봉산, 수락산의 절로 와서 40대 전반까지 머물며, 문인들과 교유하고 시를 짓고 유교와 불교의 참뜻을 강구했다. 그러다 47세 때는 아예 환속해서 장가도 들었다. 그러나 세월은 그를 받아주지 않았다. 1년도 못 돼 아내와 사별하고, '폐비 윤씨 사건'이 일어나자 다시 세상을 버리고 스님 모습으로 관동 지방에서 방랑 생활을 했다. 그리고 58세에 무량사로 들어와 이듬해 59세로 세상을 떠났다.

김시습의 자는 열경(悅卿), 호는 매월당, 청한자, '세상의 쓸모없는 늙은이'라는 뜻의 췌세옹(贅世翁) 등이 있다.

화려한 폐사지 성주사터

무량사에서 성주사터로 가는 길은 외산면소재지에서 웅천천을 따라 보령·무창포 쪽으로 가는 길이다. 아미산과 만수산 사이를 헤집고 가는 길인지라 강원도 산골에서나 만나는 아주 깊은 골짜기다. 독수리 날개처럼 생긴 수리바위를 지날 때면 계곡의 냉기가 엄습해온다. 수리바윗골을 지나면 언제 그랬느냐는 듯이 도화담이라는 아주 예쁜 이름의 큰 동네가 나온다. 여기는 보령시 미산면의 면소재지다. 여기서 남쪽으로 가면 새로 만든 보령댐이 넓은 산상의 호수가 되어 환상의 드라이브를 즐길 수 있고, 서쪽으로 곧장 난 40번 국도를 따라가면 성주사터가 있는 화장골(花藏谷)로 이어진다.

길은 귀여운 시내를 곁에 끼고 성글게 이어진 산봉우리들을 헤집고 구불구불 돌아간다. 촌색시 어깨선처럼 부드러운 듯 힘지게 흘러내리는 산자락은 충청도 산골에서나 볼 수 있는 정겨운 풍광이다. 그러다 갑자기 산마다 시커먼 돌무지가 흘러내려 누가 이 천연의 고운 자태에 돌이킬 수 없는 생채기를 냈는가 안쓰러워진다. "왜 저렇게 됐느냐"고 누구에게 따지듯 묻고 싶어진다. 그럴 때쯤이면 길 한쪽으로 '보령석탄박물관'이 나온다. 여기가 그 옛날 보령탄광이 있던 곳이다. 보령탄광은 태백·황지·사북 탄광 다음으로 큰 석탄 산지였다.

성주면소재지에서 성주사터를 향해 오른쪽으로 난 길로 들어서면 어울리지 않는 아파트가 산골의 기분을 망가뜨리지만 이내 천변에 해묵은 갯버들이 장관으로 늘어서 있어 역시 연륜 있는 고을은 다르다는 생각이 들면서 정서적 안정을 가져다준다. 그리고 우리는 곧바로 성주사터 넓은 주차장에 다다르게 된다.

성주사터는 폐사지지만 조금도 쓸쓸하거나 스산한 기분이 들지 않는다. 족히 수천 평은 됨 직한 대지가 반듯하니 자리잡고 있어 산중의 절터답지 않게 하늘로 열린 시계(視界)가 넓다. 절터 앞뒤로는 낮은 산자락이 성주천과 평행선을 그으면서 길게 뻗어내려 그것이 또 아늑하게 감싸주는 맛이 있고, 빈터엔 석탑이 넷, 석등이 하나, 비각이 하나, 자그마한 석불이 하나 곳곳에 버티듯 서 있어 쓸쓸하기는커녕 대지의 설치미술을 보는 듯한 감동이 있다.

폐사지를 보는 스님의 마음은 우리네와 달라 항시 안타까운 감정을 앞세우는데 한번은 답사를 같이했던 한 스님이 "세상에 이렇게 화려한 폐사지가 다 있단 말인가"라며 탄식과 감탄을 동시에 말했다.

성주사터는 축대를 높이 쌓아 반듯하게 고른 산속의 평지 사찰이다. 위치는 깊은 산골이지만 절집의 평면 입면 계획은 도심 속 평지 사찰과 같은 개념으로 되어 있다. 그래서 평지 사찰의 인공미와 산사의 자연미를 동시에 느낄 수 있다. 법당은 사라진 지 오래지만 회랑 자리가 정연히

| 성주사터 전경 | 네 개의 석탑과 비각이 늘어선 성주사터는 화려한 폐사지라는 놀라운 아름다움이 있다.

남아 있고, 늘씬한 오층석탑, 금당의 불상좌대, 산을 등지고 줄지어 선 세 쌍둥이 석탑과 비각이 이 절의 만만치 않은 연륜과 내력을 전해준다.

『숭암산 성주사 사적(嵩巖山聖住寺事蹟)』에 따르면 성주사는 본래 백제 법왕이 왕자 시절인 599년에 전쟁에서 죽은 병사들의 원혼을 달래기 위해 지은 절로 그때 이름은 오합사(烏合寺)라고 했다. 오합사를 둘러싼 얘기는 『삼국사기』 『삼국유사』에도 한 차례 언급되고, 발굴조사 때 이곳에서 출토된 기와에 오합사라는 글자가 새겨진 것이 있어 의심의 여지가 없다.

그런 오합사가 백제 멸망 후 어떻게 되었는지는 알 수 없다. 아마도 변방의 작은 절로 근근이 명맥을 유지하다가 대부분의 하대신라 절이 그렇듯 9세기 들어서면서 세력을 확장한 지방 호족이 이름 높은 선승을 모서 지방의 대찰로 크게 중창하면서 면모를 일신하게 된 것 같다.

그렇게 해서 나타난 것이 구산선문(九山禪門)이고, 그중 하나인 성주사는 김양(金陽)이라는 보령 지역의 호족과 낭혜화상 무염국사에 의해 중창된 것이다. 전성기 때 성주사는 불전이 50칸, 행랑이 800칸, 고사(庫舍)가 50칸이었다고 한다.

낭혜화상 무염국사

무염은 9세기 하대신라의 최고 지성 중 한 분이었다. 무염(無染)의 일생은 무엇보다 최치원(崔致遠)이 지은 그의 비문 '대낭혜화상백월보광탑비(大朗慧和尚白月葆光塔碑)'에 자세하게 설명되어 있다. 무염은 태종무열왕의 8대손으로 어려서 신동 소리를 들었고, 13세에 설악산 오색석사(五色石寺)에 출가하여 법성(法性)스님에게 한문과 중국어를 배웠으며, 부석사 석징(釋澄)스님에게 화엄학을 배웠다. 21세엔 당나라에 유학하여 처음에는 화엄학을 더 공부했으나 이미 선종이 크게 일어났음을 보고 여기에 열중해 마곡산(麻谷山) 보철(寶徹)에게 인가(印可)를 받고 법맥을 이었다. 그뒤 20여 년간 중국에서 보살행을 실천해 동방의 대보살이라는 명성까지 얻게 되었다.

845년 유학한 지 25년 만에 귀국한 무염은 이곳 성주사에 주석(駐錫)하면서 40여 년을 오로지 가르치고 설법하는 데만 힘썼다. 그는 현실과 유리된 채 교리에만 얽매이는 교종을 비판하며, 말에 의존하지 않고 곧바로 이심전심하는 것이 다름아닌 조도(祖道)라고 했다. 이것이 그가 주장한 '무설토론(無舌吐論)'이다. 마침내 그의 선법(禪法)을 따른 제자가 무려 2천 명에 이르렀다고 한다. 문성왕부터 헌안왕, 경문왕, 헌강왕, 정강왕 그리고 진성여왕에 이르기까지 여섯 임금이 그의 법문을 들었다.

경문왕은 그를 아예 궁으로 모시고자 했다. 그때 무염이 사양한 말이 참으로 여유롭다.

"산승의 발이 대궐에 닿은 것이 한 번도 지나치다 할 것인데, (만약에 그렇게 되면) 나를 아는 자는 성주(聖住)가 무주(無住)로 바뀌었다고 할 것이고 나를 모르는 자는 무염(無染)이 아니라 유염(有染)이라고 하지 않겠는가."

그런 무염화상이었기에 상주 심묘사(深妙寺)로 피해 숨어 살며 출세를 거부하고 다른 스님들과 똑같이 항시 땔나무를 하고 물을 긷고 보리밥을 먹었다고 한다. 88세에 세상을 떠나자 진성여왕은 시호를 대낭혜, 사리탑을 백월보광이라 내리며, 최치원에게 "그대를 국사(國士)로 예우했으니 그대는 마땅히 국사(國師)의 비문을 지으라"고 했다. 이리하여 최치원이 쓴 낭혜화상비가 지금도 그 자리에 남아 있어 국보 제8호로 성주사터를 빛내고 있다.

성주사터 가람배치

성주사터는 몇 차례의 발굴로 많은 불상 파편과 기왓장이 수습되었고 가람배치의 기본 골격도 파악하게 되었다. 현재까지의 발굴 결과로 보면 축대 위로 올라 중문(中門)터에 서면 석등, 오층석탑, 금당의 불상좌대가 일직선을 그리고 있으며 그 뒤로 강당이 넓게 자리잡고 있다. 1탑 1금당의 가람배치에 오른쪽으로는 삼천불전(三千佛殿), 왼쪽으로는 또 다른 불전이 양날개를 펴고 있는 평면 구성을 보여준다.

석축 위에 올라앉은 금당과 강당 사방에는 돌계단이 놓였던 자취가

| **강당 계단의 소맷돌** | 강당으로 오르는 네 단의 계단 양옆은 가벼운 곡선을 유지하는 멋스러움이 있다.

있다. 금당 앞 돌계단에는 돌사자가 쌍으로 놓여 있었는데 1986년에 도난당한 후 아직껏 찾지 못하고 있다. 그중 온전히 남아 있는 것은 강당 가운데 계단뿐인데 그 소맷돌이 아주 앙증맞을 정도로 아름답다. 3단을 놓으면서 아래위는 좁고 가운뎃단은 넓게 하여 측면 소맷돌이 예쁜 곡선을 그리고 있다. 이는 불국사 대웅전 소맷돌과 함께 우리나라 사찰 건축의 섬세한 디테일을 대표할 만한 것이다.

오층석탑(보물 제19호)은 나무랄 데 없는 날렵한 9세기 석탑으로 3층이 아닌 5층이라는 희소성까지 지녀 일찍이 보물로 지정됐다. 석탑 앞의 석등 또한 늘씬한 모습으로 탑과 잘 어울린다. 그런데 금당과 강당 사이에 거의 똑같이 생긴 9세기의 삼층석탑 3기가 나란히 서 있다. 이것은 미술사의 풀리지 않는 수수께끼다. 이런 예는 어디에도 없거니와 그럴 수 있는 교리적 근거도 없다. 그래서 별의별 추론만 무성하다.

| 성주사터 3기의 삼층석탑 | 성주사터의 금당과 강당 사이에 서 있는 3기의 삼층석탑은 자태도 매력적이지만 각 탑마다 문짝이 새겨져 디테일까지 섬세하다.

성주사터의 세쌍둥이 석탑

『숭암산 성주사 사적』에서 정광(定光)·약사(藥師)·가섭(迦葉) 세 여래의 사리탑이라고 한 것이 바로 이것을 지칭한 것일 텐데, 왜 하필 금당과 강당 사이에 있는 것일까? 충남대박물관의 발굴 결과에 의하면 이 탑들은 애초부터 이 자리에 있었던 것이 아니라 어디에선가 옮겨온 것이 분명하다고 했다. 왜냐하면 이 탑들은 누구나 인정하듯 9세기 탑이 분명한데 탑 아래 기초석에서는 고려청자편을 비롯해 후대의 사금파리와 기와들이 나오고 있기 때문이다. 그래서 지금은 어디서 왜 언제 옮겨온 것이냐라는 문제가 남았다.

그런데 이에 못지않은 20세기의 우스꽝스러운 수수께끼는 이 똑같이 생긴 세 개의 석탑이 문화재로 지정된 번호도 지정된 날짜도 달라 문화재 안내판을 세 개 따로 세운 것이다. 가운데 탑은 보물 제20호(1963), 서쪽 탑은 보물 제47호(1963), 동쪽 탑은 충청남도 유형문화재 제26호(1973)다. 참으로 알 수 없는 일이다. 내가 알 수 있는 것은 이 세 탑이 모두 똑같은 시대에 똑같이 만든 명작이라는 사실뿐이다.

3기의 삼층석탑은 나란히 서 있는 자태도 매력적이지만 하나하나가 아주 아담하고 상큼한 멋을 풍긴다. 특히 각 탑마다 1층 몸돌에는 강한 돋을새김으로 굳게 닫힌 대문을 장식해놓았다. 대문, 손잡이, 자물쇠, 대문무쇠장식 등이 이 단순하고 무표정한 석탑에 생동하는 이미지를 부여하고 있는 것이다. 즉 석탑의 몸돌은 곧 하나의 집이며, 이 공간에는 사리를 장치하고 굳게 문을 닫아걸었다는 의미를 그렇게 새겨놓은 것이다. 이처럼 탑의 몸돌에 문짝을 표현한 것은 이미 경주 고선사 탑에서부터 보아온 것이지만 이 성주사터 삼층석탑들처럼 그 장식적·상징적 의미가 잘 살아난 예는 드물다.

또 이 탑이 여느 탑보다 상큼하다고 느끼게 되는 이유는 기단부와 몸체 사이에 만들어넣은 받침대 때문이다. 이 받침돌에는 상층부의 몸체는 기단부에 들러붙은 것이 아니라 고이 받들어 모셔져 있다는 갸륵하고 공손한 뜻과 느낌이 서려 있다. 그리고 이 받침돌은 고려시대 이후에도 백제 지역 석탑에만 나타나는 지역적 특징으로 서산 보원사터 오층석탑에서도 볼 수 있다.

당당하고 늠름한 낭혜화상비

성주사터가 높은 인문적 가치를 갖게 되는 것은 최치원이 지은 낭혜화상비가 그때 그 모습 그대로 남아 있기 때문이다. 이 비는 최치원의 사

| 대낭혜화상백월보광탑비 | 최치원이 짓고 최인연이 쓴 낭혜화상비는 통일신라 금석문 중 가장 크고 아름다운 비로 손꼽힌다.(비각이 세워지기 전인 일제강점기 「조선고적도보」에 실린 사진)

친동생 최인연(崔仁渷)이 글씨를 쓴 것으로 통일신라시대 탑비 중에서 가장 크고, 최치원의 이른바 사산비문(四山碑文) 중에서도 가장 당당한 것으로 평가된다. 반듯한 해서체로 곱게 쓴 최인연의 글씨를 우리 같은 보통내기들이 그 서예적 가치까지 온전히 알아챌 수 있을까마는 이 지방의 특산물인 남포(藍浦) 오석(烏石)에 새긴 그 글씨가 1천 년이 지난 오늘에도 어제 새긴 것처럼 선명함에 놀라지 않을 수 없다. 마치 '가리방'이라고 불리던 철필 글씨처럼 생생하다.

남포 오석은 겉은 까만 대리석이지만 속은 흰빛을 띠어 그 선명도가 높다. 그러나 그보다 우리를 놀라게 하는 것은 가는 정(釘)을 대고 손으로 쫀 것이 분명한데 그것이 기계로 새긴 것보다 더 기계로 깎은 듯 획의 마무리가 깔끔하다는 것이다. 그뿐만 아니라 붓글씨의 리듬과 멋을 살려낸 신묘한 기술엔 경탄을 금할 수 없다. 이쯤 되면 각수(刻手) 또한 대장인(大匠人), 대예술가일 텐데 우리는 애석하게도 그 이름을 알지 못한다.

비석을 이고 있는 돌거북을 볼 것 같으면 비록 머리가 깨져 아쉽기 그지없지만 등판에 새겨진 2중 6각 무늬의 구갑문(龜甲文)이 그렇게 생생하고 당당하고 탄력 있을 수가 없다. 그 한복판에 비석을 받치는 앉음돌〔碑坐〕에는 안상(眼象)과 구름무늬·꽃무늬를 돋을새김으로 새겨넣은 것이 여간 화려하지 않다.

비석머리의 새김돌엔 구름과 용이 연꽃받침 위에 뒤엉켜 있으면서도 용머리만큼은 이름표(題額) 위로 또렷이 내밀고 있는 능숙함이 있고 돌거북의 꼬리가 뒤로 치켜올라 마치 꿈틀거리는 듯 생동감을 보여주는 유머 감각이 있으니 그 여유로움은 말하지 않고도 알 만하다.

그러나 여기에서도 아쉬움이 남는 점은 이 비석이 증언하는 낭혜화상의 승탑은 사라져버린 것이다. 비각 주위에는 승탑에서 부서져나간 연꽃받침돌과 지붕돌 등이 널려 있다. 이는 성주사터 여기저기 흩어져 있던 것들을 모아둔 것이다. 성주산 서쪽 부도골에서도 주워왔고, 동네 사람들이 연자방아로 쓰고 있던 것도 찾아서 가져다놓았다. 이게 온전한 승탑이었다면 아마도 문경 봉암사 지증대사탑, 곡성 태안사 적인국사탑, 남원 실상사 증각국사탑 못지않은 거작이고 명작이었을 것이다.

이강승의 편지

성주사터가 폐사지의 쓸쓸함보다 과거가 숨 쉬는 그윽한 옛 정취가 살아 있는 곳이라고 말할 수 있는 것은 저 부드러운 능선과 산언덕의 소나무들 덕분이다. 앞산에 복스럽게 자란 소나무들이 그렇게 포근하고 온화하게 다가올 수 없다.

우리 산천엔 멋진 솔밭이 하나둘이 아니다. 광릉 수목원, 안면도 송림, 경주 남산 삼릉계 솔밭, 울진 소광리의 금강송보호림, 영월 법흥사 진입로의 소나무, 청도 운문사 앞 송림, 불영사로 가는 길 등 저마다 본 대로 꼽을 것이다. 그런 중 크게 장하다고 할 수는 없지만 멀리서 바라보는 것만으로도 청신한 느낌이 일어나는 곳으로는 단종의 능인 영월 장릉과 이곳 성주사터 뒷산이 있다. 성글게 자란 솔밭이지만 그것이 오히려 사

| **성주사터 솔밭** | 성주사터 앞산과 뒷산의 소나무는 아주 소담하게 자라 마치 백제 산수문전을 보는 듯한 보드라움이 있다.

람의 눈과 마음을 기쁘고 편하게 해주어 성주사터에 오면 국보·보물보다 저 소나무 우거진 산자락에 눈길을 먼저 주게 된다.

1990년대 성주사터가 한창 발굴되고 있을 때 이야기다. 발굴 책임을 맡고 있던 전 충남대박물관장 이강승은 대학 때부터 나의 친구다. 그는 대전에 살면서 평일에는 이곳에서 발굴작업을 하다가 주말이면 집으로 가곤 했는데, 나는 항시 주말에 답사를 했으니 그렇게 많이 성주사터에 가고도 발굴 현장에서는 한 번도 그를 만나지 못했다. 내가 간다고 연락해놓으면 주말에 그가 집에 못 가고 머물러 있을까봐 미안해서 그냥 다녀만 갔던 것이다. 그리고 그때마다 발굴단 주말 당번에게 다녀간 흔적만 남겨놓곤 했다.

1994년 여름, 마침 나의 두번째 답사기와 『답사여행의 길잡이』 경주 편을 출간하게 되었을 때 일부러 연락하지 않고 다녀간 뜻을 적은 편지와 함께 새로 나온 책을 보냈더니 일주일도 안 되어 답장이 날아왔다. 그의 답장은 내가 이제까지 받은 편지 중에서 가장 아름다운 글이었고, 독자들은 내가 왜 나의 부여 이야기, 백제 이야기를 꼭 성주사터에서 마무리했는가를 알 수 있을 것이다.

　　보내준 책 두 권 모두 잘 받았다. 『나의 문화유산답사기』 두번째 책 역시 거침없이 써내려가 (…) 단숨에 읽었다. 그러나 이번에도 너는 백제를 말하지 않았다. 너의 주장대로 통일신라의 고전미와 남도 사람들의 순박성에서 우리가 배울 바가 적지 않음을 내 모르는 바 아니나 우리 가슴속 어딘가에 남아 있고, 또 우리가 만들어가는 문화창조에서 백제의 미학이 지니는 의미도 결코 가벼운 것이 아닐 것이다. 기왕에 많은 사람이 너의 목소리에 귀 기울이고 있을 적에 백제의 아름다움까지 말해주기 바란다.
　　지난번 성주사지에 왔을 때도 못 만나서 서운했다. 다음엔 꼭 연락하고 와라. 성주사지 발굴이 새달 말로 끝나게 된다. 와서 발굴 유물도 보고 가렴.
　　바람도 돌도 나무도 산수문전 같단다.

　　'바람도 돌도 나무도……' 그래, 맞다. 저 백제 산수문전(山水紋塼) 돌에 그려져 있는 구름은 구름이 아니라 바람을 그린 것이다. 그런데 강승이는 그것을 어떻게 이렇게 정확히 알아낼 수 있었을까? 그는 어떻게 최치원도 구사하지 못한 "바람도 돌도 나무도 산수문전 같단다"라는 표현을 할 수 있었을까?

아마도 그는 고고학자로서 백제 고토에 살면서 백제의 눈으로 보고, 백제의 마음으로 살았기 때문일 것이다.

별들은 하늘나라로 되돌아가고

촬영 금지와 출입 금지

답사를 다니면서 나는 어디를 가든 특별한 연줄이나 알음알이 없이 여느 여행자와 마찬가지로 입장료를 열심히 내면서 다닌다. 특출 나게 전문가라고 내세울 형편도 아니었지만 유별난 혜택을 받는다는 것이 겸연쩍기도 했고 그렇게 한들 내 마음이 편한 것도 아니기 때문이다. 내가 대접받아서 될 일이라면 만인이 똑같이 누릴 수 있는 대접이어야 한다는 생각을 지금도 버리지 않고 있다. 이런 식의 오기 아닌 오기 때문에 나는 그동안 무수한 불편과 수모와 억울함을 당해야만 했다. 답사처 어디를 가든 따라붙는 저 일방적인 통보의 붉은색 표지판, 촬영 금지와 출입 금지 때문이었다. 관계자를 찾아가 양해를 구하면 뜻밖의 호의를 받는 경우가 없는 것은 아니었지만 대개는 싸늘한 문전박대가 일쑤였다.

동사무소나 경찰서에 가서도 느끼는 일이지만 대개 장사꾼 아닌 다음에는 사람을 많이 대하는 사람일수록 사람을 인격으로 대하지 않고 건수로 처리하는 습성이 있다.

1989년이던가 경주 안강의 옥산서원에 있는 회재(晦齋) 이언적(李彦迪)의 서재였던 독락당에 들렀는데 그 후손이라는 분이 자물쇠로 잠가 놓고는 출입을 금지하는 것이었다. 군청 문화재과나 유림의 허락을 받아오라는 것이었다. 내가 여기에 온 것이 예닐곱 번 되지만 이런 일이 없었고 오늘은 일요일이며 지금 같이 온 답사객이 역사교사모임이라고 사정했지만 그는 끝내 문을 열어주지 않았다.

한동안 국립중앙박물관을 비롯한 대부분의 미술관들이 전시장에서 촬영을 금지하였고, 우리는 그것을 당연한 것으로 받아들였다. 그러나 세계의 모든 유수한 미술관들은 일찍부터 플래시를 사용하지 않는 한 얼마든지 촬영하는 것을 허락해왔다. 나는 외국에 나갔을 때 이 점이 퍽 신기하게 생각됐다. 하도 많은 금지를 당하고 살아온지라 개방되었다는 것이 차라리 이상스러웠던 것이다. 마치 요즘 서울에서 차가 안 막히고 잘 빠지면 이상스러운 것처럼. 뉴욕 메트로폴리탄뮤지엄 관계자를 만났을 때 촬영 허가에 대한 그들의 아이디어를 물었더니, 플래시를 사용하면 자외선이 유물 보존에 나쁘고 또 다른 관객을 방해하므로 금지하는 것이며, 상업적으로 이용할 사진은 어차피 특수 조명을 해야 하니까 일반 관객이 찍어가는 사진은 박물관 홍보에도 좋다는 것이었다.

모든 문화재의 소유자는 그것의 재산권과 관리 의무가 있을 뿐이며, 그것의 인문적 가치를 공유할 권한은 만인에게 있다는 생각이 보편화될 때 우리는 문화적으로 민주화의 길에 다가설 수 있을 것이다.

1983년 가을 어느 날, 나는 저 유명한 지증(智證)대사의 비와 사리탑을 보기 위하여 문경 봉암사(鳳巖寺)를 찾아갔다. 당시만 해도 문경에서 가은을 거쳐 봉암사까지 가는 저 엄청난 비포장길은 시외버스도 두 시간 남짓 걸리는 캄캄한 산골이었다. 아침에 서울을 떠나 저녁나절에 당도해보니, 아뿔싸! 봉암사는 1982년부터 80여 명의 납자가 결제와 산철 없이 정진하는 청정도량이 되었기 때문에 일반인 출입이 군대보다 더 엄하게 통제되고 있다는 것이었다. 비록 불자는 아니지만 나는 이 숭고한 뜻을 모르는 바 아니었다.

그래도 뜻이 있으면 길이 있으리라 믿고 경비 아저씨에게 갖은 엄살과 애교와 궁상을 번갈아 떨며 애원하며 달라붙었더니 자신은 권한이 없고 저기 오는 스님에게 말해보라는 것이었다. 나는 지옥에 가서 부처님이라도 만난 듯한 기쁨과 희망으로 사정을 말했다. 그러나 그 스님은 내 말을 대충 듣고는 절집은 부처님 모신 곳이지 미술사의 대상이 아니라고 자기 식의 논리로 훈계만 하고는 나를 떠밀듯 내몰았다. 최소한 안됐다는 표정이라도 지어줄 줄로 알았던 내가 잘못이었을까.

답사를 다니면서 내가 크게 배운 것은 참는 것이다. 이럴 때는 싸우는 것보다 참는 편이 낫다는 것을 경험으로 체득했다. 그러나 겉으로는 참지만 속으로 치미는 울화까지 참을 정도로 인격이 수양되지 못하여 여관 한 채 없는 원북마을에서 막차를 타고 나오면서 나는 허망을 달랬다.

무너진 환상의 절집 봉암사

그리하여 봉암사는 나에게 꿈속의 절집으로 언제나 남아 있었다. 천하의 대문장가 최치원이 지증대사의 비를 쓰면서 묘사한 봉암사의 모습은 나의 상상 속 환상의 절집이 되었고 그래서 나는 그 인연을 찾으려고 기회 있을 때면 봉암사 타령을 노래하듯 했다.

1990년 늦겨울 어느 날, 정말로 인연이 닿으려고 해서인지 문화유산

| **봉암사 전경** | 봉암사는 열두 판 꽃송이의 화심에 앉은 모습으로 지증대사는 절이 서지 않으면 도적의 소굴이 될 것이라며 이 절을 세웠다.

답사회의 한 열성 회원이 봉암사에서 큰 선방을 짓는데 상량식이 있어 초대받았으니 같이 가자는 것이었다. 그리하여 열 일을 제쳐두고 따라가서 10년의 한을 풀 수 있게 되었다. 환상 속의 절집 봉암사! 그러나 내가 정말로 행복할 요량이었다면 그때 봉암사에 가지 말았어야 했다. 프랑크푸르트학파의 사회학자 아도르노(Theodor Adorno)는 음악에 대단한 소양이 있어서 『음악사회학』이라는 저서를 남긴 일도 있는데 그가 평소에 말하기를 "베토벤의 교향곡은 어느 심포니가 연주하는 것보다도 악보를 읽으면서 내가 머릿속에서 그려내는 것이 더욱 아름답다"고 했다니, 나에게 있어서 봉암사야말로 글 속의 봉암사라야 아름답다.

보통 문제가 아니다. 우리나라의 모든 절집들이 1980년대부터 90년대에 이르는 동안 모두 망가졌고, 망가져가는 중이다. 그 원인은 돈 때문이다. 요즘 절집으로 쏟아져들어오는 돈과 엄청난 중창불사(重創佛事)는

| 봉암사 선방 상량식 | 나는 봉암사 선방 상량식에 참석함으로써 이 금지된 성역에 처음 발을 디뎌보고 그 탁월한 자리앉음새에 놀라움을 금치 못했다.

한적한 산사에 으리으리한 법당을 짓는 일이 예사로 벌어지게 하고 있다. 지역적 특성은 고려하지 않고 크고 화려해야 발전된 것이라는 생각이 모든 절집을 파괴하고 봉암사를 오늘의 저 모양 저 꼴로 만들고 만 것이다.

그러나 답사객들이여, 그렇게 실망하지 않아도 된다. 어차피 나나 당신들은 그 옛날의 봉암사를 보지 못했으니까. 나는 봉암사가 1년에 한번, 사월 초파일 부처님오신날만은 축제의 현장으로 일반인들의 출입을 허용한다는 사실을 1991년에 처음 알고는 바로 그해 한국문화유산답사회 제7차 답사로 다시 다녀왔는데, 한 회원의 표현을 빌리건대 경관이 맑고 빼어나면서도 마음의 평온을 안겨다주는 가장 넉넉한 기품의 절집이다.

최치원이 쓴 지증대사 비문

봉암사를 창건한 분은 신라 말기의 큰스님 지증대사였다. 지증대사의 일대기와 봉암사의 유래는 최치원이 지은 지증대사 비문에 소상하게 실려 있고 그 비석은 1천 년이 지난 오늘날에도 거의 모든 글자를 다 읽어볼 수 있을 정도로 온전하게 남아 있는데, 서예가 여초 김응현 선생의 표현을 빌리면 "남한에 남아 있는 금석문 중에서 최고봉"이다. 이 비문의 맨 끝에는 "분황사 스님 혜강이 83세에 쓰고 새겼다(芬皇寺 釋慧江 書幷刻字 歲八十三)"고 했으니 글씨에 대하여 문외한인 사람이라도 그 노스님의 공력을 상상해보는 것만으로도 뭉클한 감동을 받게 된다. 비문의 정식 명칭은 '유당 신라국 고봉암사 교시 지증대사 적조지탑비명(有唐新羅國 故鳳巖寺敎諡智證大師寂照之塔碑銘)'이다.

최치원의 지증대사 비문으로 말할 것 같으면 성주사 낭혜화상비, 쌍계사 진감국사비, 경주 숭복사비 등과 함께 이른바 최치원의 사산비명(四山碑銘) 중 하나로서 특히 이 지증대사비에는 신라시대 선종이 유래하는 과정을 말하면서 지증대사의 위치를 가늠하고 있기 때문에, 하대신라의 선종을 연구하고 설명하는 논문에 이 글이 빠져 있다면 그 글은 보나마나 엉터리일 것이다. 이우성 선생의 「신라시대의 왕토(王土)사상과 공전(公田)」이라는 논문은 곧 이 지증대사 비문의 고찰이었으니 이 글의 역사적 가치는 알고도 남음이 있다.

그런 중에 나는 비록 번역본이 옆에 있어야 원문을 이해하는 턱없는 한문 실력이지만, 천하의 대문장가 최치원의 글맛이 이 비문보다 더 잘 나타난 것이 없다고 생각하고 있다. 글의 구성은 도도한 강물의 흐름처럼 막힘이 없고 이미지의 구사는 그 스케일이 클 뿐 아니라 비유와 비약이 능란하여 낭만적 과장을 엿보게도 하지만 그것이 감상에 근거한 것이 아니라 진중한 사물의 성찰과 세계에 대한 인식에 기초한 것인지라 그 흐름, 그 무게, 그 감성의 번뜩임이 나로 하여금 몇 번이고 무릎을 치게 하고, 잠시 넋 놓고 허공을 바라보며 음미하게 한다. 그래서 내 상상의 봉암사는 최치원의 문장력 때문에 더욱더 꿈속의 절집처럼 각인되었는지도 모른다.

지증대사비의 시대적 배경

최치원이 쓴 지증대사 적조탑비의 글머리는 우리나라에 불교가 전파되는 과정을 유장하게 풀어가는 것으로 서서히 시작한다. 그리고 이야기가 9세기에 들어서면 도의선사가 당나라에 유학하여 선종을 배워 전파하는 대목부터 목청이 높아진다. 도의의 설법을 경주의 귀족들이 마귀의 소리라고 비웃게 되자 그는 "동해의 동쪽을 버리고 북산의 북쪽"(설악산 진전사)에 은둔하였다며 이후 선종의 전파 과정을 설명하는데 그 내용은 바로 훗날 구산선문이라고 지목되는바, 남원 지리산의 홍척, 곡성 동리산 태안사의 혜철, 강릉 굴산사의 범일, 보령 성주사의 무염 등을 일일이 열거해간다.

그런데 구산선문의 개창조들은 거의 다 당나라에서 유학한 귀환승들이었다. 이 새롭고 진보적이고 혁명적이기까지 한 신사상을 배우고 익히는 데는 그 원산지인 당나라 유학이 필수적이었는지도 모른다. 마치 1950, 60년대의 인문·사회과학자로서 해외를 경험하지 않고 서구의 모더니즘을 받아들인다는 것은 왠지 지적 불안을 가져올 수도 있었던 형상 같은 것이다. 새로운 서구의 사조가 우리 현대사를 휩쓸고 가듯이 하대신라의 도당(渡唐) 유학 귀환승의 사상은 9세기 사회의 청신제 역할을 했던 모양이다. 그것을 최치원은 다음과 같이 묘사했다.

| **지증대사 적조탑비** | 최치원이 지은 글을 83세의 분황사 스님 혜강이 쓰고 새긴 것으로 남한에 있는 금석문 중 최고봉으로 손꼽힌다. 지금은 보호각 안에 갇혀 있다.

(이들 도당 귀환승은) 진리의 샘이 되어 저 넉넉한 덕은 중생에게 아버지가 되고, 높은 깨침은 임금의 스승 된 사람들이었으니 옛말에 이른 바 이름을 피해 달아나도 이름이 나를 따른 분들이었다. 그리하여 그 가르침은 중생 세계에 덮였고 자취는 승탑과 비석에 전해졌다.

이리하여 점점 "좋은 형제가 생기고 자손이 풍성하게 되어" 온 나라

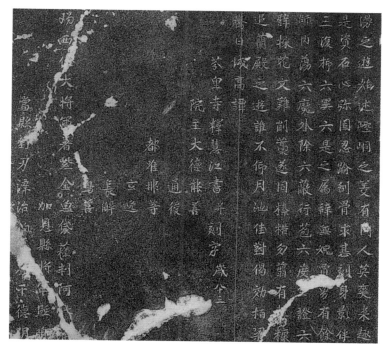

| **지증대사 적조탑 탁본(부분)** | 지증대사 비문은 최치원의 문장도 명문이지만 혜강스님이 쓰고 새겼는데 이때 나이 83세라고 적혀 있어 그 공력을 다시 한번 새기게 한다.

에서 이 신사상을 접할 수 있게 되었으니 이제는 굳이 당나라에 유학하지 않아도 당당한 선사가 배출될 수 있는 기틀이 생겼다는 것이다. 마치 1980년대 이후에는 지식인들이 굳이 외국 유학을 할 필요가 없다는 각성이 일어난 것과 같은 분위기의 성숙이다. 그것은 외래문화를 배척하는 것이 아니라 주체적으로 수용할 만한 문화능력이 배양되었음을 말해주는 문화적 성숙을 의미하는 것이다. 이를 최치원은 다음과 같은 비유로 설명하였다.

별도로 지게문을 나가지 않고 들창을 내다보지 않고도 대도(大道)를 보았으며, 산에 오르지 않고 바다에 들어가지 않고도 최상의 보배로움을 얻음이 있었으며, 저 언덕에 가지 않아도 이르렀고 이 나라를 엄하게 하지 않았어도 다스려졌으니 그 누구와도 비정하기 어려운 그분이 지증대사다.

이어 최치원은 지증의 법맥을 얘기하는데, 선종이 처음으로 신라에 소개된 것은 도의선사보다도 150년 전인 7세기 중엽으로 법랑(法郞)스님이 중국 선종의 제4대조인 도신(道信)에게 전수받았다. 그러나 당시로서는 크게 선풍을 일으킬 문화적 성숙이 없어서 지리산 단속사의 신행(神行)에서 준범, 혜은 스님으로 명맥만을 유지해오다가 드디어는 고손제자 되는 지증대사에 와서 큰 빛을 발하게 된 것이었다. 그래서 봉암사의 선풍(禪風)은 구산선문 중 해외파의 남종선이 아닌 국내파의 북종선 전통을 지닌 것이었다. 이게 어디 보통 중요한 일일까 보냐.

지증대사의 일대기

지증대사(824~882)의 이름은 도헌(道憲)이고 자는 지선(智詵)이며, 지증은 그가 세상을 떠나자 임금이 존경과 애도의 뜻으로 내린 시호다. 속성은 김씨로 경주 사람이었는데 키가 8척에 기골이 장대하고 말소리가 크고 맑아 "참으로 위엄 있으면서 사납지 않은 분"이었다고 한다.

최치원은 스님의 일대기를 쓰면서 그분의 일생에 있던 기이한 자취와 신비한 얘기는 이루 다 붓으로 기록할 수 없다며 여섯 가지 기이한 일과 여섯 가지 올바른 일(六異六是)로 추려서 적어나갔다. 나는 이것을 독자

| **지증대사 사리탑** | 비록 지붕돌 한쪽이 깨졌지만 장중한 형태와 섬세한 조각으로 9세기 석조 예술의 난숙성을 보여준다.

를 위하여 다시 일대기로 정리하여 엮어가고자 한다.

어머니가 잉태할 때 큰스님을 낳을 태몽이 있었는데 400일이 지나도 출산하지 못하더니 사월 초파일에 비로소 태어났다. 아기는 태어난 지 며칠이 지나도록 젖을 먹지 않고 목이 쉬도록 울기만 했는데, 어느 도인이 "어미가 매운 것과 비린 것을 먹지 말아야 한다"고 일러주어 탈 없이 기를 수 있었다.

9세 때 아버지를 여의고 중이 되겠다고 했으나 어머니가 어리다고 허락하지 않았다. 그러자 지증은 석가모니도 부모 말을 듣지 않고 성벽을 넘어갔다며 영주 부석사에 가서 중이 되었다. 그후 몇 년이 지났을 때 집 나간 아들을 그리워하다가 어머니가 큰 병을 얻게 되었다는 소식을 듣고는 집으로 돌아와 간병을 열심히 하니 어머니는 부처님께 내 병을 고쳐주면 아들을 당신께 보내겠다는 치유 서원을 내어 어미는 병이 낫고 자식은 다시 중이 됐다. 그 모든 설화가 지증이 예사로운 인물이 아님을 말해주는 것이었다.

17세(840)에 부석사 경의율사에게서 구족계를 받고 나중에는 혜은스님에게서 선종의 교리를 배우니 이는 법랑의 5대 제자 되는 셈이었다. 이후 운수행각으로 명성을 쌓아가는데 지증은 고행(苦行)을 몸으로 실천하여 비단옷과 솜옷을 입지 않고 가죽신을 신지 않으며, 노끈과 가는 실도 반드시 삼과 닥나무실을 사용했다고 한다. 남을 가르치기보다도 스스로 깨치기를 더 좋아하였으나 어느 날 산길에서 돌연히 나무꾼이 나타나 "먼저 깨친 사람이 나중 사람에게 배운 것을 나누어주는 데 인색해서는 안 된다"고 꾸지람하고 사라진 뒤부터 계람산 수석사(水石寺)에서 법회를 여니 찾아오는 대중이 갈대밭, 대밭처럼 빽빽하였다.

지증의 명성이 이처럼 높아지자 경문왕은 정중한 편지를 내어 서라벌 근처 아름다운 곳에 절집을 지어 모시고 싶다면서 "새가 자유로이 나무

| **지증대사 사리탑 기단부 공양상** | 깊게 새긴 돌을새김의 정교한 조각 솜씨는 가벼운 장식성이 아니라 치밀한 성실성을 느끼게 해준다.

를 고르듯 훌륭한 거동을 아끼지 말아주십시오"라며 간청하였다. 그러나 지증은 이 영광된 부름을 거부하면서 "진흙 속에 편히 있게 하여 나를 예쁜 강물에 들뜨게 하지 마십시오"라는 답을 보냈다. 이후 지증의 명성은 더욱 온 나라에 가득하게 되었다.

41세(864) 때는 과부가 된 단의장 옹주가 자신의 봉읍(邑司)에 있는 현계산(賢溪山) 안락사(安樂寺)에 주석을 부탁하자 이를 받아들이고, 44세(867) 때는 단월옹주가 농장과 노비 문서를 절을 위해 바치자 이를 받아들였으며 훗날 헌강왕은 이 재산 증여를 공식으로 인정하였다.

봉암사의 창건 과정

이처럼 덕망 높은 스님으로 세상의 존경을 한몸에 받고 있는 지증에게 하루는 문경에 사는 심충(沈忠)이라는 사람이 찾아와서 "제가 농사짓고 남은 땅이 희양산(曦陽山) 한복판 봉암용곡(鳳巖龍谷)에 있는데 주위 경관이 기이하여 사람의 눈을 끄니 선찰(禪刹)을 세우기 바랍니다"라고 하였다. 지증은 심충의 부탁이 하도 간곡하고 또 완강한지라 그를 따라 희양산으로 향했다.

희양산(해발 998미터)은 문경새재에서 속리산 쪽으로 흐르는 소백산맥의 줄기에 우뚝 솟은 기이하고 신령스러운 암봉이다. 오늘날에도 일 없인 발길이 닿지 않는 오지 중의 오지로 희양산 북쪽은 충북 괴산군 연풍면이 되고, 남쪽은 문경군 가은읍이 된다. 가은읍에서 봉암사 쪽으로 꺾어들어서면 제법 시원스러운 들판 저 멀리로 희양산 연봉이 신령스럽게 비친다. 북한산 백운대 인수봉과 진안 마이산을 합쳐놓은 것처럼 불쑥 솟은 봉우리가 기이하기 짝이 없다. 최치원의 표현으로는 "갑옷을 입은 무사가 말을 타고 앞으로 나오는 형상"이라고 했다.

지증이 나무꾼이 다니는 길을 따라 지팡이를 짚고 희양산 한복판 계곡으로 들어가 지세를 살피니 "산은 사방에 병풍처럼 둘러쳐져 있으니 마치 봉황의 날개가 구름을 치며 올라가는 듯하고, 계곡물은 백 겹으로 띠처럼 되었으니 용의 허리가 돌에 엎드려 있는 듯하였다." 이에 지증은 탄식하여 말하기를 "여기는 스님의 거처가 되지 않으면 도적의 소굴이 될 것이다"라고 했다.

이리하여 881년, 대사는 불사를 일으켜 봉암사를 건립하였다. 이때 지증은 법당 건물의 처마를 날카롭게 치켜올려 거친 지세를 누르고, 철불상 2구를 주조하여 봉안했다. 절이 완성되자 헌강왕은 관리를 내려보내 절의 강역을 구획하여 장승〔長栍〕을 표시케 하고 절 이름을 봉암사라고 지어 내렸다.

지증이 봉암사에서 포교를 시작하자 산(山)백성으로 도적떼〔野寇〕가

된 자들의 항거가 심했으나 수년 만에 감화시켰으니 이것은 마산(魔山)의 기세를 누른 지증의 공력 덕이라고 최치원은 말했다.

이것이 이것이니 그 나머지는……

지증이 다시 현계산 안락사로 돌아왔을 때 나라에서는 왕이 바뀌어 헌강왕이 등극하면서 "나쁜 풍속을 일소하고 진리로써 마른 땅이 적셔지기를 희망한다"며 지증대사에게 정중한 초대의 편지를 보냈다. 지증 대사는 처음엔 별로 응할 뜻이 없었으나 "좋은 인연은 온 세상이 같이 기뻐하고, 먼지구덩이는 온 나라가 같이 걱정해야 한다"는 구절에 감동되어 서라벌 월지궁(月池宮, 안압지)으로 향하여 산에서 내려오니 '거마(車馬)가 베 날듯이' 길에서 맞이했다. 대사가 궁궐에 도착했을 때 월지궁의 정경은 아주 평온하였다. 최치원의 표현을 빌리면,

때는 담쟁이덩굴에 바람이 불지 않고, 빈청(賓廳) 뜰에는 바야흐로 밤이 다가오는데, 때마침 달그림자(金波)가 연못 복판에 단정히 임하였다.

대사는 고개 숙여 조용히 이 정경을 바라보더니 왕에게 하는 말이 "이 것이 이것이니 그 나머지는 할 말이 없습니다"라고 했다. 즉 저 평온한 정경, 그런 마음, 그런 자세, 그런 세상살이면 된다는 뜻이었다. 임금은 염화시중의 미소 같은 이심전심으로 이 말을 알아듣고 크게 기뻐하며 마침내 스님께 절을 올리고 망언사(忘言師)로 삼았다.

얼핏 듣기에 정신 나간 사람들의 행실 같아 보인다. 큰스님이라고 모셨는데 고작 한다는 말이 "이것이 이것이니 그 나머지는 할 말이 없다"고 하고, 왕이란 자는 그걸 듣고 크게 기뻐했다고 하니 우리로서는 납득하

기 어려운 부분이 많다. 그러나 옛사람들은 우리 시대와는 달라서 이런 계시적 접촉 반응을 통해 열 권 책의 분량보다도 더 큰 마음의 양식을 찾았으니, 이를 함부로 비과학적이라고 가벼이 볼 일이 아닌 것이다. 망언사, 즉 '말하지 않는 선생님'으로 모셨다고 한 것은 아무 말씀을 하지 않으셔도 곁에 있는 것만으로도 든든한 가르침을 얻을 수 있는 선생님으로 모셨다는 뜻이 아닌가.

헌강왕은 계속 스님을 곁에 모시고 싶었으나 "토끼를 기다리는 사람에게는 나무줄기를 떠나게 하고, 물고기를 탐내는 사람에게는 그물 만드는 법을 배우게 하였으니" 스님은 이제 또 도를 닦기 위해 산으로 돌아가야 한다는 것이었다. 아쉬움을 금치 못한 헌강왕은 여러 신하에게 전송을 명하고 눈얼음이 길을 막으므로 병려나무로 만든 가마를 하사하였다.

그러나 스님은 평소 멀고 가까움, 험하고 평탄함을 가린 일 없고, 사람의 일을 말이나 소로써 그 노고를 대신한 일이 없었으니 그것을 타고 갈 리가 없었다. 스님은 심부름 온 신하에게 말하기를 "세속의 똑똑한 사람도 가마를 사용 않는 일이거늘 하물며 삭발한 스님으로서 타겠는가. 그러나 왕의 명령이 여기에 이르렀으니 빈 가마로 가다가 병자가 생기면 도와주는 도구로 삼자"고 했다.

그리하여 빈 가마를 앞세우고 가는데 얼마 가지 못하여 다른 사람 아닌 지증이 발병이 나서 지팡이를 짚고도 일어설 수 없게 되었다. 그리하여 지증은 할 수 없이 병자로서 그 가마를 타고 현계산 안락사로 되돌아올 수 있었다. 안락사로 돌아온 지증대사는 이듬해인 882년(헌강왕 8년) 12월 18일 드디어 세상을 떠나게 되었으니 세수 59세, 법랍 43년이었다.

별들은 하늘나라로 되돌아가고

이 고매한 스님 지증대사의 입적 모습은 어떤 것이었을까? 큰스님의 최후는 언제나 큰스님다웠다.

해인사 조실 자운스님은 열반에 드는 날 저녁에 4행시를 지었는데 맨 끝 구절은 "서쪽에서 해가 뜬다(西方日出)"였다. 서산대사는 운명 직전에 당신의 초상화를 가져와서는 "80년 전에는 네가 나이더니, 80년 후에는 내가 너로구나"라고 적고는 입적하셨다. 또 수덕사 만공스님은 저녁공양 후 거울을 보면서 "만공, 자네는 나와 함께 70여 년 동고동락했지. 그동안 수고했네"라고 말하고 떠났고, 인조 때 걸출한 스님 진묵대사는 제자들을 불러놓고 "얘들아, 내 곧 떠날 것이니 물을 것 있으면 빨리 다 물어나보아라" 하고는 한두 마디 대답하더니 앉은 채로 열반했다고 한다. 단재 신채호의 수필 중 비뚤어진 험악한 세상에서는 차라리 이단을 택하리라는 내용의 글이 있는데, 청주의 어느 스님이 제자들을 보고 "얘들아, 앉아서 죽었다는 사람 보았느냐?"고 물으니 "예, 있습니다"고 답하자 "그러면 서서 죽은 사람도 있느냐?"고 묻고 "들어보진 못했으나 있을 법은 합니다"고 대답했다고 한다. 그러자 스님은 "거꾸로 서서 죽을 수도 있겠구나?" 하였더니 제자들은 "그건 불가능할 것입니다"라고 답하자 그 스님은 그 자리에서 물구나무서기를 하고는 돌아가셨다고 한다. 모두가 죽음을 알아차린 분들의 이야기들이다.

세속에도 그런 분들이 적지 않다. 나의 학부 때 은사 학보(學步) 김정록(金正祿) 선생은 당신 운명 일주일 전에 파주 광탄에 가서 묏자리를 준비해놓고, 운명 이틀 전에는 생전의 강의록을 모두 불태우면서 "내 연구를 후세에 남기기 부끄럽다"고 했다고 한다.

그러나 지증대사의 죽음은 이런 예감도 기발함도 아니다. 평온과 안락 그 자체였다. 세속에서 편안한 죽음은 고통 없이 잠자다 떠나는 것이라고 한다. 내 친구 어머니는 노인학교에 가서 재미있게 강의 듣다가 눈을 감았으니 주위에서 모두 복 받은 운명이라고 했는데, 내 친구 아버지는 친구들을 불러 고스톱 치다가 광 팔아 선불 받고 잠시 쉬는 사이에 운명했으니 세상엔 함부로 최고라는 말을 쓸 게 못 된다.

지증대사는 저녁공양을 마치고 제자들과 앉아서 도란도란 얘기하던 중 가부좌를 튼 채로 돌아가셨다. 그런 분이 바로 지증이었다. 최치원은 지증대사 적조비를 쓰면서 이 대목에 이르러 마땅히 감탄사를 붙이는 탄식의 애가를 불렀다. 무어라고 했을까? 인도의 네루가 죽었을 때 사람들은 "아시아의 큰 별이 떨어졌다"는 표현을 명언이라고들 했는데 천하의 대문장가 최치원은 그 정도로 만족하지 못했다.

오호라!
별들은 하늘나라로 되돌아가고 달은 큰 바다로 빠졌다.
嗚呼 星廻上天 月落大海

그 높은 덕으로 온 세상을 밝게 비춰주던 스님이 세상을 떠나니 하늘에는 아무것도 보이지 않는 캄캄한 암흑 같았다는 뜻이리라. 이런 장대한 이미지 구사가 나올 때 최치원의 글은 제격이다.

스님이 돌아가신 이틀 후 현계산에 임시 빈소를 차리고, 1주년이 되었을 때 드디어 희양산 봉암사로 모시어 장사 지냈다. 헌강왕은 사람과 제물을 보내 스님의 입적을 애도하였고, 시호를 지증, 사리탑 이름을 적조(寂照)라 내렸다.

옛 비문 형식에는 명(銘)이란 것이 있다. 비문 끝에 부기하여 그분의 삶을 기리는 시구로 쓰이는 것이다. 글쓴이가 명을 썼으면 존경의 뜻이

있는 것이고 없으면 그저 부탁에 응한 것이었다. 그러니 최치원이 지증
대사에게 바치는 명문이 없을 수 없는데 그 또한 장문인지라 나는 그중
지증대사가 해외 유학파가 아니고 국내파라는 부분을 강조한 뜻깊은 구
절만을 인용하면서 지증대사 일대기를 여기서 마무리하고자 한다.

다북쑥은 삼대에 의지하매
능히 스스로 곧았으며
구슬을 옷 안에서 찾았으니
옆으로 구함이 없었다.

불타는 봉암사

지증대사가 세상을 떠난 것은 882년, 헌강왕 8년 12월이었고, 이듬해
봉암사에서 다비하여 사리탑을 세웠다. 지증의 법통은 제자인 양부(楊
孚, ?~917)에게 전해졌다. 그리고 3년 뒤 헌강왕은 최치원에게 대사의 비
문을 지으라고 명하였는데, 원고 청탁을 받은 최치원은 그 자료를 찾는
어려움과 방대한 자료를 소화하기 힘든 '무능과 게으름'으로 무려 8년이
지나서 탈고했는데, 그때는 헌강왕은 이미 죽고 진성여왕 6년인 892년
이었다. 그리고 이 비가 세워진 것은 다시 33년이 지난 924년이었다.

무엇 때문에 이렇게 늦어졌을까. 이 비석의 돌이 저 멀리 남해바다에
서 캐온 대리석이었다고 하니 요즘처럼 일 떨어진다고 후딱 해치우는
것이 아니었다고 해도 너무 긴 세월이었다. 그것은, 지증대사 임종 후 신
라 사회가 이내 후삼국시대라는 일대 혼란기로 들어갔기 때문이었다.
견훤이 전라도 광주에서 반기를 든 것은 바로 최치원이 비문을 완성한
892년이었던 것이다. 그러니 비문이 늦게 세워진 것보다도 그런 시국의

혼란 속에서도 이런 대역사(大役事)가 이루어졌다는 사실에서 당시 봉암사의 위세를 엿볼 수도 있다.

그러나 지증대사의 비가 세워진 지 5년도 못 되어 봉암사는 불바다가 되고 일찍이 지증대사가 절이 아니면 도적의 소굴이 될 거라 한 예언대로 도적의 소굴이 되고 만다.

세상의 질서가 무너져 나라에 싸움판이 벌어질 때면 문경새재는 언제나 전략의 요충지였고 치열한 전장이 되었으니 새재의 우익에 위치하여 병사의 주둔지, 군량미의 비축장으로 안성맞춤인 봉암사가 몸 성할 리 없었던 것이다. 임진왜란 때도 그랬고 한국전쟁 때도 그랬듯이 후삼국시대에도 마찬가지였던 것이다.

『삼국사기』에 견훤이 가은 땅을 공격했다가 실패하고 돌아간 것은 929년 10월이라고 기록되어 있다. 그러나 이때 전투 상황이 어떠했는지에 대하여 더 이상의 기록은 없다. 다만 문경 가은 땅의 전설에 의하면 그때 경순왕이 봉암사로 피란왔었다는 것이다. 희양산 중턱의 성골(城谷)이라는 성터가 바로 경순왕의 피란처로 지금도 그 성터에는 수백 명이 들어가는 굴이 있다고 한다. 또 봉암사 원북마을의 동네 이름에는 경순왕이 견훤의 난을 피해 왔을 때 아침을 먹은 곳을 아침배미(朝夜味), 저녁을 먹은 곳을 한배미(一夜味)라고 하며, 난을 피하여 돌아갈 때 백성과 원님이 환송하던 곳을 배행정(拜行亭)이라고 하는데 여기는 바로 봉암사 초입이다.

이 와중에서 언제 봉암사가 누구의 손에 의해 불타게 됐는지는 확실치 않다. 다만 그로부터 6년 뒤인 935년, 봉암사를 다시 크게 일으키는 정진(靜眞)대사 긍양(兢讓, 878~956)이 봉암사에 당도했을 때 모습이 그의 비석인 '정진대사 원오(圓悟)탑비'에 이렇게 쓰여 있다.

대사가 봉암사에 이르러 희양산 산세를 둘러보니 천충만첩의 깎아지른 벼랑들이 보였다. 때는 도적들이 불 지르며 다니던 시절인지라 계곡의 모습은 의구해도 절집의 틀과 스님의 거처는 태반이 무너져내리고 가시덤불 쑥대만 무성하였다. 오로지 우뚝 솟아 보이는 것은 비석을 지고 있는 돌거북이와 그 비석에 새겨져 있는 지증대사의 덕이며, 도금한 불상이 신령스러운 빛을 비추고 있는 것이었다.

봉암사의 흥망성쇠와 승탑들

935년, 폐허가 된 봉암사를 다시 일으켜 세운 정진대사 긍양은 정치적 수완이 대단한 스님이었다. 고려 초의 문장가였던 이몽유(李夢遊)가 찬한 그의 비문에는 대사의 행장이 아주 상세하다.

충청도 공주에서 태어나 처음에는 유학(儒學)을 공부하다가 한계를 느껴 20세에는 계룡산 보원정사에서 중이 되고, 이듬해에는 서혈원(西穴院) 양부선사의 제자가 되니, 양부는 지증대사의 제자였으므로 훗날 그가 봉암사로 오게 되는 계기를 여기서 맺었던 것이다.

23세 되는 900년 중국에 유학하여 24년 후인 924년에 귀국하여 스승 양부선사가 주석하던 강주(康州, 오늘날 진주晉州) 백엄사(伯嚴寺)에 있다가 935년 봉암사로 오게 되었다.

그의 명성이 어떻게 퍼지게 되었는지는 자세히 알 수 없으나 경애왕은 그에게 봉종(奉宗)대사라는 별호를 올리며 초빙하였다. 왕건이 후삼국을 통일하자 부르지 않았는데도 스스로 찾아가 불교 정책을 자문하고(936), 혜종이 즉위하자 경하의 편지를 보내고(943), 정종이 즉위하자 초대를 받으며(945), 광종이 즉위하자 왕사(王師)가 되어 사나선원(舍那禪院)에 머물게 되었으며, 956년 79세의 천수를 다하고 세상을 떠나니 그

| 정진대사 원오탑 | 지증대사 적조탑을 흉내 낸 것이어서 매너리즘에 빠져 장중함은 없지만 언덕 위 전망 좋은 곳에 자리잡고 있어서 답사객에게 시원한 눈맛을 제공한다.

는 후삼국 혼란기에 다섯 임금의 귀의를 받은 영광의 스님이었다.

스님의 죽음에 광종은 시호를 정진, 사리탑 이름을 원오라 내리면서 그 비문은 이몽유가 짓고 글씨는 한림원박사를 지낸 당대의 명필 장단열(張端說)이 쓰게 했다. 그 정진대사 원오탑과 탑비는 지금도 봉암사 동쪽 언덕 비선골에 남아 있다.

이런 능력 있는 정진대사였기에 봉암사의 중창은 거대한 것이어서 「봉암사지」에 의하면 법당이 10채, 승당이 16채, 행랑·누각이 14채, 부속 건물이 10여 채, 산내 암자가 9채였다고 한다. 이때가 사실상 봉암사의 전성기였던 것이다. 그뿐만 아니라 봉암사는 여주 고달원, 양주 도봉원과 함께 광종의 직지(直指)를 받은 고려 삼원(三院)의 하나가 되었던 것이다.

그러나 봉암사의 영광은 거기에서 끝나고 만다. 「봉암사지」에는 보조국사 지눌이 여기에서 도를 닦았다고 하지만 확인되는 것은 아니며, 확실한 것은 함허(涵虛, 1376~1433)선사가 조선왕조 세종 13년(1431)에 중수하였다는 것이니 이 말을 역으로 해석하면 벌써 전, 어쩌면 몽골란 때 황폐해졌는지도 모른다. 봉암사 동쪽 기슭에는 '함허당 득통지탑(得通之塔)'이라는 탑명이 쓰여 있는 아담한 팔각당 사리탑이 남아 있다. 득통은 그의 아호였다.

조선시대에 들어와 세상의 주도적 이데올로기가 성리학으로 대체되니 심심산골에 있는 구산선문 사찰들은 거의 폐사가 되기에 이르지만 봉암사는 지세의 힘이 있었는지 그 명맥만은 유지된다. 그러나 임진왜란 때 봉암사는 다시 전소되고 문경 지방에서 일어난 의병들의 거처가 되었다고 한다.

임란 이후 조선 불교가 새로운 중흥기를 맞게 되자 봉암사에는 다시 환적(幻寂, 1603~90)선사 같은 큰스님이 주석하게 된다. 함허당 득통지탑 곁에는 그와 비슷한 형식으로 환적당 지경지탑(智鏡之塔)이 남아 있다. 지경은 스님의 어릴 때 이름이었다.

이후 봉암사는 현종 15년(1674), 이른바 갑인년 화재로 거의 다 소실된 것을 신화(信和, 1665~1737)화상이 중건하였고, 상봉(霜峰, 1621~1707)선사가 이곳에 주석하여 경전에 주석을 달고 목판본을 찍어내기도 하였는데 계미년(1703) 화재로 모두 타버리고 만다. 봉암사 일주문 옆 계곡 위쪽에는 당대의 명필인 백하(白下) 윤순(尹淳)이 쓴 상봉스님의 비석이 절반으로 동강 난 채 남아 있어 환적당 사리탑 곁에 있는 석종형(石鐘形) 승탑이 아마도 이분의 사리탑일 것이라고 생각되는데, 그 모습이 너무 초라하여 당시 봉암사의 어쩔 수 없었던 사세를 말해준다.

이후 봉암사의 내력은 알 길이 없다. 다만 구한말에 다시 의병의 본거지가 되어 전투 속에 일주문과 극락전만 남고 모두 불타버렸다고 한다. 일제시대를 지나 봉암사가 다시 한국불교사에 부상하게 되는 것은 8·15해방 직후 만신창이가 된 한국 불교의 자체 정화를 위하여 뜻있는 중견 스님들이 일종의 참선 결사를 단행하면서였다. 그때는 스님들이 참선으로 스스로의 마음을 닦는 일을 게을리하던 시절이었기에 이에 대한 자정운동을 벌였던 것이다. 그때의 스님이 봉암사 조실 서암(西庵), 불국사 조실 월산(月山), 해인사 조실 자운(慈雲), 조계종 종정 성철(性徹), 그리고 연장자로서 청담(靑潭) 등이었으니 이 참선 결사가 현대불교사에 끼친 영향은 지대한 것이었다.

1955년 봉암사 대웅전이 다시 중건되고, 1982년부터는 서암스님의 주도 아래 옛 구산선문의 참선도량으로서 전통을 부활하여 일반인 출입을 통제하기에 이른 것이다.

봉암사의 국보와 보물

폐허와 중창을 이렇게 반복한 봉암사이기에 지금 남아 있는 유적이란 모두 석조물일 뿐이며, 목조건축은 18세기에 지은 극락전 한 채뿐이다. 지증대사가 창건 당시 주조했다는 철불 2구, 그것은 정진대사도 보았다

| **봉암사 삼층석탑** | 지증대사가 봉암사를 창건할 때 세운 것으로 전형적인 9세기 삼층석탑이다. 아담한 형태미와 날렵한 상륜부가 돋보인다.

는 것인데, 『봉암사 안내기』끝에는 이렇게 적혀 있다.

　1구는 땅속에 묻혀 있다는 전설이 전해져오고 있다. 근간에는 금색
전에 있던 반파된 불상을 생각이 부족한 스님들에 의해 고물로 처리
한 애석한 일이 있었다.

　봉암사 석조 유물 중 나라에서 지정한 국보 한 개와 보물 다섯 개가 있
는데 그것은 삼층석탑(보물 제169호), 지증대사 적조탑과 비(보물 제137호, 국
보 제315호), 정진대사 원오탑과 비(보물 제171호, 제172호), 목조아미타여래
좌상 및 복장유물(보물 제1748호)이다.

　삼층석탑은 지증대사의 봉암사 창건 당시 유물로 추정되는데, 전체
높이 6.3미터의 아담한 명작이다. 9세기 지방 사찰의 대부분의 경우와
마찬가지로 불국사 석가탑을 모본으로 하여 그것을 경쾌한 모습으로 다
듬으면서 지붕돌의 곡선미를 살려낸 것이다. 특히 이 삼층석탑은 기단부
가 훤칠하게 커서 늘씬한 미인을 연상케 하는데 그 난리통에도 상륜부
가 온전하게 남아 있어서 유물로서 큰 가치를 지니고 있다.

　지증대사 적조탑은 하대신라의 대표적인 승탑들과 마찬가지로 규모
가 장중하고 돋을새김의 조각이 힘차고 아름답다. 특히 기단부의 공양상
과 비파연주상은 그것 자체가 완숙한 평면 회화미를 보여주며, 팔각당의
자물쇠 새김은 단순하면서도 기품과 힘이 넘쳐흐른다. 그러나 지붕돌 반
쪽이 파손되어 그 원형을 잃어버렸고 지금은 어두운 보호각 속에 갇혀
있어서 보는 이로 하여금 안타깝고 답답하게 한다.

　이에 비하여 정진대사 원오탑은 절 바깥 언덕배기에 있고 상태도 온
전하여 그 주변 경관과 함께 시원스러운 유물과의 만남이 보장되어 있
다. 승탑의 형태도 지증대사의 그것을 그대로 본받았으니 그 안정감과

기품은 나라의 보물에 값할 만한 것이다. 그래서 내가 답사를 인술할 때면 여기에 많은 시간을 할애하곤 한다. 그러나 조형미를 따질 때 이것은 지증대사의 그것에 감히 견줄 상대가 못 된다. 느낌을 근수로 잴 수 있다면 아마도 반도 안 될 것이다. 만고불변의 진리인바, 창조적인 것과 모방한 것과는 그런 차이가 있는 것이다.

오세창의 『근역서화징』을 보면, 글씨에 관해서 "서청(書鯖)"과 "동국금석평(東國金石評)"이라는 인용문이 계속 나오는데, 이 두 글은 누가 쓴 것이며 원문이 어떻게 되어 있는지 아직껏 알 수 없지만 그 정곡을 찌르는 단 한마디씩의 평이 서예사 내지 서예비평의 귀감이 될 만한 것이다.

지증대사비의 혜강 글씨는 『서청』에서 "글자와 획이 단정하면서 굳세다(端健)"라고 하였고, 정진대사비의 장단열 글씨는 『동국금석평』에 "안진경체로 쓰였는데 고졸하다"라고 하였다. 이런 식의 비평은 간단한 것이 아니라 차라리 고차원의 논평이다. 본래 최고의 평이란 쉽고, 짧고, 간단하게 정곡을 찌르는 것이다.

지증대사의 건축적 안목과 고뇌

사람들은 국보나 보물이라는 명칭 때문에 문화유산의 가치와 멋을 그런 데에서만 찾는 경향이 있다. 그러나 봉암사에서 진실로 우리에게 감동을 주는 것은 절집의 자리앉음새이다. 경내 어디에서 보아도 우뚝 솟은 희양산 준봉들이 봉암사를 호위하듯 감싸고 있다. 깊은 산속에 이처럼 넓은 분지가 있다는 것이 차라리 이상할 정도이다.

봉암사에 처음 당도하여 넋을 잃고 먼 데 산봉우리를 보고 또 보고 있자니 낙성식에 온 한 '아지매 보살'이 넋 빠진 나를 넋을 잃고 보다가 "좋제예, 우리 할배가 카던데예, 봉암사는 열두 판 연꽃봉오리에 뻥하니 될

러 있다 캅디더. 그라고 절집은 꽃봉오리 화심이라 카던데예. 좋제예"라고 말하고는 잠시 아는 척한 것이 좀 쑥스럽게 생각됐던지 얼른 등을 돌리고는 종종걸음으로 돌계단을 내려갔다.

나는 속으로 그 집 할배 문잣속이 최치원과는 다른 면이 있다고 생각했다. 사실 최치원 글에는 저처럼 사랑스럽게 안기는 맛이 없다. 그의 웅혼한 이미지 구사는 때로는 너무 현란하여 허공에 떠돌고 읽는 이의 가슴속으로 파드는 감정이입이 이루어지지 않을 때가 많다.

나는 이 아름다운 자리를 택하여 절집을 앉힌 지증대사의 안목에 깊은 경의를 표한다. 사실 건축에서 가장 중요한 것은 위치 설정, 이른바 로케이션이다. 부석사 무량수전과 병산서원 만대루가 건축적 아름다움으로 칭송받고 있는 이유의 반은 자리앉음새에 있다. 우리나라 산사들이 그 산에서 가장 좋은 자리에 위치하고 있음은 개창조들의 땅을 보는 건축적 안목이 얼마나 높았던가를 실물로 말해주는 것이다.

그러나 좋은 자리를 잡았다고 해서 그것이 건축적으로 성공한다는 보장은 없다. 여기에서 건축적으로 더욱 중요한 것은 자연과 인공의 행복한 조화이다. 조용한 산세에는 소박하게, 화려한 산세에는 다채롭게, 호방한 산세에는 기세 좋게 건물을 세운 것이 우리 산사 건축의 미학이다. 전국 각 산사의 건축이 비슷한 것 같지만 자연과의 어울림은 모두가 저마다의 여건에 따라 이런 원칙을 지키고 있다.

봉암사를 창건한 지증대사도 이 점에 대한 심각한 건축적 고민이 있었다. 최치원이 지증대사비에서 증언한 바에 의하면 대사가 봉암사를 짓고 보니 산세에 눌려 사찰의 위용이 보이지 않는 것이 고민이었다고 한다. 그리하여 대사께서는 다음과 같은 건축적 조치를 내렸으니 이는 지증대사가 생전에 행한 여섯 가지 옳은 일 중 네번째 사항이라고 했다.

| 봉암사 대웅전 앞마당의 노주석 | 앞마당 양쪽에 있는 돌받침은 한밤중 행사 때 관솔불을 피워 올려놓던 곳이다. 우리말로는 불우리라고 한다.

　　기와추녀를 사각추 모양으로 치켜올려 그 지세를 누르고, 철불 2구를 주조하여 이를 호위케 하였다.

　　다시 말해서 날카롭고 공격적인 네모뿔〔四注〕 형식의 기와처마로 지세를 눌렀고 불상도 석불이나 목불이 아니라 철불로 주조하여 절집의 권위를 다졌다는 것이다. 우리나라 전통 건축이 자연과의 적합성에서 이처럼 적극적이었다는 사실을 지증대사의 봉암사는 웅변해준다.

　　지증대사 당시의 절집 모습을 우리는 알 수 없지만 다른 절집에서는 볼 수 없는 두 개의 석조물이 이 절의 디테일이 얼마나 뛰어났던가를 증언해주고 있다. 하나는 대웅전 앞마당에 있는 한 쌍의 노주석(爐柱石)이다. 정료석(庭燎石) 또는 순한글로 '불우리'라고 하는 이 돌받침은 야간

| 대웅전 기단석의 **낙숫물받이** | 추녀의 물에 땅이 패는 것을 방지하기 위해 별도로 설치한 고급스러운 장치이다.

에 행사가 있을 때 관솔불을 피워 그 위에 얹어 마당을 밝히던 곳이다. 이런 불우리를 봉암사처럼 옛 모습 그대로 지니고 있는 곳은 흔치 않다. 평범한 구성으로 그 형태도 단순하지만 둥근 받침돌이 위로 오므라드는 긴장된 맛과 그 위에 얹힌 판석의 듬직스러움이 한 시대의 멋스러움을 유감없이 보여준다.

그리고 법당의 돌축대 아래에 있는 긴 석조 물받이통이다. 지붕의 낙숫물이 마당을 파지 않도록 이처럼 아름답고 기능적인 물받침 홈통을 설치했으니 그 건물은 또 얼마나 멋스러운 것이겠는가.

생각하면 할수록 지증대사의 안목에 감탄하게 되고, 겉으로는 드러나지 않으나 실제로는 자연과 인공의 조화를 위한 깊은 성찰과 고뇌가 담긴 우리 전통 건축의 미학에 높은 자부심을 갖게 된다.

청아한 새벽 예불이 은은히 울려 퍼질 때

소설가 이문구의 평생 소원

나는 개인적으로는 소설가 이문구 선생을 잘 모른다. 그러나 그분의 『관촌수필』에 보이는 질박한 뚝심은 늘 선망의 대상이었다. 30년 가까이 되는 어느 하루는 민예총에서 신경림 선생을 만나 바둑을 세 판 두고 나서 내가 진 댓가로 술 한잔을 대접해올리며 이런저런 얘기를 하던 중 화제가 이문구 선생으로 돌았다.

"자네는 이문구 잘 모르지?"
"인사만 드린 적 있죠. 겉도 속도 황소 같은 분이더군요."
"황소 같구말구. 그래두 문구는 허허로운 데가 있어요. 자네 그 사람 평생 소원이 뭔지 아나? 못 들어봤어? 그 사람 고향이 충남 대천이잖

아. 대천에 가서 농사일이나 하면서 사는 거래."

"그게 뭐가 허허로워요."

"그다음이 중요하지. 여름에 농사짓다가 대청에 드러누워 늘어지게 낮잠 자는데 황석영이나 송기원이 같은 문단 후배들이 찾아오면 반갑게 맞이해서 참외 하나씩 깎아주면서 '그래, 너희들 어떻게 지내니? 석영아 너 아직도 소설이라는 거 쓰냐? 기원아 너 아직도 문학이라는 거 하냐?' 이 소리 한번 해보는 게 평생 소원이래, 어때?"

나는 그때 그렇게 멋있는 평생 소원을 갖고 산다는 사실 자체가 부러웠다. 그래서 나도 그런 소원을 하나 갖고 싶었다. 이루어지든 않든 내가 그렇게 마음먹고 그런 삶에 마음 한쪽을 두고 산다는 것은 좋은 일이라고 생각했다. 그리하여 한동안 나도 소원을 하나 품은 적이 있었다. 늙어서 정년퇴직하고 나면 청도 운문사 앞 감나뭇집을 사서 여관이나 하면서 사는 것이다. 그리하여 답사객이 찾아오면 얘기나 해주고, 남들이 "요새 그 사람 뭐 해?"라면 그 누가 있어 "어디 절집 아래서 여관 한다지"라고 대답해준다면, 그런 말년을 갖는다면 괜찮겠다 싶었다.

운문사의 아름다움 다섯

그것이 벌써 30년 다 돼가는 얘기가 됐다. 내가 그때 왜 운문사 근처를 생각하게 되었는지를 곰곰이 따져보니 금방 다섯 가지가 꼽힌다.

첫째는 거기에 비구니 승가대학이 있어서 사미니계를 받은 250여 명의 비구니 학인 스님이 항시 있다는 사실이다. 운문사 승가대학 비구니 학인 스님들은 사미니계를 받고 2년 남짓 되어 입학하였으니 스님으로 살아가는 일생에서 1학년 2학기에 해당되는바 나는 그들을 마주하고,

| **운문사 전경** | 열두 판 연꽃 속의 화심에 자리잡은 운문사는 주위의 높은 봉우리들이 감싸안은 아늑함으로 더없는 평온감을 느끼게 한다.

멀리서 바라보는 것만으로도 마음의 눈을 닦는다.

둘째는 장엄한 새벽 예불이 있기 때문이다. 어느 절인들 새벽 예불이 없겠는가마는 250여 명의 낭랑한 목소리가 무반주 여성합창으로 금당 안에 가득할 때 우리는 장엄하고 숭고한 음악이 무엇인가를 실수 없이 배울 수 있다. 그것을 아침저녁으로 그것도 생음악으로 들을 수 있다는 것은 여간 큰 기쁨이 아닐 수 없다.

셋째는 운문사 입구의 솔밭이다. 운문사로 들어가는 진입로 1킬로미터 남짓한 길 양옆의 늠름하면서도 아리따운 조선소나무의 자태는 그것을 보며 걷고 있다는 것만으로도 행복을 느끼게 해준다. 운문사 소나무는 연륜도 높고 줄기가 시원스럽게 뻗어올라갔을 뿐만 아니라 냇가의 습기를 머금은 때문인지 항시 붉은빛을 발하고 있다.

넷째는 운문사의 평온한 자리매김이다. 운문산, 가지산 연맥으로 이어진 태백산맥의 끝자락, 이곳 사람들이 영남 알프스라고 부르는 높고 깊은 산속에 자리잡았음에도 운문사는 넓은 평지 사찰이니 그 안온한 분위기는 다른 예를 찾아볼 수 없다. 문경 봉암사가 열두 판 화판으로 둘러쳐 있다고 하나 그것은 꽃이 다 피어 늘어질 때의 모습이고, 운문사는 연꽃이 소담하게 피어오르면서 꽃봉오리 화판이 아직 안으로 감싸인 자태이며 바로 그 화심에 해당하는 자리에 절집이 있는 것이다. 그래서 비구보다 비구니 사찰이 적격인지도 모른다. 한겨울 눈이 쌓였을 때 저 위쪽 암자, 사리암이나 내원암에서 내려다보면 운문사가 가장 운문사답게 보인다.

다섯째는 내 존경에 존경을 더해 마지않는 일연스님, '답사기'를 쓸 때면 가장 먼저 찾아보는 그분의 『삼국유사』가 여기서 쓰였다는 사실이다. 『삼국유사』가 발간된 곳은 인각사(麟角寺)였지만 그분이 집필한 것은 이곳 운문사 주지 시절이었다고 생각되니 내가 죽기 전에 꼭 증언하고 싶은 『20세기 한국유사』의 집필 의지를 다지는 신표로 나는 운문사를 생각했던 것이다. 그 점에서 나의 소원은 허허로운 경지가 아니었다.

양노의 자운영 강의

청도 운문사는 겨울이 가장 아름답다. 그러나 운문사로 가는 길은 여름날이 더욱 아름답다. 어디에서 들어오든 길가 여름꽃들이 마치도 환영객들이 도열하여 축하의 손짓을 보내는 듯한 축복의 여정이 되기 때문이다. 나는 이 꽃들의 환영을 받으면서 시골길을 달릴 때가 가장 행복한 여로라고 생각하고 있다.

답사를 가든, 수학여행을 가든 우리의 마음과 눈을 가장 즐겁게 해주

| **정산 구층석탑 입구 자운영** | 청양군 정산면소재지 논두렁에 외로이 서 있는 구층석탑 주변엔 자운영꽃이 떼판으로 피어난다.

는 것은 자연 그 자체다. 장엄한 산, 시원한 바다, 유장한 강줄기, 그 사이를 비집고 뻗은 길…… 그것이 국보급 문화재를 보는 것보다 더욱 감동을 준다. 그중에서도 철 따라 바뀌는 꽃과 나무는 우리의 정서를 더없이 맑게 표백시켜준다. 그 꽃을 보고도 아름다움을 감지하지 못하는 서정의 여백이 없다면 국보도 보물도 그저 돌덩이, 나뭇조각으로만 보일 것이다.

어느 해 답사가 충청도 청양으로 잡혔을 때 내 친구 안양노가 자기 고향으로 간다고 두 아들을 데리고 따라왔다. 양노는 전공이 정치학인지라 문화재와는 거리가 먼 친구였는데, 1박 2일 답사 중 회원들이 병아리처럼 안양노 뒤만 따라다니는 괴이한 일이 벌어졌다. 그는 뛰어난 들꽃 선생이었던 것이다. 버스에서 내려 길을 걸으면서 길가의 풀과 나무 이름을 알려달라는 회원들의 주문이 쇄도하는 바람에 나중에 그는 아예 미리부터 요건 박달나무, 요건 갯버들, 요건 모르겠고, 요건 은사시나무…… 하면서 그 나무의 생리까지 설명하면서 다녔다.

그러다 정산삼거리 한쪽 논 가운데 있는 보물 제18호 구층석탑을 보러 가는데 보랏빛 작은 꽃이 줄지어 있는 아리따운 정경이 나타났다. 여지없이 한 열성 회원이 양노에게 달려와 이게 뭐냐고 묻는다. 그러자 양노는 꽃 앞에 주저앉아 꽃송이를 매만지면서 느려터지게 설명한다.

"이게 자운영이여. 이쁘지이. 근데 이게 그냥 자라난 들풀이 아니여. 역부러 씨를 뿌려 이렇게 심어놓은 것이지이. 초가을에 논에다 자운영 씨를 줄줄 뿌리면 초여름에 이렇게 꽃이 피거든. 그때는 한창 모내기할 때가 된단 말이여. 그 무렵에 이걸 뒤집어버리는 것이여. 풀이니까 잠깐이면 썩거든. 농부들은 이렇게 해서 땅을 기름지게 하는 것이여. 이런 건 시굴서 자란 애들은 다 아는 것이여."

그러나 서울 애들이 그걸 어떻게 알 것인가. 옛날에는 낫 놓고 기역 자도 모른다고 했지만 지금은 기역 자 쓰면서 낫을 모르는 세상이 되었는 걸. 양노의 자운영 강의 때문에 보물 제18호 답사는 차질이 생기고 말았지만 탑이야 책을 찾아보면 나오지만 자운영 얘기를 어디 가서 들어볼 것이겠는가. 이후 답사객 중에는 김태정의 『우리꽃 백가지』 같은 책을 필수로 들고 다니는 회원도 생겼다. 이 얼마나 아름다운 정경이고 또 안타까운 현실인가.

| **선암서원** | 선암서원 한쪽 켠으로는 보리밭, 호박밭, 콩밭 등이 맞닿아 있어 옛 서원의 풍취가 은은히 살아난다.

동곡의 선암서원

운문사로 들어가는 길은 여러 갈래다. 태백산맥의 끝자락이 마지막으로 요동을 치면서 이룬 영남 알프스의 저 육중한 산덩이가 운문산 북쪽 기슭에 자리잡고 있으니 운문사 너머 남쪽은 밀양이고, 동쪽은 울산 석남사, 서쪽은 청도 읍내, 북쪽은 경산시 압량벌로 연결된다.

고속도로가 생기기 전에는 청도에서 곰티재를 넘어 동곡(東谷)에서 꺾어들어오는 것이 정코스라고 하겠지만, 지금은 경부고속도로 경산인터체인지에서 자인을 거쳐 동곡으로 들어오는 길이 제일 빠르다.

어느 길을 택하든 동곡은 운문사 초입이 된다. 동곡은 청도군 금천(錦川)면의 다운타운으로 운문산에서 흘러내린 운문천과 단석산에서 발원한 동곡천이 합류하여 동창천(東倉川)을 이루며 제법 큰 내가 되어 들판을 휘감고 돌아가면서 만든 강마을이다. 그래서 비단 같은 냇물이라는 마을 이름을 얻었다.

금천면 동곡의 동창천가에는 아름다운 경관을 갖춘 선암서원(仙巖書院)이 옛 모습 그대로 남아 있다. 선암서원은 삼족당(三足堂) 김대유(金大有)와 소요당(逍遙堂) 박하담(朴河淡)을 모신 서원으로 선조 원년(1568)에 매전면 동산동 운수정(雲樹亭)에 세운 것을 선조 10년(1577)에 이곳으로 옮겼다고 한다.

임진왜란 때는 이곳 동곡에서 의병이 크게 일어나 천성만호(天城萬戶) 박경선(朴慶宣)이 선암서원 맞은편에 있는 어성산(御城山)전투에서 봉황애 절벽으로 왜장을 안고 떨어져 순국한 추모비가 서 있다. 게다가 정조 때 서학(西學)으로 이름 높은 이가환(李家煥)이 찬한 "임란 창의 청도 14의사 합전(壬亂倡義淸道十四義士合傳)"이 비석으로 세워져 있어 이 예사롭지 않은 구국의 뜻을 선비의 지조와 함께 새겨보게 된다.

선암서원 아래로는 소요대 높은 바위 아래로 동창천이 유유히 맴돌아 간다. 한여름이면 누구든 미역이라도 감고 싶은 충동이 일어나는데 강가로 내려가는 길목에 청도군수의 '위험' 경고판에 "작년 익사자 **명"이라는 고지 사항이 굵은 글씨로 쓰여 있다. 물이 맴돌아가는 소용돌이 현상에 수심이 4~8미터나 되는 데다 수심 2미터로 내려가면 수온이 섭씨 4도로 내려가는 바람에 익사자가 많이 생긴다는 것이다.

나는 어차피 헤엄을 못 치기 때문에 굳게 닫힌 서원을 한 바퀴 도는 소요로 소요대의 정취를 만끽한다. 준수한 소나무가 강변을 따라 오솔길을 안내하고 서원 뒤쪽으로는 각이 지듯 꺾인 운문산 줄기가 마냥 듬직하고 시원스러운데, 밭에는 초여름이면 보리가 누렇게 익고, 한여름이면 호박꽃이 장관으로 피어나는 싱그러움을 보여준다. 오가는 길손의 손을 타서 남은 것이 있을까마는 산딸기 덩굴이 발목에 와닿으며 양지바른 곳으로는 엉겅퀴, 메꽃이 제철에 피어난다.

| 선암서원 소요대 | 동창천이 맴돌아 나아가는 한쪽에 자리잡은 선암서원 주위는 보기에도 시원한 강변 풍경이 전개되고 있다.

서원에 들어앉아 남쪽을 내다보면 낮고 부드러운 능선 너머로 각이 지고 검푸른 영남 알프스가 그림처럼 펼쳐진다. 뜰에는 해묵은 배롱나무 한 쌍이 한여름이면 붉은 꽃을 탐스럽게 피워내는데, 뒤뜰엔 오죽이 싱싱하게 자라고 있다.

저 푸른 소나무에 박힌 상처는

운문사에 당도하는 그 시각이 몇시든 여장을 풀고 곧장 운문사로 들어가는 것이 나의 운문사행 답사의 정코스다. 해묵은 노송들이 시원스레 뻗어올라 소나무 터널이 높이 치켜든 우산처럼 드리워진 솔밭 사이를 여유롭게 걷는다. 저 청정한 솔바람 소리에 실려오는 낮은 소리를 들으며 무작정 걷는 순간 나는 법열(法悅)에 든 스님보다도 더 큰 행복을

느낀다. 냇물이 흐르는 소리든, 풀벌레 우는 소리든, 바람에 스치는 마른 갈대 몸 뒤척이는 소리든, 눈보라 속에 산죽이 춤추는 소리든, 아니면 운문사 비구니의 염불 소리든 굵은 줄기마다 붉은빛을 머금은 소나무들은 하늘로 치솟고 소리는 낮게 가라앉는다.

운문사 솔밭은 우리나라에서 첫째는 아닐지 몰라도 둘째는 갈 장관 중의 장관이다. 서산 안면도의 해송밭, 경주 남산 삼릉계의 송림, 풍기 소수서원의 진입로 솔밭, 봉화군 춘양의 춘양목…… 아직 백두산의 홍송을 보지 못하여 그 상좌를 남겨놓았지만 남한 땅에 이만 한 솔밭은 드물 것 같다.

운문(雲門)이라! 그 내력은 운문선사에서 따온 것이지만, 문자 그대로 운문사는 구름 대문을 젖히고 들어오듯 안개가 짙게 내려앉는다. 그리하여 소나무 줄기가 습기를 머금어 더욱 불그스레 피어오를 때 운문사 소나무들은 환상적인 아름다움을 연출한다. 운문사 소나무는 가장 아름다운 조선의 소나무이며 조선의 힘과 자랑을 가장 극명하게 상징한다. 그뿐만 아니라 운문사 소나무는 조선의 아픔과 저력, 끈질긴 생명력까지 유감없이 보여주고 있다.

운문사의 노송들은 그 밑동이 마치 대검에 찍히고 도끼로 파인 듯한 큰 흠집을 갖고 있다. 이것은 일제 말기 '대동아전쟁' 때 송진을 공출하기 위해 송진 받아낸 자국이다. 그들은 석유 대용을 위해 이 송진으로 송탄유(松炭油)를 만들어 자동차를 운전할 정도로 발악하였다. 우리 어머니가 시집오기 전에 매일 한 일이라곤 온갖 공출에 시달리며 칡뿌리를 캐고 송진을 받으러 다닌 것이었단다.

| **운문사 입구의 솔밭** | 아리따운 노송이 늘어선 운문사 솔밭의 소나무들은 일제 때 송진을 공출한다고 밑동이 파이는 모진 상처를 입고도 이처럼 늠름한 모습을 잃지 않았다.

그러나 보라! 조선의 소나무는 그래도 죽지 않고 여기 이렇게 사철 푸르게 살아 있지 않은가. 웬만한 소나무는 그 칼부림, 도끼날에 생명을 다 했을 것이런만 조선의 소나무는 그 아픔의 상처를 드러내놓고도 아리따운 자태로 늠름히 살아 있지 않은가. 저 푸른 소나무에 박힌 상처는 우리가 극복해낸 역사적 시련의 상처일 뿐이다. 아무리 모진 시련도 우리는 그렇게 꿋꿋이 이겨왔다.

나는 운문사 소나무 숲길을 걸으면서 우리 민족의 끈질긴 생명력을 그렇게 읽는다. 운문면 대천리 검붉은 피부의 아낙들이 캄캄한 현실 속에서도 웃음 지으며 서로를 축수하는 그 아픔의 아름다움까지도 여기서 읽는다.

장중한 종교음악, 새벽 예불

청도 운문사가 보존하고 있는 최고의 문화유산은 새벽 예불이다. 사람들은 기행이나 답사라고 하면 아름다운 경승지나 이름 높은 유물을 찾아가는 것으로 생각하며 시각적 이미지의 유형문화재만을 염두에 두곤 한다. 그러나 운문사의 답사는 반드시 새벽 예불을 관람하거나 참배하는 음악이 있는 기행으로 엮어야 제빛을 발하게 된다. 그것이 힘들다면 저녁 예불이라도 보았을 때 운문사를 답사했다고 말할 수 있다. 그런 의미에서 운문사 답사는 미술사 답사가 아니라 음악이 있는 기행이다.

운문사의 새벽 예불은 불교방송국에서 비디오테이프로 제작·보급하고 있는 것이 있고, 통도사 스님들의 예불을 카세트테이프에 담은 「천년의 소리」도 나왔고, 김영동이 송광사 스님들의 예불에 대금 소리를 곁들여 만든 「명상음악 선」도 벌써 전부터 보급되었으니 오늘날에는 그 가치를 인식하고 있는 분들이 많으리라 믿는다.

그러나 1980년대만 하여도 나는 새벽 예불의 음악성을 알지 못했고, 그처럼 장중한 것이라고는 상상조차 못했다. 김성공 스님의 염불 「부모은중경」이나 월봉스님의 「회심곡」 정도를 불교음악으로서 감상하고 즐겼을 따름이었다.

나는 음악에 대하여 무엇을 논할 수 있을 정도의 음악미학을 공부하거나 연구한 바가 없다. 새벽 예불에 대한 나의 감상과 인상 내지는 소견도 한 관객 입장 이상의 것이 못 된다.

그러나 이 답사기를 쓰면서 나는 이처럼 영역 밖의 얘기도 서슴없이 말하게 되었다. 왜냐하면 지금 내가 쓰고 있는 것은 남의 답사기가 아니라 '나의' 답사기이기 때문이며, 음악을 꼭 음악인만이 말하라는 법은 없다고 생각하기 때문이다. 그래도 불안한 구석이 있어서 나는 내 소견을 검증받기 위하여 내가 좋아하는 작곡가 이건용 교수를 모시고 '음악이 있는 기행'의 해설자로 청도 운문사에 간 적이 있다.

운문사의 나의 지기에게 새벽 예불에 참례하지만 뒤에 앉아서 절하지 않고 음악으로 음미함을 용서받고 우리는 저 장중한 운문사의 새벽 예불을 열심인 관객으로 감상하였다.

새벽 예불은 도량석으로부터 시작된다. 예불 30분 전에 요사채와 법당 주위를 돌면서 목탁을 두드리며 독송하는 도량석은 새벽 예불의 서주, 판소리로 치면 다스름에 해당한다. 그리고 250여 명의 비구니들이 법당 안에 정연히 늘어서서 의식과 함께 행하는 새벽 예불은 곧 무반주 여성합창이다. 도량석을 독송한 스님은 새벽 예불에서 도창(導唱)이 되어, 합창이 일어나면 감추어지고 합창이 가라앉으면 다시 일어나는 변주의 핵심이 된다.

나는 새벽 예불 때 올리는 염불의 내용을 잘 모르며 또 성심껏 알려고 노력하지도 않았다. 마치 「그레고리안 찬트」의 가사를 모르면서도 그 음

| 운문사 스님들의 하루 | 운문사 학승들이 새벽 예불, 경전 수업, 이목소 냇물에서 세수, 울력(벼베기) 하는 모습이다.

악은 즐겨 듣듯이.

오직 한 가지.

지심귀명례(至心歸命禮), 지극한 마음으로 귀의한다는 '가사'가 일곱 번 '후렴'처럼 반복되면서 새벽 예불은 가사와 곡조에 일정한 규율을 지닌다는 것만은 알고 있다. 합장과 절의 자세가 반복되기 때문에 엎드려 고개 숙여 '지심귀명례'를 들 때 소리는 낮게 내려앉고 다시 합장의 자세로 들어서면 고음(高音)이 된다.

새벽 예불은 합창단과 예불 의식이 분리된 것이 아니라 일체가 되어 있다는 점에서 의식과 음악의 미분리라는 원형질적 성격이 더 간직되어 있다. 신중단을 향하여 마하반야바라밀다심경을 암송하는 것으로 예불은 끝나고 스님들은 5분간 참선의 묵상에 잠긴다.

이교수와 나는 스님들에 앞서 법당 밖으로 먼저 나왔다.

"어때요, 장엄하죠? 다른 절집 예불과 다르죠."
"그래요. 처연한 분위기가 서린 비장미가 있는 것 같네요. 남성합창이 아무래도 더 장중하겠지만 이런 비장미는 적지요."

운문사 벚나무 돌담길

운문사에는 미술사적 의의를 지닌 큰 볼거리가 없다. 오직 분위기 그것뿐이다. 그러나 운문사 솔밭의 행렬이 끝나고 낮은 기와돌담이 한쪽으로 길게 뻗은 벚꽃나무 가로수길로 접어들면 그것만으로도 운문사에 온 것을 후회하지 않는다. 벚꽃이 피고 꽃잎이 날릴 때를 맞추어 온다는 것은 나처럼 '운문사 동네'에 사는 사람이나 가능할 일이다. 그러나 사계절의 어느 때이고 이 길은 당신을 황홀하게 맞아줄 것이며 특히나 눈 쌓인 겨울날이라면 아예 이곳에 머물며 살고 싶어질 것이다.

나는 낮은 기와돌담길이 갖고 있는 위력을 곳곳에서 보았다. 담양 소쇄원에서, 부안 내소사에서, 순천 선암사에서. 그중에서도 운문사 돌담길은 담장 안쪽으로 노목의 벚나무가 들어차 있어서 벚나무 줄기의 굽은 곡선이 직선 기와지붕과 어울리는 조화의 묘를 한껏 드러내어 더욱 가슴 치는 감동의 산책길이 됐다.

경내의 삼층석탑, 석등, 사천왕 석주들은 모두가 보물로 지정된 당당한 유물들이지만 어쩌면 일반인은 이 분위기에 압도되어 모두가 시시해 보일 것이다.

| 운문사의 돌기와 담장과 벚꽃 | 길 가는 사람이 뒤꿈치만 들어도 훤히 들여다보이는 낮은 돌담이 절집의 분위기를 아늑하게 감싸주고 있다. 돌담 양쪽의 벚꽃이 필 때 이 길은 분홍빛으로 물든다.

운문사 스케치 리포트

나는 학생들이 답사 다니는 습관을 갖게 하기 위하여 미술대 학생이 건 미학·미술사학과 학생이건 운문사를 다녀오게 했다. 때로는 과제물로 스케치나 답사기를 제출케도 했다. 학생들의 눈은 아주 정직하고 정확하였다.

압도적으로 많은 것은 운문사 입구의 솔숲이었고, 그다음은 벚나무 돌담길이었다.

한 학생은 대웅보전 분합문짝 정 가운데 있는 꽃무늬창살을 화폭에 오버랩했고, 한 학생은 수미단 한쪽 편에 있는 도깨비 얼굴 암수 한 쌍을 대비시켜 작품을 만들었다. 그리고 한 학생은 무슨 수를 내어 들어갔는지 일반인 출입 금지 구역인 금당 앞에 있는 석등(보물 제193호)을 사실적으로 그려왔다. 이들은 모두 모범적이고 충실한 나의 생도들이었다.

| 운문사 **쌍탑 중 서탑** | 전형적인 9세기, 하대신라의 삼층석탑으로 기단부에
팔부중상이 돋을새김되어 있다.

작압전에 모셔져 있는 사천왕 석주(보물 제318호)를 정확하게 스케치
한 학생에게 석조여래좌상(보물 제317호)은 왜 안 그렸느냐고 했더니 별
느낌이 없었단다. 실제로 이 석불은 석고로 화장이 심하게 되어 그 원상
이 지금은 잘 나타나 있지 않다. 또 한 학생은 한 쌍의 삼층석탑(보물 제
678호) 기단부의 팔부중상만 스케치하고 탑 자체는 그리지 않아 그 이유
를 물으니 탑에서 어떤 이미지를 못 느꼈다고 한다. 나 역시 이 쌍탑은
크기에 비해 너무 둔중하여 날렵한 것도 장중한 것도 아닌 일종의 매너

| 금당 앞 석등 | 통일신라 전성기 양식을 충실히 반영한 엄정한 기품이 살아 있는 명품이다.

리즘 양식이라고 생각해왔다. 이처럼 나의 학생들은 '보물'이라는 위압적인 팻말로부터 자유로웠다니 얼마나 반가운가.

사람들은 운문사의 명물로 400년 수령의 장대한 처진 소나무, 일명 반송(盤松, 천연기념물 제180호)을 꼽는데 그것을 그린 학생도 없었다. 수업 시간에 물어보았더니 한 괴짜 학생이 "신기하긴 합니다마는 좋은 줄은 모르겠던데예"라고 대답했다.

금당 앞 석등을 그린 학생은 내게 손을 들고 질문을 했다.

"샌님여! 대웅보전 앞 석등은 영 이상하데예. 한 쌍으로 되었는데 헌것하고 새것하고 섞어서 헌 받침에 새 몸체, 새 받침에 헌 몸체를 붙여서 두 개 다 짝짝이가 됐어예. 영 파이데예. 와 그리 됐능교?"

"이 녀석아, 그걸 운문사 스님한테 묻지 왜 내게 묻냐."

아마도 쌍탑의 배치와 맞춘다고 새것을 하나 더 세우면서 새것이 어색하지 않게 보이려고 했던 것 같다. 그러나 그것은 운문사의 큰 실수였다. 본래 아무리 절마당이 커도 석등은 하나만 모시도록 되어 있다. 그것은 불문율이 아니라 『시등공덕경(施燈功德經)』에 "가난한 자가 참된 마음으로 바친 하나의 등은 부자가 바친 만 개의 등보다도 존대한 공덕이 있다"는 구절에 근거를 둔 것이다.

같은 답사라도 이론을 공부하는 학생은 실기생과 보는 것도 다르고 묻는 것도 달랐다. 한 미술사학과 학생은 큰 발견이나 한 양 물어왔다.

| **운문사 처진 소나무** | 천연기념물로 지정된 희귀종으로 스님들의 보살핌 속에 건강이 잘 유지되고 있다.

"샌님여, 운문사 대웅보전에 모셔진 불상은 비로자나불 맞지예?"

"그렇지. 지권인(智拳印)을 하고 있으니 비로자나불이지."

"그란데 와 대웅보전이라 캅니까? 대웅보전에는 석가모니 모셔진다고 안 했습니까?"

"그러니까 우습지. 조선 후기 들어서면 스님들이 계율보다 참선을 중시한다고 불가의 율법을 등한시했어요. 그 바람에 저렇게 잘못된 것이 많아요. 굳이 해석하자면 본래는 석가모니 집인데 비로자나불이 전세 살고 있는 것이라고나 해야 될까 보다."

비화가야 옛 고을의 유서 깊은 산사

불뫼 아래 꽃핀 제2의 경주

특별한 연고가 없는 사람에게 창녕은 그저 스쳐지나가는 곳일 수 있다. 대구와 마산을 잇는 구마고속도로가 창녕 땅에 이르면 들판은 낙동강 줄기를 따라 점점 넓게 펼쳐지고, 건너편 화왕산 긴 자락은 점점 꼬리를 낮추며 길게 뻗어간다. 그래서 이곳을 지날 때면 거기에 내려 쉬어가고 싶은 마음보다 마냥 달리고 싶은 충동을 느끼게 된다. 창녕의 들판에는 그런 기상이 어려 있다. 내가 처음 경남 쪽으로 답사를 할 때면 창녕은 고령, 달성, 합천과 연계하여 지나가는 길에 들렀을 뿐 창녕 자체만을 두루 답사하지 않았다. 그러나 해가 갈수록 답사에서 창녕의 비중은 커졌고 나중에는 서부 경남에 가는 길이면 창녕 관룡사 아래에 잠자리를 잡고 반드시 묵어가게 되었다.

답사가 아니라도 창녕에는 알게 모르게 머무를 계기가 많다. 온천으로 유명했던 부곡하와이도 창녕이고, 람사르총회가 열린 우포늪도 창녕이며, 영산줄다리기도 창녕이고, 억새밭으로 유명한 화왕산도 창녕이다. 거기에다 창녕에는 뛰어난 문화유산이 의외로 많다.

내가 문화유산답사회 제자들과 『답사여행의 길잡이』를 펴낼 때 말뚝 총무인 김효형(도서출판 눌와 대표)과 필자인 박종분이 경남편의 편집 계획서를 갖고 와 처음 하는 말이 "창녕에 웬 문화유산이 그렇게 많아요? 국보·보물·사적만 해도 20개나 돼요. 페이지 배정부터 달리해야겠어요"라는 것이었다. 그리고 몇 달 뒤 그들이 만들어온 원고를 펴보니 경남편 제1장을 창녕으로 삼고, 그 제목을 '불뫼 아래 꽃핀 제2의 경주'라고 했다. 이것은 결코 과장이 아니다. 우선 창녕이 보유한 문화재를 열거해보면 아마도 놀라고 말 것이다.

창녕은 경남의 곡창지대이다. 그래서 농사가 본격적으로 시작되는 청동기시대 이래로 많은 유적이 남아 있다. 그중 남쪽 장마면에 있는 '유리 고인돌'(창녕지석묘, 시도기념물 제2호)은 우리나라 남방식 고인돌 중 가장 잘 생겼다고 해도 별 이론이 없는 명품이다. 삼한시대에는 변한의 불사국(不斯國)이 여기에 자리잡았고 가야시대에는 비화가야(非火伽倻)가 고대국가로 성장하고 있었다. 창녕에는 이 시기를 증언하는 고분이 면 단위마다 퍼져 있다. 읍내 교동과 송현동 고분군(사적 제514호), 퇴천리의 거울내 고분군, 계성면 사리 고분군(시도기념물 제3호), 영산면 죽사리 고분군(시도기념물 제68호), 부곡면 거문리 고분군. 그중 교동 고분군은 6가야 전체의 대표적 고분군 중 하나다.

비화가야가 멸망하고 신라로 편입되는 과정을 증명하는 문화유산으로, 의무교육을 받은 사람이면 누구나 알고 있는 진흥왕척경비(국보 제33호)가 창녕에 있어 여기 오면 누구나 먼저 찾고 싶어한다. 통일신라시대로 들어서면 창녕은 나라의 중심부에 위치하면서 정치·경제적으로 중요한 고을이 되었다. 유적으로는 읍내에 술정리 동삼층석탑(국보 제34호)과 서삼층석탑(보물 제520호)이 길 양쪽으로 갈라서 있고, 군청 가까이에는 810년에 인양사(仁陽寺)라는 절에 탑과 금당을 세우고 만든 탑금당치성문기비(보물 제227호)라는 독특한 비석도 있다.

창녕의 진산(鎭山)으로 정상의 억새밭이 유명한 화왕산에는 화왕산성(사적 제64호), 목마산성(사적 제65호), 용선대 석조여래좌상(보물 제295호)이 있다. 또 창녕 조씨(曺氏)의 득성 설화지(得姓說話池)도 있다. 이 모두가 통일신라 유적이다. 그래서 창녕은 제2의 경주라는 표현이 가능한 것이다.

화왕산에는 관룡사라는 명찰이 있다. 관룡사는 자리매김 자체로 아름다운 산사인데 석조여래좌상(보물 제519호), 대웅전(보물 제212호), 약사전(보물 제146호), 목조석가여래삼불좌상 및 대좌(보물 제1730호), 대웅전 관음보살벽화(보물 제1816호)가 모두 나라의 보물로 지정되어 있다. 고려·조선시대로 들어와서도 창녕은 경남의 대표적 고을의 하나였다. 창녕 남쪽 영산면은 왕년에 영산현 현청이 있던 곳으로 여기에는 생활 유적이 많이 남아 있다. 정월대보름에 열리는 영산줄다리기는 중요무형문화재 제26호로 지정돼 있고, 화왕산에서 흘러내리는 남천을 가로지르는 만년교(보물 제564호)라는 동네 개울다리는 정조 4년(1780)에 처음 쌓은 것으로 옛 고을의 풍취가 흥건히 배어 있는 매우 튼튼한 무지개돌다리다.

오늘날 창녕은 조촐한 군이지만 일찍부터 역사공원을 조성해 만옥정 공원에는 진흥왕척경비와 함께 창녕 객사(경남유형문화재 제231호), 흥선대원군의 척화비, 폐사지에서 옮겨온 석탑 등이 있다. 읍내를 돌다보면 창녕 석빙고(보물 제310호)도 있고, 우리나라에서 가장 오래된 초가집인 창녕 술정리 하씨 초가 하병수 가옥(국가민속문화재 제10호)은 250년 넘는 연륜을 자랑한다.

창녕에 가보면 재미있게 생긴 돌장승이 마치 아이콘처럼 서 있는 것을 볼 수 있다. 조선시대의 대표적인 장승 중 하나인 관룡사 초입의 돌장승이다. 이것이 창녕의 문화유산이고, 창녕의 옛 모습이다.

비화가야의 교동 고분군

창녕에 문화유산이 이처럼 많고도 많지만 나의 창녕답사는 무조건 '교동 고분군'에서 시작한다. 그래야만 창녕에 온 것 같다. 창녕 읍내 바로 북쪽 교동에는 화왕산 자락을 타고 오르는 약 200기의 가야시대 고분이 무리지어 있다. 이 교동 고분군은 창녕에서 밀양으로 가는 24번 국도에 의해 동서로 갈라져 시내 쪽인 서편에 70여 기, 산자락에 잇닿은 동편에 80여 기가 있고, 남쪽의 목마산 아래 약 20기(원래는 80여 기)의 송현동 고분군과 연결된다. 이들 고분은 5~6세기에 축조된 비화가야 지배층의 무덤이다.

가야는 자신들의 역사를 기록으로 남긴 것이 없다. 다른 나라의 기록에서 어쩌다 가야에 대해 언급한 사항 말고는 오직 유물로만 그 실체를 말할 수 있을 뿐인데,『고려본기(高麗本記)』에 5가야 중 하나로 손꼽은 비화가야가 바로 여기를 말하는 것이다. '비화'는 '빛들' 또는 '빛이 좋은 들'이라는 뜻으로 비사벌이라고도 부른다. 비스듬한 기울기를 갖고 있는 비사벌은 과연 빛이 좋은 들이다.

교동 고분군은 한마디로 역사가 연출한 대지의 설치미술이다. 문화재 안내판에서는 이들 고분이 '앞트기식 돌방무덤〔橫穴式石室墳〕'이니 봉토 언저리에 호석(護石)을 둘렀느니 하며 고고학적 사항을 자세하게 나열하지만, 답사객들이 정작 감동받는 것은 둥근 봉분들이 어깨를 맞대듯 연이어 펼쳐져 보이는 환상적 풍광이다.

| 교동과 송현동 고분군 | 창녕 읍내 바로 북쪽 교동에는 화왕산 자락을 타고 오르는 약 200기의 가야시대 고분이 무리지어 있다. 역사가 연출한 대지의 설치미술이다. 둥근 봉분들이 어깨를 맞대듯 연이어 펼쳐져 보이는 풍광은 가히 환상적이다.

교동 고분군은 아무런 내력을 모르고 보아도 그 자체로 신비롭고 아름답고 사랑스럽다. 그러나 이곳이 잃어버린 왕국 비화가야의 유적임을 떠올리면 그 아름다움이 애잔한 서정으로 바뀌면서 마치 눈망울이 젖은 미인의 애틋한 얼굴 같기도 하고, 수능시험 잘못 본 딸아들 둔 엄마의 수심 어린 얼굴처럼 쓸쓸한 분위기가 느껴지기도 한다. 국립가야문화재연구소에서 복원해 화제가 됐던 1,500년 전 가야 소녀는 바로 이곳 송현동 제15호분에서 출토된 인골(人骨)을 컴퓨터로 재구성한 것이다. 그 가야의 미소녀 모습에 어린 우수의 빛깔 같은 것이다.

특히 9월 말부터 10월 초 석양 무렵에 여기에 오면 저무는 햇살이 조용히 내려앉으며 옛 고을 창녕 읍내가 더더욱 고즈넉해 보인다. 교동 고분군 한쪽에서 아무렇게나 자란 억새가 불어오는 바람에 온몸을 내맡기며 은회색 밝은 빛을 남김없이 쏟아낸다. 세 겹, 네 겹, 다섯 겹으로 펼쳐

| 금관 | 가야의 금관은 신라의 금관과 달리 아담한 느낌을 준다. 지배층의 위세가 그만큼 약했다는 의미도 있지만 조형미는 결코 뒤지지 않는 공예 기술을 보여준다.

지는 봉분이 연출하는 그 곡선을 혹자는 대지의 젖무덤이라고 표현하고, 혹자는 길게 엎드려 누운 여인의 육체를 연상시킨다고 했다. 그렇다고 해서 그들이 여기서 애욕의 감정을 느낄 리는 없다. 오히려 어머니의 따스한 품에 안기듯 포근한 감정을 말하는 것이리라.

교동 고분군에 가보면 여기저기에 사람들이 퍼져서 혹은 길게 앉아 있고, 혹은 느긋이 거닐고, 혹은 천방지축으로 뛰어다닌다. 대개 두 다리 뻗고 앉아 먼 데를 내다보는 사람들은 중년의 인생이다. 굴러가는 가랑 잎만 보고도 웃음을 터뜨리는 젊은이들은 둘씩 다섯씩 짝짓고 무리 지어 봉분이 이루어낸 곡선을 따라 맴돌고 또 맴돈다. 그리고 아직 천지공사(天地公事)의 힘들고 괴로운 일을 몰라도 되는 어린아이들은 이리저리 날뛰면서 봉분 옆으로 나왔다간 봉분 뒤로 숨듯이 사라진다. 그럴 때면 거의 반드시 얄개(얄미운 개구쟁이)가 하나 나타나 무덤 위로 살짝 올라가 이쪽을 내려다보고는 부리나케 고개를 감추곤 한다.

삼국시대는 많은 고분군을 남겼다. 다 같은 죽음의 공간이건만 이것 또한 삼국의 일반적 정서 표현과 다르지 않다. 만주 지안(集安)에 있는 고구려 돌무지무덤에는 굳센 기상이 넘쳐흐른다. 부여 능산리의 백제 고분에는 단아한 아름다움이 있고, 경주 대릉원의 신라 고분에는 화려함이 있다. 이에 비해 고령 지산동의 대가야 고분군, 김해 대성동 봉황산의 금관가야 고분군, 함안 말이산의 아라가야 고분군, 그리고 이곳 창녕 교동의 비화가야 고분군에서는 뭐랄까 아련한 그리움의 감정이 일어난다. 감성의 환기란 서정의 밑바탕을 이룬다. 그런 감성의 함양과 서정의 발현을 위해 나는 창녕에 오면 답사객들과 함께 이곳부터 찾는다.

진흥왕척경비

창녕에 왔으면 궁금해서라도 꼭 보고 싶은 것이 진흥왕척경비일 것이다. 그래서 우리의 답사 일정은 대개 읍내에서 점심을 하고 산책 삼아 진흥왕비가 있는 만옥정공원으로 가게 된다. 사실 가봤자 가로세로 175센티미터에 두께 30센티미터 되는 둥글넓적한 자연석에 글자도 잘 보이지 않아 별 감흥은 없을 비석이다. 그러나 "오늘 신문 볼 것 없다"고 말하는 사람은 오늘 신문을 본 사람이 하는 말이다.

실제로 진흥왕비는 역사의 증언이라는 그 상징성에 의미가 있지, 아름다움이나 멋을 보여주는 것이 아니다. 우리가 학교에서 배우기로는 진흥왕이 영토를 넓히고 그 위업을 기념하기 위해 북한산·마운령·황초령·창녕 네 곳에 순수비(巡狩碑)를 세웠다고 했다. 그러나 막상 창녕에 오면 진흥왕순수비라고 하지 않고 진흥왕척경비(拓境碑)라고 쓰여 있는 것을

| **진흥왕척경비** | 가로세로 175센티미터에 두께 30센티미터 되는 둥글넓적한 자연석에 글자도 잘 보이지 않지만 역사의 증언이라는 그 상징성 때문에 창녕에 오면 꼭 찾아보고 싶어진다.

보면서 다소 의아해하곤 한다.

거기에는 나름의 이유가 있다. 이상하게도 『삼국사기』에는 진흥왕순수비에 대한 기록이 나오지 않는다. 순수비란 진흥왕비 비문 속에 들어 있는 '순수관경(巡狩管境)'이라는 말에서 따온 것이다. 그러나 창녕비에는 순수관경이라는 표현이 없고 영토를 개척한 사실과 이때의 일을 기록해놓아 척경비라고 부르게 된 것이다.

총 27행에 행마다 많게는 27자, 적게는 18자를 써내려갔는데 총 643자의 글자 가운데 현재 400자 정도만 판독됐다. 다행히 첫 행에 신사년(진흥왕 22년, 561년) 2월 1일 세웠다는 것이 명확히 나타나 있고 비문의 첫머리는 "내 어려서 나라를 이어받아 나랏일을 보필하는 준재들에게 맡겼는데(寡人幼年承基政委輔弼俊智)……"로 시작한다. 진흥왕이 일곱 살에 왕위에 올랐다는 것과 일치하는 대목이다. 이때 진흥왕은 나이

| **진흥왕척경비 비문 탁본** | 신라의 몇 안 되는 금석
문으로 진흥왕의 영토 개척 사업을 증언해주고 있다.

29세가 된다. 그리고 비문의 내용
은 진흥왕이 42명의 신하를 거느
리고 새로 점령한 창녕 지방을 돌
아보았다는 내용과 함께 이때 수행
한 이들의 관등과 이름이 모두 새
겨져 있다.

본래 이 비는 이 자리에 있지 않
았고 읍내에서 그리 멀지 않은 화
왕산 기슭에 있었다. 1914년에 소
풍 온 초등학생이 글자가 새겨져
있는 이 자연석을 발견해 신고했는
데 마침 창녕의 고적을 조사하러
나온 도리 류조(鳥居龍藏)라는 인류
학자가 신라시대 비석이라는 사실을 확인함으로써 세상에 알려지게 되
었고 금석학자들의 비문 해석으로 진흥왕척경비임이 밝혀졌다.

그리고 10년 뒤인 1924년 지금 자리로 옮겨놓았다. 당시에는 방치된
문화재를 보호한다는 뜻이었던 모양인데 결국 진흥왕척경비는 장소의
역사성을 잃었다는 점에서 큰 아쉬움이 있다. 나는 문화재청장이 되고
한참 뒤에야 이 사실을 알게 되어 원상복구하는 작업을 제대로 추진하
지 못했다. 못내 아쉬움으로 남는다.

화왕산성

창녕 읍내의 유적들을 다 돌아보는 데는 제법 시간이 많이 걸린다. 그
렇게 공부하듯 다니면 답사가 재미없어질 수도 있다. 그래서 서랍 속에

| **화왕산성** | 화왕산성은 말안장 같다고 마안형이라고 부르기도 한다. 성벽 안팎은 똑같이 네모난 자연석과 다듬은 돌을 사용하여 사다리꼴 형태로 쌓아올렸다. 동서로 성문을 두었으나 서문은 자취도 없고 동문만 형태를 유지하고 있다.

맛있는 것을 두고 온 어린애가 학교 파하자마자 집으로 달려가듯 화왕
산 관룡사로 향한다.

관룡사 답사는 여느 산사와 달리 등산을 동반한다. 최소한 용선대 불
상까지는 다녀와야 하는데 그것만으로도 왕복 한 시간이고 내친김에 화
왕산 정상까지 다녀오려면 또 두세 시간이 필요하다.

화왕산(해발 757미터)은 창녕의 진산(鎭山)으로 '불뫼'라고 불렸다. 이
산이 화산이었는지는 확실히 알 수 없으나 정상은 제주도 기생화산인
오름처럼 움푹 파인 고원을 이루고 있다. 마주 보는 두 봉우리가 바깥쪽
은 깎아지른 벼랑이면서 안쪽은 삼태기 모양으로 평퍼짐하게 퍼져나갔
는데 여기에 둘레 약 2.7킬로미터의 산성을 쌓은 것이 화왕산성이다.

우리나라 산성이 대체로 산봉우리를 감싸는 테뫼식이거나 골짜기를
끼고 있는 포곡식인데 화왕산성은 그도 저도 아니어서 말안장 같다고

마안형(馬鞍形)이라고 부르기도 한다. 성벽 안팎은 똑같이 네모난 자연석과 다듬은 돌을 사용하여 사다리꼴 형태로 쌓아올렸다. 동서로 성문을 두었으나 서문은 자취도 없고 동문만 형태를 유지하고 있다.

성을 쌓은 것이 언제부터인지는 확실치 않지만 전설로는 비화가야 시절로 올라가고 기록으로는 조선 태종 10년(1410) 경상도·전라도에 중요한 산성을 수축했다는 실록의 기록에 화왕산성이 나온다. 그리고 『세종실록』 지리지에는 아주 구체적으로 기록되어 있다.

화왕산 석성은 둘레가 1,127보(步)이고 그 안에 샘이 아홉, 못이 셋 있으며 또 군창(軍倉)도 있다.

전란에 대비해 쌓은 산성은 50년, 100년이 가도 한 번도 사용하는 일이 없을 수 있다. 그래서인지 성종 때 편찬된 『동국여지승람』에서는 "화왕산 고성은 석축 산성으로 둘레가 5,983척(尺)이나 지금은 폐성되었다"고 했다. 그러나 임진왜란 때 강화 교섭이 한창 진행되는 동안 전쟁은 소강상태였고 가토 기요마사(加藤淸正)의 일본군이 동래·울산·거제 등 해안에 장기 주둔하다가 1597년 다시 쳐들어온 정유재란 때 화왕산성은 중요한 역할을 하게 된다. 당시 경상좌도방어사로 있던 홍의장군 곽재우(郭再祐)는 밀양·영산·창녕·현풍 네 고을의 군사를 거느리고 화왕산성을 수축하고 왜군을 기다렸다가 대파했다. 일본과의 전투에서 산성이 유리함을 그렇게 보여준 곳이다.

그뒤로 화왕산성은 다시는 산성으로 사용된 일 없고 지금은 아홉 개의 샘도 사라지고 무너진 석성의 잔편만 남았지만 역사의 유적이 되어 답사객과 등산객을 불러들이고 있다. 화왕산 정상에는 아직도 억새밭 가운데 못 셋이 남아 있다. 그중에는 '창녕 조씨 득성 설화지'가 있는데 여

| 창녕 조씨 득성 설화지 | 화왕산성 정상에는 창녕 조씨가 성을 얻게 되었다는 설화의 현장에 기념비가 세워져 있다.

기엔 1897년에 세운 비도 있다.

화왕산 억새밭

나는 답삿길에 산행을 잘 하지 않는다. 등산을 하게 되면 답사 시간이 줄어들기 때문이다. 그러나 화왕산만은 자주 오르는 편이다. 거기에 화왕산성이 있기 때문이라기보다 산길이 편하고 진달래와 억새가 아름답고 거기서 산 아래 들판을 내다보는 전망이 통쾌하기 때문이다.

한번은 진달래 피는 봄철 사람들이 가장 많이 이용하는 최단거리 등산 코스를 따라가보았다. 자하골에서 창녕여중 앞을 지나 목마산성을 거쳐 화왕산성으로 올라가는데 경사가 급해 퍽이나 힘들었지만 영롱한 햇살에 빛나는 그 진달래의 아름다움이 지금도 잊히지 않는다.

| **화왕산 억새밭** | 화왕산성에 다다르면 정상의 드넓은 억새밭이 우리를 매료시킨다. 5만여 평 산상의 억새밭 풍광이라고 하면 굳이 내가 묘사하지 않아도 능히 상상이 가지 않겠는가. 분명 억새인데 화왕산 갈대로 더 많이 알려졌다.

　그러나 내가 즐겨 화왕산성에 오르는 길은 관룡사까지 차로 올라가 거기서 용선대를 거쳐 정상으로 가는 코스다. 그 길은 사뭇 발아래로 펼쳐지는 일망무제의 경관이 통쾌하기 때문이다.

　어느 길로 오르든 화왕산성에 다다르면 정상의 드넓은 억새밭이 우리를 매료시킨다. 5만여 평 산상에 핀 억새밭의 풍광이라고 하면 굳이 내가 묘사하지 않아도 능히 상상이 가지 않겠는가. 그런데 여기에 오면 사람들은 이것이 갈대냐 억새냐를 놓고 설전을 벌이기도 한다. 눈에 보이는 것은 분명 억새인데 창녕군에서 가을이면 개최하는 축제 이름이 '화왕산 갈대제'이기 때문이다. 실제로 억새와 갈대는 비슷하여 구별이 쉽지 않다.

　9월 하순에서 10월 초가 되면 전국 각지에서 많은 갈대제와 억새 축제가 열린다. 억새 축제를 보면 강원도 정선군 남면 무릉리 민둥산에서 열리는 억새꽃축제가 유명하다. 해발 1,119미터 민둥산은 이름 그대로 산 전체가 둥그스름하게 끝없이 펼쳐진 광야와 같은 느낌인 20만 평가량이 억새꽃으로 덮여 장관을 이룬다.

밀양 표충사가 있는 영남 알프스의 재약산(해발 1,108미터) 해발 800미 터 지점에 이르면 125만 평이나 되는 사자평이라는 고원이 펼쳐진다. 이 사자평 억새밭은 워낙에 방대하여 한쪽 끝에서 다른 편 끝까지 가는 데 한 시간 이상이 걸릴 정도다. 전라남도 장흥군 천관산에서 열리는 억새 제는 그 풍광이 다도해와 함께 어우러져 가히 환상적이다.

갈대제로는 전라도 순천만에서 열리는 것과 지금은 없어졌지만 파주 출판단지가 있는 경기도 파주시 교하의 갈대 축제가 유명했다. 대체로 산에서 열리면 억새제, 습지에서 열리면 갈대제다. 실제로 두 식물의 식 생이 그렇다.

화왕산 억새밭에서는 2009년 2월 큰 사고가 있었다. 1995년 2월 24일 정월대보름부터 창녕군에서는 화왕산 억새 태우기 축제를 열었다. '큰불 뫼'라는 이름의 화왕산(火旺山)에 걸맞은 축제를 만든 것이다. 실제로 그 렇게 쥐불을 놓아야 억새가 더 강해지고 잘 자란다. 축제는 2000년부터 3년마다 열렸고 회를 거듭할수록 관광객이 많이 몰려왔다. 2009년 대보 름에 열린 제6회 때는 3만 명이나 모였다고 한다.

그런데 그해 억새가 오랜 가뭄으로 바싹 말라 불길은 걷잡을 수 없이 거세지고 갑자기 방향을 바꾸어 불어닥친 돌풍으로 관광객과 현장 공무 원 4명이 사망하고 64명이 화상을 입은 사건이 발생한 것이다. 피해가 심했던 곳은 배바위 부근이었다. 여기는 사진 찍기에 가장 좋은 위치로 어느 때에도 불길이 오지 않아 사람들이 많이 몰렸는데 그날 예상 밖의 돌풍이 이쪽으로 불어닥친 것이었다. 이 사고로 창녕군은 영원히 억새 태우기 축제를 중단한다고 선언했다.

| 관룡사 대웅전 |　정면 3칸의 작은 법당이지만 다포집의 화려한 공포장식과 추녀 끝을 한껏 추켜올린 팔작지붕의 날렵하면서도 화려한 맵시로 결코 작다는 느낌을 주지 않는다.

관룡사

　화왕산이 명산으로 꼽히게 된 것은 관룡사(觀龍寺)라는 명찰이 있기 때문이다. 관룡사는 관룡산 중턱에서도 훨씬 더 올라가 정상을 눈앞에 둔 위치에 자리잡고 있다. 절까지 오르는 길이 사뭇 구절양장의 오르막 길인지라 10여 년 전만 해도 접근하기 힘들었다. 길이 있기는 했지만 포장도 엉성한 외길이어서 어쩌다 반대편에서 오는 차와 마주치면 비켜갈 곳을 찾지 못해 진땀을 빼곤 했다. 그러나 이제는 절 입구에 넓은 주차장까지 생겼다.

　관룡사는 산중의 분지가 아니라 산비탈의 경사면을 경영하여 건물을 배치해 경내는 좁아 보인다. 그 대신 관룡사에서 위로 올려다보는 경관은 장엄하고 아래로 내려다보는 경관은 너무도 통쾌하다.

| **관룡사 장승** | 관룡사 초입에는 돌계단이 있어 느긋하게 오르면 홀연히 돌장승 한 쌍이 우리를 맞아주곤 했다. 그런데 얼마 전에 가보니 대밭을 밑동째 다 베어버려 돌장승이 주차장에서 훤히 다 보이고 고즈넉한 소로를 걷는 맛을 뿌리째 앗아갔다.

태백산맥이 영남으로 흘러내려 군위·영천·대구의 팔공산을 빚어내고, 이것이 다시 남으로 뻗어내리면서 달성의 비슬산을 만든 다음 창녕땅으로 들어와 낙동강을 곁에 두고 나란히 달리면서 다시 크게 솟구친 산이 바로 관룡산이다. 들판에서 솟아난 형상이어서 호쾌한 기상이 서려 있다. 화왕산 줄기는 용을 쓰듯 관룡산(해발 740미터)·영취산(해발 737미터)으로 굽이치며 일어나니 그 산세가 자못 힘차다. 특히 관룡산 연봉(連峯)들은 마치 용의 등줄기처럼 강한 굴곡을 이루며 뻗어나가 햇살에 빛날 때면 아름다움을 넘어 영적인 분위기조차 느끼게 한다. 그 관룡산 영봉(靈峯)들이 가장 신령스럽게 바라보이는 자리에 관룡사가 자리잡고 있다.

관룡사의 가람배치는 절 초입부터 다르다. 주차장에 당도하면 신우대가 울창해 산속의 깊이를 감추고 왼쪽으로는 찻길이, 오른쪽으로는 돌계

| **관룡사 남녀 돌장승** | 관룡사 돌장승은, 여자는 마치 수수깡 안경을 쓴 것 같은 모습에 아주 조순한 인상을 주고, 남자는 퉁방울눈에 입을 굳게 다물어 심통이 난 것 같다. 하나는 착하고, 하나는 화가 난 모습으로 정직한 민중의 심성을 읽을 수 있다.

단이 있어 이곳으로 느긋하게 오르면 홀연히 돌장승 한 쌍이 우리를 맞아주곤 했다. 그런데 얼마 전에 가보니 그 대밭을 밑동째 다 베어버려 돌장승이 주차장에서 훤히 다 보이고 고즈넉한 소로를 걷는 맛을 뿌리째 앗아갔다. 그러나 대나무의 생명력이 워낙 강해서 언젠가는 다시 옛 모습으로 돌아오리라 믿는다.

장승은 대부분 나무로 세워 수명이 짧아 옛 모습 그대로를 보기 어려운데, 남원 실상사와 나주 불회사, 그리고 관룡사는 돌장승을 세워 원형을 간직하고 있다. 『벅수와 장승』이라는 불후의 명작을 남기신 고 김두

하 선생은 돌장승 옆에 있는 풍화의 정도가 비슷한 당간지주에서 영조 49년(1773)에 세웠다는 명문(銘文)을 찾아내 그때 세운 것으로 추정했다.

장승이 남녀로 쌍을 이루는 것은 어디나 공통이지만 장승의 모습을 어떻게 표현하는지는 절마다 달랐다. 남원 실상사 돌장승은 금강역사(金剛力士)를 닮아 인상이 사납다. 나주 불회사 돌장승은 할머니·할아버지 모습을 하고 있어 더없이 따뜻한 온정이 느껴진다. 그런데 이 관룡사 돌장승은 이도 저도 아니고 여자는 마치 수수깡 안경을 쓴 것 같은 모습에 아주 조순한 인상을 주고, 남자는 퉁방울눈에 입을 굳게 다물어 심통이 난 것 같다. 장승이라는 형식을 갖추기 위해 둘 다 벙거지를 쓰고 있고, 콧잔등에는 주름이 두 줄로 나 있으며, 두 송곳니가 입술 밖으로 삐져나와 있다. 그러나 무서울 것도 없고, 귀여울 것도 없다. 하나는 착하고, 하나는 화가 나 있다. 해석하자면 정직한 민중의 표정이다. 그래서 조선시대 진짜 민중미술의 한 면모를 여기서 볼 수 있다.

관룡사의 가람배치

관룡사는 매우 가파른 산자락에 위치하여 절로 들어가는 진입로가 여느 절처럼 편하지 않다. 돌장승에서 절에 이르는 길은 사뭇 비탈길이다. 그러나 두어 굽이만 돌면 이내 가지런한 돌계단 위에 작은 돌문이 나오는데, 이것이 관룡사의 산문(山門)이다. 문이라고 해봐야 둥글넓적한 돌을 양쪽으로 쌓아 기둥으로 삼고 그 위에 장대석(長臺石) 두 장을 얹은 뒤 기와지붕을 올린 매우 작은 문이다.

돌문 양옆으로는 허튼돌로 마구 쌓은 담장이 낮게 뻗어 있어 여기부터 관룡사의 경내임을 암시한다. 이처럼 관룡사는 일주문을 생략하고 지형에 맞춰 독특한 산문을 세운 것이다. 산문에서 천왕문에 이르는 길도

| 관룡사 전경 | 관룡사는 산중의 분지가 아니라 산비탈의 경사면을 경영하여 건물을 배치해 경내는 좁아 보인다. 그 대신 관룡사에서 위로 올려다보는 경관은 장엄하고 아래로 내려다보는 경관은 너무도 통쾌하다.

여느 절과 다르다.

돌계단을 올라 산문 안으로 들어서면 낮은 돌담을 멀찍이 두고 길게 뻗어 있어 넉넉한 가운데 편안한 느낌을 받으며 경내로 들어간다. 돌장 승에서 산문, 산문에서 천왕문에 이르는 이 진입로는 관룡사만의 멋이다.

천왕문으로 들어가 절마당에 당도하면 가지런한 축대 위에 레벨을 달리하고 크기를 달리한 너덧 채의 당우가 조용히 자리잡고 있다. 대웅전은 정면 3칸의 작은 법당이지만 다포집의 화려한 공포장식과 추녀 끝을 한껏 추켜올린 팔작지붕의 날렵하면서도 화려한 맵시로 결코 작다는 느낌을 주지 않는다. 이에 반해 약사전·산신각 등 부속 건물은 얌전한 건축으로 아주 조촐한 느낌을 준다. 그런데 이 건물들이 저 멀리 관룡산의 아홉 봉우리와 절묘하게 호응하고 있어 절이 작거나 좁다는 느낌이 전혀 없다.

| **관룡사 진입로 안쪽** | 돌계단을 올라 산문 안으로 들어서면 낮은 돌담을 멀찍이 두고 길게 뻗어 있어 넉넉한 가운데 편안한 느낌을 받으며 경내로 들어간다. 돌장승에서 산문, 산문에서 천왕문에 이르는 이 진입로는 관룡사만의 멋이다.

오래전 서울건축학교 사람들과 여기에 왔을 때 2011년 타계한 건축가 정기용은 칠성각 앞에 있는 샘에서 약수 한잔 시원히 들이켜고는 학생들에게 이렇게 설명했다.

관룡사는 산사 경영의 슬기가 돋보입니다. 평지 사찰은 격식에 따라 배치하면 그만이지만 여기는 그럴 만한 공간이 없기 때문에 건물을 앉히기 매우 어려웠을 겁니다. 요새 사람이 지으면 아마도 포클레인으로 반반히 평지로 만들어놓고 시작했을 텐데 옛 분들은 주어진 지형을 그대로 끌어안으면서 배치했어요. 저 작은 건물들을 보세요. 층층이 높이를 달리하면서 서로가 서로를 비켜앉아 건축적 리듬감이 있죠. 관룡사는 평면보다 입면의 배치가 탁월한 절집입니다. 건축이란

| 칠성각(위), 명부전(가운데), 산영각(아래) | 관룡사의 가람배치는 지형과 지세에 따라 레벨을 달리하며 건물을 앉혀 아주 정겹게 다가온다.

기본적으로 땅에 대한 컨트롤에서 시작하는 것이지만 우리 전통 건축은 이처럼 컨트롤하지 않은(uncontrolled) 것처럼 보이는 중요한 특징을 갖고 있어요.

그래서 관룡사는 속이 깊은 절집이라는 인상을 주는 것이다. 관룡사 대웅전은 『관룡사 사적기』에 숙종 38년(1712)에 중건됐다고 쓰여 있으나 1965년 대웅전 보수공사 때 상량문이 발견돼 태종 원년(1401)에 창건되었고 임진왜란 때 불타버려 영조 25년(1749)에 중창했다는 사실을 알 수 있게 되었다.

용선대의 조망

관룡사는 절집에서 정상 쪽으로 500미터 위쪽에 있는 용선대(龍船臺)라는 벼랑에 통일신라시대 석조여래좌상이 있기 때문에 더욱 매력적인 사찰이다. 용선대 석조여래좌상은 전체 높이 3.18미터로 대좌(臺座)와 불상으로 구성되는데, 불상은 근엄하고 좌대는 제법 화려하다. 근래에 좌대 중대석에 새겨진 명문을 발견해 8세기 초 석굴암 이전에 조성한 것으로 확인됐다.

절집에서 느린 걸음으로 약 25분 거리에 있어 누구나 가벼운 산행을 겸하여 이곳까지 오른다. 어쩌면 이곳에 오르기 위해 관룡사에 들르는지도 모른다. 용선대는 용의 등줄기 같은 저 관룡산의 화강암 줄기가 산자락을 타고 내리다 문득 멈춘 절벽이기 때문에 마치 용 모양의 뱃머리 같

| **타이타닉 부처님** | 관룡사 절집에서 정상 쪽으로 500미터 위쪽에 있는 용선대라는 벼랑에 통일신라시대 석조여래좌상이 있다. 용선대라 했으니 뱃머리에 해당한다. 우리 학생들은 이 불상에 '타이타닉 부처님'이라는 애칭을 붙였다.

| **용선대 석조여래좌상** | 전체 높이 3.18미터로 대좌와 불상으로 구성되는데, 불상은 근엄하고 좌대는 제법 화려하다. 근래에 좌대 중대석에 새겨진 명문을 발견해 8세기 초 석굴암 이전에 조성한 것으로 확인됐다.

다고 해서 붙은 이름이다. 실제로 용선대에 오르면 그 아래로 펼쳐지는 전망이 뱃머리에서 보듯 장쾌하다. 벼랑에 세워진 불상 앞에서 둘러보면 발아래로 관룡사가 둥지에 포근히 깃들인 것처럼 아늑해 보인다.

남쪽으로는 우리가 올라온 관룡산 계곡이 넓은 들판까지 길게 펼쳐지고, 불상 등 뒤로 올려다보면 화왕산 정상의 억새밭 민둥산이 느린 곡선을 그리며 한 굽이 돌아간다. 불상 앞은 바로 벼랑이어서 일찍이 예불드릴 수 있는 공간만 겨우 남겨놓고 긴 철봉으로 보호책을 쳐놓아 사람들은 철책에 기대어 불상을 바라보기도 하고 또는 철봉에 배를 의지하고 사방을 둘러보기도 한다.

그런데 몇 해 전 한 개구쟁이가 불상 앞 철책에 두 팔을 걸치고는 영화 「타이타닉」의 주인공이 뱃머리에서 두 팔로 날개를 펴는 장면을 연기해 보이는 것이었다. 용선대라 했으니 뱃머리에 해당하는 것일지니 그는 한번 폼 잡아볼 만도 했다. 이후 우리 학생들은 이 불상을 '타이타닉 부처님'이라고 부른다.

용선대 불상에서 정상 쪽으로 바라보면 바로 위쪽에 또 다른 벼랑이 하나 서 있는 것이 보인다. 이 벼랑을 우리 답사회원들은 '효대'라고 부른다. 총무인 '효형'이가 올라가보는 대(臺)'라는 뜻이다. 그는 어디를 가나 유적이 가장 잘 보이는 자리를 찾아 그 유적이 갖는 장소성(site)을 살펴보고, 또 거기서 사진을 찍고는 한다.

그런 곳을 우리는 효대라고 불렀고, 전국 답사처에는 효대가 20여 곳 있다. 용선대 효대에서 석조여래좌상을 근경(近景)으로 삼고 화왕산 한 바퀴를 원경(遠景)으로 조망하면 여태껏 우리가 보았던 것은 예고편에 불과한 것이 된다. 이 신비롭고 성스럽고 장엄한 경관을 위해 무르팍으로 비비며 벼랑에 올라온 발품이 조금도 아깝지 않다. 대개 우리는 효대에서 서산으로 해가 넘어가 땅거미가 내릴 때가 되어야 다시 관룡사로 하산하곤 했다.

섬진강과 보성강의 서정이 깃든 천 년 고찰

강을 따라가는 길

옛 지도는 참 재미있다. 아주 간명하면서도 대단히 회화적이다. 산세와 강줄기를 파악하는 데는 옛 지도가 요즘 지도보다 훨씬 유리하다. 그런데 이상하게도 옛 지도에서는 길은 따로 표시되지 않고 동그라미로 나타낸 고을과 고을을 붉은색 실선으로 곧게 그은 것이 곧 길이었다. 길이라면 자동찻길을 먼저 생각하고 지도라면 도로지도부터 생각하는 현대인으로서는 신기하게 생각되기도 한다. 그러나 따지고 보면 신작로가 만들어지고 철길이 놓이면서 길에 대한 개념이 그렇게 바뀐 것이지 옛날에는 그 방향으로 앞사람이 걸어간 자취를 따라가면 그것이 길이었다.

그런 시절 옛날 분들이 가장 좋아한 길은 강을 따라가는 길이었다. 산을 넘어가는 고갯길은 가마를 타고 가도 고생스럽지만 강을 따라가는 길은 심신이 모두 편하고 즐거웠다. 그래서 길은 강을 따라 발달했고 이 것은 근대사회에서도 예외가 아니었다. 그중 북에서 남으로 유유히 흐르는 낙동강과 섬진강이 하류에 이르러 만들어낸 길은 정말 아름답다.

둘 중 어느 길이 더 아름다운가를 말한다는 것은 심히 어렵고 곤란한 일이지만 나는 삼랑진에서 물금에 이르는 경부선 철길이 가장 아름답다고 생각하고 있다. 밀양부터 불어나기 시작한 낙동강이 합천 황강 쪽에서 흘러오는 또 다른 줄기와 어우러지는 삼랑진부터 자못 위용을 갖추니 여기부터 양산 물금까지 도도히 흘러내리는 모습은 차라리 장중한 교향악 같다고나 할 만하다. 특히 낙동강 하구는 폭이 좁게 마감되어 그 흐름이 더욱 유장해 보이는데 어떤 풍수가는 그로 인해 영남에서 인물이 많이 나왔다고 하고, 어떤 풍수가는 부산에 부자가 많게 됐다고 해석한다. 그러나 그 아름다운 낙동강변 경부선 철길도 구포에 이르면 갑자기 불개미집 같은 아파트가 차창으로 엄습하여 그간의 서정을 송두리째 앗아간다. 그래서 구포에 가까워오면 고개를 위로 돌리고 마니 삼랑진에서 물금까지만 아름답다고 한 것이다.

그러나 기찻길이 아닌 자동찻길로 말한다면 단연코 섬진강을 따라가는 길이 아름답다. 섬진강은 남원 지나 곡성부터 물이 차츰 붙기 시작하여 조계산 쪽에서 흘러오는 보성강(일명 압록강)과 합수머리를 이루는 구례 압록부터 장히 강다운 면모를 갖춘다. 여기부터 하동까지 100릿길, 지리산 노고단을 저 멀리 두고 왕시루봉, 형제봉에서 뻗어내린 산자락 아랫도리를 끼고 섬진강을 따라가는 길은 이 세상에 둘 있기 힘든 아름다운 길이다.

곡성부터 바짝 따라붙은 전라선 철길과 함께 섬진강을 나란히 달릴 때면 강 건너 산자락에 편안히 자리잡은 강변 마을들이 더없이 정겹게 다가온다. 구례 입구에서 전라선을 순천 쪽으로 내려보내고 지리산 밑으로 사뭇 섬진강을 따라가노라면 철따라 강가에선 은어를 잡고 재첩을 줍는 풍광이 산수화 속의 한가한 점경인물(點景人物)로 다가온다. 그리고 화개장터 강나루에는 건너갈 사람을 기다리는 나룻배가 거기를 지키고 있고, 악양 평사리께를 지나자면 은모래 백사장의 포플러가 항시 강바람에 좌우로 휩쓸리곤 한다.

이 길은 무리 지어 피어나는 꽃길로도 이름 높다. 진달래, 개나리 피는 계절 아름답지 않은 곳이 어디 있으리요마는 그보다 약간 앞서 피는 구례 산동면 상위마을의 산수유꽃과 그보다 약간 뒤에 피어나는 쌍계사 계곡 10릿길 벚꽃은 이곳의 본디 큰 자랑이다. 게다가 연전에는 강 건너 광양 쪽으로도 백운산 자락을 타고 섬진강에 바짝 붙여 새 길을 내었는데 다압면 섬진마을에서는 청매실농원에서 재배하는 매화밭이 하도 엄청스러워 매화꽃 향기가 지나는 차창에까지 깊이 파고든다.

그리하여 해마다 3월 하순에는 산수유, 개나리, 진달래부터 매화와 벚꽃까지 모두를 즐길 수 있는 날이 며칠은 있게끔 되어 있다. 그때가 섬진강 답사의 황금기라 할 것이다. 그러나 지난번 답사 때는 그런 좋은 꽃철을 다 놓치고 5월의 섬진강변을 달리면서 신록이 아름답다고 스스로 위로해보는데 구례 토지면 오미리, 운조루(雲鳥樓)가 있는 묵은 동네 뒷산 솔밭으로는 가볍게 지나가는 봄바람에도 노오란 송홧가루가 황사를 일으키듯 회오리를 치며 멀리 날리고 있었다.

저문 섬진강에 부치는 노래

섬진강은 특히나 해 질 녘 노을 물들 때가 정말 아름답다. 한낮의 섬진강은 진초록 쑥빛을 띠지만 석양을 받아 반사하는 저물녘의 섬진강은 보랏빛으로 변한다. 그 풍광의 경이로움을 보통내기들은 절대로 묘사해

| **섬진강** | 섬진강은 구례부터 하동까지가 그림처럼 아름답다. 한낮의 섬진강은 초록빛을 띠지만 저무는 섬진강은 보랏빛으로 물든다.

내질 못한다. 그래서인지 섬진강을 읊은 시인들은 한결같이 저문 섬진강을 노래했다. 섬진강 시인 김용택(金龍澤)의 「섬진강 1」 끝부분은 "저무는 섬진강을 따라가며 보라"고 했는데 고은(高銀) 선생의 「섬진강에서」는 첫 구절이 "저문 강물을 보라. 저문 강물을 보라"로 시작한다.

그런 중 내가 가장 좋아하는 섬진강의 시인은 이시영이다. 구례에서 태어나 구례중학교를 나온 그의 섬진강 노래에는 고향의 따스함과 그리움이 짙게 서려 있어 차창 밖으로 노을을 비껴보면서 사치스러운 낭만이나 화려한 애수를 늘어놓는 우리들의 서정과는 다르다. 그의 시 중에서 「형님네 부부의 초상」(『바람 속으로』, 창작과비평사 1986)은 잔잔한 감동이 가슴까지 저미는 명시다.

고향은 형님의 늙은 얼굴

혹은 노동으로 단련된 형수의 단단한 어깨

이마가 서리처럼 하얀 지리산이 나를 낳았고

허리 푸른 섬진강이 나를 키웠다

낮이면 나를 낳은 왕시루봉 골짜기에 올라 솔나무를 하고

저녁이면 무릎에 턱을 괴고 앉아

저무는 강물을 바라보며

어느 먼 곳을 그리워했지

(…)

우리가 떠난 들을 그들이 일구고

모두가 떠난 땅에서 그들은 시작한다

아침노을의 이마에서 빛나던 지리산이

저녁 섬진강의 보랏빛 물결에

잠시 그 고단한 허리를 담글 때까지

피아골의 계단식 논

섬진강변 지리산 산자락엔 명찰이 많다. 천은사, 화엄사, 쌍계사 등이 그중 이름 높은 절집인데 나는 이들보다도 연곡사(鷰谷寺)를 더 좋아하고 더 높이 친다. 지리산의 산사들은 고찰(古刹)로서의 면모를 다 잃어버렸고 연곡사도 전의 고즈넉함에 비하자면 마땅치 않지만 그나마 연곡사는 유례를 찾아보기 힘든 승탑(부도)들의 축제를 고이 간직하고 있어서 여기를 섬진강변 지리산 옛 절집의 마지막 보루로 삼고 있는 것이다.

그리고 내가 아직도 연곡사를 남달리 사랑함은 연곡사로 올라가는 피아골 골짜기의 계단식 논의 아름다움 때문이기도 하다. 그것은 연곡사

| 피아골 계단식 논 | 피아골 계곡의 벼랑을 계단식 논으로 만든 것은 자연을 대상으로 벌인 최대의 설치미술 같다. 요즘은 많이 사라졌다.

승탑 못지않은 피아골의 문화유산이다. 피아골은 지리산 수백 골짜기 중에서도 계류가 크고 깊어서 연곡천이라는 이름을 따로 갖고 있으며, 골짜기 위로 트인 하늘은 넓고 밝아 어느 계곡보다도 기상이 호방한데 그 골짜기로 기운 경사면을 계단식 논으로 쌓아올린 신기로움과 아름다움은 차라리 눈물겨운 것이기도 하다.

옛날 우리의 논배미는 거의 다 계단식 논이었다. 경작지라고 해야 들판보다 비탈이 더 많으니 위에서부터 물을 대는 천수답이 아니고서는 논을 고루 경영할 수 없었던 것이다. 그리하여 비탈을 타고 내려오는 계단식 논의 굽이진 논배미는 조상들의 슬기와 삶의 멋이 한껏 배어 있는 우리 땅의 가장 아름답고 전형적인 표정이다. 경지정리가 되면서 계단식 논은 우리 주위에서 자꾸 사라져가고 있지만 아직도 그것은 지울 수 없는 우리네 향토적 서정의 징표다. 그래서 안병욱(安秉旭) 교수는 「내 마음속의 문화유산 셋」을 논하면서 그중 하나로 이 논배미를 꼽고 이렇게 말했다.

원만하게 굴곡진 먼 들판의 모습은 자연과 가장 잘 어울린 인간이 만들 수 있는 최고의 예술품, 바로 그것이다. (…) 어디도 모나지 않은 논배미는 순한 농군의 심성을 그대로 반영한다. 그 논은 절대로 한쪽으로 기울지 않는다. 우리 선인들은 자연을 거스르지 않고 그 흐름에 따라 물결 같은 논두렁을 그리면서 중심 바닥만은 공평을 잃지 않은 것이다. 나는 들녘을 바라보면서 생존의 고단함을 무심히 달랬고 거기 넘실대는 나락을 보면서 생의 의지를 돋우었을 농민을 생각해본다.

그런 계단식 논배미의 마지막 보루가 여기 피아골이다. 가파르게 계곡으로 내리지르는 비탈을 깎아 논을 만들자니 비탈마다 보통은 몇십 계단의 논으로 석축을 쌓았는데 논배미가 작은 것은 겨우 열 평 남짓 되는 것도 있고, 높게 쌓은 석축은 사람 키 두 길이나 되는 것도 있고 또 봇물을 끌어댄 물길이 '실하게 두 마장은 되는 것'도 있다. 그리고 숲속으로 돌아간 논두렁 끝이 보이지 않는 높은 비탈엔 거의 100층의 논배미가 계단을 이루고 있다. 정말로 장관이다.

피아골 계단식 논은 여기에서 벌을 치면서 4년간 글을 쓴 송기숙 선생이 철저하게 관찰해서 그 미세한 사실들을 소설 『녹두장군』 제5권 '공중배미'편에 세세하게 묘사해놓았는데, 어느 논두렁 석축도 안으로 기운 것이 없고 모두 한 뼘이라도 더 넓히려고 바짝 곧추세웠다는 것이다. 그래서 논배미는 생긴 모양에 따라 삿갓배미, 치마배미, 항아리배미 같은 별명이 붙은바 어떤 논은 아랫논에 기댄 것이 5분의 1도 안 되니 차라리 공중배미라고 할 만한 것이었다는 얘기다.

피아골 계단식 논은 농민들의 땅에 대한 무서운 사랑과 집념을 남김없이 보여준다. 옛 속담에 '자식 죽는 것은 보아도 곡식 타는 것은 못 본다'는 그런 농군의 정성이 피아골 계단식 논을 가능케 한 것이다.

피아골의 계단식 논, 그것은 우리의 위대한 문화유산이자 우리 조상들이 장기간의 세월 속에 이룩한 집체 창작이며, 삶과 예술이 분리되지 않고 자연과 예술이 하나 됨을 보여주는 달인들의 명작인 것이다. 계단식 논이 살아 있는 한 피아골은 살아 있고, 그것이 살아 있을 때 피아골은 살아 있다.

연곡사의 연혁과 역사

지금 연곡사는 제법 큰 절로 모양새를 갖추어 주차장 공터도 넓고 법당도 그럴듯하며 요사채 쪽 돌축대도 장해 보인다. 또 한쪽으로는 선암사의 뒷간을 모방한 잘생긴 화장실도 지었다. 그러나 그 역사(役事)들은 아주 오래된 일은 아니다. 1983년에 대적광전이 준공되고 85년에 요사채와 선방이 낙성되었는데, 그전에는 한국전쟁 때 폐사가 된 뒤 조그마한 대웅전이 요사채를 겸하면서 절의 명맥을 유지해왔을 뿐이다. 그래서 나는 뇌리에 각인된 첫인상 때문에 연곡사를 그뒤로도 한동안 폐사지로 생각할 때가 많다.

연곡사의 연혁에 대해서는 전남대학교박물관에서 펴낸 『구례 연곡사 지표조사 보고서』(1993)에서 이계표 씨가 쓴 「연곡사의 연혁」이 가장 자세하고 신뢰할 수 있는 글이다.

연곡사는 8세기 통일신라의 큰스님인 연기법사(緣起法師)가 창건했다고 한다. 연기법사는 지금 호암미술관이 소장하고 있는 『백지묵서 화엄경 사경(寫經)』(국보 제196호)을 총감독한 스님으로 연곡사 외에도 화엄

| **연곡사 삼층석탑** | 연곡사 절집 초입에 외로이 서 있는 통일신라 삼층석
탑은 원래 금당이 이쪽에 있었음을 말해준다.

사, 대원사 등 지리산에만도 세 개의 절을 세운 전설적인 인물이다. 그러
나 이때의 모습을 알려주는 유물이나 기록은 아무것도 없다. 다만 그로
부터 100년쯤 뒤로 생각되는 9세기 후반에 세워진 것이 틀림없는 연곡
사 사리탑(연곡사 동부도, 국보 제53호)과 비석을 잃은 돌거북비석받침과 용
머리지붕돌(보물 제153호)만이 남아 있을 뿐이다. 우리나라의 대표적인 승
탑 중 하나인 이 연곡사 사리탑의 주인공이 누구냐는 한국미술사의 큰
의문 중 하나이다. 속전(俗傳)에는 도선국사(道詵國師, 827~898) 사리탑

이라는 설이 있는데 그 근거는 알 수 없지만 그럴 수 있는 가능성이 전혀 없는 것은 아니다. 만약 그것이 정말로 최창조(崔昌祚) 씨가 주장하는 '자생 풍수'의 원조인 도선국사의 사리탑이라면 그 역사적 가치는 엄청난 것이다.

연곡사 사리탑 다음의 역사를 말해주는 유물은 역시 비석을 잃은 돌거북비석받침과 용머리지붕돌만 남아 있는 현각선사(玄覺禪師) 탑비(보물 제152호)와 현각선사의 사리탑이라고 생각되는 현각선사탑(북부도, 국보 제54호)이다. 현각선사탑은 고려 경종 4년(979)에 세워진 것으로 연곡사 사리탑을 빼어내듯 흉내 낸 것이다. 나말여초의 선종 사찰에는 이처럼 하대신라 개창조와 고려시대 중창조의 사리탑이 쌍을 이루는 것이 많다. 문경 봉암사, 곡성 태안사, 남원 실상사, 장흥 보림사, 여주 고달사 등이 모두 똑같은 현상을 보였으니 이는 우연이 아니라 고려 초에는 빙켈만 (Johann J. Winckelmann)이 말한 '모방자 양식'의 풍조가 있었던 것이라고 할 만하다.

그러나 정작 현각선사가 누구인지는 모르겠고 지금 연곡사 한쪽에 있는 삼층석탑(보물 제151호)은 대개 현각선사 시대의 유물로 추정되고 있다.

이후 고려시대에는 진정국사(眞靜國師)가 주석한 적이 있다는 단편적인 기록과 조선시대 중종 때(1530) 편찬한 『신증동국여지승람』에 구례현에는 연곡사가 있다는 기록이 있으니 그럭저럭 사맥(寺脈)을 유지해온 듯하다. 그러나 정유재란 때 일이다. "1598년 4월 10일 왜적 400명이 하동 악양을 거쳐 지리산 쌍계사, 칠불사, 연곡사에 들어와 살육과 방화를 자행했다"는 『난중잡록(亂中雜錄)』의 기록이 있어서 이때 폐허가 된 상황을 짐작게 한다.

조선 후기 이래의 연곡사

불탄 연곡사를 다시 중창한 분은 서산대사의 제자로 조선 후기 큰스님인 소요대사(逍遙大師) 태능(太能)이다. 바로 이분의 사리탑이 소요대사탑(서부도, 보물 제154호)이다. 이 무렵(1655) 사세(寺勢)가 제법 확장되었던 듯 연곡사에서는 「석가여래 성도기(成道記)」를 목판으로 찍어내기도 했다.

그리고 연곡사가 역사 속에 다시 나타나는 것은 1728년, 이인좌가 모반을 일으켰을 때 스님 대유(大有)와 승려 출신의 술사(術士) 송하(宋賀)가 쌍계사와 연곡사를 거점으로 명화적(明火賊)들과 연합하여 이 반란에 가담했다고 하는데, 이 반란이 실패하자 그들은 지리산 속으로 종적을 감추었다고 한다. 그들은 당시의 빨치산이었던 셈이다.

연곡사는 이후 역사의 기록에 다시 한번 나타나는데, 1745년(영조 21년) 10월 21일 나라에서 연곡사를 왕가의 신주목(神主木, 위패를 만드는 나무)을 봉납하는 장소로 지정하여 연곡사 주지가 밤나무 단지를 경영하는 책임자가 된 것이다. 그것은 연곡사의 한 특권이기도 하여 이로 인해 연곡사는 지방 향리의 경제적 수탈에서 벗어날 수 있었다. 그 무렵 연곡사 스님들의 수도와 포교가 계속되어 "원암(圓庵)스님이 만년에 연곡사 용수암에서 도반 취운(翠雲)과 함께 하루 한 끼만 먹으면서 수년 동안 용맹정진했다"는 기록도 있고 '보월당(葆月堂) 영탑(靈塔)'이라는 명문이 있는 보주(寶珠)형 사리탑이 하나, 팔각지붕을 얹은 작은 사리탑 두 개가 남아 있어서 끊길 듯 이어진 연곡사의 역사를 살필 수 있다. 그러나 19세기 말에는 연곡사 밤나무를 남벌하여 율목봉산지소(栗木封山之所)로서 자기 기능을 못한 책임이 돌아올까 두려워 중들이 절을 버리고 도망가게 되니 그로 인해 폐사가 되고 말았다.

| **고광순 순절비** | 항일의병대장 고광순의 순절비가 동백나무 아래 조용히 모셔져 있다.

그런 연곡사가 또 다시 역사에 나타나는 것은 을사조약으로 제2차 의병운동이 일어날 때 고광순(高光洵)이 1907년 8월 26일 연곡사에 본영을 설치하고 항일투쟁을 벌이면서이다. 고광순은 봉기와 동시에 화개장터로 내려가 일본군 열 명을 죽이고, 연일 일본군을 공격하면서 9월 6일에는 의병 소재를 찾으러 들어온 일본군 수십 명을 공격하여 또 열 명을 죽이는 전공을 거두었다. 그러나 무기 하나 신통한 것 없으면서도 오직 나라를 잃어서는 안 된다는 의지와 신념으로 싸워온 고광순 의병대는 한 달 뒤인 10월 11일 일본군의 야간 기습을 받아 연곡사 옆 피아골 계곡에서 전멸하고 연곡사는 일본군의 방화로 잿더미가 된다. 지금 연곡사 소요대사 사리탑 아래쪽 해묵은 동백나무 그늘 아래 1958년에 까만 대리석으로 세운 고광순 의병장의 순절비(殉節碑)가 그 뜻을 기리고 있다.

이후 연곡사는 일제시대에 한 불교 신자가 암자를 지어 경영하다가 한국전쟁 때 다시 폐사가 되었다. 피아골은 오래된 전쟁영화, 노경희 주연의 「피아골」 때문에 살벌한 분위기로 뇌리에 강하게 박힌 윗 세대들이 적지 않을 텐데, 이태(李泰)의 『남부군』이나 영화 「남부군」에서는 '피아골의 축제'가 빨치산의 한순간 낭만을 흥겹게 그려냈으니 그것을 인상 깊게 생각하는 중년들이 또 적지 않을 것 같다. 그러나 피아골 자체는 계곡의 하늘이 넓어 은폐하기 어렵기 때문에 빨치산 전투에는 부적격하여 큰 전투는 없었던 곳이라고 한다. 이후 연곡사는 1960년대 후반에 작은 절이 들어섰다가 80년대에 큰 절로 발돋움하게 된 것이다. 이것이 우리가 알고 있는 연곡사 역사의 전부이다.

여담 같은 얘기로 연곡사는 소설 속에 한 번 크게 등장했다. 박경리의 『토지』에서 최참판 댁 안주인인 윤씨 부인이 요절한 남편의 명복을 빌기 위해 연곡사에 백일기도를 드리러 갔다가 연곡사 주지인 우관스님의 동생으로 동학의 장수인 김개주에게 겁탈당하고 사생아 김환을 낳는다는 얘기이다. 그러나 소설 속에선 오직 이 이야기만 나올 뿐이다. 피아골의 눈물겹도록 아름다운 계단식 논배미, 그리고 연곡사의 그 요염한 승탑의 생김새 얘기는 없어 서운했다.

승탑 중의 꽃, 연곡사 사리탑

연곡사의 역사를 살펴면서 나는 우리나라 돌문화의 위대함을 다시 한 번 새겨보게 된다. '연곡사 사적기'라는 것이 제대로 전하는 것이 없어도 통일신라부터 조선 말기까지 시대를 점철하는 석조물이 있어서 그 면면한 역사를 읽어낼 수 있으니 그것이 돌의 위대함이 아니고 무엇인가.

그뿐만 아니라 연곡사는 저 아름다운 연곡사 사리탑이 있어 연곡사의 이름을 빛내고 피아골의 역사적·인문적·예술적 가치도 드높이고 있다.

| 연곡사 사리탑 | 우리나라 승탑 중의 꽃이라 할 만큼 형태미와 조각 솜씨가 빼어
나다. 그러나 어느 스님의 사리탑인지 아직 모른다. 이 사진은 복원하기 전의 모습
으로, 복원 과정에서 상륜부 꼭대기의 보륜 위치가 바뀌었다.

아무리 문화유산이 많아도 뛰어난 작품 하나가 없으면 어딘지 허전하지
만, 모든 게 사라진 폐허라도 그 속에 천하의 명품 하나가 있으면 축복받
을 수 있는 법이다. 변변한 문화유산을 간직하지 못한 태백산, 설악산, 소
백산 어느 골짜기에 이런 명품 하나가 있을 경우 그 산과 계곡이 얻었을

| **현각선사탑** | 북부도라고 칭하는 현각선사탑은 연곡사 사리탑을 빼다 박은 듯한 모방작이다. 사진으로는 거의 구별할 수 없을 정도로 같으나 분위기는 사뭇 다르다.

명성을 생각해본다면 우리 돌문화의 위대함을 새삼 깨닫게 된다.

연곡사 사리탑은 완벽한 형태미와 섬세한 조각장식의 아름다움으로 승탑 중의 꽃이라는 찬사를 받고 있다. 아마도 쌍봉사 철감국사 사리탑과 쌍벽을 이룰 치밀한 아름다움이 있다. 팔각기단 연화받침에 팔각당

| **연곡사 사리탑 비석받침과 지붕돌** | 사리탑의 뛰어난 조형 감각에 걸맞게 비석받침의 거북조각과 비석지붕의 용조각이 생동감 넘치는 사실성을 보여준다.

몸체를 앉히고 팔각기둥을 씌운 전형적인 팔각당 사리탑으로 기단부엔 사자, 연화대좌엔 날개 달린 주악천녀(奏樂天女), 몸체엔 사천왕과 문짝, 그리고 지붕돌엔 서까래와 천녀, 상륜부엔 극락조(가릉빈가) 등이 섬세하고 아름답게 조각되어 그 야무진 조형미로 우리를 뇌쇄한다.

　연곡사 사리탑은 무엇보다도 형태상에서 몸체에 해당하는 팔각당을 사다리꼴로 위를 약간 좁게 하여 날렵한 인상을 주고, 지붕돌은 맵시 있게 반전하여 그 경쾌함이 산들바람에도 날릴 것 같은데, 치밀한 조각장식은 탄력이 있다. 어디를 봐도 미운 구석이 없고 불완전한 티가 없다. 이처럼 연곡사 사리탑은 날렵하고 경쾌한 형태미를 자랑하지만 가볍거

| **현각선사탑비 받침과 지붕돌** | 돌거북의 모습엔 다소 과장이 들어 있
어 힘이 장사로 느껴진다.

나 들떠 있다는 느낌이 없다.

앙증맞고 발랄하지만 되바라진 데도, 새침한 데도 없다. 귀엽고 명랑
하고 예쁘기 그지없지만 젠체하는 구석이 없다. 저런 아름다움을 창출할
수 있었던 때가 9세기 하대신라 호족 문화의 시대였던 것인데, 정작 저
사리탑의 주인공을 알지 못하니 그게 안타까울 뿐이다.

승탑을 찾아가는 환상 특급

섬진강 지리산 언저리를 순례하는 답사가 1년에 한 번은 꼭 있었다.

| 소요대사탑 | 연곡사 사리탑을 본떴지만 사천왕의 조각에는 의도적으로 희화화한 솜씨가 돋보인다.

그럴 때마다 탐방하는 유적도 약간씩 다르고, 주제도 다르게 잡히는데 한 번은 2박 3일 일정으로 남도의 하대신라 선종 사찰을 두루 답사한 적이 있다. 그때 누군가 그 3일간의 답사는 승탑을 찾아가는 환상 특급을 탄 기분이었다며 낱낱 승탑에 대해 은유법으로 말하는데 그게 참 인상적이었다.

"쌍봉사 철감국사탑은 큰 영광을 얻은 분의 모든 것 같고, 실상사 증각국사탑은 듬직한 큰아들 같고, 태안사 적인선사탑은 정숙한 며느리 같고, 보림사 보조선사탑은 능력 있는 사윗감 같은데, 연곡사 사리탑은 귀엽게 자란 막내딸 같습니다.

　쌍봉사 철감국사탑은 비단 마고자를 입은 중년 남자 같고, 실상사 증각국사탑은 양복에 코트까지 입은 젊은 남자 같고, 태안사 적인선사탑은 검은색 투피스로 정장한 중년 여인 같고, 보림사 보조선사탑은 멋쟁이 콤비를 입은 총각 같은데, 연곡사 사리탑은 미니스커트 아니면 청바지에 빨간 하이힐을 신은 것 같습니다."

　연곡사 사리탑은 그렇게 발랄하고 앙증맞으면서 한편으로는 색태(色態)가 느껴지는 가벼운 요염성도 없지 않다.

　연곡사 사리탑을 보고 나서 현각선사탑을 보면 눈 없는 사람은 똑같은 것이 거기 또 있는 줄로 알고, 눈 있는 사람은 모작이 갖는 게으름에 혀를 절로 차게 된다. 만약에 연곡사 사리탑을 보지 않고 먼저 현각선사탑을 보았다면 우리는 그 형태미와 조각의 섬세함에 찬사를 보냈을 것이다. 그러나 우리는 이미 완벽한 조형미를 보고 온 터인지라 이런 모방자 양식엔 감동은커녕 실망을 말하게 된다. 그래서 나는 맹목적인 모방은 미움이고 실패일 뿐이라는 교훈을 새기는 현장으로 연곡사만 한 데가 없다고 생각하며, 미술사적 안목의 훈련과 시험장으로 여기보다 좋은 곳이 없다고 생각했다.

　이에 반하여 서부도라 불리는 소요대사탑은 연곡사 사리탑을 본뜨긴 했으면서도 그것을 익살스럽게 변화시켜 보는 이로 하여금 절로 웃음을 짓게 한다. 이런 것이 진짜 패러디(parody)이다. 진지한 것을 희화화(戱畫化)해 유머도 풍기면서 동질성을 획득한다는 것은 모방이 아니라 변주이며 계승인 것이다. 특히 사천왕상은 능글맞고 넉살 좋게 조각되어 코미디를 보는 듯한 경쾌한 즐거움이 있다.

　연곡사 승탑밭에서 또 무시할 수 없는 것은 보주형(寶珠型)의 보월

| 보월당 영탑(왼쪽) | 조선 후기의 보주형 승탑으로 형태미가 매우 깔끔하다.
| 팔각몸체에 팔각지붕을 한 승탑(오른쪽) | 조선 후기의 전형적인 사리탑 형식이지만 이처럼 잘 짜인 구조미를 보여주는 명품은 흔치 않다.

당탑과 팔각형 몸체에 팔각지붕을 얹은 승탑이다. 이 둘은 그간 보아온 3기의 승탑에 비할 때 공력과 재력이 많이 든 것은 아니다. 그러나 주어진 조건 속에서 최선을 다한 조형적 성실성과 세련미는 만점이다. 저런 능력의 조각가에게 큰일을 맡겼다면 또 어떤 대작의 명품이 나왔을지도 모를 가능성이 감지된다. 그러나 그 곁에 있는 둥근 몸체에 팔각지붕돌을 얹은 승탑과 20세기 후반의 종인화상탑은 조형상으로 그 자리에 같이 있다는 사실 자체가 오만으로 비칠 정도로 조형적 특징이나 매력이 없다.

남도의 봄이 어서 오라 부르는 고즈넉한 절집들

잃어버린 옛 정취의 미련

국토의 최남단, 전라남도 강진과 해남을 『나의 문화유산답사기』 제1장 제1절로 삼은 것은 결코 무작위의 선택이 아니었다. 답사라면 사람들은 으레 경주·부여·공주 같은 옛 왕도의 화려한 유물을 구경 가는 일로 생각할 것이며, 나 또한 답사의 초심자 시절에는 그런 줄로만 알았다.

그러나 지난 40여 년간 내가 답사의 광(狂)이 되어 제철이면 나를 부르는 곳을 따라 가고 또 가고, 그리하여 나에게 다가온 저 문화유산의 느낌을 확인하고 확대하기를 되풀이하는 동안 나도 모르는 사이 수없이 다녀온 곳이 바로 이 강진·해남 땅이다.

강진과 해남은 우리 역사 속에서 단 한 번도 무대의 전면에 부상하여 화려한 스포트라이트를 받아본 일 없었으니 그 옛날의 영화를 말해주는

대단한 유적과 유물이 남아 있을 리 만무한 곳이며, 그 옛날 은둔자의 낙
향지이거나 유배객의 귀양지였을 따름이다.

그러나 월출산, 도갑사, 월남사터, 무위사, 다산초당, 백련사, 칠량면의
옹기마을, 사당리의 고려청자 가마터, 해남 대흥사와 일지암, 고산 윤선
도 고택인 녹우당, 그리고 달마산 미황사와 땅끝(土末)에 이르는 이 답삿
길을 나는 언제부터인가 '남도답사 일번지'라고 명명하였다. 사실 그 표
현에서 지역적 편애라는 혐의를 피할 수만 있다면 나는 '남도답사 일번
지'가 아니라 '남한답사 일번지'라고 불렀을 답사의 진수처인 것이다.

거기에는 뜻있게 살다간 사람들의 살을 베어내는 듯한 아픔과 그 아
픔 속에서 키워낸 진주 같은 무형의 문화유산이 있고, 저항과 항쟁과 유
배의 땅에 서린 역사의 체취가 살아 있으며, 이름 없는 도공, 이름 없는
농투성이들이 지금도 그렇게 살아가는 꿋꿋함과 애잔함이 동시에 느껴
지는 향토의 흙내음이 있으며, 무엇보다도 조국 강산의 아름다움을 가장
극명하게 보여주는 산과 바다와 들판이 있기에 나는 주저 없이 '일번지'
라는 제목을 내걸었던 것이다.

월출산의 조형성

처음 보는 사람에게 영암의 월출산은 마냥 신기하기만 하다. 완만한
곡선의 산등성이 끊기듯 이어지더니 너른 벌판에 어떻게 저러한 골산
(骨山)이 첩첩이 쌓여 바닥부터 송두리째 몸을 내보이고 있는 것일까?
그것은 신령스럽기도 하고, 조형적이기도 하면서 한편으로는 대단히 회
화적이다.

계절에 따라, 시각에 따라, 보는 방향에 따라 월출산의 느낌과 아름다
움은 다르기 마련이지만 겨울날 산봉우리에 하얀 눈이 덮여 있을 때, 아

| 차창 밖으로 비친 월출산 | 저녁 안개가 내려앉으면서 산의 두께를 느낄 수 있을 때 월출산은 더욱 신비롭고 아름답다.

침 햇살이 역광으로 비칠 때, 그리고 저녁나절 옅은 안개가 봉우리 사이 사이로 비치면서, 마치 산수화에서 수묵의 번지기 효과처럼 공간감이 살아날 때는 그것 자체가 완벽한 풍경화가 된다.

현대미술에 관심이 많은 학생이 내게 물었다.

"호남 화단에 수많은 산수화가, 풍경화가가 있는데 왜 월출산을 그리는 화가는 없나요? 혹시 있습니까?"

없다! 아니, 있기는 있다. 어쩌다 전라남도 도전(道展)의 도록이나, 개인전 팸플릿에서 슬쩍 본 적은 있다. 그러나 그것은 월출산의 혼을 그린 것은 아니었다. 무덤덤한 풍경화에 지나지 않았다. 그러기에 아직껏 이 명산의 화가는 없는 셈이다. 광주, 목포, 영암, 강진, 해남 어디를 가나 집집마다, 식당, 다방 심지어는 담뱃가게에도 그림과 글씨가 주렁주렁 걸려 있다. 액틀 하나라도 걸 줄 아는 것이 남도 사람들의 풍류인 것만은 틀림없지만 그 내용은 의미도 모르고 읽지도 못하는 초서 현판, 있을 수 없는 공상의 산수, 감동은 빼버린 사군자 나부랭이들이다. 남도의 황토와 아름다운 산등성, 너른 들판, 야생초, 동백꽃, 월출산 같은 그림은 눈에 띄지 않는다.

월출산 도갑사

월출산의 대표적인 절집 도갑사(道岬寺)의 정취는 아침나절 산안개가 걷힐 때 가장 아름답다고 기억된다. 매표소에서 돌담을 끼고 계곡을 따라 조금 가다보면 비스듬히 출입문이 나 있는 것을 볼 수 있는데 이 해탈문(解脫門)은 국보 제50호로 일찍부터 문화재로 지정되어 있다. 조선 초기의 목조건축으로 집의 생김새가 특이하고 주심포·다포 양식의 공존이라는 건축사적 의의를 모르는 바 아니지만 이 정도 건물에 국보라는 가치를 부여한 것에 나는 선뜻 동의할 수가 없다. 시대가 오래되고 드물면 국보가 되는 것은 아니리라.

도갑사 경내로 들어서면 한적하고 소담스러운 분위기가 무위사만은 못해도 그 나름의 운치가 없는 것은 아니었는데 근래에 들어와서 조용한 산사들이 너나없이 장대하게 보이려고 밀어젖히는 허장성세의 유행이 도갑사에도 미치어 주위의 옛집과 나무를 모조리 쳐버리니 시원스럽기는커녕 허전하기만 하다. 그래서 대웅전 한쪽 켠 나무숲에 둘러쳐져 있던 묘각화상(妙覺和尙)의 탑비가 덩그러니 온몸을 드러내고 있어 쓸쓸한 기분마저 감돈다. 이 비석의 주인공이나 생김새에 특별한 해설이 필

| **도갑사 경내** | 도갑사 경내는 아주 조용하고 정갈한 분위기를 지니고 있다. 남도의 산사들은 소담스러운 분위기가 있어서 더욱 정감이 간다. 지금은 이층 대웅보전이 들어서는 등 큰 불사를 하여 호젓한 산사의 정취를 느낄 수 없다.

요할 것 같지 않은데 다만 비문 중에는 특이하게도 석수(石手)와 야장(冶匠)의 이름까지 새겨져 있어서 나는 항시 그것을 신기하게 생각하고 있다. 이런 경우는 아주 드문 일인데, 이 비석은 1629년에 세워진 것인바, 17세기의 다른 비문에서도 몇 개 더 볼 수 있을 뿐이니 임진왜란 이후 세상이 변하면서 잠시 있었던 일인지도 모르겠다.

대웅전 뒤쪽 대밭을 지나는 오솔길은 곧장 월출산으로 오르는 길이 되는데, 계곡을 따라 표지판대로 오르면 미륵전이라는 아주 가난하게 생긴 옛 당우가 하나 나온다. 낮게 둘러진 담장도 허름한 모습이지만 그 운치만은 살아 있으니 사람들은 여기에서 곧잘 사진을 찍는다. 미륵전 안에는 미륵님이 모셔져 있는 것이 아니라 고려 말의 석조 석가여래상(보물 제89호)이 항마촉지인(降魔觸地印)을 하고 있다. 석가를 모셔놓고도 미륵전이라고 부르던 것이 조선 후기의 불교였다. 그러니까 부처님의 교리

보다도 그저 세상을 구원하는 미륵님이면 그만이던 말세의 신앙이 남긴 흔적인 것이다. 이 석조여래상은 그 생김이 미남형이어서 개성적인 고려 불상 중 예외적으로 잘생긴 편에 속한다.

도갑사 관음32응신도

사실 도갑사의 불화로 말할 것 같으면 생각할수록 아쉬움이 남는 조선시대 불화의 최고 명작이 봉안되어 있었다. 지금은 일본 교토(京都)의 대찰인 지온인(知恩院)에 소장되어 있는 「관음32응신도(觀音三十二應身圖)」다. 높이 2.3미터, 폭 1.3미터의 비교적 대작인 이 두루마리 탱화는 화려한 고려 불화의 전통과 조선 전기의 산수화풍이 어우러진 둘도 없는 명작으로 1550년 인종 왕비인 공의왕대비(恭懿王大妃)가 돌아가신 인종의 명복을 빌기 위하여 이자실(李自實)에게 그리게 하여 이곳 도갑사에 봉안했던 것이다.

「관음32응신도」란 『묘법연화경』의 「관세음보살 보문품(普門品)」에서 관세음보살이 서른두 가지로 변신하여 그때마다 다른 모습으로 중생을 구제한다는 내용을 그림으로 풀어낸 것이다. 중앙에 관세음보살을 절벽 위에 편안히 앉아 있는 유희좌(遊戱座)의 모습으로 그리고 그 아래로는 무수한 산봉우리가 펼쳐지면서 중생이 도적을 만났을 때, 옥에 갇혔을 때, 바다에서 풍랑을 만났을 때 등 그때마다 관음의 도움을 받는 그림이 동시 축약으로 담겨 있다. 각 장면은 바위, 소나무, 전각, 인물들로 이루어진 낱폭의 산수인물도라 할 만큼 회화성이 아주 높은데 바위에는 경

| **관음32응신도** | 이자실이 그린 이 탱화는 조선시대 불화의 최고 명작으로 불화이면서 산수인물화의 멋도 함께 보여준다.

전의 내용을 마치 암각 글씨인 양 금물로 써넣어 각 장면의 의미를 명확히 하였다.

더욱이 이 탱화는 우측 상단에 붉은빛을 띠는 경면주사로 1550년에 왕대비가 인종의 명복을 빌기 위해 이 그림을 그려 월출산 도갑사에 봉안한다는 관기(款記)가 분명하고 또 좌측 하단에는 신(臣) 이자실이 목수경사(沐手敬寫, 손을 씻고 삼가 그림)하여 바친다고 적혀 있어 제작 동기, 봉안 장소, 화가의 이름까지 모두가 밝혀진 조선시대 회화사의 기념비적 작품이다. 1996년 호암미술관에서 열린 '조선 전기 국보전' 때 모처럼 국내에 공개되어 많은 미술사가와 관객들이 「몽유도원도」 못지않게 이 작품에서 큰 감명을 받았다. 이 그림을 그린 이자실이 과연 누구인가에 대해서는 아직 확언하기 힘들지만 이동주 선생은 여러 전거를 들어 「송하보월도」를 그린 노비 출신의 화가인 학포 이상좌일 가능성이 높다고 했는데, 나 또한 그렇게 생각하고 있다.

이런 명화가 어떻게 일본으로 건너가게 되었을까? 나는 임진왜란, 또는 그 직전 이 일대에 빈발하던 왜변(倭變) 때 왜구들이 약탈해간 것으로 생각하고 있다. 16세기 후반 강진·영암 일대에 일어났던 왜변의 상황은 벽초 홍명희의 『임꺽정』 제3권 양반편 마지막 장에 잘 그려져 있다. 활 잘 쏘는 이봉학이와 돌팔매질 잘하는 배돌석이가 재주 시합한 곳이 바로 영암성이었다. 왜구의 침입이 그렇게 잦았고 그들은 우리 사찰의 범종과 불화를 가져다 일본 사찰에 거금을 받고 팔아넘기곤 했던 것이다. 그러나 이제 와서 그들이 이 그림을 반환해줄 리 만무인지라 잃어버린 문화유산의 이야기로만 남을 수밖에 없어 아쉽기 그지없다(근래에는 도갑사에서 실물대 정밀 복사본을 만들어 유물기념관에 전시해놓고 있다).

미륵전에서 내려와 다시 산 위쪽으로 몇 걸음 더 올라가면 도갑사를 일으킨 도선(道詵)과 중창한 수미(守眉)선사 두 분의 공적을 새긴 높

| **도선국사수미대선사비** | 전설 속의 스님 도선국사의 일대기와 수미선사의 공적을 새긴 이 비석은 17세기에 세워진 것이지만 그 규모의 장대함과 조각의 섬세함이 볼만하다.

이 4.8미터의 거대한 비석을 볼 수 있다. 이 비석을 받치고 있는 돌거북은 아마도 우리나라 비석거북 중에서 가장 큰 것이 아닐까 생각되는 거대한 모습이다. 게다가 고개를 왼쪽으로 틀게 하여 생동감도 표출하였고 흰 대리석 비의 용머리 부분도 아주 정교하여 볼만한 물건인데 겨우 지방문화재로 지정되어 있을 뿐이다. 비문을 보면 이 비석 제작에 17년

이 걸렸다고 하니 옛사람들의 공력과 시간 개념에는 퍽이나 지긋한 면이 있었다는 생각을 갖는다. 글을 지은 분은 삼전도비를 쓴 바 있는 영의정 이경석(李景奭, 1595~1671)이고, 글씨는 한석봉의 제자 오준(吳竣, 1587~1666)이 썼다.

이것으로 도갑사의 볼거리는 다 본 것인데 사실 더욱 중요한 것은 따로 있으니, 월출산이 낳은 불세출의 인물 도선국사를 말하지 않고는 여기를 다녀간 의미가 반감된다. 그리고 영암 월출산이 내세우는 또 하나의 인물, 백제 왕인(王仁) 박사의 유허지가 도갑사 남쪽 성기동(聖基洞)에 있는데 한 번은 가볼 만하다. 왕인 박사는 백제 고이왕 52년(285)에 일본에 한문(천자문)을 전해주어 일본의 문명이 발전할 수 있는 인프라를 제공했던 백제인이다.

그러나 그가 영암 출신임을 크게 내세워 지금처럼 자랑하는 방식에 대해 나는 조금은 생각을 달리한다. 왕인을 추앙할 사람들은 우리보다 일본인이다. 아펜젤러는 한국 개화사에서 이름난 것이지 미국 현대사에 족적을 남긴 인물이 아닌 것처럼. 실제로 일본 도쿄의 우에노공원을 거닐다가 길가에 세워진 왕인 박사 추모비를 보면 일본 사람들이 고마워하는 마음을 엿볼 수 있었다. 영암의 왕인 박사 유적지도 이처럼 조용하고 차분한 사적지로 만들었으면 거기서 마음으로 생각게 하는 바가 더 깊고 그윽했을 성싶다. 그러나 자못 거대한 기념관으로 치장해놓고 보니 혹시 식민지 시절 일본에 당했던 아픔의 정신적 보상을 이런 식으로나 찾으려는 것이 아닌가 싶어 오히려 애처로운 마음이 일어 발길이 한 번에 그치고 말았다.

| **무위사 극락보전** | 조선 초에 세워진 대표적인 목조건축으로 맞배지붕의 단아한 기품을 잃지 않으면서 불당의 엄숙성도 유지하고 있다.

무위사 극락보전의 아름다움

남도답사 일번지의 첫 기착지로 나는 항상 무위사를 택했다. 바삐 움직이는 도회적 삶에 익숙한 사람들은 이 무위사에 당도하는 순간 세상에는 이처럼 소담하고, 한적하고, 검소하고, 질박한 아름다움도 있다는 사실에 스스로 놀라곤 한다. 더욱이 그 소박함은 가난의 미가 아니라 단아(端雅)한 아름다움이라는 것을 배우게 된다.

월남리에서 강진 쪽으로 불과 3킬로미터. 길가에는 '국보 제13호'라는 큰 글씨와 이발소 그림풍의 관음보살상 입간판이 오른쪽으로 화살표를 해놓고 있다. 여기서 월출산 쪽으로 다시 3킬로미터.

사실 우리는 이 입구부터 걸어가야 옳았다. 비탈길을 계단식 논으로

| **극락보전의 측면관** | 극락보전은 측면관이 아주 아름답다. 기둥과 들보를 노출시키면서 조화로운 면분할로 집의 단정한 멋을 은근히 풍기고 있다.

경작해 흙과 함께 살고 있는 농부들의 일하는 모습, 그 일하는 사람들이 옹기종기 모여 사는 동그만 마을과 마을. 그리고 저 위쪽 마을, 오래된 한옥과 연꽃이 장엄하게 피어난다는 백운동(白雲洞)의 연못도 구경하고, 가다가 모정(茅亭)에 쉬면서 촌로의 강한 남도 사투리도 들어보았어야 했다. 그러다 보면 산모퉁이를 도는 순간 월출산의 동남쪽 봉우리가 환상의 나라 입간판처럼 피어올랐을 것이다. 우리는 이 행복한 40분간의 산책로를, 무감각하게도 문명의 이기를 이용하여 5분 만에 지나 무위사 천왕문 앞에 당도해버렸다. 그것은 편리가 아니라 경박성이라고 해야 할 것이다.

천왕문을 지나면 곧바로 경내, 오른쪽으로는 요사채가 궁색해 보이지만 정면에 보이는 정면 3칸의 맞배지붕 주심포집이 그렇게 아담하고 의젓하게 보일 수가 없다. 조선시대 성종 7년(1476) 무렵에 지은 우리나라의 대표적인 목조건축의 하나다.

세상의 국보 중에는 국보답지 못한 것이 적지 않지만 무위사 극락보전은 국보 제13호의 영예에 유감없이 답하고 있다.

예산 수덕사 대웅전, 안동 봉정사 극락전, 영주 부석사 조사당 같은 고려시대 맞배지붕 주심포집의 엄숙함을 그대로 이어받으면서 한편으로는 조선시대 종묘나 명륜당 대성전에서 보이는 단아함이 여기 그대로 살아 있다. 거기에다 권위보다도 친근함을 주기 위함인지 용마루의 직선을 슬쩍 둥글린 것이 더더욱 매력적이다. 치장이 드러나지 않은 문살에도 조선 초가 아니면 볼 수 없는 단정함이 살아 있다.

내가 어떤 미사여구를 동원한다 해도 이 한적한 절집의 분위기에 척 어울리는 저 소담하고 단정한 극락보전의 아름다움을 반도 전하지 못할 것 같다. 언제 어느 때 보아도 극락보전은 나에게 "너도 인생을 가꾸려면 내 모습처럼 되어보렴" 하는 조용한 충언을 들려주는 것 같다.

무위사 벽화

극락보전 안에는 성종 7년에 그림을 끝맺었다는 화기(畵記)가 있는 아미타삼존벽화와 수월관음도(水月觀音圖)가 원화 그대로 보존되어 있다. 이것은 두루마리 탱화가 아닌 토벽의 붙박이 벽화로 그려진 가장 오래된 후불(後佛)벽화로, 화려하고 섬세했던 고려 불화의 전통을 유감없이 이어받은 명작 중의 명작이다. 무위사 벽화 이래로 고려 불화의 전통은 맥을 잃게 되고 우리가 대부분의 절집에서 볼 수 있는 후불탱화들은 모두 임란 이후 18~19세기의 것이니 그 기법과 분위기의 차이는 엄청난 것이다.

그러나 무위사 벽화는 역시 조선시대 불화답게 고려 불화의 엄격한

상하 2단 구도를 포기하고 화면을 꽉 채우는 원형 구도로 바뀌었다. 고려불화라면 협시보살(脇侍菩薩)로 설정한 관음과 지장 보살을 아미타여래 무릎 아래로 그려 위계질서를 강조하면서 부처의 권위를 극대화했겠지만, 무위사 벽화에서는 협시보살이 양옆에 서고 그 위로는 6인의 나한상이 구름 속에 싸이면서 부처님을 중심으로 행복한 친화 관계를 유지하고 있다. 같은 불화라도 상하 2단 구도와 원형 구도는 이처럼 신앙 형태상의 차이를 반영하는 것이니 미술이 그 시대를 드러내는 것은 꼭 내용만이 아니라 이처럼 형식에서도 구해진다.

극락보전 안벽에는 이외에도 많은 벽화가 그려져 있었다. 그러나 세월이 흘러 곧 허물어질 지경에 이르게 되어 1974년부터 해체 보수를 시도하였고 지금은 그 벽화들을 통째로 들어내어 한쪽에 벽화보존각을 지어놓고 일반에게 관람케 하고 있다.

후불벽화의 뒷면, 그러니까 극락보전의 작은 뒷문 쪽에도 벽화가 그려져 있다. 백의관음이 손에 버드나무와 정병(淨甁)을 들고 구름 위에 떠 있는데 아래쪽에는 선재동자(善財童子)가 무릎을 꿇고 물음을 구하고 있는 그림이다. 박락이 심하여 아름답다는 인상은 주지 않으나 그 도상은 역시 고려 불화의 전통이라 의의는 있다.

만덕산 저편 백련사

강진 답사에 빠질 수 없는 다산초당에 들렀다가 만덕산 허리춤을 세 굽이 가로지르면 백련사(白蓮寺)에 이를 수 있다. 그 산길은 느린 걸음이라도 30분 안에 다다를 수 있는 쾌적한 등산길이다. 등산길이라기보다

| **극락보전의 벽화** | 고려 불화의 화려하고 섬세한 기법이 그대로 남아 있는 조선 초 벽화의 대표작으로 꼽히고 있다.

산책길이라는 표현이 더 어울릴 이 오솔길은 그 옛날 나무꾼이 다니던 아주 좁은 산길로 정다산이 강진 유배 시절 인간적·사상적 영향을 적지 않이 서로 주고받았던 백련사 혜장(惠藏, 1772~1811)스님을 만나러 다니던 길이다.

나무꾼도 길손도 없는 요즘에 와서는 나 같은 답사객이나 일없이 넘어가는 길이 되어 한여름이면 키 큰 억새를 헤치고 칡넝쿨 끊으며 새 길을 열어야 되지만, 길은 외길인지라 잃을 리 없고, 산은 육산인지라 발끝이 닿는 촉감이 사뭇 부드럽다.

전형적인 조선의 야산으로 소나무, 참나무, 진달래가 흩어치는 박수처럼 어지러운 가운데 그 나름의 질서가 있고 발목에 스치는 이름 모를 풀포기들이 낯설지 않아 당신의 고향 땅이 어디든 여기는 잃어버린 향토적 서정의 한 자락을 상기시켜줄 것이다.

산허리 한 굽이를 넘어서면 시야는 넓게 펼쳐지면서 구강포 너른 바다가 한눈에 들어오고 산자락 끝 포구 가까이로는 아직도 비탈을 일구어 밭농사 짓고 있는 여남은 채 농가의 정경이 그렇게 안온하게 느껴질수가 없다.

만덕산의 봄은 남도의 원색, 조선의 원색을 가장 극명하게 보여준다. 구강포의 푸른 바다, 아랫마을 밭이랑의 검붉은 황토, 보리밭 초록 물결 사이로 선명히 드러나는 노오란 장다리꽃·유채꽃 밭, 소나무 그늘에서 화사한 분홍을 발하는 진달래꽃, 돌틈에 소담하게 자라 다소곳이 고개 숙인 야생 춘란의 고운 얼굴, 그리하여 백련사 입구에 다다르면 울창한 대밭의 연둣빛 새순과 윤기 나는 진초록 동백잎 사이로 점점이 붉게 빛나는 탐스러운 동백꽃, 거기에 산새는 잊지 않고 타관 땅 답사객을 맞아주었다.

백련사 가람배치의 불친절성

백련사는 읍내가 가까운 절집답게 크도 작도 않은 규모로 만덕산 한쪽 기슭 남향받으로 자리잡고 있다. 해안변에 바짝 붙어 있는 절인지라 강화도 정수사, 김제의 망해사처럼 바다를 훤히 내다보는 호쾌한 경관도 갖고 있다. 게다가 서산 개심사 못지않은 정갈한 분위기도 갖추고 있어서 이 조용한 절집을 찾은 사람을 결코 실망시키지 않는다.

그러나 백련사는 우리나라 사찰 중에서 예외적으로 다소는 위압적인 가람배치를 하고 있다는 인상을 준다. 의젓한 풍모를 과시하는 자태가 때로는 오만하게 느껴질 정도로 불친절한 인상마저 주는 곳이다. 같은 답사 코스에 들어 있는 해남 대흥사 같은 절은 그 규모가 백련사의 몇 배도 더 되는 대찰임에도 절집에 당도하면 사람을 포근하게 감싸주는 따

| **백련사 전경** | 백련사의 가람배치는 앞쪽에 만경루가 육중하게 가로막고 있어서 위엄과 권위를 앞세운 느낌을 준다.

뜻함이 있건만 백련사는 당우라고 해봤자 대여섯 채밖에 안 되는데 그
외관에서 풍기는 인상은 마치 거구와 마주 대하는 듯한 위압감이 있다.
나는 그 이유가 무엇인가를 곰곰이 따져보았다.

　백련사의 불친절성은 그 가람배치의 특수성에 있는 것이 분명하다.
구강포 아랫마을에서 보리밭 지나 동백나무숲을 빠져나오면 백련사 초
입의 넓은 마당이 나오는데, 천왕문이라도 있음 직한 이 자리엔 아무런
축조물이 없이 저 위편에 장대한 규모의 만경루(萬景樓)가 우리의 시야
를 가로막는다. 게다가 만경루는 아래층 벽면은 무슨 창고나 되는 양 널
빤지로 굳게 막혀 있다. 뜰 앞에 해묵은 배롱나무가 있어서 그 답답함을
조금은 순화시켜주지만 그로 인한 위압감이 사라지는 것은 아니다.

　더욱이 절 안쪽으로 유도되는 길의 배치를 보면 만경루를 완전히 감

싸고 돌아 그 앞모습, 옆모습을 다 본 다음에야 대웅전 안뜰로 들어서게 되는데 대웅전 또한 높은 축대 위에 팔작다포집으로 하늘을 향해 날개를 편 듯한 형상으로 우뚝 서 있고, 그 정면에는 계단이 없으므로 또다시 저쪽 옆으로 빙 돌게끔 되어 있다. 산비탈에 절집을 짓자니 그럴 수밖에 없지 않았겠느냐고 반문할 사람도 있을 것 같다.

그러나 비슷한 구조이지만 안동 봉정사의 경우 누마루 밑을 계단으로 뚫어 그것을 정문으로 삼고, 그 길은 앞마당에서 대웅전으로 연결되어 있어 가지런한 돌계단을 밟으며 곧장 부처님 품 안으로 들어갈 수 있다. 그에 비해 백련사는 방문객을 빙빙 돌아가게 만드는 동선으로 우리를 감시하는 듯하다.

백련사의 흥망성쇠

백련사의 내력은 정다산이 제자들과 찬술한 「만덕사지」, 중종 때 명문장 윤회(尹淮)가 지은 「만덕산 백련사 중창기」 그리고 지금 백련사에 남아 있는 조종저(趙宗著, 1631~90) 찬의 '백련사 사적비' 비문이 남아 있어 소상히 알 수 있다.

기록에 의하면, 839년 구산선문 중 하나인 충남 보령 성주사문을 개창했던 무염(無染)선사가 창건했다고 하니, 신라 말기에 지방 호족들이 큰스님을 초치하여 산간벽지에도 절을 세우던 그 시절에 그런 사연으로 세워진 것이다. 한반도의 끄트머리 강진 땅의 백련사가 이러한 지방 호족 발원의 작은 절집에서 역사의 전면으로 부상하게 되는 것은 13세기 초 무신정권이 들어선 때의 얘기다.

군사쿠데타에 의해 정권을 장악한 무신정권은 그들의 지배 이데올로기를 받쳐줄 사상의 강화 내지는 재정비 작업에 착수하게 되는데 여기에 부응한 불교계의 동향이 이른바 결사(結社)운동이었다. 훗날 보조국사가 된 지눌(知訥, 1158~1210)스님이 조계산 송광사에서 수선(修禪)결사를 맺으며 선종을 개혁하여 조계종을 확립하던 바로 그 시점에, 지눌의 친구이기도 했던 원묘(圓妙)스님은 백련결사를 조직하면서 천태종의 법맥을 이어간다.

원묘는 지방 호족으로 최씨정권과 밀착해 있던 강진 사람 최표, 최홍, 이인천 등의 후원을 받아 1211년부터 7년간의 대역사 끝에 80여 칸의 백련사를 중건하고 사람을 모으니 그의 제자 된 중만도 38명, 왕공·귀족·문인·관리로 결사에 들어온 사람이 300명이었다고 한다. 그것만으로도 백련사의 당당한 위세를 알 만도 한데 이후 120년간 백련사에서는 8명의 국사가 배출되었으니 그것은 백련사의 화려한 영광이 아닐 수 없다.

그러나 세월이 흘러 왕조의 말기 현상이 드러나고 왜구의 잦은 침략이 극에 달하여 급기야 해안변 40리 안쪽에는 사람이 살 수 없는 지경에 이르고 보니 강진만에 바짝 붙어 있는 백련사도 어쩔 수 없이 폐사가 되고 말았다. 그 무렵 백련사에서 구강포 맞은편에 자리잡고 있던 사당리 고려청자 가마도 문을 닫아버렸으니 강진 땅의 성대한 모습은 고려왕조의 몰락과 함께 허물어져버린 것이었다.

조선왕조가 들어선 이후 강진 땅엔 다시 사람들이 들어와 정착하게 되었고 왜구의 준동도 사라졌지만 숭유억불 정책 속에 백련사를 중창할 스님이나 토호는 없었다. 임진왜란이 끝난 후 조선 불교가 민간신앙으로 크게 중흥하게 되어 금산사 미륵전, 법주사 팔상전, 화엄사 각황전 같은 거대한 법당이 세워지는 열기 속에서 백련사에는 행호(行乎)스님이 나타나 효령대군이라는 왕손의 후원으로 중창을 보게 된다. 지금 백련사 종루가 세워진 뒤쪽 넓은 터에 우뚝 서 있는 '백련사 사적비'는 그때 세워진 것으로, 글은 당시 홍문관 수찬을 지내고 있던 조종저가 찬하고 글씨는 당시 왕손 중에서 명필 소리를 듣던 낭선군(朗善君) 이우(李俁)가 쓰고, 비액의 전(篆)은 그의 동생인 낭원군(朗原君) 이간(李偘)이 쓴 것이다. 다만 받침대 돌거북과 머리지붕은 원래 이 자리에 있던 원묘국사비(명문장 최자崔滋의 글임)가 깨져 없어지고 나뒹굴던 그것을 그대로 사용하였다.

행호스님은 백련사를 중창하면서 또 다시 왜구의 침입이 있을 시 자체 방어를 위하여 절 앞에 토성을 쌓았다고 하는데 그것은 훗날 행호산성이라 불리게 되었고 지금은 그 자리에 해묵은 동백나무가 숲을 이루고 있다.

행호스님 이후 백련사는 그런대로 사맥을 유지하여갔으나 1760년 화재로 수백 칸을 다 태우고 2년에 걸친 역사 끝에 오늘의 모습을 갖추게 되었다. 만경루와 대웅보전에 당대의 명필 원교(圓嶠) 이광사(李匡師)의 글씨가 걸리고 대웅전에는 후불탱화와 삼장탱화가 봉안된 것이 모두 그때의 일이다. 그리고 다산이 강진으로 유배 올 당시는 혜장스님이 주석하고 있었는데, 혜장은 대흥사 12대강사(大講師)로 기록되고 있는 큰스님이었다.

동백숲 지나 밀밭 사이로

백련사에 오르면 반드시 대웅전 기둥에 기대서서 강진만을 바라보든지 스님의 용서를 받고 만경루에 올라 누마루에 앉아 창밖을 내다보아야 이 절집의 참맛을 알게 된다. 백련사 만경루를 답사객에게 불친절하게 보일 정도로 가파른 비탈을 이용하여 세운 이유는, 바로 만덕산 산자락에서 구강포로 이어지는 평온한 풍광을 끌어안기 위함이었던 것이다.

절집이건 서원이건 여염집이건 우리는 관객의 입장이 아니라 사용자

| **백련사 사리탑** | 전형적인 조선시대 승탑으로 동백숲 속에 아담하게 자리하고 있다.

의 입장에서 그 집을 살펴야 그 건축의 본뜻을 알게 된다. 그리고 바로 이 점, 남에게 으스대기 위하여 치장하는 것이 아니라 사용자의 편의에 입각하여 배치할 줄 아는 당연한 슬기를 이 시대 우리는 마땅히 배워야 한다.

이제 백련사를 떠나야 할 시간이 되었다. 백련사 만경루를 다시 빙 돌아 앞마당으로 내려오면 우리는 장대한 동백나무숲 한가운데로 난 길을 걸어내려가게 된다. 3,000평(9,917제곱미터) 규모의 이 울창한 동백숲은 천연기념물 제151호로 지정된 조선의 자랑거리로 고창 선운사의 동백숲보다도 훨씬 운치가 그윽하고 연륜도 깊다. 모든 것을 다 떠나서 이 동백꽃을 구경할 목적만으로 백련사를 찾아올 만도 한데, 그 시기는 동백꽃이 반쯤 져갈 때, 그리하여 탐스러운 꽃송이가 목이 부러지듯 쓰러져 나무 밑 풀밭을 시뻘겋게 물들이고 상기도 피어 있는 꽃송이들이 홍채를 잃지 않은 3월 중순께가 좋다.

백련사 아랫마을로 내려가는 언덕배기 밭이랑에는 언제고 봄이면 밀을 심어놓는 곳이 있다. 요즘 우리 주변에서 밀밭을 구경한다는 것은 목화밭을 보기만큼이나 어렵게 되었다. 해마다 수입해오는 밀가루가 천문학적 수치이지만 거의 사라져버린 것이 밀농사다. 그러니 요즘 학생들이 밀밭을 본들 그것이 밀밭인지 알 리 없다. 한번은 백련사에서 내려오는 길에 밀밭 앞에서 두 학생이 주고받는 말에 나는 경악과 폭소를 금치 못했던 일이 있다.

"얘, 이게 대나무 묘목인가 보다. 백련사 대밭을 이렇게 키우는 게지?"

"아니야! 아까 본 대나무는 왕죽(王竹)이고 이건 세죽(細竹)이야. 미술사 시간에 배웠잖아. 바람에 날리면 풍죽(風竹), 비 맞아 축 처지면 우죽(雨竹) 하면서."

문잣속이나 깊지 않았으면 귀엽기라도 했을 것이다.

세 겹 하늘 밑의 이끼 낀 선종 고찰

사북을 지나면서

나는 아우라지에서 정암사로 가는 길에 반드시 사북과 고한을 지나야 한다는 것이 항시 심적 부담이 되었는데, 이 답사기를 쓰면서는 이곳 탄광 마을을 어떻게 쓸 것인가로 고뇌하지 않을 수 없게 되었다.

나는 이곳 막장 인생들을 말할 수 있는 자격이 없다. 탄광촌과 광부의 삶을 이 세상에 옳게 부각할 별도의 노력을 갖춘 바가 없다. 이 글을 위하여 『석탄광업의 현실과 노동의 상태』(유재무·원응호 저, 늘벗 1991)도 살펴보았고, 황인호가 쓴 「사북사태 진상보고서」도 읽어보았으며, 황재형에게 부탁하여 기독교사회개발복지회에서 계간으로 발행한 『막장의 빛』도 구해 보았다. 그러한 자료를 접할 때마다 모든 삶과 노동의 현실은 나의 상상을 초월하는 극한점에서 이루어지고 있었다. 나는 그 모두를 소화해낼 자신이 없다.

조세희의 글과 사진으로 되어 있는 『침묵의 뿌리』, 박태순의 『국토와 민중』에 실린 「탄광지대의 객지문화」, 황석영의 『벽지의 하늘』 등이 보여준 문인들의 광산촌 르포문학에 값할 답사기는 쓸 자신이 없다. 또 내가 지금 르포를 쓰고 있는 것도 아니다.

이런 난처한 국면에 처할 때면 나는 '정직이 최상'이라는 교훈을 생각하게 된다.

내가 처음 사북이라는 곳을 와본 것은 1975년 여름이었다. 그것은 답사를 위해서가 아니었다. 무슨 자료 조사나 취재를 위해서도 아니었다. 그해 9월에 결혼할 나의 아내와 함께 장인어른께 첫인사를 드리러 간 것이었다. 나의 장인 될 분은 동원탄좌에 근무하다 정년퇴직하시고는 사북 읍내에서 동광철물점을 하고 계셨다. 이후 사북은 나의 처갓집이 있는 곳으로 자주는 아니어도 장인어른 뵙기 위해 줄곧 드나들고 항시 마음 한구석을 거기에 두고 살아온 곳이다.

1991년 답사 때 나는 사북을 지나면서 차창 밖으로 장인어른이 철물점 셔터를 올리는 것을 보았다. 잠깐이라도 내려 인사드릴까 하다가 인솔자로서 그럴 수 없어 그냥 지나쳤고 답사에서 돌아온 다음 전화로 인사를 대신했다. 그런데 그것이 내가 마지막 뵌 당신의 모습이었고, 그 가게는 이제 헐리었다.

그러기에 나는 사북을 조금은 알고 있다. 사북을 드나들면서 나는 광부들이 두 겹 하늘 아래 살고 있다는 것을 알았다. 푸른 하늘과 막장의 검은 하늘이다. 그리고 광부의 아내는 시름의 하늘이 하나 더 붙은 세 겹이라고 들었다.

험한 세상을 살다가 인생 막장에 와 광부가 되려는 사람들이 맨 처음 부닥치는 절망은 정식 광부가 되는 것조차 허락되지 않아 하청업자의

| 사북역 앞 버스정류장 | 이제는 다시 볼 수 없는 그 옛날의 풍광이 되었다.

하청업자인 덕대 밑에서 안전시설이란 없는 거의 무방비 상태로 가혹한 저임금 아래 노동하며 당장의 생계를 위해 빚부터 지게 되는 현실이다. 그 빚이 평생을 가는데 그것도 사고로 세상을 떠나게 되면 유족이 떠안아 헌 보상금으로 갚고는 다시 무일푼으로 원위치하여 세 겹 하늘 아래 흐를 눈물도 없다는 사실만을 듣고 보았다.

사북의 아이들

사북의 현실을 가장 잘 반영한 글은 사북 아이들의 글짓기 이상의 것이 없다. 탄광촌의 르포 작가들이 자신의 뛰어난 필력을 버리고 너도나도 이 아이들의 글짓기를 옮기기에 바빴던 이유가 거기에 있다. 나 역시 『막장의 빛』에 실려 있는 사북의 아이들 노래를 전하지 않을 수 없다.

    싸움

나는 우리 옆집 아이와
가끔 싸운다.
그때마다
가슴이 철렁한다.
우리 엄마한테 말해서
니네 식구 모두
쫓겨나게 할 거야
하고 돌아가는 것이다.
그 말만은 하지 말라고
나는 사과한다.

─사북초교 5학년 아무개

    아주머니

새로 이사 온 아줌마는
참 멋쟁이다.

그런데 하루는 아주머니가
광산촌은 옷이 잘 껌어
하며 옷을 털었다.
왠지 정이 뚝 떨어졌다.

— 사북초교 4학년 전형준

막장

나는 지옥이
어떤 곳인 줄
알아요.
좁은 길에다
모두가 컴컴해요.
오직
온갖 소리만
나는 곳이어요.

— 사북초교 6학년 노영민

인간의 꿈이란 묘한 것이어서 그런 끔찍한 현실, 절박한 삶을 버티고
살아가게 하는 것은 오직 희망이라는 사실이다. 그것이 곧 절망이 되고
허망인 것을 알면서도 당장은 그것이 있기에 버티는 것이다. 막장 인생
의 힘은 지금도 거기에서 나온다. 1974년 갱내 매몰로 인해 질식사한 광
부 김씨의 아내 이야기이다(『벽지의 하늘』에서).

처음 그이는 여기에 올 때 5년만 탄광부가 되겠다고 했어요. 그다

음엔 농장을 만들어 과실나무를 심고 강변에서 오리를 기른다고 했어요. 세상에 어디 그런 동화 같은 얘기가 있겠어요. 그렇지만 그때는 그런 희망 없인 살아갈 도리가 없었어요.

이제는 그것도 옛날얘기가 되어간다. 내가 인용한 글의 주인공들은 이제 40대 중반을 넘어섰다.

석탄 광업이 사양길로 들어서면서 하청업자와 덕대는 물론이고 중소기업은 모두 폐광한 상태이며 사북의 동원탄좌와 고한의 삼척탄광 같은 대기업만 명맥을 유지할 뿐이다. 막장의 인생들은 또 다른 막장, 도시 빈민으로 다시 흘러들고 사북의 잿빛 하늘에는 침묵의 정적만이 낮게 내려앉아 있다.

나의 아내가 아버님께 인사드리게 하려고 사북으로 나를 데려오면서 했던 그 말이 생각난다.

"사북이 처음이지요? 강원도의 산들이 얼마나 아프게 병들어 있는지 몰라요. 큰 수술 하지 않고는 치료할 수 없는 골수암 같은 거예요. 아버님 뵈면 괜히 쓸데없는 말 묻지 말아요."

황지의 화가 황재형

화가 황재형은 지금도 태백의 황지에 살고 있다. 내가 그를 처음 만난 것은 1982년 '중앙미술대전'에서 약관의 나이로 영예의 차석상(장려상)을 받았을 때였다. 그때 그는 광부복 하나를 극사실 수법으로 그려 많은 사람들에게 강렬한 예술적 충격을 주었다. 그는 그런 식으로 그림을 그리면 얼마든지 각광받을 수 있는 위치에 있었다. 그러나 황재형은 이내 스

| **황재형의 「앰뷸런스」** | 탄광촌 사람이 아니면 지금 이 작품에서 산천초목이 떨리는 마음을 다는 읽어내지 못한다.

스로 광산촌의 화가가 되고자 젊은 아내와 어린 아들을 데리고 황지로 들어갔다. 그리고 지금껏 막장 인생들의 벗이 되고 동지가 되어 거기에 살고 있다.

나는 황재형의 황지 화실에 두 번 가보았다. 한 번은 혼자서, 한 번은 사북에 온 길에 나의 아내와 함께. 아내와 함께 갔을 때가 1986년쯤 된다. 그때 황재형은 지독히 어려운 생활을 하고 있었다. 당장 내일모레까지 낼 1년치 집세를 마련하지 못하고 있었다. 그의 그림이 팔릴 리 만무

하던 시절이었다. 나의 아내는 그의 소품 하나를 우리라도 사주자며 앰블런스를 그린 그림을 골랐다. 나는 별로 맘에 드는 작품이 아니었다.

우리는 황지역에서 기차를 기다리며 지물포에 가서 그 그림을 포장하였다. 지물포 아저씨는 나에게 그 그림을 잠깐 보여달라고 하였다. 보고 나서 하는 일성이 "거참 잘 그렸다"는 것이었다. 미술평론가로서 직업의식이 발동했는지 나는 당장 물었다.

"아저씨, 어디를 잘 그렸나요?"
"당신이 그렸소?"
"아뇨, 제 친구가……"
"당신은 서울 사람이지."
"예."
"당신은 몰라. 저녁나절에 앰뷸런스가 울리면 세상이 이렇게 보인다구. 산천초목이 흔들리구, 쥐 죽은 듯이 조용하구. 나는 광부 생활 20년 하구 이 가겟방 하며 사는데 지금두 이런 때면 소름이 돋아요. 제일 싫다구."

나는 그때 황재형의 그림이 왜 그렇게 강한 터치를 하는지 뼈저리게 느낄 수 있었다. 그는 밝은 조명의 전시장을 위해 그리는 것이 아니었다. 세련된 안목과 멋쟁이 관객들의 감각에 호소할 의사가 있는 것이 아니라 그저 진실을, 있는 사실을 그렇게 담고 있었던 것이다. 나는 지물포 아저씨 앞에서 부끄러웠다. 나의 미학적 척도로 그를 재어보려고 했던 황재형에게도 부끄러웠다. 그것은 미안한 것이 아니었다. 분명 부끄러움이었다.

정암사 가는 길

1993년부터는 사북에도 외곽도로가 생겼다. 이제는 읍내를 지나지 않아도 고한으로 빠질 수가 있게 되었다. 그래서 답사객은 마을 위로 난 길을 지나면서 저탄장 탄가루를 검게 뒤집어쓴 사북의 지붕들을 보면서 빠져나간다. 잿빛으로 물든 마을을 비켜나면 차는 계곡을 따라 고한으로 달린다. 냇물은 시커멓고 냇가의 돌들은 철분을 머금어 검붉게 타 있다. 아우라지 조양강의 쪽빛 물결을 보았기에 고한의 개울은 더욱 검고 불결해 보인다. 고한을 벗어나면 이내 정암사(淨巖寺)로 오르게 된다. 그 순간 산천은 거짓말처럼 맑아진다. 아우라지 강가의 밝은 빛과는 달리 고산지대의 짙은 색감이 산과 내를 덮고 있다. 그래서 정암사 언저리의 나무들은 더 싱싱하고 힘 있고 연륜이 깊어 보인다.

믿기 어려운 독자를 위해 내가 물증을 제시한다면 여기는 공해에 까다롭기로 유명한 열목어의 서식지로 그것이 천연기념물로 지정되어 있으며, '살아 천 년 죽어 천 년 간다'는 주목의 군락지로 1천 년 이상의 노목이 즐비한 곳이다. 이제 믿어준다면 나는 마음 놓고 말하련다. 나의 예사롭지 못한 역마살에서 가장 아름다운 단풍을 본 것은 정암사의 가을날이었다.

정암사의 절묘한 가람배치

정암사는 참으로 고마운 절이고 아름다운 절이다. 여기에 정암사가 있지 않다면 사북과 고한을 지나 답사할 일, 여행 올 일이 있었을 성싶지 않다. 나로서는 그 점이 고마운 것이다. 설령 사북과 고한을 일부러 답사한다 치더라도 이처럼 아늑한 휴식처, 쉼터, 마음의 갈무리터가 있고 없

음에는 엄청 큰 차이가 있다. 나는 할아버지·할머니 제삿날이면 진짜 조상님께 감사드린다. 제삿날이 아니면 형제자매, 삼촌 사촌을 만나지 못하고 한두 해를 후딱 보낼 것인데 조상님들이 '미리' 알아서 이런 풍습을 남겨준 것에 고마워하듯 자장율사가 그 옛날에 이 자리를 점지해두심에 대한 고마움이다.

정암사의 아름다움은 공간 배치의 절묘함에 있다. 이 태백산 깊은 산골엔 사실 절집이 들어설 큰 공간이 없다. 모든 산사들이 암자가 아닌 한 계곡 속의 분지에 아늑하고 옴폭하게 때로는 호기 있게 앉아 있다. 정암사는 가파른 산자락에 자리잡았으면서도 절묘한 공간 배치로 아늑하고, 그윽하고, 호쾌한 분위기를 두루 갖추었다. 무시해서가 아니라 이 시대 건축가들로서는 엄두도 못 낼 공간 운영이다.

정암사는 좁은 절마당을 최대한 활용하기 위하여 모든 전각과 탑까지 산자락을 타고 앉아 있다. 마치 새끼 제비들이 둥지 주변으로 바짝 붙어 한쪽을 비워두는 것처럼.

절 앞의 일주문에 서면 정면으로 반듯한 진입로가 낮은 돌기와담과 직각으로 만나는데 돌기와담 안으로 적멸궁(寂滅宮)이 보이고 또 그 너머로 낮은 돌기와담이 보인다. 두어 그루 잘생긴 주목과 담장에 바짝 붙은 은행나무들이 이 인공 축조물들의 직선을 군데군데 끊어준다. 그리하여 적멸궁까지의 공간은 얼마 되지 않건만 넓어 보이면서도 아늑한 분위기를 동시에 느끼게끔 해준다.

일주문으로 들어서 절 안으로 들어가는 길은 왼편으로 육중한 축대 위에 길게 뻗은 선불도량(選佛道場)과 평행선을 긋는다. 그로 인하여 정암사는 들어서는 순간 만만치 않은 절집이라는 인상을 갖게 되는데, 이

| **정암사 전경** | 수마노탑에 올라 정암사를 내려다보면 골짜기에 들어앉은 절집이 더욱 아늑하게 다가온다.

| 정암사 일주문 | 탄가루를 뒤집어쓴 탄광 마을을 지나 만나는 절집이라 정암사는 더욱 맑게만 느껴진다.

런 공간 배치가 아니었다면 정암사의 장중한 분위기, 절집의 무게는 나오지 않았을 것이다.

　선불도량을 끼고 돌면 관음전과 요사채가 어깨를 맞대고 길게 뻗어 있어 우리는 또 다시 이 절집의 스케일이 제법 크다는 생각을 갖게 되는데, 관음전 위로는 삼성각과 지장각의 작은 전각이 머리를 내밀고 있어서 뒤가 깊어 보인다. 그러나 정암사의 전각은 이것이 전부다.

　절마당을 가로질러 산자락으로 난 돌계단을 따라 오르면 정암사가 자랑하는 유일한 유물인 수마노탑(水瑪瑙塔, 보물 제410호)에 오르게 된다. 수마노탑까지는 적당한 산책길이지만 탑에 올라 일주문 쪽을 내려다보면 무뚝뚝한 강원도 산자락들이 겹겹이 펼쳐진다. 자못 호쾌한 기분이 든다.

| 정암사 선불도량 | 높직한 축대 위에 올라앉은 선불도량은 이 작은 절집에서 듬직한 권위를 느끼게끔 해주곤 한다.

정암사의 수마노탑

수마노탑은 전형적인 전탑 양식인데 그 재료가 전돌이 아니고 마노석으로 된 것이 특색이다. 마노석은 예부터 고급 석재다. 고구려의 담징이 일본에 갔을 때 일본 사람들이 이 위대한 장공(匠工)에게 큰 맷돌을 하나 깎아달라고 준비한 돌이 마노석이었다고 한다(그래서 일본 나라奈良의 도다이지東大寺 서쪽 대문을 맷돌문이라고 한다). 그런데 이 탑에 물 수(水) 자가 하나 더 붙어 수마노가 된 것은 자장율사가 중국에서 귀국할 때 서해 용왕을 만났는데 그때 용왕이 무수한 마노석을 배에 실어 울진포까지 운반한 뒤 다시 신통력으로 태백산(갈래산)에 갈무리해두었다가 장차 불탑을 세울 때 쓰는 보배가 되게 하였다는 전설 때문이다. 즉 물길을 따라온 마노석이라는 뜻이다.

수마노탑은 자장율사가 중국에서 가져온 부처님 진신사리를 모신 곳

이다. 그래서 저 아래 적멸궁에는 불상이 안치되지 않고 곧바로 이 탑을 예배토록 되어 있다. 오늘날에는 양산 통도사 금강계단, 오대산 월정사 적멸보궁, 영월 법흥사 적멸보궁, 설악산 봉정암 그리고 정암사를 5대 진신사리처라고 꼽는다. 그러나 『삼국유사』에 의하면 통도사, 월정사, 정암사, 황룡사, 울주 대화사를 꼽는다.

자장이 사리를 받을 때 태백산의 삼갈반처(三葛蟠處)에서 다시 보자는 계시를 받았는데, '세 줄기 칡이 서린 곳'이 어딘지 몰라 헤매던 중 눈 위로 세 줄기 칡이 솟아 뻗으며 겨울인데도 세 송이 칡꽃이 피어난 것을 보았다고 한다. 그래서 비로소 수마노탑 자리를 잡게 되었고 갈래(葛來)라는 이름도 생겼다. 자장은 수마노탑을 세울 때 북쪽 금대봉에 금탑, 남쪽 은대봉에 은탑을 함께 세웠는데 후세 중생들의 탐심을 우려하여 불심이 없는 사람은 볼 수 없도록 비장해버렸다고 한다.

자장이 쌓았다는 원래의 수마노탑 모습은 알 수 없고 지금의 탑은 1653년에 중건된 것을 1972년에 완전 해체 복원한 것이다.

자장율사의 일생

『삼국유사』의 「자장정률(慈藏定律)」, 중국의 『속고승전』, 그리고 『정암사사적편』에 나오는 자장의 전기는 정암사의 내력을 자세히 말해준다.

자장은 김씨로 진골 귀족이었다. 일찍이 부모를 여의자 논밭을 희사하여 원령사를 세우고 홀로 깊고 험한 곳에 가서 고골관(枯骨觀)을 닦았다. 고골관은 몸에 집착하는 생각을 없애기 위해 백골만 남는 모습을 보며 수행하는 것이다. 나라에서 높은 벼슬자리가 비어 문벌로 그가 물망

| **수마노탑** | 전형적인 전탑(벽돌탑) 양식이지만 벽돌로 쌓은 것이 아니라 마노석으로 세워진 것이 특징이다.

에 올랐으나 나아가지 않자 왕이 "만일 나오지 않으면 목을 베어 오라" 하니 자장은 "내 차라리 하루 동안 계(戒)를 지키다 죽을지언정 계를 어기고 백 년 살기를 원치 않는다"고 했다. 이에 임금도 그의 출가를 허락하였다.

자장은 636년 당나라에 유학하여 청량산(淸涼山, 일명 오대산)에 들어갔다. 자장은 청량산 북대(北臺)에 올라 문수보살상 앞에서 삼칠일간 정진하니 하루는 꿈에 이역승〔異僧, 또는 범승 梵僧〕이 나타나 범어로 계송을 들려주었다.

하라파좌낭 달예다거야
낭가사가낭 달예노사나

자장은 이 희한한 범어의 뜻을 당연히 알 수 없었는데 이튿날 아침 다시 이역승이 나타나 번역해주었다.

모든 법을 남김없이 알고자 하는가.	了知一切法
본디 바탕이란 있지 않은 것.	自性無所有
이러한 법의 성품을 이해한다면	如是解法性
곧바로 노사나불을 보리라.	卽見盧遮那

그러고는 "비록 만 가지 가르침을 배우더라도 이보다 나은 것이 없소"라고 덧붙이고는 가사와 사리 등을 전하고는 사라졌다. 자장은 이제 수기(授記)를 받았으므로 북대에서 내려와 당나라 장안으로 들어가니 당 태종이 호의를 베풀며 맞아주었다.

643년, 고국의 선덕여왕이 자장의 귀환을 청하니 당태종이 이를 허락하고 많은 예물을 주었다. 그가 귀국하자 온 나라가 환영하였고, 왕명으로 분황사에 머물렀다. 나라에서 승단을 통괄해 바로잡도록 자장을 대국통(大國統)으로 삼으니 자장은 승려들이 오부율(五部律)을 힘써 배우게 하고, 보름마다 계를 설하고, 겨울과 봄에는 시험을 보게 하고, 순사(巡使)를 파견하여 승려의 과실을 바로잡고, 불경과 불상에 일정한 법식을 내려 계율을 세웠다. 이리하여 백성의 8, 90퍼센트가 불교를 받들었다.

자장은 북대에서 받은 사리 100립(粒)을 황룡사 구층탑, 통도사 계단, 울주 대화사의 탑에 나누어 봉안했다.

만년에 경주를 떠나 강릉의 수다사(水多寺, 지금 평창에 터만 있음)를 세우고 살았다. 그러던 어느 날 꿈에 북대에서 본 이역승이 나타나 "내일 그대를 대송정(大松汀)에서 보리라" 하고 사라졌다. 놀라 일어나 대송정에 나가니 문수보살이 나타나는지라 법요(法要)를 묻자 "태백산 갈반지(葛蟠地)에서 다시 만나세"라며 자취를 감추었다.

자장이 태백산에 들어와 갈반지를 찾는데 큰 구렁이가 나무 아래 서리어 있는 것을 보고는 시자에게 "여기가 갈반지다"라고 말하고 석남원(石南院, 오늘날의 정암사)을 짓고는 문수보살이 나타나기를 기다렸다.

그러던 어느 날 다 떨어진 방포(方袍, 네모난 포대기)에 싼 죽은 강아지를 칡삼태기에 담은 늙은이가 와서 "자장을 만나러 왔다"고 하였다. 이에 시자는 "우리 스승의 이름을 함부로 부르는 사람이 없거늘 당신은 도대체 누구냐"고 묻자 늙은이는 "너의 선생에게 그대로 고하기만 하라"고 하였다. 시자가 들어가 스승에게 사실대로 말하니 자장은 "미친 사람인가보다"라고 하였다. 시자가 나와 욕을 하며 늙은이를 쫓았다. 그러자 늙은이는 "돌아가리라, 돌아가리라, 아상(我相, 자신이 남보다 우월하다는 자격지심 같은 것)이 있는 자가 어떻게 나를 볼 것이냐!"라며 칡삼태기를 쏟자 죽은 강아지는 사자보좌(獅子寶座)로 바뀌고 그는 이를 타고 빛을 발하며 홀연히 떠났다. 시자는 이 놀라운 광경을 자장에게 전했다. 사자보좌를 탔다는 것은 곧 문수보살을 의미하는 것이었다. 이에 자장이 의관을 갖추고 황급히 따라나섰으나 벌써 아득히 사라져 도저히 따를 수 없었다. 문수보살을 따라가던 자장은 드디어 몸을 떨어뜨려 죽었다.

가르쳤으나 가르침이 없는 경지

글쟁이를 업으로 삼은 것은 아니지만 논문, 비평문, 해설문, 잡문에 답사기까지 식성껏 글을 써오다보니 나도 모르게 몇 가지 글버릇이 있었다.

고백하건대 손글씨는 반드시 만년필이어야 하고, 원고지는 나의 전용 1천 자 원고지여야 하며, 구상은 밤에 엎드려 하고, 글은 낮에 책상에 앉아서 쓰며, 먼저 제목을 정해야 쓰기 시작하고, 첫장에서 끝장까지 단숨에 써야 되는데 글 쓰는 동안에는 점심·저녁도 무드 깨질까봐 대충 때운다.

아무리 생각해도 고약한 버릇인데 그런 중 더욱 괴이한 버릇은 글쓰기에 앞서 반드시 이야기로 리허설을 하는 것이다. 이때는 스파링 파트너를 잘 만나야 도움이 되므로 글에 따라 적당한 상대를 찾는 것이 중요하다. 그것이 나로서는 큰 일거리다.

그러나 아우라지강을 찾아가는 이 답사기 리허설의 스파링 파트너는 아주 쉽게 찾았다. 아내이다. 그녀의 고향 땅이고, 장인어른 살아생전에는 함께 여러 번 다녀온 곳이니 제격이 아닐 수 없다. 어느 날 저녁 밥상머리에서 슬슬 아우라지 얘기를 꺼내니까 한 번도 내 글의 스파링 파트너가 돼본 일이 없는지라 대꾸하는 것이 빗나간다.

"아우라지는 나도 잘 아는데 왜 당신이 나한테까지 설명을 하는 거요? 우리 작은오빠는 거기 가서 물고기를 잘 잡아왔어요."

"무슨 고기?"

"잡고기지 뭐 특별한 거야 있을라구."

그래도 나는 답사기 리허설이라는 말은 못하고 사북과 고한에 대한 얘기를 두서없이 해댔다. 본래 말수가 적은 아내는 듣는 둥 마는 둥 하더니 내 말이 잠시 멈추자 또 고작 한마디를 던졌다.

"다 잡수었으면 저리 비켜요. 나 빨리 설거지해야 돼요."

이런 답답한 여편네가 있나 싶지만 그래도 내가 필요한 대상인지라 부엌과 마주 붙은 식탁에 앉아 차를 마시면서 덜거덕거리는 설거지 소리에 대고 정암사 얘기를 해갔다. 듣건 말건 떠들면서 나는 속으로 이런 불성실한 스파링 파트너도 있다는 생각을 지울 수 없었다. 나의 이야기가 자장율사의 죽음에 이르자 아내는 빈 그릇을 마른행주질해서 찬장에 넣고는 슬며시 곁에 앉으며 전에 없이 관심 어린 어조로 말한다.

"아까 자장율사가 어떻게 돌아가셨다고 했죠?"

"아까 다 했잖아. 나는 재방송을 안해요."

"아까는 설거지하느라고 제대로 못 들었어요."

사람의 심리와 행태란 다 이런 것이렷다. 이제 들어주겠다고 하니까 못하겠다는 것이다. 그러나 아내는 내실 다 들었건만 다시 듣고픈 감동이 있었던 모양이다. 잠시 멍하니 허공을 바라보더니 식탁에서 일어서며 반은 혼잣말로 중얼거린다.

"자장율사가 그렇게 비장하게 입적하셨군요. 그 죽음의 이야기 속에 금강경 내용이 다 들어 있네요."

"금강경이라구? 금강경 어디를 보면 그런 내용이 나오우?"

"금강경 전체의 분위기가 그렇다는 것이에요."

"사실 나, 답사기를 쓰는 리허설 해본 것인데 어느 구절 하나만 찾아주구려."

"안돼요. 당신이 다 읽고 써요."

"아, 나 바빠. 내일까지 원고 다 써야 돼."

"나도 바빠요. 자기 전에 방 치우고 빨래해야 돼요."

아내는 월운스님이 강술한 금강경을 주고 간다. 밤새 읽어가다보니 25번째 마디, 화무소화(化無所化), 번역하여 '교화(敎化)하여도 교화함이 없음,' 풀이하여 '가르쳤으나 가르침이 없는 경지'에 이러한 구절이 나온다. 부처님이 장로(長老) 수보리(須菩提)에게 하는 말이다.

수보리야! 너희들은 여래가 중생을 제도하리라고 여기지 마라. (…) 진실로 어떤 중생도 여래가 제도할 것이 없느니라. 만일 어떤 중생을 여래가 제도할 것이 있다면 이는 여래가 아상(我相), 인상(人相), 중생상(衆生相), 수자상(壽者相)이 있다는 것이니라. 수보리야! "아상이 있다"고 한 것은 곧 아상이 아니건만 범부들은 아상이 있다고 여기느니라. 수보리야! 범부(凡夫)라는 것도 범부가 아니고 그 이름이 범부일 뿐이니라.

그리하여 산은 묘향, 절은 보현이라 했다

북한의 대찰, 보현사

묘향산 보현사(普賢寺)는 북한에서 가장 큰 절일 뿐만 아니라 북한 불교의 총림(叢林)격이었다. 남한으로 치자면 서울의 조계사에 송광사나 해인사를 합친 위상이라고나 할까. 아무튼 북한에서 절 하면 보현사였다. 향산에 와서는 향산마을에 들를 것 없이 곧장 묘향산 쪽으로 꺾어도니 이내 세모뿔 모양의 특색있는 건물인 향산호텔에 다다랐다. 호텔에 여장을 풀고 우리는 당연히 제일 먼저 보현사를 찾아갔다.

묘향산 산마루에서 흘러내린 향산천을 따라 보현사를 찾아 사뭇 계곡 안쪽으로 오르자니 지금 여기가 남한 땅인지 북한 땅인지를 가늠치 못할 정도로 우리나라 산사의 전형적인 진입로를 보여준다. 평소 나는 산사의 미학은 건물 자체보다 자리앉음새에 있고, 산사의 답사는 진입로부

| **31본사 시절의 보현사** | 한국불교는 일제강점기에 사찰령에 따라 31개 본사와 1,200개의 말사로 구분되었는데, 보현사는 본사에 속했다.

터 시작된다는 생각을 갖고 있었는데 보현사 또한 예외일 수 없었다.

스님들 사회에서 유머 비슷하게 통하는 말 가운데 '입해출송(入海出松)'이라는 말이 있다. 해인사는 들어갈 때가 멋있고, 송광사는 나올 때가 기분좋다는 뜻이다. 산중에 오래 산 사람들의 경험에서 나온 미적 판단이니 틀릴 리 없을 것인데, 보현사는 들어갈 때고 나올 때고 사람의 가슴을 호방하게 열어주는 기상이 있었다.

진입로만 보자면 지리산 화엄사를 많이 닮았지만 열두 판 화판의 꽃숲 속에 앉은 자태는 문경 봉암사 같다고 하겠는데, 절의 크기는 고창 선운사처럼 크도 작도 않은 쾌적한 규모였다.

묘향산 어귀, 향산천 기슭에 점잖게 들어앉은 보현사는 기본적으로 남북 일직선의 축선상에 조계문·해탈문·천왕문·만세루·8각13층석탑·대웅전을 배치해 뼈대를 갖추고, 대웅전 왼쪽으로 산자락을 타고 관음

| **보현사 전경** | 보현사는 산속의 분지에 터를 넓게 잡고 있어 경내를 한눈에 조망할 수 있다. 꽃밭 너머로 만세루, 13층석탑, 대웅전이 보인다.

전·영산전, 그리고 서산대사·사명당(四溟堂)·처영(處英)스님의 영정을 모신 수충사(酬忠祠)를 별채로 모셔 경내는 크게 ㄱ자 모양으로 건물이 들어앉았다.

보현사는 참으로 정결한 절집이었다. 한국전쟁 때 반 이상이 파괴된 절을 복원하면서 가람배치의 기본이 되는 대웅전과 산자락에 바짝 붙어 용케도 살아남은 집들만 새 단장을 했기 때문에 경내의 정원이 훤하게 조망된다.

그로 인해 생긴 넓은 공간에는 일제강점기만 해도 31본사(本寺)의 하나답게 많은 부속건물을 거느렸지만 지금은 그 빈터에 잔디를 넓게 심고 꽃나무를 운치있게 가꾸었다. 그래서 절집은 더욱 말쑥해 보이며 답답한 구석이 하나도 없다.

누운측백나무의 묘한 향기

내가 보현사를 찾아간 1997년 9월 28일은 비로봉 정상부터 물들어 내려오는 단풍이 아직 산자락 아래까지 다다르지 않아 초록의 싱그러움이 남아 있을 때였다. 그래서 꽃밭의 홍초(칸나)가 마지막 붉은빛을 발하는 것이 더욱 선결(鮮潔)하게 느껴졌다. 안내원의 설명에 따르면 이 꽃밭에는 봄부터 가을까지 꽃이 지는 일이 없도록 채송화 맨드라미 상사초(일일초) 원추리 장미 셀비어 비비추 백일홍 그리고 여러 종류의 국화꽃을 곳곳에 보기 좋게 배치했다고 자랑에 자랑을 더해 말했다.

안내원이 자신의 기본 임무를 다할 양으로 보현사의 내력부터 설명할 기색을 보이기에 내가 우선 절집 분위기를 즐기고 싶다고 했더니, "그러면 좀 걷잡니까" 하면서 산책길로 안내했다.

느린 걸음으로 좌우를 살펴보니 그 정갈함이 내무사열 받는 군대 막사보다 더 깨끗했다. 고개를 아래위로 돌려 하늘과 땅을 반반으로 갈라 보고 있자니 보현사를 둘러싼 산봉우리가 어찌나 동그랗게 감싸고 있는지 그 아늑함에 취해 제자리에서 맴을 돌기도 했다. 산중에 이런 분지가 있다는 것이 신기했고, 이런 분지를 찾아 절집을 세운 조상들의 슬기로움에 존경과 감사를 보냈다. 그러다가 우리의 발길이 측백나무에 감싸인 영산전에 다다랐을 때 아까부터 연하게 다가오던 그윽한 향기가 향수를 뿌린 듯 온몸을 휘감고 돈다. "이게 무슨 향기죠?" 하고 물으니 안내원은 기다렸다는 듯이 신나서 대답했다.

"이거 말입니까? 누운측백나무 향기랍니다. 향기가 정말로 곱고 진하죠. 그래서 '묘할 묘'자, '향기 향'자 묘향산이라 부르는 거 아니겠습니까!"

그러고는 측백나무 이파리 하나를 따주면서 잘 건사해 기념으로 삼으라고 했다. 그 이파리는 지금도 묘향산 안내책자 갈피 속에서 묘한 향기를 내뿜고 있다.

하지만 이상하게도, 정말로 이상하게도 나는 보현사에서 우리나라 산사의 그윽하고 깊은 향취를 느낄 수 없었다. 내가 좋아하는 순천 선암사, 서산 개심사, 강진 무위사 또는 안동 봉정사 같은 절에서 체감되는 일종의 선미(禪味)랄까, 아니면 조선 건축의 친숙함이 다가오지 않았다. 누운 측백나무의 향취 같은 매력이 느껴지지 않는 것이었다. 그것은 어디에 물어볼 데조차 없는 스스로의 의문이었다.

그러다 보현사 넓은 절간을 두루 살피고 대웅전 툇마루에 걸터앉아 뻥 뚫린 요사채 빈터 너머로 우뚝한 탁기봉(卓旗峰)을 바라보노라니 스스로 일으켰던 그 의문의 실마리가 풀린다. 그것은 무엇보다 바로 저 요사채가 복원되지 않았기 때문이라는 생각이 들었다.

절집의 요사채는 스님들이 기거하며 밥먹고 잠자는 일상생활의 공간이지만, 건축가 민현식(閔賢植)이 적절히 지적했듯이, 성속(聖俗)이 어우러진 격조 높은 공간으로 승화된 경우가 많았다. 혹자는 요사채의 자유로운 건축으로 법당의 긴장감을 망친다고 불만을 말하기도 하지만, 기실은 빈틈없고 냉랭한 신앙행태에 숨통을 열어주며 신과 대중의 중계자 구실을 할 수 있는 공간형식이다.

신이 있는 나라의 강점

또 한편으로 보면 절 마당의 기능 문제였다. 흔히 우리나라 절집의 기본 배치는 탑을 중심으로 앞뒤로 만세루와 법당(대웅전·극락전·적광전)을,

좌우로는 참선을 하는 설선당(說禪堂)과 요사채인 심검당(尋劍堂)을 두어 가운데 마당을 중심으로 주변공간이 유기적으로 연결되어 있다. 그것이 이른바 산지중정형(山地中庭形)이라는 것인데, 지금 보현사에는 그런 아늑한 마당이 없는 것이다.

나는 보현사 답사 때 그곳 주지스님인 최형민(崔亨珉) 선사의 안내도 받았다. 선사의 말씀에 따르면 북한에는 스님이 약 300명, 불교신도가 1만 5천 명 있고, 조선불교도련맹 본부가 평양에 있어 그들은 불편없이 신앙생활을 하고 있다고 했다.

그러나 북한의 스님들은 대개 대처승으로, 절에서 기거하지 않고 사하촌(寺下村)격인 아랫마을에 살며 출퇴근한다. 그러니 설선당이고 심검당이고 일없이 복원할 까닭이 없던 것이다. 북한의 스님은 남한과 여러 면에서 달랐다. 머리를 삭발하지 않은 분도 많고, 법의는 우리 식으로 먹물을 들인 회색빛 납의(衲衣)가 아니라 일제강점기 때 입던 검은 옷에 붉은 가사를 걸치고 있었다. 그러니까 내가 남한에서 대해온 스님들의 수도자이자 성직자로서의 모습과는 사뭇 달랐다. 간혹은 그저 절간 관리인 같아 보였다.

나는 불교신도도, 기독교신자도 아니다. 나에게는 오직 문화유산에 대한 믿음밖에 없다. 그러나 나는 단 한 번도 성직자적인 삶의 가치를 부정해본 적이 없다.

종교라는 것은 인간이 죽음의 문제를 해결하기 위해 만들어낸 인류의 정신적 문화유산 가운데 하나이며, 그 죽음의 무서움을 볼모로 하여 인간의 삶 자체에 규율과 구속을 가함으로써 현실사회에 높은 도덕과 평온한 질서를 부여해준다. 그것이 신이 있는 나라의 강점이다. 그런데 북한은 그런 신이 없는 나라로 비친다.

루이제 린저(Luise Rinser)가 북한에 관한 편견을 바로잡아주기 위해 썼다는 『북한이야기』에서도 역시 신이 없는 나라를 이야기하고 있다. 그러면서 린저는 북한사람들이 굳이 종교의 필요성을 느끼지 않는 이유는 현실생활 속에서 종교보다 더 강력한 이데올로기의 신앙을 갖고 있기 때문이라는 점을 상기시키고 있다. 그들에게 신이 있다면 '위대한 수령님'이 있을 뿐이다. 그러나 그것은 현실 속의 이야기지 현실을 초월한 죽음까지의 이야기는 아니다. 그러니까 북한은 여전히 신이 없는 나라다.

남북이 갈라진 지 70여 년. 이 짧지 않은 ─ 어찌 생각하면 길지 않은 ─ 세월 속에 불교라는 신앙의 형태는 이렇게 큰 차이를 낳은 것이다. 하지만 나는 낙관한다. 남북의 스님들이 자유롭게 오가는 때가 오면 아마도 어렵지 않게, 언제 그랬느냐는 듯이 부처님의 이름으로 신앙의 형식을 통일시킬 수 있을 것이다. 그럴 수 있는 것이 또 종교의 매력이며 힘이니까.

보현사 사적기

묘향산 보현사의 역사는 그리 길지 않다. 평양에 있는 광법사 같은 절은 고구려 소수림왕 2년(372)에 불교가 전래된 이후 광개토대왕 1년(392)에 지은 우리나라 최고의 고찰(古刹)이라는 명예를 갖고 있는데, 보현사는 고구려는 고사하고 통일신라시대도 지나 고려하고도 현종 19년(1028)에 비로소 창건되었다. 이때는 묘향산 보현사가 아니라 연주산(延州山) 안심사(安心寺)였다.

이른바 명찰이라는 소리를 듣는 절집을 보면 번연히 고려 때, 기껏해야 통일신라 때 절인 줄 알면서도 너나없이 경쟁적으로 개창(開創)시기를 끌어올려 우리나라에 불교를 가져온 묵호자(墨胡子)가 세웠다느니, 아도(阿道)화상이 세운 것을 중창했다느니 하며 턱없는 얘기로 치장하

| **보현사비** | 조계문과 해탈문 사이에는 보현사의 각종 사적비
가 늘어서서 절의 역사를 증언하는데, 그중 가장 오래된 것은
김부식이 짓고 문공유가 쓴 「묘향산 보현사지기」다.

는 것에 비하면 "우리 절의 역사는 아직 1천 년도 못 된다"고 말하는 보
현사의 정직성이 차라리 신선하게 느껴진다.

더욱이 묘향산으로 말하자면 그 옛날에는 태백산(太白山)이라고 하여
단군이 탄생한 전설의 고향으로, 지금도 법왕봉(法王峰)으로 오르는 길
에 단군굴이 있는 성산(聖山)임을 생각하면 더욱 그렇다. 이처럼 보현사
의 역사에 전설은 없고 사실(史實)과 사실(事實)만 있는 것에는 나름대
로 이유가 있다. 묘향산의 지정학적인 위치 때문이었다.

고구려시대에는 아직 불교가 전국적으로 퍼지지 못했고, 번성한 곳도
도심 속이었지 산중이 아니었으니 묘향산에는 절이 미처 들어서지 못했
다. 또 통일신라시대에는 통치가 여기까지 미치지 못했으니 절이 세워

질 수 없었다. 그래서 하대신라에 일어난 구산선문이 해주 광자사(廣慈寺)에 머물렀을 뿐 그 이북에는 없었다. 고려왕조가 세워지자 그때까지만 해도 태백산, 연주산이라고 불리던 묘향산이 국방상으로도 중요한 위치가 되었다. 이리하여 변방에 큰 사찰을 짓게 되었으니, 이 절이 비로소 창건되어 처음에는 연주산 안심사라 했고 나중에 묘향산 보현사로 이름을 바꾸었던 것이다.

이 창건불사를 담당한 스님은 탐밀(探密)과 굉곽(宏廓)이었으며 그 자세한 내력은 지금 보현사 입구에 세워져 있는 김부식 찬(撰), 문공유(文公裕) 글씨의 「묘향산 보현사지기」에 자세히 쓰여 있다.

묘향산 보현사는 탐밀, 굉곽 두 대사가 처음으로 이룩한 절이다. 탐밀의 본성은 김씨인데 황주(黃州) 용흥군(龍興郡) 사람이다. 25세에 출가하여 힘든 고행을 계속했다. 옷 한 벌과 발우 하나로 여간 춥지 않아서는 신발을 신지 아니하고 하루 한 끼의 식사로써 계(戒)를 지니고 배움을 부지런히 하였다. 이름난 고승들을 찾아 화엄교관(華嚴敎觀)을 전해받고 현종 19년(1028)에는 연주산에 들어가 난야(蘭若, Aranya, 조용한 수행처)를 짓고 살았다. 그 뒤 정종 4년(1038)에는 탐밀의 조카로 그의 제자가 된 굉확이 이곳으로 와서 사방에서 모여드는 학승들을 수용할 절을 다시 짓게 되었다. 이때가 정종 8년(1042)으로서 저 동남쪽으로 100여 보 되는 장소에 땅을 택해 정사(精舍)를 무려 243간이나 이룩했다. 그리고 산 이름은 향산이요, 절은 보현이라 하였다. 두 스님이 죽은 뒤에도 제자들이 상속하여 불사를 더욱 일으켰다. 문종 21년(1067)에는 임금이 이를 듣고 기뻐하여 땅과 밭을 내렸다.

이후 보현사는 고려시대에 나옹(懶翁)선사가 주석하고 조선시대에는 서산대사가 머무르면서 우리나라 불교사에서 우뚝한 존재로 그 여세를 오늘까지 이어오고 있는 것이다.

북한의 불교 종합센터

북한 당국은 관광 차원인지 아니면 박물관 교육 차원인지, 보현사 경내에 불교력사박물관을 세우고 전국 사찰에서 나온 많은 불교유물을 여기에 보관·전시하고 있다.

내가 방문했을 때 소장품은 모두 5,430점이라고 했는데 불상이 101개, 불화가 84점, 불교장식품이 149점, 그리고 불경목판 원판과 팔만대장경 목판인쇄본 완질 1,159권 등이 있었다.

그중에는 남한학계에 금강산 출토 보살상으로 알려진 고려 말기의 대

| **다라니 석당** | 보현사 경내에는 인근 불교유물들을 옮겨놓은 것이 적지 않다. 사진은 피현군 폐사지에 있던 고려시대 다라니 석당이다.

표적인 금동보살상도 있었고, 피현군 불정사(佛頂寺)에 있던 다라니 석당(石幢)도 있었으며, 또 금강산 유점사(楡岾寺)의 범종도 있었으니 가히 북한 불교미술의 쎈터 구실을 하도록 집결시켰다고 하겠다. 그런 가운데 보현사의 역사와 명성을 높여주는 유물은 단연코 고려초에 만들어진 8각13층석탑이었다. 그것은 보현사의 자랑일 뿐만 아니라 북한에 남아 있는 석탑 중 가장 빼어난 상징적인 유물이다.

내남없이 모두 알고 있듯 중국은 벽돌탑, 일본은 목조탑, 우리나라는 석탑의 나라다. 우리나라의 석탑은 백제 미륵사와 정림사에서 출발해 통일신라의 감은사와 불국사 석가탑에서 그 전형이 완성되었다. 그것이 이른바 2층 기단의 3층석탑이다.

그리고 세월이 흘러 후삼국을 거쳐 고려시대로 넘어가게 되었을 때 석탑은 각 지방 나름대로의 향토색을 띠게 되었다. 호족이 강해진 만큼 석탑에도 지방색이 반영된 것이다. 바로 그런 시절 옛 고구려지역에서는 이 같은 8각석탑의 유행이 나타났다.

그 유행은 평양 영명사터의 8각탑을 거쳐 오대산 월정사(月精寺)의 8각9층탑까지 뻗쳤으니, 고구려의 정서 반영권이 얼마나 넓은가를 짐작게 하는 것이기도 하다. 그것은 고구려 가람배치의 8각탑 전통에 뿌리를 두고 있는 것이다. 지금 보현사 8각13층석탑은 바로 그러한 역사적·지역적 특성을 띠면서 1천 년을 두고 우뚝한 것이다.

혹자가 말하기를 북한에는 석탑이 그리 많지 않다고 한다. 95퍼센트가 남한에 있다고 자랑삼아 말하기도 한다. 그 수치를 어떻게 가늠할까는 차치하고, 설령 그렇다 하더라도 보현사 8각13층석탑 하나가 이곳 평안북도 향산군 향암리 묘향산에 있다는 사실은 우리나라 석탑문화의 지도를 부여와 경주를 넘어 여기까지 그리게 한다. 그게 어디 작은 일일 수 있겠는가.

책으로 수없이 보아왔고, 해마다 한국미술사 시간이면 슬라이드로 비추며 보아온 이 보현사 8각13층석탑은 사진보다 실물이 훨씬 준수하게 잘생겼다. 생각만큼이나 크고 세부의 묘사에도 게으름이 없고 마감질에 불성실은커녕 추녀마다 풍경, 북한말로 바람방울을 무려 104개나 달아매는 치밀성을 보여주고 있다. 비례를 정연히 유지하기 위해 7층 높

| 보현사 8각13층석탑 | 고려시대의 석탑을 대표하는 명작으로 상승감이 자못 장쾌하다. 고려시대의 평안도지방 양식이며, 8각탑의 전통은 멀리 고구려 적부터 유래하는 것이다.

이를 두 배로 한 수치를 기준으로 하여, 1층과 13층의 합, 2층과 12층의 합…… 그런 식으로 6층과 8층의 합이 같게 했다.

돌들은 이가 꼭 맞아 한 치의 오차도 보이지 않는데, 새로 고쳐 얹은 상륜부도 솜씨가 제법이었다. 나는 탑돌이하는 신자인 양 돌고 또 돌며 탑을 어루만져보았다. 대웅전에 앉아 산자락을 배경으로 바라도 보고, 만세루에 올라 하늘을 배경으로 사진도 찍으면서 좀처럼 여기를 떠나지 못했다.

금강의 맥박은 지금도 울리는데

월사 이정구의 금강산 유람

북한 사회과학원 력사연구소가 펴낸 『금강산의 력사와 문화』에서는 "표훈동은 위치상으로나 전망으로나 내금강의 중심부"라고까지 했다. 그런 환상의 계곡길을 우리는 비정한 자동차로 5분 만에 통과해버렸다. 찻길은 표훈사 턱밑까지 나 있었다.

그럴 때면 옛사람들의 여유로운 금강산 유람길이 더욱 부럽게 다가오곤 한다. 금강산을 찾아온 발길 중 가장 화려했던 것은 물론 세조의 행차였지만, 문인으로서 가장 낭만적이고 풍요로운 유람은 월사(月沙) 이정구(李廷龜, 1564~1635)의 금강행이었던 것 같다.

월사는 벼슬이 좌의정에 이른 정치가였고, 당대의 4대 문장가로 손꼽히는 명문인 데다 덕망이 있어 그의 금강산 행차는 여러 가지로 남달랐

다. 월사의 「유금강산기」를 보면 그는 전국의 명산을 다 유람했으면서도 오직 금강산에만 발이 닿지 않았는데, 벼슬은 점점 높아지고 나이는 들어갔다. 마흔이 되던 1603년, 함흥에 있는 화릉(和陵, 조선 태조의 어머니 의혜왕후懿惠王后의 능) 개수작업이 벌어지자 그는 예조판서로서 자신이 이를 감독하겠다고 나섰다. 사실 그의 목적은 돌아오는 길에 금강산에 들어가는 것이었다.

그때 마침 금강 4군 중 흡곡현령은 당대의 명필 석봉 한호였고 간성군수는 당대의 문장가인 간이당(簡易堂) 최립(崔岦, 1539~1612)이어서 이들이 월사의 금강산 유람에 동행하게 되었다. 이것만으로도 일세의 명류가 함께한 것인데, 이 낭만의 문인 월사 이정구는 이에 만족하지 않고 적공(篴工, 피리 부는 악공) 함무금(咸武金)과 화공(畵工) 표응현(表應賢)을 데리고 가서 경치 좋은 곳을 만나면 화공에게 그림을 그리게 하고, 길을 걸을 때는 반드시 적공에게 피리를 불며 앞에서 인도하게 하고, 냇가에 쉬며 발을 닦을 때도 피리소리가 그치지 않게 했다고 한다.

1999년 세종로에 있는 일민미술관에 열린 '몽유금강전'에 출품된 간이당 최립의 글 『유금강산권(遊金剛山卷)』을 한석봉이 쓴 기념비적 작품은 이때의 만남으로 이루어진 것이었다.

그러나 인생도처유상수(人生到處有上手)라고 월사보다 더 멋지게 금강산에 간 사람 이야기가 우봉 조희룡의 「석우망년록」에 나온다. 그것은 중인 신분이지만 숙종 때 최고의 시인으로 손꼽히던 창랑(滄浪) 홍세태(洪世泰, 1653~1725)의 금강행이다. 창랑의 금강행이란 그는 끝내 회양을 지나면서도 금강산 유람을 하지 않았다는 것이다. 그 사연을 홍세태는 이렇게 말했다고 한다.

내가 나름대로 시명(詩名)이 있으니 한 번 명산에 들어가면 사람들은 모두 나의 아름다운 시구를 기대할 것이다. 지금 금강산의 산빛이 먼 데서 비치는데 나의 마음과 눈을 먼저 빼앗아가고 있으니 내 재주와 역량으로는 도저히 저 신령스런 경치를 묘사해내지 못할 것 같다. 나는 평범한 시구를 남에게 보여주기 싫어서 명산에 들어가지 않는 것이다. 금강산을 한 번 본다는 것은 누구나 바라는 바인데, 나는 시 때문에 들어가지 못한다.

우봉은 "이 말은 어떤 명구(名句)로 사람을 놀라게 하는 것보다도 더 큰 울림이 있다. 이는 옛사람들이 이루어낸 일대고사(一大故事)라 할 것이다"라고 그의 불금강행(不金剛行)을 찬미했다.

백화암터의 승탑밭

표훈사 주차장은 제법 넓었지만 계곡 바위와 고목이 된 소나무들로 둘러싸여 다행히도 절맛을 다치지는 않았다. 차에서 내리니 곧바로 표훈사 안마당으로 인도하는 중문(中門)격인 능파루(凌波樓) 이층 누각이 이쪽을 내려다보면서 어서 올라오라는 듯이 환하게 자태를 드러낸다.

그 아리땁고 포근한 정취에 이끌려 나는 잠시 넋 놓고 바라보다가 그쪽으로 발을 옮기려 하는데 안내단장이 저 아래서 "우리는 이쪽으로 내려가서 백화암(白華庵) 승탑부터 볼랍니다"라고 소리치며 나의 '자유주의'를 나무랐다.

산길을 오르면서도 줄지어 가는 것이 생활화되어 있는 그들로서는 나처럼 대오에서 떨어져 딴 데를 기웃거리는 것을 생래적으로 받아들이지 못했다. 그렇다면 그들의 입장에서는 월사 이정구가 적공을 앞에 두고 화공을 뒤에 두고 만고강산 유람하는 것을 어떻게 생각할지 자못 궁금해지는 대목이었다.

그러나저러나 나는 북한의 관습에 따라 안내단장 지시대로 주차장 바로 아래로 나 있는 다리를 건너 백화암터로 따라붙었다. 이 다리는 지금 표훈사교라는 다소 사무적인 이름을 갖고 있지만, 옛날에는 '빛을 머금은 다리'라는 뜻에서 '함영교(含暎橋)'라고 했다.

함영교 건너 계곡 저편에는 고려 때 창건된 백화암이라는 암자가 있었다. 서산대사도 한때 여기에 주석해 당신의 별호가 백화도인(白華道人)이기도 했다.

그러나 이 암자는 1914년에 불타버려 빈터만 남게 되었고, 한쪽에 수충영각(酬忠影閣)을 지어 금강산에 계셨던 다섯 분의 큰스님 영정을 모셔놓았다고 한다. 다섯 분이란 지공·나옹·무학·서산·사명이니 사실상

| 백화암터 승탑밭 | 표훈사 아래 백화암터 승탑밭에는 서산대사와 그의 제자 되는 스님의 사리탑 일곱 기가 모셔져 있다. 대개 17세기 승탑인지라 규모가 크고 조형상 육중한 양감을 보여준다.

고려 후기에서 조선 중기에 걸친 300년간의 대표적인 스님을 망라한 것이다. 그런데 수충영각도 한국전쟁 때 폭격을 맞아 사라져버리고 말았다. 그리하여 이제 여기 남아 있는 것은 고승들의 사리탑뿐이니, 백화암터 승탑밭은 백화암의 옛 영광과 자취를 지키는 유일한 유적인 것이다.

승탑밭은 아주 깔끔하게 정비돼 단정하면서도 경건한 분위기가 흘렀다. 거기에는 난형(卵形)이라고도 하는 둥근 몸체에 팔각지붕을 얹은 사리탑이 다섯, 혹은 종형(鐘形)이라고도 하는 꽃봉오리 모양의 사리탑이 둘, 돌거북이가 이고 있는 비석이 셋 있었다.

이것은 수충영각의 5대 화상 사리탑이 아니라 서산대사와 그의 제자 되는 제월당(霽月堂)·취진당(醉眞堂)·편양당(鞭羊堂)·허백당(虛白堂)·풍담당(楓潭堂)의 사리탑으로 모두 17세기 중엽 승탑이다. 오직 설봉당

(雪峰堂)만이 18세기 초에 세워진 것이다.

　백화암터 승탑밭은 비록 7기의 사리탑으로 이루어져 있지만, 남한의 어느 절집에서도 볼 수 없는 조선 중기, 17세기 승탑의 늠름하고 장대한 품격을 보여준다. 전라도 선암사·대흥사·미황사 등의 승탑밭이 장하긴 해도 대개 18, 19세기에다 20세기 승탑까지 뒤엉켜 있음을 생각할 때 백화암터 승탑밭의 정숙미와 조형적 견실성은 한국 석조미술사에서도 귀한 위치에 있는 것이다.

표훈사 정경

　「강원도 아리랑」의 첫 구절은 "강원도 금강산 1만 2천 봉 8만 9암자……"로 시작한다. 그토록 금강산엔 절이 많았다. 불교가 버림받던 조선왕조 초에도 100개가 넘은 듯 『신증동국여지승람』은 여전히 그 위치와 이름을 밝히고 있다.

　지금부터 100여 년 전 이자벨라 비숍 여사가 조선에 왔을 때만 해도 금강산에 55개의 절과 암자가 있다고 증언했는데, 역시 100여 년 전 광무(光武) 3년(1899)에 영호스님이 전지 반절 크기(20호)에 채색목판화로 제작한 「금강산 4대사찰 전도(全圖)」를 보면 계곡마다 절간이고 봉우리마다 암자가 그려져 있어 그 진상과 가상을 가히 알 만하다.

　그러나 이제는 이 모두가 옛이야기가 되어버렸다. 산중의 암자는 고사하고 4대 사찰이라는 것조차 퇴락을 면치 못했다. 신계사는 무너져가는 3층석탑이 외롭고, 장안사는 빈터 뒤편에 사리탑 하나가 안쓰럽게 서 있을 뿐이며, 유점사는 폭격 맞은 채 잿더미에 덮여 있다.

　오직 표훈사만이 목숨을 건졌을 뿐이다. 금강산에 가기 전 금강산의 역사와 문화유산을 조사하면서 이런 사실을 알고 표훈사는 과연 어느

| 표훈사 경내 | 표훈사는 가람의 앉음새가 넓고 밝고 안정적이다. 금강산 산중에 이처럼 환한 절집 자리가 있다는 것이 신기롭다. 이런 곳을 찾아 표훈사를 세운 건축적 안목에 감탄과 감사하는 마음이 일어난다.

분이 산 같은 공덕을 쌓았기에 살아남았고, 그 지세가 얼마나 장하기에 모진 폭격 속에서도 견뎌냈는가를 신비로운 마음으로 헤아려보곤 했다.

더욱이 표훈사 이외에 남아 있는 정양사와 보덕암(普德庵)도 알고 보면 표훈사의 말사고 암자니, 그 영험함은 경탄할 만한 것이다.

그리하여 표훈사에 당도했을 때 자연히 지세부터 살펴보았는데, 깊은 산 깊은 골짜기에 이렇게 넓은 터가 있다는 것도 신기하지만 절집이 안고 있는 품이 크고 기댄 등은 두텁기 그지없으니, 만약 살아남지 않았다면 그게 오히려 이상스럽다고 할 밝은 기상의 터전이었다.

육당은 표훈사의 이런 자태를 두고서 "옛 스님네들은 법안(法眼)뿐만 아니라 산수안(山水眼)도 갸륵하심을 알겠다"고 했다. 표훈사는 참으로

| **표훈사 전경** | 표훈사는 아주 반듯한 가람배치를 하고 있어 대단히 정연한 절집이라는 인상을 준다. 만세루와 대웅전 사이의 절마당이 아주 넓어 그 옛날의 많은 탐승객을 넉넉히 맞이했겠다는 생각이 들었다.

정직하게 생긴 절이다. 나는 아직껏 우리나라 산사에서 표훈사처럼 자신의 모습을 알몸째 드러내놓은 절은 본 적이 없다.

절마당을 반듯하게 닦아놓고는 작고 아담한 7층석탑으로 사뿐히 중심을 잡아두고 뒤쪽 산자락에 바짝 붙여 반야보전(般若寶殿)을 앉혔으며 그 좌우로 명부전(冥府殿)과 영산전(靈山殿)을 날개로 달았다.

절마당 앞턱은 낼 수 있는 데까지 바짝 내밀고 절문으로 삼은 능파루와 절집의 사랑방인 판도방(判道房)은 아예 마당 축대 아래쪽에 내려 지었다.

그래서 절마당은 한껏 넓은 채로 멍석자리 펴놓고 보란 듯이 훤하게 펼쳐져 있다. 저쪽 모서리에 정조가 사도세자의 명복을 빌며 1796년에 지었다는 어실각(御室閣) 작은 집이 한 채 있고, 뒤편에 칠성각(七星閣)을 모셨지만 모두 절의 그윽한 맛을 자아내기 위함이 아니라 오히려 사찰의 경내가 여기까지임을 은연중 내비치는 것 같으니 어떻게 보아도 속을 다 드러낸 것임에 틀림없다.

혹시 탑 좌우에 있던 극락전(極樂殿)과 명월당(明月堂)을 복원하지 않아 그렇게 느껴지는 게 아닌가 생각도 해보았지만, 옛 그림을 보건 옛 사진을 보건 표훈사가 반듯하고 환한 절간이라는 사실만은 움직일 수 없다. 표훈사는 터가 반듯하면서도 빼어나게 아름다운 준봉들로 둘러쳐져 있다.

반야보전 뒤 북쪽으로는 청학봉(靑鶴峰)이 우뚝하고 왼쪽 동편으로는 오선봉(五仙峰)과 돈도봉(頓道峰)이 활 모양으로 굽이치며 흐르고 오른쪽 서편으로는 천일대(天一臺)와 된불당이 높이도 두께도 가늠치 못하게 치솟아 넘어간다.

산세가 이처럼 장엄한 중에도 바위뿌리가 기이하게 뻗어나오고 그 사이로 소나무가 휘어자란 모습은 아리따움을 넘어 교태스럽고 잔기교까지 넘치는 것이니, 반야보전 팔작지붕 추녀가 제아무리 날갯짓하고, 능파루 이층 누각이 어중되게 호기를 부린다 해도 여기서는 모두가 귀여운 재롱으로 허용된다.

그래서 방랑시인 김삿갓은 표훈사의 경치를 즉흥시로 지으면서 이런저런 묘사를 모두 다 생략하고 이렇게 읊었다는 것이다.

소나무 소나무 잣나무 잣나무 바위 바위를 돌아서니
산 산 물 물 가는 곳곳마다 신기하구나.
松松栢栢巖巖廻 山山水水處處奇

표훈사에서 가장 특이한 건물은 판도방이었다. 절집의 본전은 각각 모신 부처님에 따라 대웅전(석가모니)·극락전(아미타불)·대적광전(비로자나

| 판도방 | 판도방이란 객실이라는 뜻인데, 절집 판도방에 이처럼 거두절미하고 '판도방'이라는 현판을 단 것을 보면 표훈사를 찾는 객이 얼마나 많았던가를 알 수 있다.

불) 등으로 부르고, 부속건물은 명부전(지장보살)·관음전(관세음보살)·산신각(산신님) 등으로 부르지만, 누마루는 만세루, 살림채는 심검당(尋劍堂), 스님방은 적묵당(寂默堂)·설선당(說禪堂) 등의 별칭을 갖고 있다.

그런 중 손님이 묵어가는 방을 선불장(選佛場) 또는 판도방이라고 하는데, 그 이름을 막바로 내거는 경우는 드물고 대개는 운치 있게 청류헌(淸流軒)·침계루(枕溪樓) 하며 그 풍광에 걸맞은 당호를 붙인다. 그럼에도 불구하고 '판도방'이라고 써놓은 것은 요즘 말로 치면 '객실(客室)'이라고 한 것이나 다름없으니, 이는 하도 찾아와 묵어가는 사람이 많으니까 거두절미하고 '여관방'이라고 써놓은 셈인 것이다. 그것도 아주 크게 신경질적으로 달아놓았다. 이 판도방 현판 하나로 나는 금강산 유람객에게 있어서 표훈사의 위치를 남김없이 알 수 있었다.

배재령과 고려 태조 왕건

때는 7월 하고도 보름도 다 되어가는 날. 한여름 장마철에 잠시 얼굴을 드러낸 푸른 하늘은 만천골 표훈동의 물빛만큼 푸른데, 꽃이라고는 노란 원추리가 축대 밑에서 부끄럼 타고 있을 뿐이니 천지 빛깔이 푸르고 또 푸를 뿐이었다.

표훈사 절마당 한가운데 서서 천일대에서 청학봉으로, 오선봉에서 돈도봉으로 푸른 산세에 휘감겨 맴돌며 눈 가는 대로 나를 맡겨버렸다. 나는 그렇게 금강에 취하고 금강에 홀려 내가 지금 금강에 있음도 모르고 있었다.

어느만큼 지나서일까, 나는 반야보전 돌계단에 길게 걸터앉았다. 모든 절집에서 가장 마음 편안한 전망은 부처님이 계시는 자리에서 바라보는 것인지라 내가 절집에 가면 빠짐없이 살피는 것이 그 조망이었다. 그렇게 멀리 앞을 내다보니 남쪽으로 길게 늘어진 곡선을 그리는 능선에 우묵한 고갯마루가 보인다.

나는 내금강 안내원에게 물었다.

"저기 움푹한 산마루가 어딥니까?"
"저기가 바로 배재령입니다."
"아니, 저기가 배재령이라면 방광대(放光臺)는 어딘가요?"
"방광대는 요 오른쪽 천일대 위에 있죠."
"그러면 저 위가 정양사란 말입니까?"
"그렇습니다. 교수 선생은 많이 아십니다."

그렇구나! 이제 알겠다! 예부터 내금강에 들어오다보면 단발령에서

| 배재령 | 표훈사 칠성각 뒤에서 앞을 내다보니 산마루 능선이 선명하게 보이는데, 그 우묵하게 들어간 곳이 고려 태조가 법기보살을 보자 엎드려 절한 배재령이라고 한다.

머리 깎겠다는 마음을 먹게 되고, 또 저 고갯마루에 다다르면 저절로 큰 절을 두어 번 하게 되어 배재령(拜再嶺)이라고 했단다.

고려 태조 왕건(王建)이 임금이 되고서 금강산에 왔을 때 저 고갯마루에 당도하자 멀리서 법기보살(法起菩薩, 담무갈이라고도 부름)이 그의 권속 1만 2천을 거느리고 나타나 광채를 방사하기에 황급히 엎드려 절을 올렸다고 전한다.

그때 절한 지점을 배점(拜岾, 배재령)이라고 했고, 법기보살이 빛을 발한 곳을 방광대라 이름 짓고는 거기에 정양사를 지었다. 그리고 방광대 너머 보살 닮은 봉우리를 법기봉(法起峰)이라 이름 짓고는 표훈사 반야 보전엔 법기보살을 모셔놓되 동북쪽 법기봉을 향하게 했다는 것이다.

이런 이야기는 『신증동국여지승람』에도 나오지만 1307년에 노영(魯英)이 제작한 「법기보살현현도(法起菩薩顯現圖)」라는 칠병(漆屏)에 그림으로 생생히 그려져 있다.

법기보살로 말할 것 같으면 『화엄경』에서 "바다 가운데 금강산이라는 곳이 있어 법기보살이 1만 2천 무리를 거느리고 상주(常住)하고 있다"고 했다. 그래서 사람들은 이때부터 풍악산·개골산이라 불리던 이 산을 금강산이라고 고쳐 불렀고, 그 봉우리를 1만 2천 봉이라 말하게 된 것이다.

표훈사는 이처럼 금강산 내력의 현장이며, 금강산 사상의 핵심처고, 금강산의 복부에 해당하는 곳이다. 그러므로 금강산이 있는 한 표훈사는 건재할 수밖에 없는 지세와 운명을 타고난 것이다. 금강의 맥박은 지금도 그렇게 울리고 있는 것이다.

수록 글 원문 출처

영주 부석사

영주 부석사 「사무치는 마음으로 가고 또 가고」
:『나의 문화유산답사기』 2권 수록 〔1994.7. 집필 / 2011.5. 수정〕

안동 봉정사

북부 경북 순례 2 — 안동·풍산 「니, 간고등어 머어봤나」
:『나의 문화유산답사기』 3권 수록 〔1997.3. 집필 / 2011.5. 수정〕

순천 선암사

순천 선암사 1 「산사의 미학—깊은 산, 깊은 절」
순천 선암사 2 「365일 꽃이 지지 않는 옛 가람」
:『나의 문화유산답사기』 6권 수록 〔2009.10. 집필 / 2011.5. 수정〕

해남 대흥사와 미황사

남도답사 일번지 — 강진·해남 4 「일지암과 땅끝에 서린 얘기들」
:『나의 문화유산답사기』 1권 수록 〔1992.7. 집필 / 2011.5. 수정〕

고창 선운사

고창 선운사 「동백꽃과 백파스님, 그리고 동학군의 비기(秘記)」
:『나의 문화유산답사기』 1권 수록 〔1991.4. 집필 / 2011.5. 수정〕

부안 내소사와 개암사

미완의 여로 1 — 부안 변산 「끝끝내 지켜온 소중한 아름다움들」
:『나의 문화유산답사기』 2권 수록 〔1994.7. 집필 / 2011.5. 수정〕

예산 수덕사와 서산 개심사

예산 수덕사 「내포땅의 사랑과 미움」

개심사와 가야산 주변 「불타는 가야사와 꽃피는 개심사」

: 『나의 문화유산답사기』 1권 수록 〔1991.6~7. 집필 / 2011.5. 수정〕

부여 무량사와 보령 성주사터

부여·논산·보령 4 「바람도 돌도 나무도 산수문전 같단다」

: 『나의 문화유산답사기』 6권 수록 〔2011.3. 집필〕

문경 봉암사

문경 봉암사 1 「별들은 하늘나라로 되돌아가고」

문경 봉암사 2 「술이 익어갈 때는」

: 『나의 문화유산답사기』 1권 수록 〔1993.2~3. 집필 / 2011.5. 수정〕

청도 운문사

청도 운문사와 그 주변 1 「저 푸른 소나무에 박힌 상처는」

청도 운문사와 그 주변 2 「운문사 사적기와 운문적의 내력」

청도 운문사와 그 주변 3 「연꽃이 피거든 남매지로 오시소」

: 『나의 문화유산답사기』 2권 수록 〔1994.7. 집필 / 2011.5. 수정〕

창녕 관룡사

창녕 「비화가야 옛 고을의 유서 깊은 유산들」

: 『여행자를 위한 나의 문화유산답사기』 3권 수록 〔2011.3. 집필 / 2016.6. 수정〕

구례 연곡사

구례 연곡사 「저문 섬진강에 부치는 노래」

: 『나의 문화유산답사기』 3권 수록 〔1996.5. 집필 / 2011.5. 수정〕

영암 도갑사와 강진 무위사, 백련사

남도답사 일번지 — 강진·해남 1 「아름다운 월출산과 남도의 봄」

남도답사 일번지 — 강진·해남 3 「세상은 어쩌다 이런 상처를 남기고」

: 『나의 문화유산답사기』 1권 수록 〔1992.4~6. 집필 / 2011.5. 수정〕

정선 정암사

아우라지강의 회상 — 평창·정선 2 「세 겹 하늘 밑을 돌아가는 길」

: 『나의 문화유산답사기』 2권 수록 〔1994.7. 집필 / 2011.5. 수정〕

묘향산 보현사

묘향산 기행 2 — 보현사와 8각13층석탑 「그리하여 산은 묘향, 절은 보현이
라 했다」

: 『나의 문화유산답사기』 4권 수록 〔1998.10. 집필 / 2011.5. 수정〕

금강산 표훈사

표훈사와 정양사 「금강의 맥박은 지금도 울리는데」

: 『나의 문화유산답사기』 5권 수록 〔2001.1. 집필 / 2011.5. 수정〕

나의 문화유산답사기

산사 순례

초판 1쇄 발행 2018년 8월 30일
초판 13쇄 발행 2022년 12월 22일

지은이 / 유홍준
펴낸이 / 강일우
책임편집 / 황혜숙
디자인 / 디자인 비따
펴낸곳 / (주)창비
등록 / 1986년 8월 5일 제85호
주소 / 10881 경기도 파주시 회동길 184
전화 / 031-955-3333
팩시밀리 / 영업 031-955-3399 편집 031-955-3400
홈페이지 / www.changbi.com
전자우편 / nonfic@changbi.com